读客文化

莫言的
奇奇怪怪故事集

莫言 著

图书在版编目（CIP）数据

莫言的奇奇怪怪故事集 / 莫言著. -- 南京：江苏凤凰文艺出版社, 2022.3（2022.3重印）
ISBN 978-7-5594-6378-4

Ⅰ.①莫… Ⅱ.①莫… Ⅲ.①短篇小说－小说集－中国－当代 Ⅳ.①I247.7

中国版本图书馆CIP数据核字(2021)第231448号

莫言的奇奇怪怪故事集

莫言 著

责任编辑 丁小卉
特约编辑 李晓宇 李颖荷 王心怡
封面设计 章婉蓓
插画设计 刘小梅
版式设计 章婉蓓
责任印制 刘 巍
出版发行 江苏凤凰文艺出版社
南京市中央路165号，邮编：210009
网 址 http://www.jswenyi.com
印 刷 河北中科印刷科技发展有限公司
开 本 890 毫米 × 1270 毫米 1/32
印 张 11
字 数 244 千字
版 次 2022 年 3 月第 1 版
印 次 2022 年 3 月第 2 次印刷
标准书号 ISBN 978-7-5594-6378-4
定 价 59.90 元

莫言先生漫像

辛丑秋月志齐画于雄安

小时听人说鬼狐
夜晚竟然心发虚
长大执笔写精怪
扬善抑恶学蒲书
草鞋窨子月光斩
木匠与狗花窦园
女人怀抱鲜花
老枪铁孩奇遇
嗅味族罪过翱翔
拇指铐狼猫成妖后
夜渔奇谭怪论非
魔幻民间艺术家
通俗

辛丑夏 莫言

小时听人说鬼狐，夜晚走路心发虚，

长大执笔写精怪，扬善抑恶学蒲书。

草鞋窨子月光斩，木匠与狗藏宝图，

女人怀抱鲜花至，铁孩奇遇嗅味族，

罪过翱翔拇指铐，狼猫成妖看夜渔。

奇谭怪论非魔幻，民间艺术最通俗。

辛丑冬至　莫言

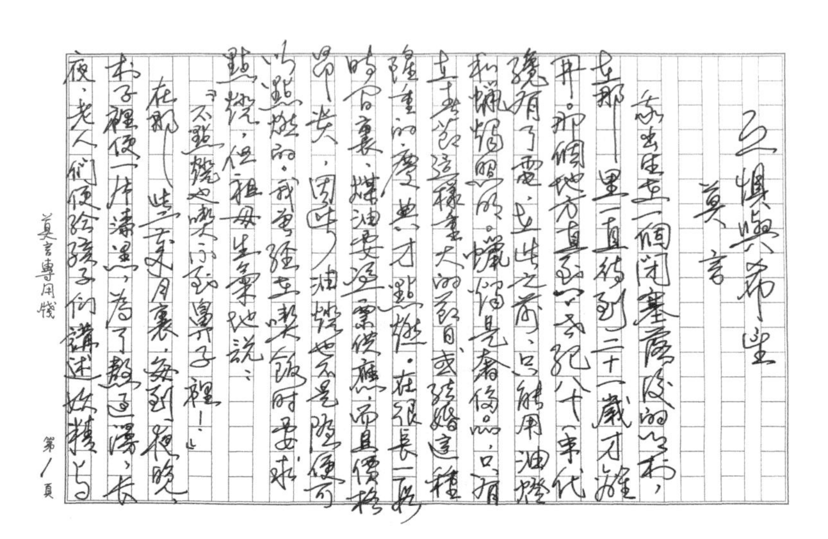

恐惧与希望

莫言

我出生在一个闭塞落后的乡村，在那里一直待到二十一岁才离开。那个地方直到八十年代才有了电。在此之前，只能用油灯和蜡烛照明。蜡烛是奢侈品，只有在春节这样重大的节日，或婚丧这种隆重的庆典才点燃。在很长一段时间里，煤油要凭票供应，而且价格昂贵，因此，油灯也不是随便可以点燃的。我曾经在漆黑的夜里要求点灯，但祖母生气地说：

"不点灯也吃不到鼻子里！"

在那些漫长的冬夜里，尤其是夜晚，村子里便一片漆黑，为了打发漫漫长夜，老人们便给孩子们讲述妖精与

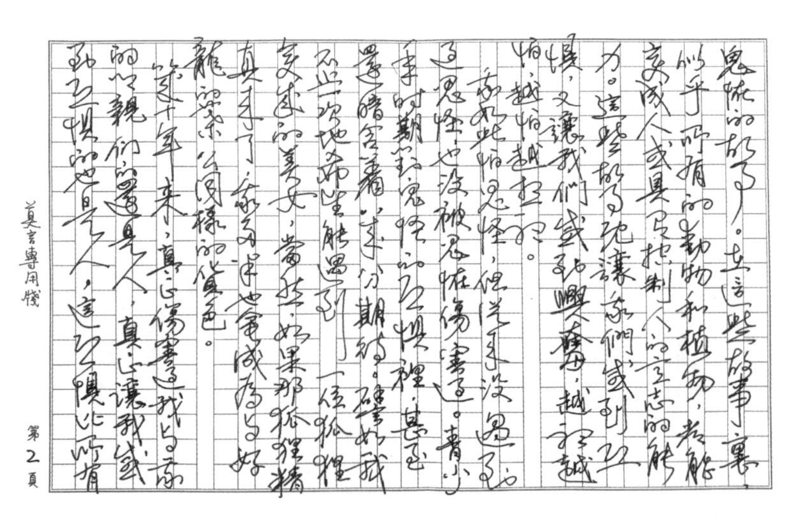

鬼怪的故事。在这些故事里，几乎所有的动物和植物，都能变成人，或具有控制人的意志的能力。这些故事既让我们感到恐惧，又让我们感到兴奋，越听越怕越怕越想听。

我虽然怕鬼怪，但从来没遇到过鬼怪，也没被鬼怪伤害过。青少年时期，我对鬼怪的恐惧里，甚至还暗含着几分期待，希望我不止一次地希望能遇到一位狐狸变成的美女，当然，如果那狐狸精真来了，我恐怕也会成为与叶公好龙的[illegible]同样的角色。

近十年来，真正伤害过我的是人，[illegible]真正让我感到恐惧的也是人，这[illegible]所有

莫言手稿《恐惧与希望》1—2页

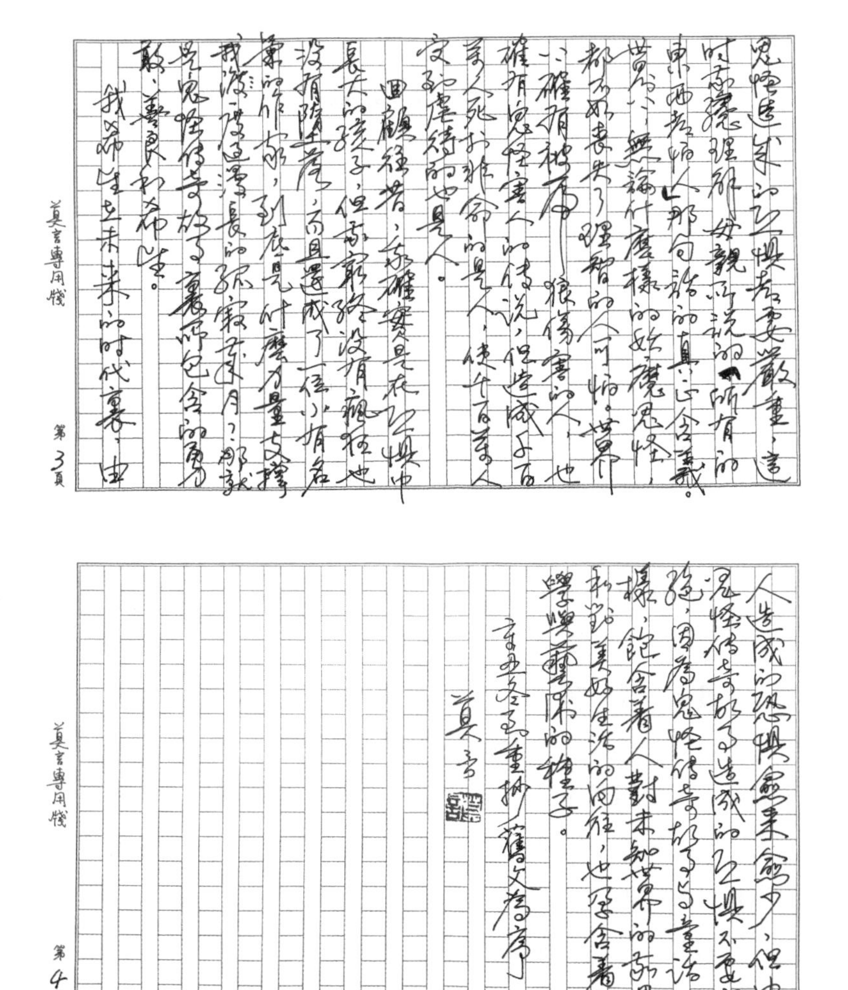
鬼怪造成的恐惧若要严重，这
时我总算理解了母亲所说的所有的
东西都怕人那句话的真正含义。
世上的，无论什么样的妖魔鬼怪，
都不如丧失了理智的人可怕。世界
上确有被狼伤害的人，也
确有鬼怪害人的传说，但造成千百
万人死于非命的是人，使千百万人
受到虐待的也是人。
回顾往昔，我确实是在恐惧中
长大的孩子，但我从来没有疯狂也
没有堕落，而且还成了一位小有名
气的作家，到底是什么力量支撑
我渡过了漫长的黑暗岁月？那就
是鬼怪传奇故事里所包含的勇
敢、善良和希望。
我们生在未来的时代里，由

莫言專用箋　第3頁

人造成的恐惧会越来越少，但由
鬼怪传奇故事造成的恐惧不会根
绝，因为鬼怪传奇故事与童话一
样，饱含着人对未知世界的敬畏
和对美好生活的向往，也饱含着文
学艺术的种子。
莫言
辛丑冬至重抄旧文为序

莫言專用箋　第4頁

莫言手稿《恐惧与希望》3—4 页

恐惧与希望
——代序

莫言

在我的童年生活中，给我留下深刻印象的，除了饥饿和孤独外，那就是恐惧了。

我出生在一个闭塞落后的乡村，在那里一直长到二十一岁才离开。那个地方直到二十世纪八十年代才有了电，在没有电之前，只能用油灯和蜡烛照明。蜡烛是奢侈品，只有在春节这样的重大节日才点燃。在很长一段时间里，煤油要凭票供应，而且价格昂贵，因此油灯也不是随便可以点燃的。我曾经在吃晚饭时要求点灯，我的祖母生气地说："不点灯，难道你能把饭吃到鼻子里去吗？"是的，即便不点灯，我们依然把饭准确地塞进嘴巴，而不是塞进鼻孔。

在那些岁月里，每到夜晚，村子里便一片漆黑，黑得伸手不见五指。为了度过漫漫长夜，老人们便给孩子们讲述妖精和鬼怪的故事。在这些故事中，似乎所有的植物和动物，都有变化成人或者具有控制人的意志的能力。老人们说得煞有介事，我们也就信以为真。这些故事既让我们感到恐惧，又让我们感到兴奋。越听越怕，越怕越想听。许多作家，都从祖父祖母的故事中得到过文学灵感，我自然也不例外。现在回忆起来，那些听老人讲述鬼怪故事的黑暗夜晚，正是我最初的文学课堂。我想，丹麦之所以能产生安徒生那样伟大的童话作家，就在于那个时代没有电，而丹麦又是一个夜晚格外漫长的国家。灯火通明的房间里既不产生美好的童话也不产生令人恐惧的鬼怪故事。最近我曾经回到过故乡，看到那里的孩子们和城里的孩子一样，也是在灯火通明的房间里面对着电视机度过他们的夜晚，我知道，鬼怪故事和童话的夜晚结束了，我小时候体验过的那种恐惧，现在的孩子再也体验不到了。他们心中也许同样会有恐惧，但他们的恐惧与我们的恐惧，肯定是大不一样的。

在我祖父母讲述的故事里，狐狸经常变成美女与穷汉结婚，大树可以变成老人在街上漫步，河中的老鳖可以变成壮汉到集市上喝酒吃肉，公鸡可以变成英俊的青年与主人家的女儿恋爱。这个公鸡变成青年的故事，是我祖母讲述的故事中最美丽也最恐惧的。我祖母说一户人家有一个独生女儿，生得非常美丽，到了婚嫁的年龄，父母托人为她找婆家，不管是多么有钱的人家，也不管是多么优秀的青年，她一概拒绝。母亲心中疑惑，暗暗留心。果然，夜深人静时，听到从女儿的房间里传出男女欢爱的声音。母亲拷问女儿，女儿无奈招供。女儿说每天夜晚，万籁俱寂之后，就有一个英俊青年来与她幽会。女儿说那青年身穿一件极不寻常的衣服，闪烁着华丽的光彩，比丝绸还要光滑。母亲密授女儿计策。等那英俊男子夜里再来时，女儿就将他那件衣服藏在柜子里。天将黎明时，男子起身要走，寻衣不见，苦苦哀求，女儿不予。男子无奈，怅恨而去。是夜大雪飘飘，北风呼啸。凌晨，打开鸡舍，一只赤裸裸的公鸡跳了出来。母亲让女儿打开衣箱，看到满箱都是鸡毛。——现在想起来，这故事其实很是美好，完全可以改编成一部青年男女争取婚姻自由的戏剧。但小时候，听完这个故事，却对鸡窝里的公鸡产生恐惧。在大街上碰到英俊青年，也总是怀疑他是公鸡变的。我的祖母还说，有一种能模仿人说话的小动物，模样很像黄鼠狼，经常在月光皎洁之夜，身穿着小红袄，在墙头上一边奔跑一边歌唱。这就使我在月夜里从来不敢抬头往墙头上观看。我祖父说在我们村后小石桥上，有一个“嘿嘿”鬼，你如果夜晚一人过桥，会感到有人在背后拍你的肩膀，并发出“嘿嘿”的冷笑声。你急忙转身回头，他又在你的背后拍你的肩膀并发出“嘿嘿”的冷笑声。这个鬼的具体形状谁也没有见过，却是让我感到最为可怕的一个鬼。二十世纪七十年代，我在一家棉花加工厂里做工，下了夜班回家，必须要从这座小石桥上通过。如果有月亮还好，如果是没有月亮的夜晚，我每次都是在接近桥头时就放声歌唱，然后飞奔过桥。回到家后总是气喘吁吁，冷汗浸透衣服。那小石桥距离我家有二里多路。我母亲说你还没进村我就听到你的声音了。那时候我正处在变声期，嗓音又哑又破，我的歌唱，跟鬼哭狼嚎没有什么区别。我母亲说：你深更半夜回家，为什么要号叫呢？我说我怕。母亲问我怕什么，我说怕那个“嘿嘿”。母亲说：“世界上，最可怕的是人。”尽管我承认母亲讲得有道理，但每次路过那小石桥，还是不由自主地要奔跑、要吼叫。

我如此地怕鬼、怕怪，但从来没遇到过鬼怪，也没有任何鬼怪对我造成过伤害。青少年时期对鬼怪的恐惧里，其实还暗含着几分期待。譬如我曾经不止一次地希望能遇到一个狐狸变成的美女，也希望能在月夜的墙头上看到几只会唱歌的小动物。几十年来，真正对我造成过伤害的还是人，真正让我感到恐惧的也是人。当然，作为一个人，我也肯定伤害过别人，让别人感到过恐惧。现在我才明白，世界上，所有的猛兽，或者鬼怪，都不如那些丧失了理智和良知的人可怕。世界上确实有被虎狼伤害的人，也确实有关于鬼怪伤人的传说，但造成成千上万人死于非命的是人，使成千上万人受到虐待的也是人。

虽然“文化大革命”已经结束多年，但像我这种从那个时代过来的人，还是心有余悸。我每次回到家乡，见到当年那些人，尽管他们对我已经是满脸谄笑，但我还是心有余悸。

回顾往昔，我确实是一个在饥饿、孤独和恐惧中长大的孩子，我经历和忍受了许多苦难，但最终我没有疯狂也没有堕落，而且还成为一个写小说的。到底是什么支撑着我度过了那么漫长的岁月？那就是希望。

在吃不饱穿不暖的日子里，我希望能得到食物和衣服。我希望能得到人们的友谊和关爱。恐惧使我歌唱着奔跑，恐惧使我产生了千方百计地逃离封建落后的乡村的力量。我们希望人类永远地摆脱恐惧，但恐惧总是难以摆脱。在恐惧中，希望就像黑暗中的火光，照耀着我们前进的道路，并使我们产生战胜恐惧的勇气。我希望在未来的时代里，由恶人造成的恐惧越来越少，但由鬼怪故事和童话造成的恐惧不要根绝，因为，鬼怪故事和童话，饱含着人对未知世界的敬畏和对美好生活的向往，也包含着文学和艺术的种子。

目录

奇奇怪怪的动物

目录

奇奇怪怪的人

目录

奇奇怪怪的事

目录

代跋

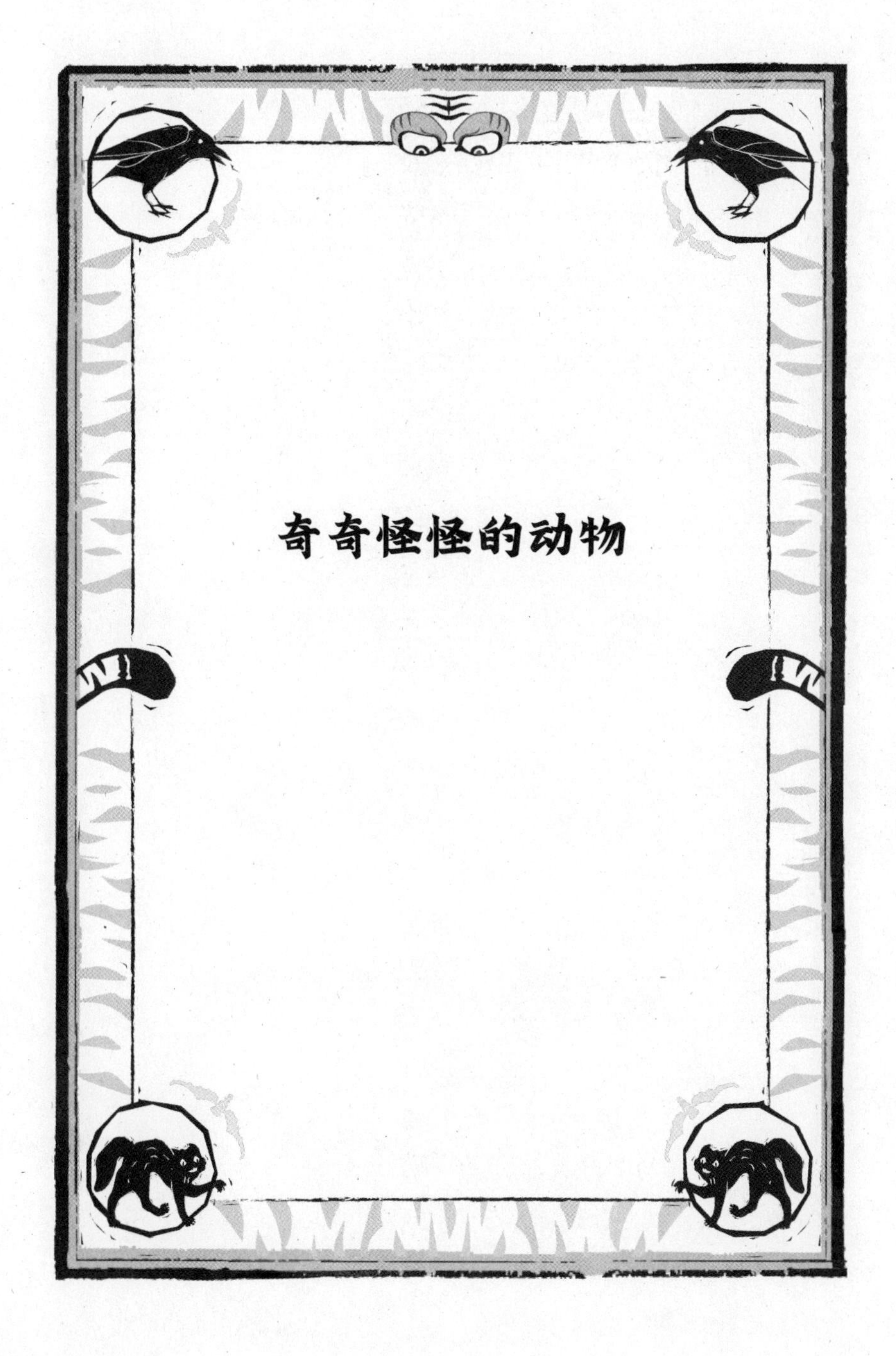

奇奇怪怪的动物

木匠和狗

钻圈的爷爷是个木匠，钻圈的爹也是个木匠。钻圈在那三间地上铺满了锯末和刨花的厢房里长大，那是爷爷和爹工作的地方。村子里有个闲汉管大爷，经常到这里来站。站在墙旮旯里，两条腿罗圈着，形成一个圈。袖着手，胳膊形成一个圈。管大爷看钻圈爷爷和钻圈爹忙，眼睛不停地眨着，脸上带着笑。外边寒风凛冽，房檐上挂着冰凌。一根冰凌断裂，落到房檐下的铁桶里，发出响亮的声音。厢房里弥漫着烘烤木材的香气。钻圈爷爷和钻圈爹出大力，流大汗，只穿着一件单褂子推刨子。欻——欻——欻——散发着清香的刨花，从刨子上弯曲着飞出来，落到了地上还在弯曲，变成一个又一个圈。如果碰上了树疤，刨子的运动就不会那样顺畅。通常是在树疤那地方顿一下，刃子发出尖锐的声响。然后将全身的气力运到双臂上，稍退，猛进，欻地过去了，半段刨花和一些坚硬的木屑飞出来。管大爷感叹地说："果然是'泥瓦匠怕沙，木匠怕树疤'啊！"

爹抬起头来瞅他一眼，爷爷连头都不抬。钻圈感到爷爷和爹都不欢迎管大爷，但他每天都来，来了就站在墙旮旯里，站累

了，就蹲下，蹲够了，再站起来。连钻圈一个小孩子，也能感到爷爷和爹对他的冷淡，但他好像一点儿也觉察不到似的。他是个饶舌的人，钻圈曾经猜想这也许就是爷爷和爹不喜欢他的原因，但也未必，因为钻圈记得，有一段时间，管大爷没来这里站班，爷爷和爹脸上还是那种落寞的表情。后来管大爷又出现在墙旮旯里，爷爷将一个用麦秸草编成的墩子，踢到他的面前，嘴巴没有说什么，鼻子哼了一声。“来了吗？”爹问，“您可是好久没来了。”蹲着的管大爷立即将草墩子拉过去，塞在屁股底下，嘴里也没有说什么，但脸上却是很感激的表情。好像是为了感激爷爷的恩赐，他对钻圈说：“贤侄，我给你讲个木匠与狗的故事吧。”在这个故事里，那个木匠，和他的狗，与两只狼进行了殊死的搏斗，狼死了，狗也死了，木匠没死，但受了重伤。狼的惨白的牙齿，狼的磷火一样的眼睛，狗脖子上耸起的长毛，狗喉咙里发出的低沉的咆哮，白色的月光，黑黢黢的松树林子，绿油油的血……诸多的印象留在钻圈的脑海里，一辈子没有消逝。

管大爷个子很高，腰板不太直溜。三角眼，尖下颌，脖子很长，有点儿鸟的样子。一个很大的喉结，随着他说话上下滑动。他头上戴着一顶“三片瓦”毡帽，样子很滑稽。提起管大爷，钻圈总是先想起这顶毡帽子，然后才想起其他。这样式的毡帽现在见不到了。管大爷作古许多年了。钻圈爷爷去世许多年了。钻圈爹已经八十岁了。钻圈也两鬓斑白了。爹健在，钻圈不敢言老，但他感觉到自己已经老了。钻圈把许多事情都忘记了，但管大爷讲过的那些故事和他头上那顶毡帽却牢记在心。管大爷用脚把眼前的锯末子和刨花往外推推，从腰里摸出烟包和烟锅，装好烟，捡起一个刨花圈儿，抻开，往前探身，从胶锅子下面引着火，点着烟，吧嗒吧嗒吸几口，用大拇指将烟锅里的烟末儿往下压压，再吸两口，两道浓浓的烟雾，从他的鼻孔里直直地喷出来。他清清嗓子，提高了嗓门，小眼睛直盯着钻圈，亮晶晶的，很有神采，说："大侄子，你长大了，一定也是个好木匠。'龙王的儿子会凫水'嘛！"

钻圈听到爷爷咳嗽了一声。钻圈知道爷爷对爹的木匠手艺很不满意，对自己，更不会抱什么希望。爷爷咳嗽，是表示对管大爷的恭维话反感。

管大爷说："五行八作中，最了不起的就是木匠。木匠都是心灵手巧的人，你想想，能把一棵棵的树，变成桌子、板凳、风箱、门、窗、箱、柜……还有棺材，这个世界上，谁能不死？死了谁能不用棺材？所以，谁也离不开木匠。"

爷爷冷冷地说："一大些是用草席卷出去的，也有用狗肚子装了去的。""那是，那是，"管大爷忙顺着爷爷的话茬儿说，"我是说个大概，大多数人还是需要一口棺材的，当然棺材与棺材大不一样。有柏木的，有柳木的，有四寸厚的，有半寸厚的。我将来死了，只求二叔和大弟用下脚料给钉个薄木匣子就行了。"

"你这是说的哪里的话？"爹说，"赶明儿大哥发了财，用五寸厚的柏木板做寿器时，别嫌我们手艺差另请高明就行了。"

"我要是发了财，"管大爷目光炯炯地说，"第一件事就是去关东买两方红松板，请大弟和二叔去给我做。我一天三顿饭管着你们。早晨，每人一碗荷包蛋，香油馃子尽着吃。中午和晚上，最不济也是四个冷盘八个热碗，咱没有驼蹄熊掌，但鸡鸭鱼肉还是有的；咱没有玉液琼浆，但二锅头老黄酒还是可以管够的。二叔您也不用自己下手，找几个帮手来，让大弟领着头干，您在旁边给掌着点儿眼就行了。做成了寿器，我要站在上边，唱一段大戏：一马离了西凉界——然后放一挂八百头的鞭炮，还要大宴宾客，二叔和大弟，自然请坐上席——可是，我这副尖嘴猴腮的模样，这辈子还能发财吗？”

“怎么不能发财？您怎么可以自己瞧不起自己呢？”爹说，“没准儿走在街上，就有一块像砖头那般大的金子，从天上掉下来，嘭，砸在您的头上。”“大弟，你这是咒我死呢！”管大爷道，“寸金寸斤，砖头大的一块金子，少说也有一百斤，砸在头上，还不得脑浆迸裂？即便运气好活着，也是个废人。这样的财我还是不发为好，就让我这样穷下去吧。”“其实您也不穷，”父亲说，“人，不到讨饭就不要说穷。您瞧您，穿着厚厚的棉袄，戴着八成新的毡帽，我们弯着腰出大力，您抽着烟说闲话，我们都不敢说穷，您怎么可以说穷？”爷爷瞪了爹一眼，说：“干活吧！”爷爷一开口，爹就闭了嘴。场面有点儿僵。钻圈瞅着房檐下那些亮晶晶的冰凌，不由得叹了一口气。

“小孩叹气，世道不济。”管大爷说，“侄子，你不要叹气了，我给你再讲个木匠和狗的故事吧，听完了这个故事，你就欢喜了。桥头村有个木匠，姓李，人称李大个子——没准二叔和大弟还认识他，他也算是个有名的细木匠，跟二叔虽然不能比，但除了二叔，也就无人能跟他相比了——我这样说大弟您可别不高兴。”

“我是个劈柴木匠，只能干点儿粗拉活儿，”爹笑着说，“你尽管说。”

“李大个子早年死了女人，再也没有续弦，好多人上门给他提亲，都被他一口回绝。大家都猜不透他的心思。他养着一条公狗，黑狗，真黑，仿佛从墨池子里捞上来的。都说黑狗能辟邪，但这条狗本身就邪性。去年冬天我去赶柏城集，亲眼见到过这个狗东西，蹲在李大个子背后，两个黄眼珠子骨碌骨碌转悠，好像在算计什么。那天是最冷的一天，刮着白毛风，电线杆子上的电线呜呜地响，树上的枝条嚓嚓地响，河沟里的冰叭叭地响。有很多小鸟飞着飞着就掉下来了，掉在地上立马就成了冰疙瘩。”

“没让那些鸟把您的头砸破？”父亲低着头，一边干活一边问。“大弟，”管大爷笑着说，“你是在奚落我，你以为我是在撒谎。去年最冷那天，就是腊月二十二日，辞灶前一天，县广播电台预报说是零下32度，是一百年来最低的温度纪录。其实他们也是在瞎咧咧，气象预报，是共产党来了才有的事。一百年，一百年都回到大清朝去了。那个时代，还没发明温度表呢。”

“不要小看了古人！”爷爷冷冷地说，“钦天监不是吃闲饭的。他们能算出黄历，能算出兴衰，还算不出个温度？”

“二叔说得对，”管大爷说，“钦天监里的人，都是半神，像那个张天师，前算五百年，后算五百年，算个温度不在话下。那天反正是够冷的，从咱们村到柏城集，只有十里路，我就捡了二十多只小鸟。有麻雀，有云雀，还有两只斑鸠。斑鸠，为什么叫斑鸠？因为它上午半斤重，下午九两重，斑鸠，半九也。我把捡来的小鸟揣在怀里，想给它们点儿热度把它们救活。我爹生前是捕鸟的，二叔知道，大弟也知道。那扇捕鸟的大网还在我家梁头上搁着呢。我要是把那网扛到南大荒里支起来，一天下来，怎么着还不网它百八十个鸟儿？拿到集上去，怎么着还不卖个十块八块的？要说发财，只要把俺爹的行当捡起来就能发财。但伤天害理，祸害性命的事儿，不能再做了。轮回报应，不敢不信。

“我是一百个信、一千个信的。俺爹的下场，吓破了我的胆。俺爹一辈子祸害了多少鸟？五万只？十万只？反正是不老少。他从小就跟鸟儿摽上了，七八岁时，用弹弓打，人送外号神弹子管小六，我爹在他们那辈里排行第六。听老人说，我爹能听声打鸟。他根本就不瞄准，听到鸟在树上叫，从怀里摸出弹弓和泥丸，胳膊一抻，嗖的一声，鸟声断绝，鸟儿就从树梢上，啪嗒，掉下来了。玩弹弓玩到十三岁，不过瘾了，开始玩土枪，我爷爷是个大甩手，整天吃大烟，家里的事一概不管，由着我爹折腾。我奶奶反对我爹玩土枪，几次把他的枪放在锅灶里烧毁。但烧了旧的，他就做新的。他无师自通地就把土枪做出来了，而且做得很漂亮。火药也是他自己配的。我奶奶管不了他，就咒他：小六啊，小六，你就作吧，总有一天让这些鸟把你啄死。

“玩了几年枪，还嫌不过瘾，又鬼使神差地学会了结网，没日没夜地结。结好了，扛到小树林子里支起来，网里放上一个鸟子，叽叽喳喳地叫唤着，把那些鸟儿诱骗下来，撞在网上。人群里有汉奸，鸟群里有鸟奸。那些鸟子就是鸟奸。你想想看，鸟儿们也是有语言的，如果那些鸟子，告诉那些在天空打转转的鸟儿，说下边是管六的罗网，千万不要下来，下来就没命了，那些鸟儿，还能下来吗？鸟子一定是骗它们，说下来吧，下来吧，下边有好吃的，好玩的，把那些鸟儿哄骗下来了。由人心见鸟心啊。人里边，也真有坏的。就说前街孙成良，他还是我的表弟呢，要紧的亲戚。前几年我跟他一起去赶柏城集，走得早，看不清路。他走在前，一脚踩到一堆屎上，跌了一跤。按说他应该提我一个醒。但他不吭气，悄悄爬起来，继续往前走。我在后边，也跟着踩了屎，跌了一跤。我说表弟，你既然踩了屎，跌了跤，为什么不提我一个醒？他说，我为什么要提醒你？我要提醒你，我的屎不是白踩了吗？我的跤不是白跌了吗？你说这人的心怎么这样呢？

“我爹天生是鸟儿们的敌人，杀起鸟儿来绝不手软。他把那些鸟儿从网上摘下来时，顺手就捏断了它们的脖子，扔在腰间的布袋里。那个布袋在他的胯下鼓鼓囊囊地低垂着，他的脸上蒙着一层通红的阳光。我没有亲眼看到过我爹捉鸟时的样子，但我的脑子里总是浮现出我爹捉鸟时的景象。我爹捉鸟，起初是为了自己吃。小时候他就会弄着吃，听说是跟着叫花子学的，找块泥巴把鸟儿糊起来，放在锅灶下的余火里，一会儿就熟了。把泥巴敲开，香气就散发出来。这样的香气连我奶奶也馋，但她信佛，吃素。信佛吃素的奶奶竟然生养出一个鸟儿的杀星。如果那些死鸟的魂儿上天去告状，我奶奶难免受到牵连。我爹后来就成了一个靠鸟儿吃饭的人，鸟肉虽香，但也不能天天吃。人是杂食动物，总要吃点儿五谷杂粮才能活下去。我爹别无长技，别的事情他也不想干，庄稼地里的活儿他是绝对不会干的。弄鸟儿，是他的职业，是他的特长，也是他的爱好。说起来，我爹一辈子，干了自己愿意干的事，也是造化匪浅。我爷爷死后，我爹要养家糊口，就把捕获的鸟儿拿到集上去卖。到了集上，把腰间的布袋解开，把鸟儿往地上一倒，几百只死鸟堆成一堆，什么鸟儿都有，花花绿绿的。有的鸟死后还把舌头吐出来，像吊死鬼一样，既让人害怕，又让人感到可怜。赶集的人走到我爹面前，都要往那堆死鸟上看几眼。有摇头叹息的，有骂的：管六，你就造孽吧。对鸟儿最感兴趣的还是孩子。每次我爹把鸟儿摊在地上，就有几个小男孩围上来看。先是站着看，看着看着就蹲下来。先是不敢动手，看着看着手就痒了，黑乎乎的指头勾勾着，伸到鸟堆上，戳那些鸟。越戳越大胆，就翻腾起来，似乎要从里边找到一个活的。我爹抄着手站着，低头看着这些噙着鼻涕的孩子，脸上是悲伤的表情。我爹心中的想法，任谁也猜不透的。他是身怀绝技啊。如果是退回去几百年，还没把洋枪洋炮发明出来的年代，我爹靠着那一手打弹弓的神技，就可能被皇上招了去，当一个贴身的侍卫。就算时运不济没给皇上当侍卫，给大官大员们，譬如包青天那样的大官，当一个护卫，王朝马汉，孟良焦赞，那是绝对的没有问题的吧？就算连王朝马汉孟良焦赞也当不了，往难听里说，当一个绿林好汉，占山为王总是可以的吧？你们想想，那么小的鸟儿，我爹一抬手，就应声而落，要是让他用弹子去打人，想打右眼，绝对打不了左眼。人的眼睛，是最最要紧的，哪怕你有天大的本事，满身的武功，比牛还要大的力气，但只要把你的眼睛打瞎了，你也就完蛋了。我爹真是生不逢时啊。生不逢时的人，对那些有权有势的人，总是冷眼相对。你有权，你有势，那是你运气好，不是靠真本事挣来的，我爹最瞧不起这些人。你有权有势，我不尿你那一壶。生不逢时的人对小孩子是最好的。身怀绝技的人都是有孩子气的，跟小孩格外的亲。我爹身边，总是有一些小男孩跟着。许多男孩，都打心眼里羡慕我，羡慕我有这样一个身怀绝技的爹，跟着这样一个爹可以天天吃到精美的野味。走兽不如水族，水族不如飞禽。摆在我爹面前这些鸟儿可都是飞禽。有麻雀，有黄鹂，有交嘴，有绣眼，有树莺，还有许多叫不出名字的小鸟。我爹自然是能叫出来的。那些蹲在鸟堆前的孩子，用小手捏着鸟儿的翅膀或是鸟儿的腿儿，仰脸看着我爹：

大爷，这是什么鸟儿？黄雀。然后提起另外一只：这只是什么鸟儿？灰雀。这只呢？虎皮雀。这是腊嘴，这是白头翁，这是窜窜鸡，这是灰鹡鸰，这是五道眉，这是麦鸡……孩子们的问题很多，我爹有时候很耐心地回答，有时候根本不理睬他们。我爹面前，尽管围着许多孩子，但他的鸟，其实很难卖。人们并不知道如何把这些东西处理成可食的美味。鸟卖不出去，时间长了，就臭了。在鸟儿没有臭之前，我爹还是满怀着把它们卖出去的希望，背着它们去赶集，但一旦它们臭了之后，就只好埋掉，埋在我家房后那片酸枣棵子里。那些酸枣，原本是灌木，因为吸收了死鸟的营养，长得比房脊还高，成了大树。到了深秋，果实累累，一片紫红，煞是好看。有一个挖药材的陈三，用杆子敲打酸枣树，每次都弄好几麻袋，卖到土产公司，听说卖了不少钱。他是个有良心的人，每年春节，都要送我爹一瓶好酒。说六叔啊，这是感谢你的那些死鸟呢。酸枣树丛里，有好几窝野兔子，其中有一只老兔子，狡猾极了，正是：人老奸，驴老滑，兔子老了鹰难拿。这个老兔子，毁了好几个鹰。你知道那些鹰是怎么毁的吗？那个老兔子的窝门口，有两棵小酸枣，老兔子看到鹰来了，就用前爪扶着酸枣棵子，等待着鹰往下扑。鹰扑下来，老兔子不慌不忙地把那两棵酸枣一摇晃，枝条上的尖针，就把鹰的眼睛扎瞎了。我爹用他的鸟网，经常能网到鹰。我们这地场，鹰有多种，最大的鹰，就像老母鸡那么大。鹰的肉，不怎么好吃，酸，柴。但鹰的脑子，据说是大补。我爹每次捕到鹰，就会发一笔小财。县城东关有个老中医，用鹰的脑子，制作一种补脑丸，给他儿子吃，他儿子是个大干部，出入都有跟班的呢。你们看我这是说到哪里去了呢。后来我爹在不知道受了哪个明白人指点之后，不在大集上卖死鸟了。他在家里，把这些鸟儿拾掇了，用调料腌起来，拿到集上去，支起一个炭火炉子，现烤现卖。鸟儿的香气，在集上散发，把好多的馋鬼勾来。我爹的财运来了，挡都挡不住。那年秋天，乡里新来了一个书记，名叫胡长清，鼻头红红，好喝几口小酒。书记好喝小酒，是很正常的。他的工资是全乡里最高的，每月九十元，九十元啊，够我们挣一年的了。二叔和大弟，你们辛辛苦苦地锯木头，累得满身臭汗，一个月也挣不到九十元吧？”

“你这是拿檀香木比杨柳木呢。”爷爷说。

父亲说：“听说那个书记是个老革命，原先在县里当副县长的。闹水灾那年，他带领着农民去拦火车，说是火车震动，能把河堤震开。整个胶济铁路，中断十八个小时。气得国务院一个副总理拍了桌子，批示说：小小副县长，吃了豹子胆。为了小本位，断我铁路线。责成山东省，一定要严办。书记犯了错误，被撤了好几级，下放到咱们这里当书记。如果不是撤了职，他每月要挣一百多元。”

爷爷感叹道：“那样多的钱，怎么个花法？”

“所以我说我爹的财运来了挡都挡不住的。胡书记，一个老光棍汉，听人家说他不结婚的原因是裤裆里那件家什被炮弹皮子崩掉了。要不是这样我估计着他也就不敢领着农民拦火车了。这个胡书记，脾气暴躁，作风正派，从来不用正眼看女人，就冲着这一点，他的威信呼啦一下子就树立起来了。在他之前，咱们乡里那几任书记，都好色，见了女人腿就挪不动。突然来了一个不近女色的书记，大家都感到吃惊，然后就是尊敬。胡书记好赶集，没事就到集上去转转，那时候困难年头刚刚过去，集市上的东西渐渐地多了起来。我爹的鸟儿，用铁签子串着，一串一串的，放在炭火上烤着，嗞啦嗞啦地冒着油，散发着扑鼻的香气，连那些白日里很难见到影子的野猫都来了，在我爹的身后打转。连那些鹞鹰都飞来了，在我爹的头上盘旋。瞅准了机会，它们就会闪电般地俯冲下来，抓起一串鸟儿，往高空里飞，但飞不了多高它就把铁签子连同鸟儿扔下来了。铁签子在火上烤得太热，烫爪子。胡书记是不是闻着香味来的，我真的说不好，但我想，只要他到了我爹的摊子前，自然是能闻到香味的。那可不是一般的香味，那是烧烤着天上的鸟儿的香味啊。胡书记那样的好鼻子，自然不能闻不到。而只要他闻到了香味，他想不买也难了。我爹生前，高兴的时候，曾经跟我唠叨过，说这个世界上，最考验男人的事情，第一个是美色，第二个就是美食。美色，有人还能抵抗，但美食，就很难抵抗了。有的人可能几年不沾女人，但把一个人饿上三天，然后摆在他面前两个饽饽一碗肉，让他学一声狗叫就让他吃，不学就不给吃，我看没有一个人能顶得住。”

“人的志气呢？人毕竟不是狗。”钻圈的爷爷冷冷地说，“俺老舅爷小时候，家里跟沙湾李举人家打官司，输了，家破人亡。俺老舅爷只好敲着牛胯骨沿街乞讨。有一次在大集上，遇到了李举人在路边吃包子。老舅爷不认识李举人，就敲着牛胯骨在他面前数了一段宝。老舅爷自小聪明，记忆力强，口才好，能见景生情，出口成章。那一段宝数得，真是嘎嘣利落脆，赢得了一片喝彩。那个李举人问我老舅爷：你这个小孩，是哪个村子里的？这么聪明，为什么干上这下三烂的营生？俺老舅爷就把家里跟李举人打官司的事数落了一遍。说得声泪俱下。那李举人脸上挂不住，就说：小孩，你别说了，我就是李举人。事情并不像你说的那样，你爹是个混账东西，他输了官司，并不是我去官府使了钱，也不是官府偏袒我这个举人，是因为公道在我这方。这样吧，小孩，冤家宜解不宜结，你也不用敲牛胯骨了，你拜我做干老头吧。从今之后，只要有我吃的，就有你吃的。俺老舅爷那年才九岁，竟然斩钉截铁地说：‘人活一口气，树活一张皮。宁敲牛胯骨，不做李家儿。’集上的人听了俺老舅爷这一番话，心中都暗暗地佩服，都知道这个小孩子长大了，不知道能出落成一个什么人物。”

钻圈插嘴问道：“这个老舅爷爷后来成了一个什么人物呢？”“什么人物？”爷爷瞪了钻圈一眼，单眼吊线，打量着一块木板的边沿，说，“大人物！”“二叔，您说的是王家官庄王敬萱吧？”管大爷肯定地说，“他后来参加了孙中山的革命党，民初的时候，在军队里当官，孙中山给他发表的军衔是陆军少将。这样的人物，自然是能够做到冻死不低头，饿死不弯腰的。”

钻圈的爷爷哼了一声，弯腰刨他的木头，一圈圈的刨花飞出来，落在钻圈的面前。管大爷说：“钻圈贤侄，我继续给你说木匠和狗的故事。”

钻圈说：“你爹和鸟的故事还没说完呢。”

“我爹的故事，也没有什么讲头了。那个胡书记，每逢集日，就到我爹的摊子前，买两串小鸟，蹲在地上，从怀里摸出一个扁扁的小酒壶，一边喝酒，一边吃鸟，旁若无人。认识他的人，知道他是堂堂的书记，不认识他的人，还以为是个馋老头呢。他后来和我爹混得很熟，很多人说我爹和他拜了干兄弟。但其实没有这么回事。我爹是个直愣人，不会巴结当官的。否则，我早就混好了。”

“您现在混得也不错。”钻圈的爹说。

“稀里糊涂过日子吧，”管大爷感慨地说，“胡书记不止一次地对我爹说：老管，让你儿子拜我做干老头吧，我好好培养培养他。我爹死活不松口。这样的好事落到别人身上，巴结还来不及呢。可我爹……算了，不说了。大弟你说，如果我拜了胡书记干老头，最不济也是个吃公家饭的吧？”

“那是，”钻圈的爹说，“没准也是一个书记呢。”“你爹也是个有志气的！”钻圈的爷爷感叹着，“管小六啊管小六，这样的人也难找了！”“钻圈贤侄，我给你讲木匠与狗的故事。”管大爷说。

…………

钻圈老了，村子里的孩子围着他，嚷嚷着：“圈大爷，钻圈大爷，讲个故事吧。”

“哪里有这么多的故事？”钻圈抽着旱烟，说。一个嗵着鼻涕的小男孩说：“钻圈大爷，您再讲讲那个木匠和他的狗的故事吧。”

“翻来覆去就是那一个故事，你们烦不烦啊？”

“不烦，不烦……”孩子们齐声吵吵着。

“好吧，那就讲木匠和狗的故事吧。”钻圈说，

“早年间，桥头村有一个李木匠，人称李大个子。他养了一条黑狗，浑身没有一根杂毛，仿佛是从墨池子里捞上来的一样……”

…………

那个嗵鼻涕的小孩，在三十年后，写出了《木匠和狗》：

……木匠拖着沉重的步伐，不断地回忆着那个收税小吏横眉

立目的脸和猖狂的腔调，摇摇摆摆地走进家门。他将扁担和绳索扔在地上，大骂了一声：狗杂种！然后又回头对着湛蓝的、飘游着白云的天空，再骂一声：狗杂种！忙活了半个月，用上好的桐木板和灿烂的公鸡毛做成的四个风箱，卖了一百元钱，竟被集市上那个目光阴沉的收税员罚没了九十元，心中的懊恼难以言表。把剩下的十元钱，打了两斤薯干酒，割了两斤猪头肉，还买了一串油炸小鸟。吃到肚子里，喝进肚子里，把钱变成屎尿，让你们罚去吧。钱没了，但日子还得往下过。钱是死的，人是活的。只要人活着，不生病，有手艺，赶集时长着点儿眼色，看到那些卖炒花生的小贩提着篮子拖着秤逃跑，你就跟着逃跑，不要把木货全部解开，免得临时捆不及，这样，就可以保证不被那个收税的抓住。我的风箱做得好，木板烘烤得干燥，鸡毛扎得厚实，风力大，不瓢偏，方圆百里，没人不知道我的风箱。只要有用风箱的人家，我就有活干。只要有活干，就会有钱挣。今日破了财，就算免了灾。嗐！这年头。心中虽然还为那被罚没的九十元疼着，但明显地钝了，麻木了。把肉和酒从帆布兜子里摸出来，扔在桌子上。坐下，刚要吃喝，就听到街上一阵嚷。木匠本不想出去，这年头，多一事不如少一事，但喊声越来越急，终于坐不住了。出去看，原来是邻居家一头牛犊掉到井里。那个年轻媳妇在喊叫：李大叔，快帮帮俺吧，要是淹死牛犊，俺男人回来，会把俺的头砸破的，他下手可狠，您以前见过的啊。年轻媳妇蓬着头，头发上沾着草，腮上抹着灰，看样子是从锅灶边跑出来的。正是晌午头，做饭的时辰，许多烟囱里，冒出白烟。木匠马上就想起来邻居那个黑大汉子，双手拖着老婆两只脚，在大街上虎虎地走着的情景。老婆哭天号地，汉子洋洋得意。有人上前去劝，被啐了一脸唾沫。木匠不愿意管这家的事情，只怕出了力还赚了汉子的骂。那家伙有疑心症，谁要跟他老婆说句话，就要遭他的怀疑和嫉恨。但架不住女人苦苦地哀求，又想起那只牛犊，缎子般的皮毛，粉嫩的嘴巴，青玉般的小蹄子，在胡同里撅着尾巴撒欢，真是可爱。于是就回家拿着绳子，往井边跑，沿途招呼了几个人，到了井边，把绳子挽成套儿，顺到井里，揽住牛犊，众人齐用力，发声喊，把牛犊拖上来。牛犊在地上趴了一会，打几个喷嚏，爬起来，抖擞抖擞，向着场院那边跑了。等他捞完牛犊回家，发现桌子上的肉没有了。只有一片包过肉的破报纸，粘连在桌子边沿上。那条黑狗，蹲在桌子旁边，盯着木匠，眼珠子骨碌碌地转悠。木匠好恼，抓起一根棍子，对准狗头，擂了下去，狗不躲闪，正好擂在头上。

木匠骂道：你这个馋东西，好不容易弄了点儿肉，我没吃，你先吃了。狗说：我没吃。木匠说：你没吃，谁吃了？狗说：我也不知道谁吃了，反正我没吃。木匠说：你还敢跟我犟嘴，看我不打死你。木匠抄起一根大棍，对着狗头砸去。狗当场就昏倒了，鼻子里流出血来。木匠心中也有些不忍，扔掉棍子，自己喝酒。喝醉了，趴在桌子上睡了。迷蒙中，看到狗费劲地爬起来，摇摇摆摆地向着门外走去。木匠说：狗杂种，走了就不要再回来了。从此这条狗就没有了。过了一个月光景，一个晌午头儿，木匠躺在床上午睡，蒙眬中听到门被轻轻地拱开了，他猜到是狗回来了。好久不见，他还真有点儿想狗了。木匠装睡，眼睛睁开一条缝，看着狗的行径。狗拖着一根高粱秸，把木匠的身体丈量了一下，悄悄地走了。木匠心中纳闷，不知道这个狗东西想干什么。过了几天，没有动静，木匠就把这事淡忘了。

有一天，木匠去外地杀树归来，背着一把锯子，一个大锛。他喝了一斤酒，有八分醉，晃晃悠悠地走着，迎着通红的夕阳。到了一片荒草地，周围没人影。很多鸟儿在红彤彤的天上叫唤。一条窄窄的小路，从荒草地中间穿过。木匠走在小路上，路两边草丛中的蚂蚱，扑棱棱地往他身上碰。他看到很远的地方，有一片树林子，树林子边缘上，有一个人埋伏在草丛里，在他面前不远处，支着一面大网，网中有一个鸟儿在歌唱，千回百转的歌喉，十分动听。一群鸟儿，在网上盘旋着。木匠知道，那个藏身草丛的人，姓管行六，人称神弹子管小六，是个捉鸟的高手，杀死过的鸟儿，已经不计其数了。木匠看到，空中那些鸟儿，经不住网中那只鸟子的诱惑，齐大伙地扑下去，然后就着了道了。那个管六，从草丛中慢吞吞地站起来，到网前去，收拾那些鸟。尽管看不真切，但木匠能够想象出那些被捏死的鸟儿的惨样。木匠心中凄凄，身上感到凉意，好像有小凉风，沿着脊梁沟吹。世界就是这个样子，各人都有自己的活路。那些被捏死的鸟儿凄惨，但那些被你杀死的树呢？树根被砍断，树枝被锯断，往外流汁水，那就是树的血啊。木匠叹一声，继续往前走。走不远，就看到在小径的右边，草丛深处，有一棵枯死的树。在这个地方，长出这样一棵孤零零的树，是件怪事。这棵树枯死，也是一件怪事。世上的事，仔细琢磨起来，都是怪事。琢磨不透彻的，不如不琢磨。木匠看到，树下草丛中起了动静。有一个油滑的黑影子，从草中跃起来。他马上就知道了，那是自己的狗。他心中感到有些不妙，但还是没往坏处想。狗在草丛中蹿了几下，就到了自己眼前。他还以为狗会摇着尾巴讨好呢，但一看，才知道事情不好了。狗龇出白牙，发出呜呜的叫声。狗眼闪烁，放着凶光。

这样的声音和表情，让木匠心中凛然。他知道这条狗，已经不是过去那条狗。这条狗过去是自己的亲密朋友，现在，是自己的冤家对头。狗步步逼近，木匠步步倒退。木匠一边倒退一边说：老黑，那天的事，是我过分了。你跟了我这么多年，偶尔嘴馋，偷一块肉吃，按说也不是什么大错，我不该用棍子打你。狗冷笑一声，说：你现在才说这些话，晚了，伙计。狗后腿蹬地，猛地往前一扑，身体凌空跃起，嘴巴里尖利的白牙，对着木匠的咽喉。木匠跌倒，狗扑上来，就要咬到木匠的脖子时，木匠抬胳膊挡了一下，袖子被撕下来。经了这一吓，身体里的酒，都变成冷汗冒了出来。木匠四十岁出头，身手还算利索，打了一个滚，滚到路边草丛中。狗又扑上来，不给木匠站起来的机会。木匠把背后的带子锯抡起来，往前一甩，锯条铮然一声弹开，打在狗的下巴上。狗一愣，往后跳了一下。趁着这个机会，木匠跳起来，同时把大锛抓在手里。手中有了家什，木匠镇静了许多。锛是木匠的利器，也是最常使用的工具。狗自然知道主人是个使锛的高手，手上既有力气又有准头，也就有了忌惮之心，不敢像适才那样猖狂进攻。狗和人僵持着。狗耸着脖子上的毛，龇着牙，呜呜地低鸣。人持着锛，还在说理，骂狗。看看红日西垂，已经挂在了林梢，红光遍地，正是一个悲凉的黄昏。木匠慢慢地倒退，狗亦步亦趋地跟随。这种状态对木匠不利。木匠举着锛，发起主动进攻，但狗往后轻轻一跳就躲闪了过去。木匠再进攻，狗再退。木匠明白了自己的进攻毫无意义，空耗力气，而且只要手上一慢，很可能就会被狗趁机蹿上来。明智的举动，就是防守，等着狗往上扑。但狗很有耐心，只是跟随着步步后退的木匠。看看退到了树林边，木匠用眼睛的余光瞥见神弹子管小六，于是就大声喊叫：六哥啊，帮帮我，除了这个叛逆！但那管小六，好像聋子一样，对木匠的喊叫毫无反应。木匠知道，再这样拖延下去，迟早要着了这个狗东西的道儿。于是，他使出来凶险的一招：身体往后，佯装跌倒。在身体往后仰去的同时，手中的大锛也刃子朝上扬了起来。狗不失时机地扑上来，大锛锋利的宽刃，恰好砍进了狗的下巴。狗的身体在空中翻了一个个儿，半个下巴掉在地上。木匠跳起来，抡起大锛，对准负痛在草地上翻滚的狗头，劈了下去。啪的一声，狗头开了瓢儿。

木匠坐在地上，看着死在自己面前的狗。他看着裂开的狗头上那些红红白白的东西，和狗的一只死不瞑目的眼睛，突然感到恶心，就吐起来。吐完了，手按着地爬起来。他感到极度疲乏，浑身没有一丝力气，似乎连那个大锛也提不起来了。他看到，神弹子管小六，在距离自己五步远近的地方，怔怔地看着地上的狗。他说：小六，把这个狗东西拖回去煮煮吃了吧。管小六不说话，还是盯着狗看。木匠看到管小六腰间的叉袋沉甸甸地低垂着，里边全是死鸟。

木匠收拾起工具，想往家走。刚走了几步，又回头朝那棵枯死的树走去，适才，狗就是从那里蹿出来的。树下，有一个长方形的深坑。坑里有一根高粱秆。木匠明白了，知道狗是按照那天中午量好的尺寸，给自己挖好了葬身之地。木匠来到狗的尸体旁边，对依然站在那里发愣的管小六说：跟我来看看吧，看看它干了些什么。木匠拖着狗的后腿，来到树下。对尾随着的管小六说：他量了我的身高，然后给我挖了坑。管小六摇摇头，似乎是表示怀疑。木匠突然激奋起来，大嚷着：怎么？你不相信吗？难道你怀疑这条狗的智慧吗？这个狗东西，就因为我打了它一下，然后就和我结了仇。趁着我午睡时，用高粱秆丈量了我的身体，然后，就给我挖了坑。它知道我要去蓝村杀树，这里是我的必经之路，它就在这里等我。管小六还是摇头，木匠益发愤怒起来，说：你以为我是撒谎骗你吗？我“风箱李”耿直了一辈子，从来没有撒过谎。但你竟然不相信我，我怎么才能让你相信呢？这个狗东西和我战斗时的样子你亲眼看到了，你知道它的凶猛，但你不知道它的智慧。要不我就躺到这个坑里，让你看看，是不是合适。木匠说着，就把背上的锯和锛卸下来，跳到坑里，躺下，果然正合适。木匠在坑里，仰面朝天，对管小六说：你现在相信了吧？管小六笑着，不说话，把那条死狗，一脚踢到坑里。木匠大喊：管小六，你干什么？你要把我和它埋在一起吗？管小六把那把大肚子锯抖开，一手握着一个把子，锯齿朝下，猛地插在土里，然后往前一推，一大夯土就扑噜噜地滚到坑里去了。小六，木匠大声喊，你要活埋我？木匠挣扎着想爬起来，但身体被狗压住了。管小六用大锯往坑里刮土，只几下子，就把木匠和狗的大半个身体埋住了。木匠喘息着说：小六，也好，也好，我现在想起来了，知道你为什么恨我了。

猫事荟萃

数月来日夜攻读鲁迅先生的著作——这是一个双目炯炯匪气十足的朋友敦促的结果。当时他对我说："你一定要读鲁迅。"我不以为然地说："读过了呀。"他说："读过了还要读！要下死功夫！"随即这"读鲁迅"的话头也就扔掉，喝着酒扯到鲁迅的小说。我马虎地记着前些年一些文章中说鲁迅先生曾计划要写一部红军长征的长篇小说，终未写成，是天大的遗憾，云云雨雨。朋友则说一点儿都不遗憾，鲁迅先生如果真写成了这部小说，也未必就是伟大著作，伟大人物也有他的局限性。他认为先生最大的遗憾是没有修成一部中国文学史，先生有这能力有这计划并做了充分准备甚至拟定了一些篇目，如"《离骚》与反《离骚》""从廊庙到山林"之类，这些篇目就不同凡响，此书若成，才是真正的杰构。又扯到老舍先生，朋友认为老舍备受推崇的几部书如《四世同堂》之类，"水"得很，因老舍在沦陷后的北平待了并没几天，他的最伟大的著作是仅写了开头八万字的《正红旗下》，此书若成，亦不是可以什么同日而语的。看来"面壁虚造"真是文学的大敌，近年来被青年作家们几乎忘光了的革命现实主义创作原则并没过时，事情怕只要没亲身体验过就难得其中真正的味道，调查也好、读档案也好，得到的印象终究模糊。

这使人十分容易想起“评法家”的故事，真是到了认真读马列主义的时候了，不但青年作家要读，老年作家恐怕也要读，因为马列主义并不是如“长效磺胺”类的药品，吞一丸可保几百年不犯病——我“死读”鲁迅了。读到妙处，往往心惊肉跳；读到妙处，往往浮想联翩。心惊肉跳是不能入小说了，浮想联翩大概是艺术的摇篮或曰“翅膀”吧？

鲁迅先生的《狗·猫·鼠》里，写着：“那是一个我的幼时的夏夜，我躺在一株大桂树下的小板桌上乘凉，祖母摇着芭蕉扇坐在桌旁，给我猜谜，讲故事。忽然，桂树上沙沙地有趾爪的爬搔声，一对闪闪的眼睛在暗中随声而下，使我吃惊，也将祖母讲着的话打断，另讲猫的故事了——”先生的祖母给先生讲了猫如何教虎捕、捉、吃的本领，虎以为全套本领学到，只要灭了猫，老子便天下第一，就去扑猫，猫一跳便上了树。这故事我在高密东北乡当天真烂漫的幼儿时，也听老人们说过，几乎一模一样，只是比先生晚听了七十多年。想想这故事倒像一个寓言或讽刺小说。在这故事中，猫是光彩夺目的，虎却不怎么样。

在人的世界里，口头流传或见诸书刊的猫事不比狗事少，鲁迅先生文章中举过一些例子，如爱伦·坡小说里的黑猫，日本善于食人的“猫婆”，中国古代的“猫鬼”，等等。但这都是丑化猫的，美化猫的例子没举，这类猫也是很多的。这类猫或聪明伶俐，如《小猫钓鱼》；或娇憨可爱，如《好猫咪咪》；或执法如铁，如《黑猫警长》。这类猫与“猫婆”“猫鬼”“猫精”们成为鲜明的对照，善与恶、正与邪、美与丑，截然对立，前者给儿童心灵留下阴影，后者使儿童心灵美。在一片“我是一个父亲”的呼声中，我这个父亲也茫然如坠大荒，不知是该把爱伦·坡的书烧掉呢，还是在孩子的课本上涂满美猫的形象——这大概也是杞忧，上述猫形象并存于世，久矣，我辈也并没因受猫鬼猫怪们的影响而变成魔鬼，也没有因真善美猫的影响而变成天使。正如人不是天使也不是魔鬼一样，猫也不是恶的典型或美的象征；正如阴邪奸诈的猫形象与活泼美丽的猫形象可以并存一样，写人的阴暗心理与写人的光明内心的作品也未尝不可并存，谁也不会去有意毒杀孩子。猫撒娇时、猫捕鼠时的形象是有益儿童的，可猫偷食墙上悬挂的带鱼时、猫偷食儿童养的鸟雀时却未必使童心爱猫。编造十万则美好的猫童话，猫一旦偷食了小鸟，童心还是要觳觫，岂止觳觫，他会感到受了骗，才被猫钻了空子，早知猫吃鸟，他不会把鸟笼挂得那么低。

还有一类猫形象，就很难用善或恶来概括了。记得前几年看过戴晴一篇写猫的小说《雪球》，还看过中杰英一篇《猫》，都有些象征意味，固然这两只猫被写得猫毛毕现，但总让人想到某种人的生存状态，对认识猫世界无多裨益。

还有一类被剥了皮的猫，最著名的是《三侠五义》中被太监郭槐剥了皮换出太子的狸猫。这类猫最冤枉，既没寄托作者的高尚感情，又没抒发作者的刻毒心理，但被剥皮的狸猫这形象真不但令童心觳觫，连翁心也觳觫了。《三侠五义》看过多年，故事都忘了，这血淋淋的猫形象却历历在目。我认为这剥皮狸猫实在是该书的精彩象征物，无意之象征实乃大象征。那后被皇帝封为“御猫”的大侠展昭我总感觉他是那只正在等待太监们剥皮的狸猫，还没剥皮是因为白玉堂、卢方、徐庆、韩彰、蒋平这五只大耗子还在兴风作浪，扰乱朝廷，捉尽了耗子必剥猫皮无疑。猫皮可充貂皮做大氅之风领，猫之肉体则可与鸡、蛇做伴儿，成一盘名为“龙虎凤大斗”的名菜。我还是在十几年前看李六如先生的《六十年的变迁》时，知道了广州有这样一道名菜。剥皮之猫一旦被烹炸成焦黄颜色与鸡、蛇一起盘桓一大盘中，芳香扑鼻。看着书就垂涎，还觳觫个屁！可见影响人的感觉的，多半是颜色和味道，同是一只剥了皮的猫。换了太子的狸猫和盛在盘里的“猫虎”比还是幸运的，起码在它临被剥杀前，会得到主人精心喂养。因要换太子，就要肥大些；因要成名菜，自然要有肉吃。这些猫生前还是享福的。真正受苦的猫是受虐待的猫，如冰岛女作家F. A. 西格查左特小说《傍晚》中那只无辜受害的猫，虐待者是一个受虐待的少年，他把猫当成了发泄胸中愤怒的对象。这少年绝对不是受了写猫小说的影响，如受恶猫形象影响，他若以为猫能成精成怪，谅他也不敢下手；如受美猫形象影响，爱都爱不够，何忍折磨它？如果冰岛也有一个剥猫皮的郭槐，自然又另当别论。

以上都是书上的猫，不是真猫。

有关猫闹春的描写或以猫闹春时发出的恶劣叫声比喻坏女人笑声的字句在小说里比比皆是，可见猫与人生活关系之密切。可见人非但对同类的事情十分地感兴趣，对猫的恋爱也颇为关注。人即便是成了什么“作家”或“灵魂的工程师”，也并未超脱到坐怀不乱的程度，更未坦荡到敢把自己的叫声像写猫的叫声一样恶毒地写出来的程度。不过也是咎由猫取，如猫们悄悄地干那事，也就没人骂它们，甚至可以去骂别人了。鲁迅先生是疾恶如仇的，他说他手持长竿把恋爱中发出狂呻的猫们打跑，这是因为他要夜读。只要不烦扰他，先生也决不会手持长竿去专找情猫们痛打的。视性描写如洪水猛兽，中外大都有过这阶段，目下在小书摊上高价出售的英人劳伦斯的大著《查泰莱夫人的情人》当年在英国亦是禁书，禁又禁不住，干脆开了禁，印上几十万本，也就蹲在书架上无人问津了。目下在小书摊上的这《查泰莱夫人的情人》听说售价已由十五元降至八元，再过几天连八元也卖不出了吧？国家禁书，小书摊发财，这也要怨读者不能令行禁止，越说是老虎，偏要捋虎须，这也是人类一个既宝贵又可恶的特点。

还是猫事为要，至于性描写，大家其实心里都有数。一窝蜂钻进裤裆里去不好，避之如蛇蝎也不是好态度。私心而论，一个“作家”（加引号是向别人学习，我始终怀疑作家是当然的“灵魂工程师”的资格，好像一戴上“作家”桂冠，自然就成了德行高贵的圣人，就不争权夺利，就见了漂亮女人掩面哭泣，就不去偷别人的老婆，就不嫉妒别人的才能，就不写错别字，就不大便与放屁，这样的好“工程师”大概还没出生）敢暴露阴暗心理总比往自己的阴暗心理上涂鲜明色彩的人要可信任一些。即便是交朋友，也要交一个把缺点也暴露给你的人。

半夜里的猫叫对于成人，其实并不残酷，对于孩子，才真是精神上的酷刑。我在孩提时代，一听到这凄厉的“恋爱歌曲”就拼命往被窝里缩，全不怕呼吸哥哥姐姐母亲父亲及我自己的屁臭脚臭与汗臭的——这又不是好的话，怎么哥哥姐姐父亲母亲都睡一个被窝呢？这只好为读者（一部分）解释了：睡在一个被窝里并不是要为乱伦创造便利，而是为了取暖，而是为了全家只有一条被子。这当然都是过去的事了。其实饥饿和寒冷是彻底消灭性意识的最佳方案，那几年，我所在的村庄只有一个女人怀过孕，她丈夫是粮库的保管员。到了后来，地瓜大丰收，村里的男人和女人吃饱了地瓜，天气又不冷，来年便生出了一大批婴儿。——这正应了“饱暖思淫欲”的旧话。这批孩子，被乡间的“创作家”们谑称为“地瓜小孩”。这都是过去的事了，随便扯来，竟也感觉不到有多大恐怖，一旦吃饱，那饿肚的滋味便淡忘了许多，以为那果真就是一场梦。我之所以还有些感受，大概是因为参军之前，很少与“丰衣足食”这种生活结过亲缘的关系。当兵之后，一顿饭吃八个馒头使司务长吃惊的事也是经历过的，扯得更远啦，打住。暗夜中之猫叫，是关于猫的最早记忆，真正认识一只猫，并对这只猫有了深刻了解，则是很晚——那时村里住进了“四清”工作队，工作队一个队员来我家吃“派饭”时，那只猫突然来了，所以至今难忘。

当时，有资格为工作队员做饭，是一种荣誉，是一种政治权利。富裕中农（上中农）家庭比较积极的，可以得到这殊荣，比较落后的，就得不到。所以我家得到招待工作队员吃饭的通知时，大人孩子都很高兴，很轻松，心里油然生出一片情，大有涕零的意思。那支队伍有二十七个人，队员和队长都是县茂腔剧团里的演员和拉胡琴、敲小鼓的。这群人会拉会唱会翻筋斗，人又生得俏皮，行动又活泼，把村里的大姑娘小媳妇青年小伙子给弄得神魂颠倒，这工作队撤走后，很留下了一批种子，只可惜长大了，也没见个会唱戏的就是了。这段故事也许编成个小说更好。

“四清”工作队是最严肃的工作队，水平也最高，后来的工作队都简直等于胡闹。我记得派到我们家吃饭的那个“四清”工作队员是个大姑娘，个子不高，黑黑瘦瘦的，戴一副近视眼镜，一口江南话，姓陈，据说是外语学院的学生。家里请来了这尊神，可拿什么敬神呢？那时生活还是不好，白面一年吃不到几次的，祖父是有些骨气的，愤愤地说："咱吃什么就让她吃什么！"我们吃什么？霉烂的红薯干、棉籽饼、干萝卜丝子，这都是好的了，差的就无须说了。祖母宽厚仁慈，想得也远，因我父亲那时是大队干部，请客就不是玩。于是决定尽量弄得丰盛一点儿。白面还有一瓢，虽说生了虫，但终究是白面；肉是多年没吃了，为贵客杀了唯一的一只鸡；没有鱼，祖母便吩咐我跟着祖父去弄鱼。时令已是初冬，水上已有薄冰，我和爷爷用扒网扒了半天，净扒上些瘦瘦黑黑的癞蛤蟆，爷爷抽搐着脸，咕咕哝哝地骂着谁，后来总算扒上来一条大黄鳝，可惜是死的，掐掐肉还硬，闻闻略略有些臭味，舍不得丢，便用蒲包提回了家。祖母见到这条大黄鳝，十分高兴。我说臭了，祖母触到鼻下闻闻，说不臭，是你小孩嘴臭。祖母便与母亲一起，把黄鳝斩成十几段，沾上一层面粉，往锅里滴上了十几滴豆油，把黄鳝煎了。鸡也炖好了，鱼也煎好了，单饼也烙好了，就等着那陈工作队员来吃饭了。

我闻着扑鼻的香气，贪婪地吸着那香气，往胃里吸。那时我有一种奇异的感觉，感觉到香味像黏稠的液体，吸到胃里也能解馋的，香味也是物质，当时读中学的二哥说，香味是物质，鱼香味是鱼分子，鸡肉香味是鸡分子，我恍然认为分子者就是一些小米粒状的东西，那么嗅着鱼香味我就等于吃了鱼分子——小米粒大小的鱼肉；嗅着鸡肉香味也就等于吃了鸡肉分子——小米粒大小的鸡肉。我拼命嗅着，脑里竟有怪相：那鱼那鸡被吸成一条小米粒大小的分子流，源源不断地进入了我的肚子。遗憾的是祖母在盛鱼的盘和盛鸡的碗上又扣上了碗和盘。我的肚子辘辘响，馋得无法形容。我有些恨祖母盖住了鸡、鱼，挫了我的阴谋。但马上也就原谅了她：要是鸡和鱼都变成分子流进了我的胃，让陈同志吃屁去？在我二十年的农村生活中，我经常白日做梦，幻想着有朝一日放开肚皮吃一顿肥猪肉！这幻想早就实现了，早就实现了。再发牢骚，就有些忘本的味道啦。陈同志终于来了，由姐姐领着。

陈同志要来之前，祖母和母亲恨不得“掐破耳朵”叮嘱我：不要乱说话，不要乱说话——我从小就有随便说话的毛病，给家里闯过不少祸，也挨过不少打骂，但这毛病至今也没改，用母亲的话说就是：“狗改不了吃屎！”这句话貌似真理，实则不正确，这边一块肥猪肉，那边一泡臭屎，我相信没有一条狗不吃肉去吃屎，即便那屎也是吃过肉的人拉的，到底也是被那人的肠胃吸取了精华的渣滓，绝无比肉味更好、营养更丰富的道理，何况那都是吃地瓜与萝卜的人拉的屎呢。

陈同志进了院，全家人都垂手肃立，屁都憋在肚子里不放，祖母张罗着，让陈同志炕上坐。陈同志未上炕，母亲就把鸡、鱼、饼端上去，香味弥散，我知道那鱼盘和鸡碗上的碗和盘已被母亲揭开。

陈同志惊讶地说：“你们家生活水平这样高？”站在院里的父亲一听到这句话，脸都吓黄了，两只大手也哆嗦起来。

我是后来才悟出了父亲害怕的原因。父亲早年念过私塾，是村里的识字人，高级合作社时就当会计，后来“人民公社化”了，虽然上边觉得让一个富裕中农的儿子当生产大队的会计掌握着贫下中农的财权不太合适，但找不到识字的贫下中农，也只好还让父亲干，对此父亲是受宠若惊的，白天跟社员一块儿在田里死干，夜里回来算账，几十年如一日，感激贫下中农的信任都感激不过来，怎敢生贪污的念头？但“四清”开始，父亲当了十几年会计，不管怎么说也是个可疑对象——这也是祖母倾家招待陈同志的原因。

所以陈同志那句可能是随便说的话把父亲吓坏了。

全村贫下中农都吃烂地瓜干子，你家里却吃鸡吃鱼吃白面，不是“四不清”干部又是什么？你请她吃鱼吃鸡吃白面，是拉拢腐蚀工作队！这还得了！

父亲吓得不会动了。

母亲和我们都是不准随便说话的。

祖母真是英雄，她说：“陈同志，您别见笑，庄户人家，拿不出什么好吃的。看你这姑娘，细皮嫩肉的，那小肚、肠子也和俺庄户人不一样，让你吃那些东西，把你的肚和肠就磨毁了。所以呀，大娘要把那只鸡杀了，他媳妇还舍不得，我说：‘陈同志千里万里跑到咱这兔子不拉屎的地方，不容易，要是咱家去请，只怕用八人大轿也抬不来！’他们都听话，就把鸡杀了。这鱼是你大爷和小狗娃子去河里抓的，冻得娃子鼻涕一把泪一把。我说：‘为你陈大姑姑挨点儿冻是你的福气，像地主家的富农家的娃子，想挨冻还捞不着呢！’这面年头多了点儿，生了虫，不过姑娘你只管吃，面里的虫是‘肉芽’，香着呢！快脱鞋上炕，他大姑，陈同志！”

我们只能听到祖母的说话声，看不到陈同志的表情。

祖母说完了话，就听到陈同志说：“大家一起吃吧！”

祖母说：“他们都吃饱了的，姑娘，大娘陪着你吃。”

我站在院子里，痛恨祖母的撒谎，心中暗想：你们大人天天教育我不要撒谎，可你们照样撒谎。这世界不成样子。

陈同志走出来，请我们一起去吃，父亲和母亲他们都说吃过了，很高兴地撒着谎，我却死死地盯着陈同志的眼，希望她能理解我。

她果然理解我啦。她说："小弟弟，你来吃。"我往前走了两步，便感到若有芒刺在背，停步回头，果然发现了父亲母亲尖利的目光。

陈同志有些不高兴起来，这时祖母出来，说："狗娃子，来吧！"

母亲抢上前几步，蹲在我面前，拍拍我身上的土，掀起她的衣襟揩揩我的鼻涕，小声对我说："少吃！"我知道这顿饭好吃难消化，但也不顾后果，跟随着陈姑娘进了屋，上了炕。

在吃饭的开始，我还战战兢兢地偷看一下祖母浮肿着的森严的脸，后来就死活也不顾了——陈同志走后，因我狼吞虎咽，吃相凶恶，不讲卫生，嘴巴吧唧，嘴角挂饭，用袄袖子擦鼻涕，从陈姑娘碗前抢肉吃，吃饭时放了一个屁，吃了六张饼三段黄鳝大量鸡肉，吃饭时不抬头像抢屎的狗等数十条罪状，遭到了祖母的痛骂。城门起火，殃及池鱼，连母亲也因为生了我这样的无耻的孽障而受了祖母的训斥。祖母唠叨着："让人家陈同志见了大笑话！他爷爷都没捞着吃！我也没吃多点儿！"祖父愤愤地说："我吃什么？嘴是个过道，吃什么都要变屎！我从小就不馋！"

进了母亲的屋，母亲流着泪骂我，骂我不争气，骂我没出息，骂我是个天生的穷贱种。哥和姐姐也在一旁敲边鼓——他们其实是见我饱餐一顿眼红——真到了关键时刻，连兄弟姐妹也不行——爱是吃饱喝足之后的事——这也可能是没有多看"灵魂工程师”们的真善美的伟大著作之故——按时下的一种文学批评法，凡是以第一人称写出的作品，作品中之事都是作家的亲身经历，于是莫言的父亲成了一个“土匪种”，莫言的奶奶和土匪在高粱地性交……那么，照此类推，张贤亮用他的知识分子的狡猾坑骗老乡的胡萝卜，也不是个宁愿饿死也要保持高尚道德的人。这不是因为张贤亮说了什么话，我来攻击他，只是顺便举个例子。那些不用第一人称作小说的人也许能像伯夷叔齐一样吧？但愿如此。不过张贤亮行使的骗术并不是他的发明，他一定看过这样一本精装的书，书名《买葱》，里边写着这样一个故事：一乡下人卖葱，一数学家去买葱。买者问：“葱多少钱一斤？”卖者答：“葱一毛五分钱一斤。”买者说：“我用七分钱买你一斤葱叶，八分钱买你一斤葱白，怎么样？”卖者盘算着：葱叶加葱白等于葱，七分加八分等于一毛五，于是爽快地说：“好吧，卖给你！”——这个写《买葱》的人是个教唆犯。

就在那次吃饭的时候，我即将吃饱的时候，一只瘦骨伶仃的狸猫，忽地蹿上了炕。祖母抡起筷子就打在猫的头上，猫抢了一根鱼刺就逃到炕下那张乌黑的三抽桌下，几口就把鱼刺吞下去，然后虎坐着，目光炯炯地盯着炕桌上的鱼刺——这只猫还是恪守猫道的，它知道它只配吃鱼刺。祖母挥着筷子吓着猫，陈姑娘则夹着一节节鱼刺扔到炕下喂猫，猫把鱼刺吞下去。既是陈同志爱猫，祖母也就不再骂猫，反而讲起了猫故事，而这时我也吃饱了，看着祖母浮肿着的慈祥的脸，听着祖母讲述的猫故事——祖母那么平静地讲述猫故事时，心里却充满对我的仇恨，这是我当时绝对想不到的。祖母说：“猫是打不得的！猫能成精。”

陈同志微笑不语。

“早年间，东村里一个闲汉，养了一只黑猫，成了精，那闲汉想吃鱼啦，只要心里一想，不用说话，就有一盘煎好的大鱼，从半空里飘飘悠悠，飘飘悠悠，落在闲汉眼前，酒盅、酒壶、筷子也跟着飘来。那闲汉想吃肉啦，只要一想，就看到一盘切成鸡蛋那么大的红烧猪头肉，喷香喷香，冒着热气，飘飘悠悠，飘飘悠悠，落在闲汉眼前……人吃饱了，就挑口吃了，有一天那闲汉想吃鲤鱼，飘来了一盘鲫鱼，闲汉生了气，把那盘喷香冒热气的鲫鱼给倒进圈（厕所）里了。黑了天，就听到黑猫在窗外说：‘张三，你这个没良心的东西！你想吃鲤鱼，全青岛大小饭馆都没有，寻思着鲫鱼也不差，女人生了小孩没有奶都吃鲫鱼，就给你来一盘，一百八十里路，远路风程，给你弄来，你竟倒进圈里！张三，你等着吧，我饶不了你！’张三也不是个省事的，就说：‘你能怎么着我？’黑猫说：‘你看，着火啦！着火啦！’张三躺在炕上，就看到窗户棂上的纸冒着蓝色的小火苗着起来……打这天起，张三可就跟黑猫斗上了，两位斗得你死我活，分不出个高低。有一天黑夜，张三坐在炕上吃烟，吧嗒吧嗒的，一袋接着一袋，黑猫在窗外说：‘真香！这烟儿真香！’张三也不吱声。黑猫又说：‘我吃口烟，好张三！’张三说：‘吃口就吃口。’他慢吞吞地把早就装足了药的枪从身后拿过来，把枪筒子伸到窗棂子外边。张三说：‘老黑，你含住烟袋嘴。’黑猫说：‘好。’‘含住了？’张三问。黑猫说：‘含住了。’‘真含住了？’‘真含住了。’‘点火啦。’‘点吧。’张三一勾枪机子，只听‘呼通’一声响，把窗户纸都震破了。张三说：‘杂种！叫你吃！’刚要出去看看，就听到黑猫咳嗽着说：‘吭吭……这烟好大的劲儿！’”

陈姑娘笑起来。

蹲在炕前的狸猫叫了一声。

陈姑娘夹起一段鱼，扔给了猫。

祖母的腮帮子哆嗦起来。

二哥踢了一脚猫，说："连你都吃了一块鱼！"

——这是以后的事。

这只狸猫在我家待着，任你踢，任你骂，它都不走啦。

这是只母猫。根据我的观察，猫是懒惰的动物——至于那些成为宠物的贵种，就不仅是懒惰而是十足的堕落了——不是万不得已，它是不会去捉耗子的。在我的记忆里，我们家那只猫只捉到过一只耗子。

那是一个傍晚，祖母刚烧完晚饭，祖父他们尚未从田野里归来，我和叔叔家的姐姐在院子里架起一根葵花秆练习跳高，就见那猫叼着一只大鼠从厢屋里跳出来，我和姐姐冲上去，猫弃鼠而走，走到祖母身边，呜呜叫着，仿佛在告我们的状。

祖母兴奋得很，飞速地移动着两只小脚，跳到院子里，把那只大鼠夺过去。

"啊咦！这么大个耗子！"祖母说，"拿秤去！"我们赶快拿来了秤，看着祖母用秤钩挂住鼠肚皮称它。

"九两，高高的九两！"祖母说。（那是一杆旧秤，十六两为一市斤。）

"孩子们，该犒劳你们了。"祖母说。

祖母把老鼠埋在锅灶里的余烬里。

我和姐姐蹲在灶门前，直眼盯着黑洞洞的灶膛。

猫在我们身后走来走去。

香味渐渐出来了。

我和姐姐每人坐一小板凳，坐在也坐着小板凳的祖母面前吃耗子肉的情景已过去了几十年，但我没忘。烧熟的老鼠比原来小了许多，乌黑的一根。祖母把它往地上摔摔，然后撕下一条后腿，塞到姐姐嘴里，又撕下它另一条后腿，塞到我嘴里。鼠肉之香无法形容，姐姐把鼠骨吐出来给了猫，我是连鼠骨都嚼碎咽了下去，然后，我们眼睁睁地看着祖母的手。暮色沉沉，蚊虫在我们身边嗡嗡地叫着。我总感到祖母塞到姐姐嘴里的鼠肉比塞到我嘴里的多。写到此，我感到一阵罪疚感在心里漾开，那时我们是个没分家的大家庭，吃饭时，我和这个比我仅大三个月的姐姐总能每人得一片祖母分给的红薯干，我总认为祖母分给姐姐的薯干比分给我的薯干大而且厚，于是就流着眼泪快吃，吃完了就把姐姐手里的薯干抢过来塞到嘴里。她抖着睫毛，流着泪，看着她的母亲我的婶婶。婶婶也流泪。母亲举着巴掌，好像要打我，但只叹息一声就把手放下了。前年回家，我对姐姐提起这事，姐姐却笑着说："哪有这事？俺不记得了。"今年回家，一进家门，母亲就对我说："你姐姐'老'了。""老"了就是死了。

母亲说姐姐死前三天还来赶集卖菜，回家后就说身上不舒坦，姐夫找了辆手推车推她去医院，走出家门不远，就见她歪倒了脖子，紧叫慢叫就"老"了。人真是瞎活，说死就死了，并不费多少周折。我想起了和她一起坐在祖母面前分食老鼠的情景，就像在眼前一样。

祖母十几年前就死了。她是先死了，打了一针，又活过来，活过来又活了一个月，又死了，这次可是真死了，真"老"了。

祖母说，猫抓耗子，并不需要真扑真抓，猫一见到耗子，就竖起毛大叫一声，老鼠一听猫叫，立刻就抽搐起来，猫越叫老鼠越抽搐，猫上去咬死就行了，根本不要追捕。这说法我不知是真是假。

祖母还讲过一个故事：明朝时，有五个千斤重的大耗子成了精，变成人，当了皇帝的宰相一类的大官，他们扰乱朝纲，怂恿着皇帝干坏事。一个大臣，自然是忠臣，自然也是有慧眼的，看破了机关，回家对父亲说了——这又引出了一个故事：相传，古代，为了削减人口，人到了六十岁，不管健康与否，统统要“装窑”的，这“装窑”据祖母说，就是把人背到一个专门的地方去饿死（有点儿像日本小说《楢山节考》里的情景）。这大臣是个孝子，因为孝，就把父亲放在夹壁墙里藏起来（其实是利用职权破坏皇家的法规，是孝子不是忠臣）。大臣说：爹，朝里那五个重臣是五只成精的老鼠，每只有一千斤重，不知可有法子降服没有？大臣爹说：八斤猫可降千斤鼠。大臣说：哪里去寻八斤重的猫？大臣爹说：咱家那只黑猫差不多就有八斤。大臣唤了猫来用秤一称，只有七斤半重。大臣爹说：不妨事，明日上朝前，你弄半斤猪肉让猫吃了，不就八斤猫了吗？大臣点头称是。次日，那大臣割了九两（旧秤）猪肉喂给猫吃。为什么割九两呢？因为猫吃肉不会不掉渣，余出一两来保险。大臣把原重七斤半吃了九两肉的黑猫揣在袍袖里胸有成竹地上了朝。文武群臣分列两边，皇帝坐在龙墩上打盹。大臣把藏在袍袖里的猫往外露了露，那猫凄厉地叫了一声，群臣诧异着，皇帝也睁开了睡眼。猫又叫了一声，就见那五个耗子变成的重臣索索地抖起来。大臣一松袍袖，那猫嗖地蹿出，跳到龙墩前的台阶上，竖毛弓腰，扬尾奓须，连连发威鸣叫，那五重臣抖抖索索，抖抖索索，瘫倒在堂前。猫继续鸣叫发威，五重臣显出原形，袍靴之类尽脱落，就见五只大鼠一字儿排开，初时都大如黄牛，后来越缩越小，越缩越小，缩得都如拳头般大，猫慢慢踱上去，一爪一个，全给消灭了。皇上幡然醒悟，要重赏那大臣，大臣却跪地叩头，求恕欺君之罪。皇上听他诉说，知道这奇谋出自一该“装窑”而未“装窑”的老人，由此可见，老人还是有用处的，于是就撤销了六十岁“装窑”的命令。——我总怀疑这故事与《三侠五义》里的“五鼠闹东京”有些瓜葛，不过考证这些事也没意思就是了。后来又读《西游记》，见孙悟空被陷空山无底洞那只金鼻白毛耗子精折腾得狼狈不堪，最后去玉皇大帝那儿告了李靖父子一刁状（母耗子是托塔天王的干女儿）。干爹和干哥哥出面，才把她降服了。孙悟空如果听过我祖母的故事，只需寻一只八斤猫抱进洞去就行了。那耗子精也实在迷人，不但美丽绝伦，而且体有异香，连唐三藏都心猿意马，有些守不住，悟空不得不变成苍蝇，叮在耳朵上提醒师父不要被美人拉下水。记得当年看到这里时，不由得恨唐僧太迂，要是我，就留在这无底洞当女婿了。后来我和姐姐天天盼望猫捕鼠，可再也没见到过。

只见到那家伙每日懒洋洋地晒太阳，吃饭时就蹭到饭桌下捡饭渣吃。这猫，是被我们伤了心。它捉了耗子，被我们烧吃，这行为也是“欺猫太甚”，猫从此不捕鼠，也有它的道理。

鲁迅先生在《狗·猫·鼠》里，开玩笑般地引用一外国童话里所说的狗猫相仇的原因。引用完毕，先生接着写道：“日耳曼人走出森林虽然还不很久，学术文艺却已经很可观，便是书籍的装潢，玩具的工致，也无不令人心爱。独有这一篇童话却实在不漂亮，结怨也结得没有意思。猫的弓起脊梁，并不是希图冒充，故意摆架子的，其咎却在狗的自己没眼力。”

鲁迅先生所引童话里说，动物们要开大会，鸟、鱼、兽都齐集了，单缺象。大家决定派一伙计去迎接象，谁也不愿去，于是就运用了某团体分派救济金的方式：拈阄。这倒霉的阄偏被狗拈着。狗说不认识象，大众说象是驼背的，狗遇见一只猫正在弓着脊梁，可能是因为没请它去参加动物大会而发怒吧！狗就把它请来了，大家都嗤笑狗不识象。狗猫从此相仇。

这童话里猫是很冤的。动物大会，鸟、鱼都去了，偏不请它，它如何能舒服？正在发怒弓背，巧被狗请，于是放平脊梁赴会，到会后又发现不是那么回事，它又陷进一个尴尬的泥潭里，狗与猫都是受害者，不知那动物大会的主席是谁，如果是百兽之王老虎，那虎主席就是怕见猫老师，便故意不发给猫请帖，虎怕猫把它当年逼猫上树的丑事给抖搂出来呢。矛盾的对立面是虎和猫，狗代虎受过了。

这童话真该焚烧，不知编这童话的覃哈特博士是不是“现代派”，如果是“现代派”，又写了这坏童话，那就岂止该烧书！

比较之后，还是我祖母讲的猫狗成仇的原因对头。祖母说，很早很早以前啦，有一个人养了一只猫和一条狗。主人是开劈柴店的，外出时，就吩咐狗和猫劈柴。狗埋头苦干，猫偷懒耍滑。主人回来，猫就蹦到主人肩头上，把劈柴之功据为己有，然后又说狗如何如何奸猾不卖力气。猫一边说一边用爪子轻轻搔着主人的耳垂——那纤细的小爪子挠着耳垂痒痒的实在是舒服——主人就痛打狗一顿，连分辩都不许。分配饮食时，主人自然就偏着猫。狗只好生闷气。第二次，狗为赎罪，更努力地劳动。主人回来，猫更快地跳到主人肩上——那纤细的小爪子挠着耳垂痒痒的实在是舒服——猫哭诉道：“主人啊，主人！你不要表扬我啦！

也不要嘉奖我啦！狗今天对我冷嘲热讽，我受不了啦！”主人大怒，打了狗一顿。分配饮食的时候，一丁点儿也不给狗。猫吃食时，狗蹲在一边，生着闷气挨着饿。第三次，狗干脆罢工了，猫更不干。主人回来，一看，一根柴也没劈，便气冲冲地问：“怎么回事？”狗自然不吱声。主人就问猫。猫哆嗦着说：“我不敢说……”主人道：“你说，我给你做主！”猫哭着说：“主人啊，狗今天说我拍马屁，我跟它争了两句，它张嘴就咬我，幸亏我会上树，跳到杏树上才没被它咬死。狗在树下蹲着，我不敢下来。我虽然想下来劈柴，但我怕死。主人啊，我有罪，我没能坚持工作，我错了啊！”主人这一次把狗腿都打断了，分配饮食时，一点儿也不给狗。猫吃饱了，就把一条剩下的鱼叼到狗面前，说：“狗大哥，你把这条鱼吃了吧！”狗张开嘴，一下就把猫的脖子咬断了。主人一棍就把狗打死了。从此，狗与猫便成了仇家。我自认为祖母的故事比覃哈特博士的童话要高明得多，这也是“外国月亮没有中国月亮圆”的一条证据。

其实，现代生活中的狗和猫看不出有什么仇。你捉你的耗子我看我的门，又无共同的异性要争夺，互不干涉，无利害冲突，能有什么仇？只有当它们一同劈柴为同一主人效劳时才可能有酿成大仇的机会。但“劈柴”毕竟是久远的往事了。没有永远的朋友，也没有永远的敌人，狗和猫也早就无宿怨了吧？猫之媚主不消说了，从“劈柴”时代就如是，可是狗的子孙们，也从被打杀的老祖宗那里吸取了教训，固然不能像猫一样跳到主人肩膀上为主人抓痒，但在主人面前摇着尾巴替主人舔去靴子上的灰尘，其媚不逊于猫。

偶尔还有猫狗死斗的情形，但这并不是狗猫之间自发的战斗，而是人的挑唆。

我家那只猫生第二窝猫的时候，已是初夏，家家户户都赊了毛茸茸的小鸡雏。放在院子里，叽叽地叫着，跑着，确实有几分可爱的样子。我家自然也赊了鸡雏。我经常发现猫蹲在黑暗的角落里，目光炯炯地窥测着鸡雏，我把这个发现告诉了祖母，祖母对猫说：“杂种，你要是敢动它们，我就扎烂你的嘴！”

猫咪呜着，好像懂了祖母的意思。

几天之后，邻居一个孙姓的老太太，我要呼之为“姑奶奶”的，拄着拐棍，骂上门来了，自然是骂猫，说有一只小鸡被我家那只该千刀万剐的瘟猫给吃了。祖母与这孙姑奶奶不是太睦，跟着骂了几句猫。孙姑奶奶还不完，叨叨着，意思好像是要从我家这群鸡雏中捉走一只权充赔偿。祖母说：“姑奶奶，畜生的事，人能管得着吗？要是我的孙子吃了你的小鸡，我这群小鸡里就任你挑走一只，这还不完，我还要拔掉他的牙！”祖母对着我挥了挥手。

孙老姑奶奶还在絮叨，意思是非要祖母赔偿她一只小鸡不可的。

祖母那群屁股上染上鲜红颜色的金黄色小鸡雏在院子里欢快地奔跑着。

猫卧在门旁一个蒲盘上，团着身体睡觉。

“反正是你家的猫吃了我的鸡……”孙老姑奶奶说。

有些愠色上了祖母的脸。她把小鸡唤到眼前，捉起一只，攥着，走到猫旁，蹲下，拍了猫一掌，问：“猫，你吃小鸡吗？”猫睁开眼看着祖母。祖母把小鸡放到猫嘴边，猫闭上眼睛，把嘴扎到肚皮下，又呼呼地睡起来。小鸡雏在猫的背上蹒跚着。

祖母冷笑一声，说：“姑奶奶，看到了吧？这只猫怎么会吃你的小鸡？你的小鸡兴许是被老耗子拖去，被黄鼠狼叼走，被野猁子吃掉啦！”

孙姑奶奶说：“你家的猫当然不吃你的鸡，再说它吃了我的鸡，已经饱了。”

祖母说：“‘抓贼拿赃，捉奸拿双’，你说我家猫吃了你的小鸡，有什么证据？”

孙姑奶奶说：“我亲眼看见！”

祖母说：“我亲眼看见你吃了我家一条牛！”

孙姑奶奶气翻了白眼，捣着小脚，原地转了两圈，嘴里骂着猫，歪歪扭扭地走啦。

祖母抄起扫地笤帚，扑了猫一下子，说：“你要再出去闯祸，我就打杀你。”

几天之后，又有一个人提着一只鲜血淋淋的小鸡雏骂上门来了。猫正蹲在门边，舔着胡子上的血。祖母无法，只好捉了一只小鸡雏，换了那只死鸡雏。

祖母抄起棍子打猫，猫纵身上了梨树。

后来又接二连三地有人骂上门来，我们本是积善之家，竟因一只猫担了恶名，并不仅仅是赔偿人家几只鸡罢了。我家的猫恶名满村，骂猫时，总是把我父亲的名字作为定语：×××家的猫……

祖母惶惶起来，先是以涂满辣椒的小死鸡喂猫，想借此戒掉它的恶习——祖母是用给小孩子断奶的方式——乳头上涂满辣椒，孩子受辣，便不想吃奶——来为猫戒“食鸡癖”的，但毫无效果，想那涂满辣椒的鸡不是成了一道大饭馆里才肯做的名菜“辣子鸡”了吗？人尚求食不得，拿来戒猫的“食鸡癖”，无疑是火上浇油啦。

再以后，凡有人找上门，祖母便说："这原本不是俺家的猫，它赖着不走。现在俺更不管了，谁有本事谁就打死它。"再要祖母把自己的鸡雏赠给人家是万万不能啦。

这只猫作恶多端，但无人敢打杀它，是有原因的。乡村中有一种动物崇拜，如狐狸、黄鼠狼、刺猬，都被乡民敬作神明，除了极个别的只管当世不管来世的醉鬼闲汉，敢打杀这些动物食肉卖皮，正经人谁也不敢动它们的毛梢。猫比黄鼠狼之类少鬼气而多仙风，痛打可以，要打杀一只猫，需要非凡的勇气。这里本来还蕴藏着起码十个故事，但为了怕读者厌烦，就简言一个吧。也是祖母对我说过的：从前，一个女人在案板上切肉，家养的猫伸爪偷肉，女人一刀劈去，斩断了一只猫前腿，那只猫蔫了些日子就死了。女人斩断猫腿时，正怀着孕，后来她生出一子，缺了一只胳膊，此子虽缺一臂，但极善爬树，极善捕鼠。此子乃那猫转胎而生。

这故事也不太恐怖，那缺臂的男孩也可爱，也有大用处，在这鼠害泛滥的年代，他不愁没饭碗，多半还要发大财。关于念咒语，拘出全村的老鼠到村前跳河自杀的故事，是祖母紧接着"猫转胎"的故事讲的，因与猫少牵连，只好不写了。

但我家的猫实属罪大恶极，村人皆曰该杀，可谁也不肯充当杀手，聪明者便想出高招：让狗来咬杀它。事情发生在一个炎热的中午，柳树上的蝉发了疯一样叫着，一群人远远地围着一条健壮的大狗和我家的猫，看它们斗法。他们如何把我家的猫骗出来，又如何煽动起狗对猫的战斗热情，我一概不知道。

大狗的主人是个比我大三或二岁的男孩，乳名"大响"，据说他出生时驻军火炮营在河北边打靶，炮声终日不断，为他取名“大响”是为了纪念那个响炮的日子。

围观的不仅是孩子，还有青年、中年和老年，他们看到狗和猫对峙着，兴奋得直喘粗气。

那条狗叫“花”，大响连声说着：“花花花，上上上，咬咬咬！”

狗颈毛直竖，龇着一口雪白的牙，绕着猫转圈，似乎有些胆怯。猫随狗转，猫眼始终对着狗眼，也是耸着颈毛，呜呜地叫着，像发怒又像恐惧。狗和猫转着磨。众人也叫着：“花花花，上上上，咬咬咬！”

狗仗人势，一低头，就扑了上去，猫凄厉地叫一声，令人周身起栗。地上一团黑影子晃动着。

狗不知何故退下来，猫身上流着血，瞅着空，蹿出圈外。

人声如浪，催着狗追猫。我忽然可怜起猫来了，毕竟它在我家住了好几年了。

猫腿已瘸，跑得不快，看着就要被狗赶上时，它一侧身，钻进了一个麦秸垛上的小孩子藏猫猫时掏出的洞穴里。洞穴不大，猫在里边蹲着，人在外面看得很清楚。

狗逼住洞口，人围在狗后，狗叫，人嚷，十分热闹。

狗占了一些小便宜，翘起尾巴，气焰十分高昂，在人的唆使下，它一次次往洞穴里突袭着。狗每突袭一次，猫就发出一阵惨叫。

狗又退下来，耷拉着舌头，哈嗒哈嗒喘着粗气，狗脸上沾满猫毛。

“花花花，上上上，咬咬咬！”人们吼着。

狗闭住嘴——这是狗进攻前的习惯动作——正要突袭，就见那洞穴中的猫眼里射出翠绿的火花，刺人眼痛，射到麦草上似乎窸窣有声。与此同时，猫发出令人小便失禁的瘆人叫声，狗和人都惊呆了。正呆着呢，就见那猫宛若一道黑色闪电从洞穴里射出来，射到狗头上，看不清楚猫在狗头上施什么武艺，只能看到狗全身乱晃，只能听到狗转着圈子的尖声嚎叫。

大响挥动木棍乱打着，也看不清是打在了狗身上是打到了猫身上。

猫从狗头上跳起来，眼里又放着绿光，比正午的阳光还强烈，它叫着，对着人扑上来。人群两开，闪出一条大道，猫就跑走了。

惊魂甫定的人们看那狗。这条英雄好汉已经狗脸破裂，耳朵上鼻子上流着血，一只黑白分明的狗眼已被猫爪抠出，挂在狗脸上，悠悠荡荡的，像一个什么“象征”之类的玩意儿。

狗在地上晃晃荡荡地转着圈，看热闹的人都不着一言，挂着满脸冷汗，悄悄地走散。只余下大响抱着狗哭。活该！这就叫作：炒熟黄豆大家吃，炸破铁锅自倒霉！

猫获大捷之后，在家休养生息，我因钦佩它的勇敢，背着祖母偷喂了它不少饭食。那时，三只小猫都长得有二十厘米长了（不含尾巴），生动活泼可爱无比，它们跟我嬉戏着，老猫也不反对。

几天之后，猫养好了伤，能上街散步了，又有猫食鸡的案子报到我家来了。祖母把猫装进一条麻袋里，死死地捆扎住了麻袋口，然后，由二哥背到街上，扔到一辆去潍坊的拖拉机后斗里。祖母对拖拉机手说了半天好话，央求人家第一不要厌烦猫叫把它中途扔下；第二到了潍坊后要把麻袋左转三圈右抡三圈，把猫抡得头晕了再放它出袋，免得它记住方向跑回来；第三就是希望千万把麻袋给捎回来。祖母再三强调麻袋是借人家的，我知道这麻袋是我们自家的。

猫被扔进拖拉机后斗里，拖拉机后斗颠颠簸簸，把猫给拖到潍坊去了。

这下子好了。

村里的鸡雏们太平了。

潍坊的鸡雏该倒血霉啦。

潍坊离我们村子有多远？

三百二十里。

失去母亲的四只小猫彻夜鸣叫，激起我的彻夜凄凉。天亮后，祖母连连叹息，说："可怜可怜真可怜，人猫是一理，这四个孤苦伶仃的小东西。"

祖母腾出一个筐子，絮上一些细草，做成了一个猫窝。又吩咐我从厢房里把四只小猫抱到家里来。

梅雨时节到了，半月雨水淋漓，连绵不断。我无法出家门，百无聊赖，便逗着四只小猫玩，便用土豆糊糊喂它们。老猫已被送走半月多，那条麻袋，拖拉机手也给捎了回来。拖拉机手姓邱，四十多岁，人忠实可靠。

我看着生满绿苔的房檐下明亮的雨帘，想象着笼罩田野的云雾，想象着那一片片玉米，一片片高粱，成群的青蛙癞蛤蟆，泥泞不堪的田间道路，被淋湿了羽毛的鸡擎着瘦脖子缩在树下打盹，远处传来沉闷的火车笛声。明亮的钢轨被雨水冲洗得锃亮或生满稀疏的红锈……

雨大一阵儿小一阵儿，但始终不停，屋子里也一阵儿晦暗一阵儿明亮。当晦暗时，四只小猫的八只眼睛绿绿地闪着光，好像鬼火一样。树叶沙沙响着，是风在吹，我想象着那只老猫的情景，它在那遥远的潍坊，生活得怎么样？

农村的阴雨天，无事可干，劳累日久的大人们便白天连着黑夜睡觉，雨声就是催眠曲。我逗着猫玩一阵儿，看一阵儿雨，胡思乱想一阵儿，瞌睡上来，伏在一条麻袋上便睡。

朦胧中看到那只猫穿越河流与道路，出没郁郁青纱帐，顶风冒雨，向家乡奔来……

一阵喧闹吵醒了我，我揉揉眼睛，我又揉揉眼睛。那只猫果真回来了。它遍身泥巴，雨湿猫毛更显得瘦骨嶙峋。四只小猫与老猫亲热成了一个蛋。我大叫着："猫回来啦！猫回来啦！"

家里人纷纷起来，看着猫儿女与猫母亲生离死别又重逢的情景，这情景委实有点儿动人。祖母立刻吩咐母亲给猫备食，它吃鸡的罪恶阴影消逝，起码是在我家老幼的心里，洋溢着一片猫中英雄所创造的奇迹的辉煌光彩。

猫离家十七天，如果不走弯路，跋涉三百余华里，它是被装进暗无天日的麻袋里运走，老邱又忠实地履行了祖母"左转右抡"的嘱咐，它是靠着什么方法重返家园的呢？这个谜我始终解不开。

祖母看着急急进食的猫，感叹道："猫老多啦！"多年来，我一直珍藏着对这只猫的敬佩，一直认为这只猫创造了猫国的奇迹，并一直存着写篇文章歌颂这只猫的这段光荣的念头。但偶然翻阅今年的《参考消息》，看到一则题为《一只猫孤身穿越日本》的珍闻，方知天外有天，人外有人，猫外更有猫。抄录珍闻如下：

日本《朝日新闻》三月三十一日报道：一只母猫为了寻找她的家，从东往西穿越日本，走了三百七十公里的惊险旅程，花了一年七个月的时间。这只五岁的母猫名叫米基，一九八四年八月随主人乘火车到须知夫人的故乡旅行。她被装在一个纸盒子里随主人从东到西通过了整个日本，即从太平洋沿岸的平冢到日本海岸的糸鱼川。

但是到达目的地后不久，这只猫就跑掉了，须知一家只好返回。从此，这只猫就“失踪了”。直到一九八六年二月九日，猫的主人在花园里发现了这个小家伙，可是她已经变瘦了，尾巴上的毛也被拔掉了，耳朵也被弄破了，但她仍安然无恙。

有关方面为了表彰她的功绩，特授予她“模范猫奖”，即免费供给她一年多的食物。

东京动物园的一位兽医说，这只猫创造了令人难以想象的奇迹，因为家猫的活动半径只有二百米至五百米。

初读此文，我不免沮丧。好像不但人间奇迹多由外国人创造，连猫间奇迹也是外国猫创造得多。读过之后一想，我不沮丧了。数据最能说明问题：

猫分别跋涉路程跋涉时间日均跋涉路程（≈）

中国猫320华里17日18.82353华里

日本猫740华里575日1.28696华里

简直不可同日而语！

这又是一个“外国月亮不如中国月亮圆”的铁证。

日本猫得了“模范猫奖”，我家那只猫因为得不到足够的饲料，重犯偷食鸡雏的毛病，竟被当场捉获，可能是它恶贯满盈的报应，也可能是因长途跋涉健康状况大不如前。它万不该偷鸡偷到大响家去，独眼狗协助大响把它擒住，也应了“冤家路窄”的话。大响把猫拉到河滩上去，只一镰，就把猫头削落黄沙。

我为此难过了好久。

大响斩猫之后，日子很不好过。村里那些恨猫的人，这时却把同情赐给了猫。有关猫的神话鬼话流传很盛，人们见了大响，都换了一种眼光，好像大响不日就要遭到天谴或被猫鬼所祟。

大响却始终安然无恙。去年我探家时，听说他成了“灭鼠养猫专业户”，这真是天下之大无奇不有，故乡人丰富的想象力由此可见一斑。我带着满肚皮兴趣去找他，“铁将军把门”，他不在，邻人说他赶集卖猫去了。

三只大猫在他家墙上徘徊着，满院子猫叫。几天后我见到了他，发现他已成了一个“通仙入魔”的奇人，奇人须有奇文，愿家猫在地之灵佑我佐我，赐我成就奇文的奇思妙想。

文章本已写完，忽然想到北京土语“猫儿腻”，我总认为这话与“猫盖屎”的行为有关系。我亲眼见过猫盖屎，也就是拉过屎后用后爪子象征性地蹬点儿土盖盖，并不真正盖得不露一点儿痕迹。我在农村锄地时，锄一盖二，队长批评我：“你这是‘猫盖屎’！糊弄谁呀！”

“猫盖屎”——“猫盖腻”——“猫儿腻”。

一匹倒挂在杏树上的狼

元朝的时候，我们那地方荒无人烟，树林茂密，野兽很多，有狼有豹有猞猁，据说还有一窝老虎。明朝的时候，朱元璋下令往这里移民，还把一些犯了错误的人撵来。这里人烟渐多，树林被砍伐，土地被开垦，野兽的地盘渐渐缩小。到了清朝初年，我们这地方就成了比较富庶之乡，树林更少了，野兽自然更少。到了清末民初，德国人在这里修建铁路，树木被砍伐净尽，野兽彻底地丧失了藏身之地，只好眼含着热泪，背井离乡，迁移到东北大森林里去了。到了近代，国家忘了控制人口，使这里人满为患，一个个村庄，像雨后的毒蘑菇，拥拥挤挤地冒出来，千里大平原上，全是人的地盘，野兽绝迹，别说狼虎，连野兔子都不大容易看见了。大人吓唬小孩子虽然还说“狼来了”，但小孩子并不害怕。

狼是什么？什么是狼？大孩子在连环画上也许还看到过，小孩子脑子里就一团模糊了。在这样的背景下，突然有一匹狼，深更半夜里，进入了我们的村庄。我们看到它的时候，它已经被拴住一条后腿，吊在杏树的枝杈上。杏树生长在我们的同学许宝家的院子里，树冠庞大，满身疤瘤，是棵老树。我们曾经蹲在树枝上吃过杏子。现在，狼被挂在我们蹲过的树杈上。今年的杏花已经落了，鹅黄色的叶片间，密集地生长着毛茸茸的小杏。

听到狼的消息时，我正在去学校的路上。同学苏维埃从学校的方向迎着我狂奔而来。

我拦住他问："苏维埃，你跑什么？是不是你娘死了？"

"你娘才死了呢！"苏维埃气喘吁吁地说，"这傻瓜，还到学校去干什么？"

"上学呀，难道今天不上学了？"

"还上什么学呀！"他说，"都到许宝家看狼去了，都去了。"

苏维埃不再跟我废话，朝着许宝家的方向跑去。苏维埃是个很不诚实的孩子，他曾经对我们说：快快快，快去生产队的饲养室里看看吧，那头蒙古母牛生了一个妖怪，有两条尾巴五条腿！我们一窝蜂窜到饲养室，才知道是个骗局。耽误了上课，老师把我们训了一顿。我们对老师重复了苏维埃的谎言，老师揪着他的耳朵把他拖到门外罚站。我们在教室里听老师讲枯燥的算术，他在门外对着我们扮鬼脸。我追着他的背影喊："苏维埃，你又在撒谎！"

"爱信不信！"他不回头，一边喊着，一边朝着许宝家方向跑去。

我还在犹豫不定，就看到一大群人，从我们学校的方向跑过来了。人群中有老师，有学生，还有村子里的干部。

"你们这是干啥去？"我问。

我们班的体育委员王金美推了我一把，说："走走走，看狼去！"

她长了两条仙鹤腿，跑得快，跳得高，连男生都不是她的对手。我紧跟着她跑起来。她的步伐很大，她跨一步我要跑两步。她很友好地伸出一只手拉着我的手，我紧挪小腿跟着她蹿，就像骏马尾巴后的一头笨驴。

我和王金美是许宝的好朋友。我们三个之所以能成为好朋友，是因为我们都喜欢看小人书。我有一整套的《三国演义》连环画。王金美有一整套的《铁道游击队》连环画。许宝什么书都没有，但他会刻图章，还会讲一些令人胆寒的鬼怪故事。许宝少年老成，额头上有抬头纹，咳嗽起来活像老头。看熟了《三国演义》，他额头上的皱纹更深，整天说一些老谋深算的话，我们不高兴他这样，就骂他：妈的许宝，不许冒充诸葛亮。我和王金美叫他老许，他听了很喜欢。每逢星期天，我们就坐在他家的杏树杈上，或是看那两套看了几百遍的连环画，或是听他讲鬼故事。许宝的爹死了，许宝和他娘一起过日子。我们认识许宝的娘，许宝的娘也认识我们。我们认识许宝家房檐下那两只燕子，那两只燕子也认识我们。我们坐在杏树杈上看书入迷时，那两只燕子就蹲在院子里晒衣服的铁丝上看着我们。我们还认识经常到许宝家来玩的小炉匠章球。章球脸色靛青，外号古巴人，也有叫他章古巴的。他阅历丰富，闯过关东，有一手锔锅锔盆的好活儿，据说能把电灯泡从里边锔起来。我们坐在杏树杈上，可以看到他坐在许宝家的炕沿上跟许宝的娘说话。

等我们跑到许宝家的土墙外边时，院子里已经挤满了人。后来的人还想挤进去，两扇不坚固的大门吱吱嘎嘎响着，连那个小门楼子也在摇晃。院子里一片乱哄哄的议论声，听不清楚人们说了些什么，只听到许宝大声喊叫："都走吧，都走！有什么好看的？真是的。想看就回家等着去吧，没准儿今天夜里狼就到你家去！”听到了老朋友的声音，我们兴奋地大喊：

“老许！老许！”

“老许！老许！”

老许不回答我们，我们听到他在院子里大声赶人：“滚滚滚，都滚，把我们家的大门挤破了！”

王金美发挥了她的体育特长，伸手抓住土墙头，一蹿，就上去了。我也跟着往上蹿，上不去，着急。老王，拉我一把！真笨！还是个男的呢！她伸手把我拽上去。

墙外的人受到我们的启发，跟着跳墙，许宝举着一把竹扫帚，挤到墙根，对着墙头上的人连戳带骂：“浑蛋！下去！下去！”

除了我们，爬上墙头的人都被许宝给戳了下去。

“老许。”

“老许。”

“还老许什么？”他把我们拉下墙头，说，“你们带了坏头，把我家的墙头草都给毁了！”

“对不起，老许。”

“对不起，老许。”

“别客气了，跟我来吧。”

我们跟着老许，向杏树下挤去。

“闪开，闪开！”老许头前开路，用扫帚把子粗鲁地戳着人们的腰和屁股，“闪开，闪开！”

我们挤到杏树下，眼睛一亮，见到了这匹神秘的狼。

我们看到它时，它已经被拴住一条后腿倒挂在杏树的杈子上。它的头和我的脸在同一条水平线上，后边的人一拥挤，我的鼻尖就触到狼的额头。我从它的头上，嗅到了一股烟熏火燎过的气味。它的身体有一米多长。全身的毛都是灰扑扑的。那条被拴住的后腿承受着它全身的重量，显得特别细长。它的尾巴与那条没被拴住的后腿委屈地顺在一起往下耷拉着，尾巴根子正好遮住了它的屁眼，使我们一时也分不清它是公还是母。奇怪的是它的尾巴只剩下半截，根儿齐齐的，散着一撮长毛，好像是被人用铁锹铲掉的，或是让人用菜刀剁掉的。这是一匹瘦骨嶙峋的狼，肚子两边肋条凸显，肚子瘪瘪的，看样子胃里没有一点儿食。当然，它被挂在树上时已经是条死狼，否则我怎么敢与它面对面呢？后边的人拼命往前挤，像浪潮一样。我的头先是撞到狼的头上，然后和狼的头一起被挤到杏树的老树干上。狼头坚硬，宛如钢铁。王金美的脸和狼的肚子贴在一起，弄了她一嘴狼毛。狼正褪毛，轻轻一捏，便成撮脱落。王金美呸呸地吐着狼毛，大声喊："挤什么，挤什么？"

老许推了我一把，说："伙计，咱们上树吧！"我们三个轻车熟路，爬上杏树的枝杈，坐在习惯的位置上，轻松地舒了一口气。我们居高临下地看着倒吊的狼和拥拥挤挤地看狼的人。当然也有人满怀醋意地看着我们。苏维埃在人堆里踮着脚尖大喊："老许，让我也上树吧！"

"想上树？"老许轻蔑地说，"那要绑住你一条腿，把你吊起来！"

众人哈哈大笑起来。人们能看到狼的就看狼，看不到狼的就仰起脸来看我们。有的人还趴在许宝家窗台上往屋子里望着，好像要窥探什么秘密。在人群里，我突然看到了班主任老师陈增寿，他个头很高，脖子特长，三角脸上生满了粉刺。看到他时我的心里不由得咯噔了一下。他的严厉在我们学校是有名的，无论多么调皮捣蛋的学生，到了他的班里都变得服服帖帖。这家伙像驯兽师一样，掌握着一套驯服野学生的方法。我们私下里送给他的外号也叫狼。

我低声对老许说："坏了，狼来了。"

"我已经有了对付狼的经验，我已经根本就不怕狼了！"老许大声地说，好像故意要让狼听到似的。"许宝，给大家说说，到底是怎么一回事？"狼在人群里举起一只手，对着树上的我们摇了摇。树下的人们困难地扭回脖子，看看陈增寿，然后又举目看树上，七嘴八舌地说："对对对，许宝，快给我们说说。"

许宝好像还嫌不够高似的，手扶着树杈站起来。他起身太猛，头碰到上边的树杈，杏树的枝叶簌簌地抖，十几颗缺乏营养的小毛杏像雨点似的落在地上。我看到许宝布满小疤的腿在打哆嗦。树下的人说："坐下说，坐下说，我们能看见你。"于是他就坐回了原处。他清了一下嗓子，说："昨天夜里，我在东间屋里给王金美刻图章，从窗户外边刮来一阵风，把油灯刮灭了。我划着火把灯点燃，这时，俺娘在西屋里说：'宝儿，这么晚了，还点灯熬油的干什么？''给同学刻图章呢。''火油五毛三一斤呢，快睡吧！'俺爹死得早，俺娘一个人把我拉扯大不容易，我不敢惹她生气，就吹灭灯，爬到炕上睡了。我刚要睡着，就听到俺娘在西屋里大叫一声。我没顾得上穿衣服就跑了过去。'娘，怎么啦？''宝儿宝儿快点灯！'我划火点上灯，看到俺娘围着被子坐在炕上，脸色像黄杏子似的。'娘，怎么啦？'俺娘把头往墙上一靠：'哎呀，吓死我了……''什么呀，娘？''你赶快端着灯，炕前锅后地照照，看看有什么东西。'我端着灯，炕前锅后地照了照，什么也没有。'怪了，什么都没有。'娘着急地说：

‘肯定有东西，有个毛茸茸的大东西，压在我身上，还用大舌头舔我的脸呢！’我端着灯更仔细地把墙角旮旯都照了，什么都没有。‘您肯定是做了噩梦。’‘我还没睡着呢，做什么噩梦？’娘伸手摸摸脸，‘你试试，我的脸上还黏糊糊的呢！’‘那肯定是您睡着了流出来的口水。’‘放屁拉臊，我会流出这样的口水？’

“我回到东间里，看着月光很明地从窗棂间射进来，心里想着那个用大舌头舔俺娘脸的毛茸茸的大东西，迷迷糊糊地睡着了。这时，俺娘又发出一声尖叫，比刚才那一声还要可怕，我顾不上穿衣服就跳下炕，跑到西间房里。俺娘哭着说：‘宝儿宝儿，快快点灯……’我慌忙点着灯，看到俺娘用手捂着后脑勺子说：‘痛死我啦……痛死我啦……’我拉开俺娘的手，把灯凑近俺娘的头，一看，不得了了！俺娘的后脑勺子上，有四个像豌豆粒那么大的洞，上边两个，下边两个，洞里流出了黑血，看样子很深。俺娘将身体缩到炕角上，吓得浑身打哆嗦。俺娘打着哆嗦说：‘宝儿，一个大东西，一个毛茸茸的大东西……我说有毛茸茸的大东西，你非说没有东西……’俺娘被吓坏了，我心里也怕得要命，但是我一想，我是男人，如果我也怕了，那谁来保护俺娘呢？‘娘，你别害怕，我给您报仇！’我从房门上抽下门闩，紧握在右手里。我左手端着油灯，右手举着门闩，在屋子里搜索着。我搜遍了三间房子的每个角落，连墙角上的老鼠洞都伸进门闩去戳了，还是什么都没有。堂屋的门是闩着的，即便是真有一个毛茸茸的大东西，它也只能在屋子里，可屋子里什么也没有。‘娘，什么也没有。’‘有，一个大东西，毛茸茸的，嘴巴里湿漉漉的一股臭气……’我心里纳闷，看来屋子里有个毛茸茸的大东西是肯定的了，有俺娘后脑勺子上的四个黑洞为证，但是这个毛茸茸的大东西到底能藏到什么地方呢？我心里怕极了，不管它是什么样的大东西，如果我能看到它，我心里的怕还不会这样大，可怕的是我看不到它，但它又确实存在着。‘狗东西，’我大声喊叫着，‘我不怕你，我就是挖地三尺也要把你个狗东西挖出来！’俺娘缩在炕角上说：‘不是狗，不是狗！’我端着灯，在屋子里大声叫骂着来来回回地走着，看样子我很野，其实我是靠这样子给自己壮胆呢，因为我听章古巴大叔说过无论什么样子的猛兽，说到底还是怕人，如果你自己先草鸡了它就扑上来把你吃了，如果你不怕，硬对着它走过去，它就灰溜溜地跑了……”

我和王金美交换了一下眼神。对，章古巴大叔的确这样说过，而且是当着我们三个人的面说的。那是在去年杏子黄熟的时候，我们三个蹲在树杈上吃杏子，章古巴大叔坐在树下抽烟，许宝的娘蹲在一块捶布石前，用一根紫红色的棒槌捶打着一块白布。远处传来布谷鸟持续不止的叫声：咕咕咕咕，咕咕咕咕；近处是许宝娘的不紧不慢的捶布声：嘭——嘭——嘭，嘭——嘭——嘭——空气里满是麦子花的清香气，混合进杏子的香甜和烟草的辛辣。章古巴大叔仰脸看着我们说：这三个孩子，处得真是义气。许宝娘说：俺宝儿孤儿一个，没有朋友怎么行？所以我再穷，这棵树上的杏子一个也不去卖，让孩子们吃。这两个孩子长大了，没准儿就是俺宝儿的左膀右臂。章古巴仰脸看看我们，坚定地说：我信！就是那天章古巴大叔给我们讲了许多东北大森林的故事，也给我们讲了人跟野兽的关系，还给我们讲了狼的故事。古巴大叔说，狼虽凶恶，但全身都是宝，即便在关东，谁要能得到一匹狼，也要发笔不大不小的财。许宝问：在我们这儿，谁要得到一匹狼，那会怎样？古巴大叔仰脸望着杏树上的许宝，说：小子，在我们这儿，谁要得一匹狼，那就要发大财，出大名！许宝说：老天爷，那就让我得到一匹狼吧！古巴大叔说：只怕狼真的来了，吓得尿了你的裤子！狼是什么？狼是山神爷爷的看家狗！那可不是闹着玩的。许大娘训斥许宝道：宝儿，往后不许说这些疯话！古巴大叔道：不要紧，不要紧，其实，狼真要到了平原，也就变成了狗。但说到底狼还不是狗。狗啥都不是，狼全身是宝，就连狼粪，也是好宝。古人在烽火台上点火报警，必用狼粪。狼粪燃烧时冒出的烟是笔直的，像松树一样，八级风都吹不散。古书上说“狼烟四起”，说的就是用狼粪点火冒出的烟……

“我实在是有点儿累了，就把灯挂在门框上，一屁股坐在了门槛上。这时候，我的目光一斜，天哪！有两只绿油油的眼睛，在黑洞洞的锅灶里闪烁着。我不由得大叫一声：‘娘，我看到了！’我举起门闩，在锅灶口挥舞着，嘴里呀呀地叫唤着。这时，俺娘也从炕上跳下来，问：‘在哪里？在哪里？’‘锅灶里！’俺娘搬过一块面板，堵住了锅灶口，还用身体死死地顶住面板，生怕这东西跑出来。‘怎么办，宝儿？’我想起了《三国演义》，诸葛亮动不动就用火攻，点火，放烟，烧不死也熏死了。‘火攻，火攻！’我点燃了一个草捆，让火燃得很旺了，然后让俺娘把面板猛地撤了，我把熊熊烧的草捆猛地戳进了锅灶。

“我找到那根俺娘用来捶布的大棒槌攥在手里，在灶门口等待着，只要它敢往外钻，我就一棒槌砸破它的脑袋。俺娘忍着头上的痛，不停地往锅灶里续草，让灶中的火一刻也不熄灭。我听章古巴大叔说过，野兽最害怕的就是火，不但狼怕，连老虎也怕。屋子里的柴草烧完了，俺娘就跑到院子里往屋里搬草。烧着烧着，锅上的盖垫突然冒起了白烟，一掀锅盖，发现锅已经红了。我们光顾着火，竟忘了往锅里添水。我从水缸里舀了一瓢水倒进锅里，只听得嗞啦啦一阵怪响，一股白气直冲到房顶上去，把壁虎都冲了下来，掉到锅里烫死了。紧接着就听到锅里一声爆响，我家的铁锅爆炸了。俺娘哭起来：‘宝儿，锅炸了，咱娘儿两个用什么煮饭吃呀……’我心中充满了对这东西的愤怒，那时候我还不知道它是一匹狼。我说：‘娘，咱豁出去吧，反正锅已经炸了，咱不能让这个狗东西好过，烤不死它咱也要用烟呛死它。’娘同意了我的意见。我们娘儿俩把一垛棉花柴都烧光了，积存的草木灰把锅灶里塞得满满的。我们把半年的柴草都烧光了，把那个烤煳了的破盖垫也踩碎了塞进锅灶。我们的锅也烧化了，满屋子烟气腾腾，呛得人喘不上气来。我说：‘娘，差不多了。’娘拿起一把破扇子，使劲往锅灶里扇着风，没烧透的草梗燃起青白的火苗，我知道这种蓝白火热度特别高，这也是章古巴大叔告诉过我的。后来草梗也燃完了，我端起一张铁锨，猛地往锅灶里铲去。锨刃铲到灶底上，一股热灰从灶口飞出来。这东西不在锅灶里了。我说：‘娘，这个狗东西钻到炕洞里去了，而且百分之百是让烟给熏死了。’娘说：‘你怎么知道它熏死了？万一熏不死呢？’我说：‘保证熏死了，我天天研究《三国演义》，知道这火攻的厉害。’我用面板堵住灶门，板外又顶上一块捶布石。院子里的风刮进我家，感到特别清凉，我家像个刚刚停火的大砖窑，堂屋里热，西间屋里也很热。我娘的炕就像热鏊子似的，完全可以在炕上烙饼。炕上的苇席变成了黄色，炕席下的垫草也焦煳了。我说娘您伸手摸摸你的炕，有多么热，那东西即便是铜头铁腿也活不了了。我说娘您到院子里凉快一会儿，我来揭开炕洞看看这东西到底是个什么东西。俺娘还是不放心，她握着一把菜刀守在锅灶旁，万一那东西像孙悟空似的，掌握了避烟避火法，昏头昏脑地往外蹿，俺娘就会给它一菜刀。我搬走俺娘的铺盖，揭了炕席，抱走了铺草，铺草都酥了，一动就碎成粉末。我找了一把二齿钩子，把炕面上的泥刨去，掀开了土坯。一股子呛鼻的烟气直冲屋脊。俺娘攥着菜刀，双腿直打哆嗦。我掀开一块土坯，看不到那东西；又掀起一块土坯，还看不到那东西；我心里扑通扑通乱打鼓，见了鬼了吗？难道这东西变青烟从烟囱里飞走了吗？又掀开一块土坯，我看到这东西的尾巴了。举起二齿钩子等待着，只要它一动，我就给它一下子，绝不客气。但是它一动不动，用二齿钩子捣它也不动，我才知道它已经死了。我说，娘，它已经死了。俺娘攥着菜刀，晃晃悠悠地进来，问：'在哪里？在哪里？'我伸手扯住它的尾巴，把它往外拽了拽。俺娘一看到它，叫唤了一声，双腿一罗锅，就坐在了炕前地上。待了一会儿，俺娘问我：'宝儿，这是个啥东西？'我想了想，说：'娘，我看它是一匹狼……'"

老许说完了打狼经过，一时没有人说话。众人的眼睛一会儿盯着杏树，一会儿又下移到狼身上。老许真不简单，与咬人的恶狼斗智斗勇，最后取得了胜利。我感到他一夜之间变成了大人，跟我们拉开了距离。

"许宝，你是一个勇敢的少年，我回去一定要把你勇斗恶狼的英雄事迹往上汇报，你自己要有点儿思想准备。"我们的班主任陈增寿说，"许宝可以在家休息，其余的人回去上课。"

陈老师往外挤去，有一些听话的好学生跟随着他往外挤。我看看王金美，看到她正在看许宝，我也看着许宝。

许宝说："你们别走，咱们不是早就说好了吗？'不能同年同月同日生，但愿同年同月同日死'吗？"

"我们不走，老许，"王金美说，"我们要好好陪着你。"

这时杏树下有人问："许宝，光听你一个人吹，你娘呢？"

"俺娘到章古巴大叔家治伤去了。"

"是啊，"那人说，"娘的伤，也只有章古巴能治好……"

"俺娘来了！"许宝激动地说，"俺娘和章古巴大叔一起来了！"

我们的目光越过土墙，果然看到许宝的娘与章古巴一起，从那条弯弯曲曲的小胡同里走出来。许宝的娘是个白脸长身的中年妇人，因为头痛，双眉之间捏出一个紫红的印子，长年不褪，好像点了一个大胭脂。她说起话来细声细气，对我们态度和蔼，我们叫她许大娘。

章古巴大叔的牙其实并不很白，但由于黑得发青的脸色，他的牙看起来就特别白。章古巴大叔与许大娘站在一起，对比鲜明，黑的更黑，白的更白。

众人主动地让开了一条道路，让他们很顺利地来到了杏树下。

"娘。"

"许大娘。"

"许大娘。"

"你们这些孩子，怎么又上了树？"许大娘仰脸看看我们，幽幽地说。

她双眉间的紫印像一块葡萄皮，两腮上有一些红晕，好像喝了酒。

有一个女人问："许大婶，咬得重吗？"

她叹了一口气，眼睛里汪着泪水，说：“连狼也欺负我们孤儿寡母……”

“许大婶，让我们看看您的伤。”

“娘，给她们看看，她们还以为我在撒谎呢！”

“这难道还是件光荣的事？”许大娘抬头看看树上的我们，又转身看着院子里的人们，“要不是我们宝儿胆大，我就被这个狗东西给祸害了……”

她掀起脑后的发髻，现出了那片伤痕。那儿原本有四个深深的牙印，但此刻那四个牙印被一些黑乎乎的膏状物覆盖了。

“痛吗？”

“痛得我，说句丢人的话，痛得我放声大哭，大汗淋漓，衣服就像放在水里泡过似的……多亏了他章大叔的药，这药一抹上，就感到一阵清凉，虽然还是痛，但比不抹药时轻多了……”

“章古巴，你弄的是什么灵丹妙药？”

“告诉你，告诉你我的饭碗不就打破了吗！”章古巴笑嘻嘻地说，“这是祖传秘方，你如果想知道，就跪下磕头拜师吧！”

章古巴大叔从腰里摸出一把剪刀，一个小布口袋。他用剪刀仔细地剪下狼身上的毛，一撮一撮地放在小口袋里。

“老章，你剪狼毛干什么？”

“按说我不该告诉你这尖嘴猴腮的货，但是我不能不告诉乡亲们，”章古巴扫了众人一眼，大声说，“乡亲们，宝儿娘去找我时，痛得呜呜地哭，像个小孩子似的，我拿出药给她抹上，是个什么效果，我不说，让她自己说，我看她也不用说了，事实就在眼前明摆着。这药，还是我闯关东时合成的，这十几年来，咱这周围十几个村子里，被狗咬了的，被猫抓了的，都到我那儿去讨药，都是药到痛止。这药我只剩下一个壶底子了，寻思着再也不能用我的药给乡亲们服务了。但天赐良机，药源来了！药源是什么？”他剪下一撮狼毛举起来，说，“药源就是这狼毛！乡亲们，亲不亲，一乡人，今儿个我就把这秘方毫无保留地贡献给大家，也为我自己积点儿阴德。把一两狼毛烧成灰，用一两蜂蜜、二两香油，搅拌在一起。要用新竹筷子搅，左搅三百六十圈，右搅三百六十圈，再左搅三百六十圈，再右搅三百六十圈，一直搅到用筷子一挑，能拉出像蛛网一样的透明细丝，然后装进不透明的瓶子里，放到阴凉处就行了。乡亲们，我这秘方，要是卖给医院，怎么着也得卖个三百五百的，今天我把它无偿地贡献给大家了！”

章古巴剪了一小袋狼毛，对许大娘说：“别说咱这大平原地区，现在，就是东北大森林地区，要弄匹狼也不是件容易的事情。我剪你这口袋狼毛就算我给你治伤的报酬了，剩下的狼毛，我看你把它剪下来，合成药卖给医院，没准儿能让你们娘儿两个发点儿小财。”

“卖药的不积德，积德的不卖药，”许大娘说，“乡亲们，你们谁想合药，就过来剪狼毛吧！”

“宝儿娘，”章古巴说，“您这觉悟，真是没说的！乡亲们，谁要狼毛？俺老章今日为大家服务！”

“俺要一点儿！”

“给俺剪点儿！”

“俺也来点儿！”

…………

咔嚓，咔嚓，咔嚓……一撮，一撮，一撮……

狼身上的毛被剪得乱七八糟，显得更加瘦弱，从上边往下看，如果不知道它是一匹狼，一定会把它看成一条可怜巴巴的癞皮狗。

一个抱着小孩子的年轻妇女挤到前面来，要了一撮狼毛。她怀里那个拖着两道黄鼻涕、正在咿呀学语的小男孩伸出一根胖嘟嘟的手指，指着倒吊在树上的狼，含含糊糊地说："狗……狗……"

章古巴大叔停住剪狼毛的剪刀，目光炯炯地盯着那个小男孩。男孩的娘显得很不好意思，拍了一把男孩的屁股，说："傻孩子，这不是狗，这是狼！"男孩把嘴里的手指拿出来，流着哈喇子，指着倒挂在杏树上的狼，说："狗……狗……"

男孩的娘羞得满脸通红，不好意思地看着章古巴，再看看许大娘。

章古巴叹口气，把一撮狼毛塞给那个年轻的妇女，说："别说一个吃奶的孩子，这满院子的大人，除我以外，谁又见过狼呢？"

"章球，你给我们讲讲狼和狗的区别吧，经这孩子一说，我也看着这东西像条狗。"白胡子赵大爷拄着拐棍，颤颤巍巍地说。

"小孩子把狼看成狗，是情有可原的，可您经多见广的赵大爷把狼看成狗，就丢了眼力见儿了！"章古巴盯着发问的老汉，说，"要说狼不像狗，那是不可能的，因为狗的祖先就是狼。但狗和狼还是有明显的区别的，稍微有点儿见识，就能分辨出来。"他用剪刀敲敲狼的脑壳，发出嘭嘭的响声："听到了吗？像敲小鼓似的，你们自己去打一个狗脑壳敲敲，听听能不能发出这样的响声？为什么？狼是铜头麻秆腰！"他把剪刀揣进怀里，搬起狼头，让狼的脸朝向众人："好好看看，狗脸是什么样子？狗脸是那样的，可狼脸是这样的！"他用手掰开狼嘴，狼龇出两排雪白的牙："看到了吧？狼牙是这样的，可狗牙是那样的！"他扯起一只狼耳朵，说："狗耳朵是耷拉着，狼耳朵是支棱的！"他扒开一只狼眼，"狼眼是绿的，狗眼呢？狗眼是什么颜色？谁能说出狗眼是什么颜色？"他抬头看看我们，问："你们三个大学生，能说出狗眼的颜色吧？"

我和王金美看着老许，听得老许低声说，黄色，于是我们就像回答老师提问一样，大声回答："黄色！"

"对极了，狗眼是黄色的！"章古巴大叔高兴地说，"现在，我相信大家都能分辨出狼与狗的区别了。"他猛地放下狼头，还用力推了它一把，让它的身体在杏树下悠荡着。

"章大叔，"一个满脸雀斑的小青年挤到前面来，用手指指狼尾巴，问，"俺有点儿闹不明白，您说它是一匹狼，俺看着它也像匹狼，可它的半截尾巴是怎么回事？"

"你问这个呀，"章大叔用手拨弄了一下狼的半截粗大尾巴，说，"这的确是个问题，但如果你知道了狼尾巴的功能，这个问题也就不成为一个问题了。"他环顾四周，看到众人焦渴的目光，得意地说："我这辈子，最有价值的是东北十年，其余的都是白混日子。在东北，狼不叫狼，你们知道在东北狼叫什么？"

我们在杏树上大喊："章三！"

"对，狼在东北叫章三，为什么把狼叫章三，这个问题比较复杂，我在东北问好些个白胡子老头，请教为什么把狼叫成章三，他们说祖祖辈辈都是这么个叫法，他们也不清楚为什么。到东北的头一年，我在孙家大院里当马夫，睡到深更半夜里，听到圈里的猪吱吱地怪叫，与我睡在一起的车喝子马大叔一骨碌爬起来，对我说'小章小章，快快起来，章三来偷猪了！'我急毛火三地披上棉袄，提着一把铁锨，跟着马大叔就往掌柜家的猪圈那儿跑。马大叔提着他的红缨大鞭子跑在前，我提着铁锨跟在后。那天晚上，不是十五就是十六，月亮像个明晃晃的大银盘，挂在半天空，照着地上的雪，亮堂堂耀眼明，就像大镜子似的，连雪上的老鼠脚印都看得清清楚楚。我们大老远就看到一个章三，用嘴咬着孙大爷家那头白色的大肥猪的耳朵，用那条大扫帚一样的粗尾巴，啪啪啪地抽打着肥猪的屁股。那头大肥猪没命地叫着，吱吱吱，吱吱吱，一边叫着一边跟着章三往桦木林子里跑。那情景真是好看极了。大月亮明晃晃地照着白雪，章三的大尾巴啪啪啪地抽打着猪腚，卷起一阵阵雪粉……好看极了，真是好看极了……我看到这情景就呆了，马大叔抽了一鞭，没打着章三，打在了猪腚上，这等于帮了章三的忙。马大叔说：'小章，你还傻愣着干什么？上啊！'我提着铁锨冲上去，对准了章三的尾巴就是一家伙！"众人都喘了一口粗气，仿佛亲眼看到了章古巴铲断狼尾巴、救出大肥猪的情景。

"现在，你明白了它为什么只有半截尾巴了吧？"章古巴对那个雀斑脸青年说。

雀斑脸青年点点头，因为兴奋，他的脸皮发红，好像一个布满斑点的红皮鸡蛋。"可是，"他仿佛害羞似的喃喃着，"咱这地方离长白山好几千里，它为什么要到这里来？它又是怎么样来到了这里？"众人都齐声附和着雀斑青年，并把充满期待的目光投射到章古巴的脸上。

"这个问题嘛……"他拖长了声音，好像被这个问题逼到了绝境，但马上他就提高了声音，焕发了精神，"这个问题看起来是个问题，其实也算不上一个问题。实话对你们说吧——这匹狼是来找我报仇的。”

他的话仿佛是一撮盐，投进了沸腾的油锅，人们的口里发出了各种各样的声音。他举起一只手，像一个权威很大的演说者，制止了人们的七嘴八舌。“你们应该看得出，”他用屈起的中指与食指的关节，敲了敲狼的头，说，“这是匹老狼，两眼昏花，尾巴上的毛都发了白。它起码有了三十岁。狼的三十岁，就是人的八十岁。这是匹公狼，一匹三十岁的老公狼，就相当于一个八十岁的老头。章三，老伙计，我以为逃回家乡，就把你摆脱了，没想到时隔十多年，您又千里迢迢地追寻了来……”

“老章，您的意思是说，这匹狼就是当年那匹被您铲断了尾巴的章三？”

“尽管我不愿意承认，但我也必须承认，我不承认就对不起这匹狼，我不承认就埋没了这匹狼的光荣……”他满脸都是激动不安的表情，眼泪汪汪地说，“其实，我一进院子就认出了它。这个魔鬼，实在是太可怕了，实在是太可敬了，十几年里你让我做了多少噩梦，从今之后我可以安眠了……”

接下来，章古巴大叔绘声绘色地向我们讲述了这匹断尾巴狼的故事，听得我们如醉如痴。

他说，自从铲断狼尾之后，坏运气就跟他结了不解之缘。先是他的鹿皮靴子被嚼得烂碎，然后是马车上的皮绳被全部咬断，最后，那匹被孙大爷视为宝贝的大青马青天大白日被咬断了喉咙。掌柜的生了气，撵了他的佃户。他说，我背着铺盖卷，走到树林子里，大声喊叫着：章三，你这个狗杂种！你有种就出来，老子跟你拼个你死我活，人暗中使坏不是好人，狼暗中使坏也不是好狼！山林里寂静无声，只有风吹着树叶子哗啦啦响。我知道章三就在树林子里藏着，我的话它全部听到了，并且全部听懂了，但是它不露头。我背着铺盖往前走，这里待不下去了，只能到别的地方去找饭吃。掌柜的还算仁义，给了我三十块钱，算是我半年的工钱，按说我给人家糟蹋了一头大青马，人家一分钱不给也是应该的。我沿着林间小道向三叉子林场走去，听说林场正在招伐木工人，那时候我还没有小炉匠的手艺，只能靠卖大力吃饭。走在林间小路上，我的心里毛毛的，总感到后边有脚步声，可回头看看，什么都没有。走着走着，忽听到树林子里扑棱棱一阵响，吓得我三魂丢了两魂半，定睛一看，原来是一群野鸡在打架。我擦了把冷汗，继续往前走。树林子里的小鸟叽叽喳喳地叫着，一片和平景象，我的心里渐渐放松了。走到一处山泉时，我感到口渴，正想停下来喝点儿水，就看到在前面十几步远的地方，断尾巴狼蹲在那里满脸冷笑地看着我。我倒退着，退到一棵大松树旁边，扔掉铺盖卷儿就往树上爬，断尾巴狼飞扑过来，猛地往上一蹿，差一点儿就咬着了我的腿肚子。等它再一次上蹿时，我已经爬到了它够不着的地方。我噌噌地往上爬，一直爬到树梢上。我怕自己掉下来，就解下腰带，将自己绑在树杈上。我坐在树杈上，紧紧地搂着树干。山风把树林子吹得呜呜响，松树摇摇晃晃，好像坐在船上一样。我低头看着树下的狼，狼仰脸看着树上的我。就这样不知过了多少时间，我的肚子里呼噜呼噜地响着，眼前一阵阵发黑，如果不是用腰带把自己捆住，早就掉下去被狼吃了。狼也有点儿烦了，它撕开我的铺盖卷，往我的被子上撒尿。我知道它是故意气我，想让我下树去跟它拼命，可我不上它的当。别说你往被子上撒尿，你就是往上边拉屎，我也不会下树。但这样等到何时是个头呢？一天行，两天还行，三天四天都能挺，五天六天，饿也把我饿死了。但我听人说，狼可以一连半个月不吃东西，这样熬下去，最终我还是要死在它嘴里。天傍黑时，狼走了，狼走了我也不敢下树。我往四下里打量着，果然看到在灌木棵子里，有两只绿幽幽的眼睛。如果我冒冒失失下了树，正好中了它的奸计。熬到太阳下山，月亮上山，树林子里处处都是暗影子。暗影子里仿佛有无数的眼睛在闪烁。这时候我更不敢下去了。这时我要下树，即使不被断尾巴狼吃掉，也要被别的山猫野兽吃掉，长白山大森林里可不止一匹断尾巴狼。这时，山风停了，所有的树梢都不动了。月光把树叶子照得像涂了一层银粉。夜猫子在树影子里哇哇地叫唤。我的心里一阵发酸，眼泪哗哗地流出来。我知道断尾巴狼不会轻易放了我，心里一横，我就是死在树上变成人干，也不能让你吃了。想到此，我把自己更紧地绑在树上。月亮升高变小，但月光却更加明亮。这时，我看到一个特长的怪物从远处飞奔而来，近前时才看清，原来是断尾巴狼驮着一个三分像狗、七分像羊的东西。跑到树下，那个东西从狼背上下来，后腿坐在地上，举着两条短短的前腿，那模样像一个袋鼠。我心中大惊，知道狼把狈搬来了。他特别对我们讲解，说狈是狼的军师，因为前腿太短，行动不便，平时待在狼窝里，由狼打食供养着；遇到重大事情，就由狼驮到现场。他说，狈仰起脸，往树上看着，月光照耀狈的脸，白白的，像一块面团。狈眼也是绿的，闪闪烁烁，好像墓地里的鬼火。他说，接下来发生的事情，全世界都没人看到过，被我亲眼看到了，说是坏运气吧，也是好运气。狈往上看了一会儿，与断尾巴狼碰了碰鼻子，好像是交换意见。然后，狈就把鼻子扎在地下，发出了一种低沉的叫声，呜呜的，就像小孩子吹喇叭。他说，这声音听起来不大，但传得非常远，方圆百里的狼都能听到。狼国里的规矩是，只要听到狈的叫声，不管多忙，都要赶来集合，他说大概有抽一袋烟的工夫，就有三十多匹狼在大松树下集合了。新来的狼都走到狈面前，与狈碰碰鼻子，好像晚辈晋见长辈，好像学生晋见老师。把这套礼节弄完了，群狼就绕着树转起圈子来。它们一边转圈子，一边仰脸嚎叫着。呜——嗷——呜——嗷——声音又尖又长，连月光都在哆嗦，幸亏我把自己捆在了树上，否则非掉进狼口里不可。它们折腾了一阵儿，看到不能把我从树上吓下来，狈就出了一计，让它们五个一拨，轮番啃树。树下发出狼牙啃树的咔嚓声，树梢在嗦嗦地抖动。我朝着老家的方向祷告着：娘啊娘，儿原本想闯关东挣点儿钱，回去好好孝敬您，想不到却要在这里被狼给吃了……那些狼越啃越起劲，一片狼牙在月光下闪烁。我心里绝望极了，再粗的树，也架不住三十匹狼啃，何况还有狈在旁边给它们出谋划策。与其担惊受怕活受罪，还不如让它们吃了利索。想到此我就解开腰带，正想往下跳，就听到树林深处一声吼叫，震得大地都哆嗦。紧接着林子里响起了呼呼的风声，刮得那些枯树叶子哗哗地响。群狼停止啃树，都看着狈，狈用两条后腿支撑着身体，三跳两跳跳到了断尾巴狼背上，尖叫一声，断尾巴狼驮着它就跑。

群狼跟随它们，随风而去。又一阵风响过去，枯树叶子卷在小道上。我看到一只金黄色的大老虎，懒洋洋地，一步一步地，迈着比马蹄子还大的大爪子，啪嗒，啪嗒，走到了树下。我叫了一声亲娘，心里想，狼跑了，老虎来了，这下子更没有活路了……他从怀里摸出烟包和烟纸，不紧不慢地卷了一支烟，吧嗒吧嗒地抽起来。

“怎么着了？”

“怎么着了？”

“老虎蹲在树下看了我一会儿，就迈着比马蹄子还大的爪子，啪嗒，啪嗒，啪嗒，走了。”我们蹲在杏树上，长长地喘了一口气。

“等到天亮，一伙挖参的人来了，把我从松树上救下来。我的腿弯着，像罗圈一样，伸不直了。我的手指像鸡爪子一样，伸不直了。出了山林，我一天也没耽误，买了一张火车票，就上了火车。我坐在火车上，还看到这个东西追着火车跑。”他盯着倒挂在杏树上的狼，感动地说，“想不到啊，想不到，隔了十三年，你竟然翻山越岭地追到这里来了……”

“狼怎么会知道你在这里呢？”雀斑青年好奇地问。

“狗日的小金弟，就你事儿多！”他好像很生气，其实没生气，压低了嗓门，神秘地说，“告诉你们，狗鼻子嗅五百里，狼鼻子嗅一千里。幸亏咱这地方离长白山一千多里，有它的鼻子闻不到的地方，如果咱这地方离长白山不足一千里或是正好一千里，乡亲们，我哪能活到今天！”

“可是它为什么不到你家去找你报仇，却到许大婶家来咬人呢？”

“这个嘛……咳咳……”他咳嗽着，说，“我经常坐在你大婶的炕头上抽烟，留下了气味，另外，狼毕竟是老了，鼻子不太灵了，脑子也木了，就像八十多岁的老头子，身上的器官，都不太灵了……”许大娘脸上的红晕更大了，好像抹了一脸红颜色。

“宝儿他娘，都怨我，给你招了祸，”他说，“让你挨了咬，让你费了一垛柴火，让你炸了一口锅，还让你把炕掀了……”

“你这是说的什么话？俺家也是该有这一劫。”

“你和宝儿，孤儿寡母，日子过得不容易，我不能让你们白受这磨难，”他拍拍狼头，说，“乡亲们，狼这东西，全身都是宝。狼皮，做成褥子，能抗最大的潮湿，铺着狼皮褥子，睡在泥里也不会得风湿。狼油，是治烧伤烫伤的特效药。狼胆，治各种暴发火眼，比熊胆一点儿也不差。狼心，治各种心脏病。狼肺，专治五劳七伤。狼肝治肝炎。狼腰子治各种腰痛。狼胃，装上小米、红枣，用瓦罐炖熟了，分三次吃下，即便你的胃烂没了，它也能让你再生出一个新胃，这个新胃，连铁钉子也能消化得了！狼小肠，灌成腊肠，是天下第一美味，还能治小肠疝气。狼大肠，用韭菜炒吃，清理五脏六腑，那些水泥厂里的工人，吃一碗韭菜狼大肠，拉出的屎，见风就凝固，像石头蛋子似的，用铁锤都砸不破。狼的肛门，晾干，研成粉末，用热黄酒冲服，专治痔疮，什么内痔外痔，都药到痔根断，永不复发。狼尿脬，装进莲子去炖服，什么样的顽固遗尿症，也是一服药。狼眼治青光眼。狼舌治小儿口疮、大儿结巴。狼脑子，宝中之宝，给一根金条也别卖，留着给宝儿吃。狼肉，大补气血，老关东说，‘一两狼肉一两参’。狼鞭嘛，治男人的病。狼骨，治风湿性关节炎，虽比不上虎骨，但比豹骨强得多。就是狼肠子里没拉出来的粪，也能治红白痢疾……乡亲们，你们买不买？你们不买，我就把它弄到县城里去卖。”

众人看着，好像拿不定主意。“老章，卖什么呀！”许大娘说，“你就把它收拾了，分给大家吧，没被它咬死，俺就磕头不歇了，还想靠这个卖钱？”

“话不能这样说，你家受了这样大的祸害，总得找补一下。

再说，这样的宝物，有钱也买不到的。”

“算了，算了。”许大娘说。

“不能算了，”他说，“祸是因我而起，这事就由我做主吧。我看还是把它弄到县城里去，卖个好价钱，让你们孤儿寡母过几天好日子！”

“既是这样的好东西，肥水不流外人田，”许大娘红着脸说，“还是分给乡亲们吧，有病的治病，没病的补补身子，也算俺娘儿俩积点儿德。”

“他大婶，”赵大爷说，“你同意把它卖给乡亲们就是积了德。章球，把狼皮给我留着，我出五块钱，少了点儿，但我这把子年纪了，你们就委屈点儿吧！”

“这话说得，让俺脸红，”许大娘说，“赵大叔，狼皮归您，钱俺是不要的。”

“那不成，”赵大爷说，“你挨了一口呢！”

“我看这样吧，”章古巴说，“您也别一个钱不要，您要是一个钱不要，赵大爷也不会要狼皮，三块钱，我斗胆替你做主了！”

这时，一群苍蝇飞来，围着狼飞舞，发出嗡嗡的叫声。

众人催促章古巴：“古巴动手吧，别让苍蝇下了蛆，糟蹋了好东西！”

“肥水不流外人田，”章古巴不错眼珠地盯着许大娘的脸，说，“您这话说得多好啊！都说头发长见识短，我看您是头发长见识更长！”

在众人的密切注视下，章古巴从怀里摸出一把牛耳尖刀，弓着腰，开剥狼皮。

藏宝图

这个故事从头到尾只有一句真话——这个故事从头到尾没有一句真话。

星期天，大街上车辆拥挤，小公共横冲直闯，出租车见缝就钻，自行车从出租车前穿过去。我在人行道上呆头呆脑地闲逛，来来往往的行人与我擦肩而过，全是陌生人，没人理我，我也不理任何人。突然，有人在我的肩膀上重重地拍了一巴掌，打得我一个趔趄。我听到耳边爆响了一声：嘿！回头看到，多年不见的小学同学马可咧着他的著名的大嘴正对着我冷笑。

我说是你这小子？怎么会是你这小子？你这小子怎么在这里？你小子什么时候来的这里？你小子来这里干什么？他说，我大老远就看见你小子了，多年不见了，你小子胖出了一圈，但你小子的鸭子步伐还没改变。我说就像你的大嘴没有改变一样，我的步伐也不可能改变。他说我来了十几天了，我来这里的第一个目的是想到动物园看看老虎，第二个目的是想看看你。第二个目的比第一个目的还要重要。来到这里第一天我就去看了老虎，不但看了老虎，我还顺便看了长颈鹿和大象，猴子也看了，熊猫也看了。都没有意思，最没有意思的就是老虎。这里的老虎太肉麻，趴在假山石下吃青菜，白菜黄瓜都吃，一点儿虎气也没有，一根能挺起来的虎须都没有。饲养员扔下去一只活兔子，吓得它们屁滚尿流地钻进洞里去了，好像它们是兔子，而兔子是老虎。我看到老虎洞里铺着棉被子，墙上还挂着一台彩色电视机，正在放黄色录像，说是让老虎看了好发情，这里的老虎连交配的能力都没有了。看完了老虎我就找你，我拿着从你老丈人家要来的地址找到你家。敲了半天门，从门缝里抻出一个虎头虎脑长着两颗虎牙的女人——不是你的老婆——凶巴巴地问我：找谁。我说找你。她说：找错门了。然后她就把门关上了。我继续敲门，门又开了，这次抻出了一个男人的三角形鳖头——不是你——比那个女人还凶地说：你怎么啦？还有完没有了？非要逼我报警是不是？我这才明白，你小子给你丈人的地址是假的，我按着地址找到的这个家根本不是你的家。我本来想马上就买车票回家，但没想到让小偷把钱包摸去了。我只好在街头上流浪。白天我到饭馆里讨点儿剩饭吃，脏是脏一点但营养很丰富；晚上就睡在前边那个桥洞子里，冷是冷一点但空气很新鲜。我现在已经很饿了，本来想到万惠园饭店去要点吃的，大老远我就看到了你小子。我想，没有这样好的运气吧？到处找找不到，怎么可能在大街上碰到？起初我还有点犹豫，生怕认错了人遭到杀身之祸，但我一看到你那几步走法我知道肯定是你。为了保险起见，我跟踪了你足有二里路。我在你的身后距离你只有一步，我把口里的臭气都喷到了你的脖子上，但你就是不回头。你不回头我也认出了你。你的脖子、你的耳朵、你的腮帮子，还有你咳嗽吐痰的声音，都证明了你是你。这些特征加上你那鸭子步伐，促使我下定了决心，从背后拍你一巴掌，打你一个冷不防。对你来说，这就叫作是福不是祸，是祸躲不过。对我来说，这就叫踏破铁鞋无觅处，得来全不费工夫。你千万不要问我为什么要来京看老虎，你暂时什么也别问我，问我我也不回答。我饿得很厉害，请你先带我到饭馆里吃顿不用让我低三下四的饭。我身上一分钱也没有，肯定是你请客。你请我吃饱了，还得借点儿钱给我做路费，让我买车票回家；你如果不借我钱，我就跟你到你家去住。我身上痒得要命，很可能招上了虱子；我在桥洞子里跟十几个叫花子睡在一起，他们身上有很多虱子。近朱者赤，近墨者黑，近叫花子生虱子，这是一条基本原理。我带着一身虱子去你家住，你同意你老婆也不会同意，你老婆同意了你孩子也不会同意，即便勉强同意了心里也不会高兴，心里明明不高兴，脸上还要伪装出高兴的笑容，人间的痛苦没有比这更加深重的了，所以，如果你是个聪明人，就请我吃顿饭，然后借给我一点儿钱把我打发了。请你特别注意，虽然我嘴里说是借你的钱，但我根本就没打算还你；无论你借给我多少，都是羊肉包子打狗，有来无回。现在最流行的事就是借钱不还，你要想让我还钱你就要请我吃饭还要给我送礼。我在这座城里举目无亲，好容易碰上了你，所以我绝不会让你逃了。你想逃也逃不了，你那两条小短腿跑不快。你如果敢跑我就在你后边慢慢地追赶，我一边追赶一边还要大声喊叫抓小偷，让你热豆包掉进灰堆里，吹也吹不得，洗也洗不得。肯定会有觉悟高的人帮我把你拦住，然后你一拳他一脚地揍你一顿，打你个鼻青脸肿。眼前的形势就是这样的，你自己先掂量掂量，我给你三分钟的考虑时间。我还要告诉你，昨天我在大街上听到一个女人说，虱子能传染多种疾病，伤寒、痢疾、霍乱、麻疹，很可能还传染艾滋病，你好好考虑考虑吧，只有两分钟了，得了艾滋病基本上等于领到了见阎王的通行证，只有一分钟了，你才四十啷当岁，死了多么可惜，只有半分钟了，所以我劝你不要因小失大，时间到，考虑好了没有？

其实我根本就没有什么好考虑的，我能做的就是立即把他带到一个就近的饭馆里，点上一桌子鸡零狗碎，让他小子尽力撮一个饱，然后给他点儿钱打发他滚蛋，这是我最好的选择。不久前我重温革命时期的走红小说《青春之歌》，看到余永泽先生和林道静小姐这对新婚的小两口儿在京城的小家里正准备甜甜蜜蜜地过大年，炉火熊熊，烛光闪闪，锅里的肉散发出了浓烈的香气，红色的葡萄酒在玻璃杯子里闪闪发光，气氛好极了。突然，余先生老家村子里的一个曾经给他家当过长工的老头，背着些大包小包，拖泥带水地闯了进来，余永泽给了他十元钱想把他打发走，他不走，还说了很多不中听的话，为此林道静和余永泽闹起了别扭。我看到这里，感到余永泽做得基本没错，感到林道静有点儿虚伪，用北京人的语言说就叫作“装丫挺”，感到那老头子有点儿不知趣，甚至有点儿讨厌，起码没有什么志气，看人家不愿搭理他，套近乎套不上了，当然也是嫌余永泽给他的钱少了点儿，这才说了几句硬话。我知道我的阶级感情发生了很严重的问题，便努力学习了一些书，自觉觉悟有了很大提高，但今日见到了这个浑身虱子、不远千里来看老虎的小学同学，好不容易提高了的觉悟一下子降到了最低点，比读《青春之歌》时还低。我宁愿帮他买张飞机票，也不愿把他带回家。我知道请神容易送神难的道理，如果我把他带到家里，让他知道了门牌号码，我的家很可能就会变成他的家。

我原本想把他带到北来顺吃顿涮羊肉，但路过一家饺子馆时，我说：伙计，舒服莫过躺着，好吃不如饺子，咱们吃饺子怎么样？他说，好吧，要饭的人不应该嫌饭凉，尽管我更想让你请我吃一顿烤鸭。然后他就滔滔不绝地讲起了对烤鸭的渴望，他引用了据说是美国前总统尼克松先生的话，“不到北京，就不算到了中国；不吃烤鸭，就不算到了北京，因此不吃烤鸭就不算到了中国”。我装聋作哑，不接关于烤鸭的话头，我心里想，去你的吧，你也配吃烤鸭？他说：等下次我到了北京，如果我的钱包没让小偷摸去，我一定请你吃一次烤鸭，我不但要请你吃烤鸭，我还要请你老婆和你的孩子吃烤鸭；我不但请你们家去烤鸭店吃烤鸭，我还要买几只烤鸭送给你们，让你们回家后继续吃。他还说其实烤鸭也不是什么好东西，现在真正有地位有身份的人才不吃这种肥肉片子呢，现在北京和全国各地的上等人都讲究吃素，讲究吃绿色食品，吃粗纤维，剑麻、芦苇、仙人掌，是最高级的食品，咱们县里那些土鳖还在猛嘬驼蹄、熊掌、海参、鲍鱼，让他们全都血压升高手冰凉吧，他们的脑子出点儿问题，老百姓的日子就会好过点儿。我说你怎么什么都知道呢？你从哪里学到了这样多乱七八糟的科学知识？他说你以为农民都是傻子吗？我说，农民不是傻子，我才是个傻子。他轻蔑地说：难道你不是个农民？你以为在北京有了两间房子，墙上挂上两穗谷子，地上铺上几块釉面砖或者木地板，你就不是农民了吗？你永远是个农民，你这样的人放到盐水里泡三年，放到血水里煮三年，放到矿泉水里洗三年，晾干了还是个农民！我说对对对，你说得对，我永远是个农民，所以我只能请你吃饺子，说着，我就把他拖到了饺子馆里。

饺子馆门面很小，只有三张桌子，九把小凳子。开饺子馆的是一对老夫妇，老头满头白发看样子有一百多岁了，老妇满脸皱纹，看样子也有一百多岁了。我们进门时老两口子坐在外边抽烟，老头抽烟袋，老妇抽纸烟。见到我们进了门他们很冷漠，老太太叼着纸烟，用与她的年龄很不相称的朗朗声音问我们：二位，吃饺子吗？吃什么馅的，要多少？要不要来几个小菜？要不要来几瓶啤酒？我看了一眼马可，请他点。他说让我点我就点，不过我估计也没有什么好点的。他问老太太，你们都有什么馅的？老太太说有白菜馅的、胡萝卜馅的、茴香馅的，还有三鲜馅的。他说都要都要，每样的先来半斤，吃了不够再点。紧接着他问，有鲨鱼肉馅的没有？鳄鱼肉的呢？老虎肉的？狐狸肉的？没有没有全没有！老太太连声摇头，吊着嘴角轻蔑地说我们年纪大了，不知道去哪里才能买到您说的这些肉。他说我知道你们没有，我只是想告诉你们，你们没有的，别人很可能有，你们没吃过的东西，别人很可能吃过，你们北京人自以为靠着皇城根儿见多识广，其实你们是天下第一的孤陋寡闻。然后他就大讲他在烟台战友家吃鲨鱼肉饺子、在广东战友家吃鳄鱼肉饺子、在大兴安岭战友家吃老虎肉饺子、在自己家里吃狐狸肉饺子的经过。鲨鱼肉，鲜红鲜红，半米多厚，包出饺子来，味道真是美极了。他说，那时一公斤鲨鱼肉才卖八毛钱，八毛钱也没有多少人买，嫌贵。鳄鱼肉是论两卖的，一两二十元，贵是贵了点儿，但在我战友那样的大款眼里，二十元根本就不算钱。鳄鱼肉的饺子，究竟有多么好吃，靠我的这点儿文化水平是无法子跟你们说清的，尽管我也是人文函授大学毕业，联合国承认学历。什么时候我带你到我战友家里，让他媳妇包一锅给你吃。狐狸肉的饺子虽然有点臊气，但有人就是愿意吃那个臊味儿，这就像咱们县里那个女书记最爱吃猪的大肠头是一样的。起初那些个马屁精为了让书记喜欢，把大肠头用碱水洗三遍用盐水洗三遍然后用清水冲了三遍，把那股臊臭味儿洗得干干净净，气得书记砸了盘子，破口大骂：狗娘养的你们这些笨蛋，我的臊味哪里去了？那些挨了骂的人心怀不满，下次做时，不但不洗，还铲上了半斤猪屎，书记一吃，喜笑颜开，说，你们这些同志，不批评是不会进步的。然后她就把那个往锅里铲猪屎的办公室副主任提拔成了主任。吃了狐狸肉放屁特别臭，有一天我吃了狐狸肉饺子坐车进城，车上那个卖票的小子不讲理，想讹我的钱，我急了，放了一个屁，把满车的人全都臭昏了，司机天天闻汽油，抗臭的能力强一些，刹了车跳车逃跑，这才没酿成大祸。说一千，道一万，最最好吃的还数老虎肉饺子。他说在大兴安岭的密林深处，有一个铁杆的朋友，两人曾经结拜过兄弟，一个香炉三炷香，脑袋磕得嘭嘭响。那人是个神枪手，为了欢迎他，冒着生命危险，跑到老虎窝里打了一只斑斓猛虎，是只公虎，剥出一根虎鞭一米多长，晒干后还有八十厘米。朋友不但请他吃了几次老虎肉饺子，把虎鞭也送给了他，让他回家泡酒喝。他的朋友说，什么伟哥伟嫂的，比起咱们长白山的虎鞭，那就好比是拿着油条比铁棍。他说他爱护妇女，不愿做那些伤天害理的事，就用虎鞭做了一条腰带，本来想扎到腰里进北京给你看看，让你开开眼界，但不幸的是让一只公猫偷去吃了，它很可能把虎鞭当成了干鱼。这一下可是不得了了，村子里的母猫全都逃窜得无影无踪，后来连母狗也逃了。方圆一百公里之内只剩下他家那只兽性大发的公猫，那家伙的吼叫声惊吓得村子里的人夜不能眠。老虎肉的饺子当然是人间最美味、营养最丰富的饺子，觉悟不高的男人吃了老虎肉的饺子百分之百地要犯流氓罪，他吃了老虎肉的饺子虽然没犯错误，但也熬得不行，浑身上下，热气腾腾，好像一台锅驼机。没别的办法，他只好听从战友的建议，砸开黑龙江上厚达一米的冰层，跳到冰水里泡着，当然是赤身裸体。如果不吃老虎肉，跳到黑龙江的冰水里，三分钟就会冻成冰棍，但他泡在冰水里，感到舒服极了。他说他在冰窝子里泡着，江面上热气腾腾，远看好像在江里烧开水。男女老少，许多人赶来看，连对岸俄罗斯的老娘们都来看。有骑着摩托车来的，有骑着大洋马来的，更多的人是坐着爬犁来的。有马拉的爬犁，有狗拉的爬犁，还有用梅花鹿拉的爬犁和四不像拉的爬犁。这些都算不上新，也算不上奇；最新最奇的是一个俄罗斯大闺女，骑着一只老虎来观看。那只老虎在她身下，温顺得像一只小猫。老虎的脖子上挂着一串铜铃铛，跑起来一片脆响：叮叮当叮叮当，铃儿响叮当——好听得不得了。他说：我这人见多识广，见了骑老虎的少女稍微有点儿惊奇，但绝对没有把这当成了不起的大事；别的人就不行了，他们先是丧魂落魄，狼狈逃窜，看看没事，又战战兢兢地回来，远远地看热闹。老虎驮着美丽得不太像人的俄罗斯少女站在我的面前，她和老虎的口鼻里喷出很多白色的蒸气，少女的眉毛和老虎的胡子上结了小小的冰凌。少女对着我说了许多的话，叽里咕噜的，一半像唱歌，一半像念咒，可惜我不懂俄语，否则与她对对话该是一件多么有趣的事情啊！我不懂俄语，又不忍心冷落了人家，这可是关系到中俄两国人民的深情厚谊的大事，我没有别的办法，只好对着她和她的老虎微笑。我轻易不愿大笑，因为你也知道，我一大笑就会狗洞大开，令人望之生畏，即便是微笑也不好看，这是我心中永远的痛，但事关大局，也就顾不了个人的面子了。我对着她和老虎笑，她也对着我笑。她的笑容那是无法形容的，只能比喻，拿什么比喻呢？只能用老虎肉的饺子来形容她的笑容。她的笑容就像我吃过的老虎肉饺子一样鲜美！我们俩对着笑的时候，老虎默默无声，眼泪好像小河，流到了嘴边的毛上，它伸出紫红色的大舌头，不停地舔着眼泪。它的舌头上满是肉刺，让它的舌头舔一下，半边脸上的肉就没有了，一点儿也不会留下，露出森森的白骨。我们村子里有个让熊瞎子舔去了半边脸的人，名叫许三，你还记得他吧？说起来他跟你们家还有点儿瓜蔓子亲戚呢。老虎的舌头比熊瞎子的舌头锋利多了，让它舔一下可不是好玩的。我知道老虎为什么流眼泪，它是闻到了从我嘴里呼出来的老虎肉的香味。我估计这只老虎和让我们包了饺子吃掉的那只老虎是亲戚，但也不是太像。我们吃掉的那只老虎是只公虎，少女骑着的这只老虎是母的，我从母老虎的表情上猜出，被我们吃掉的老虎很可能是它的丈夫，这还是一桩跨国的婚姻呢。想到此，我才感到了害怕，不管这匹母老虎和它的丈夫是分居了还是离了婚，但一日夫妻百日恩，人类的感情规则同样适用于老虎的感情规则，我吃了它丈夫的肉，它吃掉我就是天经地义的事……

马可要了一碟子花生米、一碟子猪皮冻、两瓶啤酒。老太太把啤酒和小菜端上来，然后就退后两步，倚着门框子，歪着头，吧嗒吧嗒地吸烟，好像一只沉思默想的老鹰。马可说：老大娘，请您离我们远点儿，我们哥俩多年不见，正要谈一些重要的事情，您站在这里，就像看守似的，把我要说的话全都吓忘了。老太太问：说我吗？他说：当然是说你，不说你还能说谁？老太太撇撇嘴，闪身进了内室，我们听到室内的案板噼里啪啦地响，知道老头子正在剁馅。在案板的响声里，那个老太太大声说：穷酸，什么东西，他还把自己当成了个人！我与马可对眼相望，他无声地笑了。我低声地责备他："饭前不得罪厨子，睡前不得罪老婆"，你这么一张狂，这饺子还能好吃得了吗？他说：放心，无非少放点儿肉多放点儿菜，这岂不是正中了我们的下怀？我说：你就不怕她给我们下点儿巴豆、斑蝥什么的？他说：不要把人想得那样坏，这个世界上，好人还是比坏人多。然后，他就像一个主人似的，按着我的肩膀让我就座。我说：你先坐嘛！他说：你不坐我怎么敢坐？我说：咱们俩谁跟谁呀？我就了坐，他也坐下。小凳子面积很小而我的屁股很大，所以感到很不舒服。但我不敢说自己的屁股不舒服，我如果说坐得不舒服，他很可能提出换地方，前面不到百米的地方就有一家南港渔家，那里的座位是真皮靠背椅，舒服极了，但那里的价格是杀人不眨眼的，去那里吃的人大多数花公款，即便是花私款，也是在钓大鱼。

他熟练地往我眼前的杯子里倒着啤酒，他说我告诉你，倒啤酒需要卑鄙（杯壁）下流，否则就会泡沫溢出。这种说法我听了差不多八千次，他还拿来卖弄，简直就像在孔夫子门前念《三字经》一样浮浅。我掩饰着对他的厌恶，端起杯子说：来，老同学，干杯！他说：好吧，干杯，咱哥俩多年不见，今日要喝个痛快，一醉方休！我一听他要喝个一醉方休，心里就乱打鼓。我早就听说这个小子喝醉了不着调，如果他喝醉了，我想赶快把他打发走的计划十有八九要落空。于是我就赶快改口说：别干杯别干杯，能喝多少喝多少，喝醉了伤身体。他好奇地看着我，说：哥们，我走南闯北，从南京到北京，从国外到国内，从没听人说过喝多了啤酒还会伤身体。啤酒是什么？液体面包，跟咱们老家的大馒头是一样的，怎么可能伤身体？你这纯粹是谬论，无非怕花钱，其实喝几壶啤酒又能花你多少钱？你即便让我放开了肚皮喝，喝到了嗓子眼顶多也就喝十来瓶，没有多少钱嘛！这点儿钱对你来说，不过是九牛身上的一根毛！来吧，干杯，你不干你就是嫌贫爱富，你就是为富不仁，你就是忘了家乡父老，你就是杀妻灭口的陈世美，你就是腐化变质的刘介梅！我问：陈世美我知道，但刘介梅是谁？他猛地一拍桌子，说：看看，看看，我说对了吧？你竟然连刘介梅是谁都不知道了，可见问题已经很严重了！他刚要给我说刘介梅的事，一个苍蝇飞到他的鼻孔里：阿——阿——嚏！打完了喷嚏他就把刘介梅忘了。

他把连在一起的一次性筷子一劈两半，对我说：吃吧吃吧，别客气，这样的小饭馆虽没有鱼翅燕窝，但小菜还是有特点的。老夫老妻开的饭馆，一般不会出问题，虎老了不吃人，人老了不害人，如果是一对年轻夫妻开的饭馆，我告你说千万不要进去，千万千万，如果你非要进去，就要做好站着进去躺着出来的准备。北京是首都，可能好点儿，到了咱们老家那地方和除了北京之外的其他地方，大部分年轻夫妻开的饭馆，三分之一像日本鬼子的七三一部队，三分之一像孙二娘的馒头铺，三分之一像咱们县的城关卫生院，里边都是死啦死啦的干活。你知道咱们县的城关医院吗？就在县政府大楼前边那条大街上，是一栋红色的、四四方方的大楼，远看好像一块巨大的鲨鱼肉。里边那些当医生的，当护士的，大多数都是鸡巴毛上的虱子，根子又粗又硬，最有名的外科大夫赵三瓶——现在已经提拔成副院长了——是县委书记的小舅子，虽然是副院长，但说话比院长还要硬气，院长完全看他的眼色行事。此人五大三粗，胡子连着胸毛，胸毛连着鸟毛，鸟毛连着腿毛，这家伙浑身是毛，但就是头上不长毛，他是该长毛的地方不长毛，不该长毛的地方乱长毛。这家伙演土匪不用化妆，演鲁智深也不用化妆，演杀猪的也不用化妆。这家伙原本是咱们向阳公社兽医站的兽医，最拿手的好戏是阉小猪。说起来你肯定还记得他，记起来了吧？对，就是他，咱们在农业中学读书时，开门办学，请他教过我们阉小猪。改革开放之后，他姐夫不拘一格降人才，把他提拔到城关医院当了外科主治大夫！他是个贼大胆，其实他没进城关医院之前，就开始给人做手术。他给人做的第一例手术是给他爹切割阑尾，连麻药也不打，用棍子打晕了，家里没有碘酒，用了点儿白酒消消毒，就用那把阉小猪的刀子，把他爹的阑尾切了。为了防止他爹苏醒过来跑了，他把他爹用绳子绑在了一条杀猪的板凳上，还用黑布蒙了眼，用白布勒了嘴。有人从窗外看到过这个情景，还以为是给他爹上老虎凳呢！他爹好了以后，拍着肚皮上的刀口，到处给儿子做广告。这小子给自己的爹成功地做了手术，如梦初醒，说弄了半天，给人切阑尾比阉小猪还容易，既然如此为什么不去当人人尊敬的人大夫，反而要当遭人嗤笑的猪医生呢？找姐夫去，改行。他姐夫毕竟是高级干部，觉悟高，有政策观念，说小孩他舅，你尽管给老头子成功地切除了阑尾，但要到医院当外科大夫，必须上学进修，取得医生资格，否则我要跟着你犯错误，我犯了错误你也跟着完蛋。他说，好吧，姐夫，我听您的。他进了一个外科大夫进修班学习了半年，得了一个研究生文凭，还得了一个硕士学位，然后就理直气壮地进了城关医院当了大夫。自从他进了城关医院当了外科大夫，城关医院的病人活着出来的不多。县计划生育委员会主任说，咱们县如果有十个赵三瓶这样的外科大夫，人口肯定负增长。城关医院不止一个赵三瓶杀人不眨眼，还有几个胆大包天的野护士。最著名的野护士牛小草是副县长的妹妹，医生让她给一个小孩子输液，她愣给人家输进去一瓶子酒精。病人家属去找她，说：护士……她一听人家叫她护士就发火，城关医院的人爱面子，连那些负责挂号的、烧水的、收钱的、扫地的，这么说吧，进了城关医院，你只要看到一个穿白大褂的，必须叫大夫，否则就不理你。牛小草怎么能容忍病人家属叫她护士？她打着毛衣翻着白眼装聋。病人家属被孩子的情况吓急了，忘了这医院的规矩，还是一个劲地叫护士。最后，连牛小草也烦了，不得不自己正名，说：告诉你们，不要叫护士，叫大夫，叫大夫，明白吗？病人家属这才恍然大悟，连忙说：大夫，大夫，俺那个孩子怎么发了红了呢？牛小草说：发红不就是好了吗？病人家属说：不是个正经红法，求您去看看吧……牛小草嘟囔着：你们这些农民，真是事多。到了病房一看，那个小孩子红得像一根胡萝卜，不但发红，还口吐白沫，四肢抽搐。牛小草纳闷地问：咦，怎么会这样呢？突然她笑了，说：嘿，你看我，忙糊涂了，把酒精当成盐水了。病人家属说：怎么办？牛小草说：没事，酒精消毒，你们的孩子全身的病毒这一次全部杀死了，我肯定地、负责任地说，他这辈子不会生病了，你们赶快到收费处交酒精的钱吧！……

我打断他的话，说伙计咱们不说这些吓人的话好吗？咱们说点儿愉快的话好不好？他皱着眉头说，嗐，满肚子都是苦水啊，哪里去找愉快的话？我说那就什么也不说了，喝酒，吃菜！他夹起一块猪皮冻，哧溜一下子吞了下去，然后又夹了一块，然后又是一块。他说，这皮冻还行，很有咬头，但味道有点儿怪，很可能是加了水胶，咱们那地方的小饭馆里做猪皮冻百分之九十地要加水胶。我说，行了，伙计，咱们俩都是地瓜面的肚子，的确良的裤子，没那么多的讲究。他说，对，你说得很对，人不能忘本，树不能忘根。不过，现在地瓜面已经是很高级的食品了，现在地瓜比苹果还要贵，地瓜面比富强粉还要贵。的确良现在不值钱了，但要倒回去三十年，谁能穿上条的确良裤子那还得了吗？倒回去三十年，别说的确良裤子，就是混纺的人造棉裤子，穿到腿上就像粉皮一样滴里嘟噜的那种，也像老虎皮一样珍贵。他说，你大概还没忘记吧？你第一次到你老婆家去认门，就借了我那条黑色的人造棉裤子。你小子抽烟时还把我的裤子烧了一个窟窿。我说：有这种事？我怎么不记得了？他说：这种事你当然不会记得了，你不记得我记得。你把我的裤子烧坏，自己不敢来还，让你姐姐来还，你姐姐说了一大堆赔不是的话，还送给我家三个鸡蛋。说句不客气的话，如果当初没有我那条人造棉裤子，你老婆肯定不会看中了你，即便你老婆看中了你，你丈母娘也看不中你。俗话说得好，“人靠衣服马靠鞍”嘛！我听人家说过，你从你丈母娘家出来后，你丈母娘就跑到大街上去宣传：俺家那位没过门的女婿，穿着一条人造棉的黑裤子，走起路来，简直是飘飘如仙！——就凭着当年我借给你裤子成就了你的金玉姻缘，他说，让你请我吃一桌生猛海鲜也不为过。我说你就闭着眼瞎编吧，但要我请你吃生猛海鲜那是不可能的。他说，看把你吓得那个小样！你请我去吃我也不会去，你们这些小鸡巴官，贪点儿小污受点儿小贿，提心吊胆的怪不容易，我怎么忍心吃你的生猛海鲜？我早就告诉过你，宁做鸡头，不做凤尾，你也能算上个县级干部？还正县级呢，看看你这副熊样子，连个正乡级都不如。咱们乡那个党委书记，坐着奥迪，手持大哥大，老家一个老婆，县城里一个老婆，在乡里还和妇女主任睡一个被窝子。重婚？我说你怎么这样弱智呢？老家的老婆是离婚不离家，乡里的老婆是睡觉不结婚，人家根本就不会干犯法的事。抽烟靠送喝酒靠贡自己的工资基本不用自己的老婆基本不动，三年乡镇长，十万雪花银，你还在这里混个什么劲？我要是你，早就回去了。不过这话又说回来了，你如果真回去了，别说乡镇长轮不到你当，连个村支部书记也轮不到你的头上。往最好里说，能把你安排到文化局当个副局长，那你也要准备好两万元送给县委书记的老婆（咱县书记的老婆做了一次人工流产手术就收了八十万元的红包，她每年人流二次），否则，顶多把你安排到一个即将破产的厂子里当个工会副主席。咱们县里那家欠了银行二亿八千万元贷款、与安哥拉合资的长毛兔皮加工厂，光部队转业下来的团级干部就安排了四个，三个正团级当了工会副主席，一个副团级当了收发室主任兼保安队队长，这人在部队时是训练标兵，最擅长的是射击投弹拼刺刀，现在打的都是电子仗，连敌人的影子还没见到战争就已经结束了，所以他空有一身硬功夫也被淘汰了。他对收收发发不感兴趣，这是退休老头子干的活儿，他的兴趣在保安队上。他用百分之一的精力抓收发工作，用百分之九十九的精力训练保安队。他自己动手，做了二十多杆木枪，发给那些小伙子每人一杆，然后带着他们在厂办大楼前摸爬滚打。死气沉沉的中外合资长毛兔子加工厂顿时变得生气蓬勃，好像蝎子窝里捅了一棍。那些穿着黑制服的小保安们手持木枪，对着办公楼前的一排稻草人，一个个吹胡子瞪眼，咧开嗓子吼叫：杀——杀——杀——！那个副团长站在一边，军装严整，只是缺了帽徽和领章，活像一个黑金刚，他这人真是生不逢时啊！他站在耀眼的阳光下，冰冷的目光从他的帽檐下射出来，生铁丸子般的口令从他的口里喷出来：兔子——刺！兔子——刺！他的口令把那些厂里的闲官和过往的行人弄得莫名其妙，都说这个团副怎么张口就骂人呢？就算是兔子皮加工厂，与兔子靠得近，也不能让“兔子——刺”啊？一个小保安从队列里走出来，把木枪一扔，说：队长，俺不干了，跟着你干挣不到多少钱，累得贼死，衣服没有干的时候，还被您当兔子骂来骂去。团副怒吼着：把枪捡起来！你好大的胆子，竟敢扔掉武器。小保安被团副的气势给威住了，低声嘟囔着说：捡起来就捡起来，发那么大的火干什么？团副大声说：你们都给我好好听着，不是“兔子——刺”是“突刺——刺”！保安们松了一口气，说：原来不是“兔子刺”，那我们就放心了。在敞亮的大办公室里看景的干部们也松了一口气，说：啊，原来是“突刺刺”，不是“兔子刺”，这样我们就放心了！你知道这个团副是谁？他就是我老婆的舅舅，我老婆的舅舅就是我的舅舅，你说对不对？我舅舅训练保安队，问：你们最恨的是谁？一个小保安大声地喊：我最恨的是俺村的支部书记，那家伙贪污提留款，把电费提高到三元钱一度，俺爹不交电费，他一拳打破了俺爹的鼻子，还让他的狗腿子掐了俺家的电线，拉走了俺家的牛！一个小保安说：我最恨的是俺村的村长，他把俺家的地界石偷偷地挪了两米，俺哥找他讲理，他不讲理，一个电话把他在乡公所当联防队员的儿子叫回来，用麻绳子把俺哥捆到了乡公所里，他们说俺哥殴打革命干部，破坏社会治安，打得俺哥鼻青脸肿，还要俺爹拿一千元钱去赎人。小保安们七口八舌地控诉着他们的仇人的罪行，小脸有的红，有的白，有的青，有的黄，全都是苦大仇深的样子。我舅舅心中暗暗吃惊，连忙打住了话头，说：好了好了，只要你们心中有仇人，咱们这兵就能练出个名堂来。从现在起，你们就把面前的稻草人，想象成你们最恨的人，然后就用刺刀捅他们！开始吧，我舅舅像一个执刑官一样发号施令：突刺——刺！那些小保安就像打了兴奋剂似的，一个个双眼发红，喷吐火焰，对着那些稻草人就下了狠手，有的一边刺还一边破口大骂，弄得兔子皮加工厂里杀气腾腾，过往的行人驻足观看，有人还问：这是怎么啦？有人回答：拍电影呢！

他夹起一个花生米扔到口里，说，这件事很轰动的，兔子皮加工厂被评为民兵训练先进集体，报纸和电台都做过报道，市电视台还来录过三天像。一俊遮百丑，我舅舅这一呼隆，给臭名昭著的兔子皮加工厂涂了脂抹了粉，我舅舅成了大名人，厂长也成了省人大代表。县里那些濒临灭亡的工厂纷纷学习兔子皮加工厂的经验，高价聘请转业军人，训练门卫保安队。但等到他们的保安队训练出来之后，兔子皮加工厂已经倒闭了。你猜猜兔子皮加工厂的厂长是谁？就是我们小学时的同学小马圈呀！啊啊，啊！想起来了想起来了，是肖梦娟啊！她的外号叫小马圈，对，她的外号叫小马圈。他说：如果我没记错的话，她的外号还是你给她起的。想当初你小子迷上了她，天天回家拿地瓜给她吃，开春后的地瓜，甜得赛过了苹果，你用小刀把地瓜切得一片片的放在她的眼前让她吃，我们跟你讨片吃，你不给我们吃，还在我们眼前晃动那把刀子。小马圈吃了你的地瓜，不但不念你的好，还到老师那里去告你的状，说你当着她的面说学校是监狱，老师是奴隶主。老师连忙把你的话向校长做了汇报，校长很重视，用小绳子捆着你往公安局里送，公安局问了案情，说这孩子犯的是一般性的错误，应该按人民内部矛盾处理。校长把你押回来，召开全校大会，让你在全校师生面前做检查。你哭得鼻涕一把泪一把，态度不错，认识错误比较深刻，没开除你的学籍，因为你年龄太小，对你很温柔，给了你一个警告处分，这样才把你从痴迷中唤醒过来，你小子一怒之下就给她起了一个外号。小马圈后来出息大了，小学刚刚毕业就调到公社宣传队里当了独唱演员，最拿手的歌是那首陕北民歌《山丹丹开花红艳艳》，她的嗓子就像小喇叭似的，清凉无比，简直就是一块薄荷糖。你还记得那首歌的调子吗？

我摇摇头，我摇头的意思根本不是说我把那支歌的旋律忘了，我是想起了往事心中感慨，他却以为我把旋律忘了。他喝了一口啤酒，清清嗓子，说：你这就是忘本，怎么把这首歌都给忘了呢？我给你哼一哼吧。于是他就哼哼起来。他的声音起初很低，甚至还有几分抒情，还挺像那么回事。但哼了几句后，他就忘乎所以，放开了他那个毛驴嗓子吼起来。老头和老太太手上沾着白面跑出来，问我们发生了什么事。我说没发生任何事，我这个同学正在唱歌怀旧呢！老太太说：小点儿声，把警察招来就够你们喝一壶的。

他灌下去一杯酒，嘴唇上沾着泡沫，说，圣人说得好，骗子最怕老乡亲，就说你吧，现在也是人五人六的，穿一套皱皱巴巴的破西装，系一根狗舌头般的红领带，秃着个鸡巴头，在大街上摇头晃脑，冒充老干部，但在我的面前就别装了。你上到三年级时还穿着开裆裤子，老师喊一声你就小便失禁，你那条棉裤臊哄哄的，女同学都不愿意跟你同桌，男同学也不愿意跟你同桌。就是你这样一个人，连老师也想不到你竟然能创作歌曲。你创作了一首美丽的流氓歌曲，你肯定不会把这个忘了吧？他很抒情地哄哄起来：小马圈，辫子长，裤裆里钻出一只羊。小马圈，嘴巴大，张嘴跳出个癞蛤蟆……我想起了多年前的往事，不由得苦笑起来。他说：想起来了吧？小马圈当了一阵儿宣传队，跟公社的领导处得很好，被推荐到一个中专学校学习了两年，毕业后就到了县委当打字员，然后就嫁给了县委组织部部长的儿子，后来又到乡下去当乡长，然后调回县城当局长，后来就调到兔子皮加工厂当了一把手。前几年她可风光大了，去西欧下南洋，就像串门似的。咱们全县的老百姓都骂她，有人说她家里的钱多得都发了霉，每年夏天，都要雇人晒钱。工厂倒闭，工人叫苦连天，到县政府大院里去静坐示威，有一个愣头青还差点儿点火自焚。小马圈见事不好，背着一麻袋美元，一翅子飞到了加拿大，再也不回来了。听说她到加拿大不到半年就让人贩子卖给了一个因纽特人，那麻袋美元也让人贩子给吞了。到了北冰洋，住在雪窝子里，学会了用牙咬皮子，生吃海豹肉，一窝生了四个小孩。一个黑色的，比墨汁还黑；一个红色的，比猪血还红；一个绿色的，比树叶子还绿；一个黄色的，比葵花还黄；还有一个蓝色的，比海水还要蓝。我问这个蓝色的是从哪里来的？你不是说四个吗？怎么又多出一个来？他笑着说，原来是四个，后来一想，那不成了四喜丸子了吗？索性再弄个出来吧，就成了五个啦。你如果嫌少，可以再让她生几个出来。我说五个已经不少了，不必再生了。嘿，他说，咱们到底是与她同学一场，听她落了个如此下场，心里头还怪不是个滋味。这些事不说也罢，说了就生气，就难过，就百感交集，屁用也不管，咱们是爱莫能助，鞭长莫及，就让她在北极圈里替因纽特人繁殖后代去吧，咱们还是吃点儿喝点儿，干点儿现得利的事儿。

他夹起一块猪皮冻，猪皮冻上有一根猪毛，很坚硬地在那里支棱着。他大声喊叫：老板，老板！老太太沾着两手白面从内室走出来，说：喊什么？他用筷子点着那根猪毛说：你看看，这是什么？老太太大睁着眼看了一会儿，说：不就是一根猪毛吗？你大惊小怪地叫唤什么？他说：你难道不知道？猪毛吃到肚子里会有生命危险？老太太说：十年前，我跟老头子吵架，一怒之下，吞了一个猪鬃刷子，我以为必死无疑，到头来不但没死了，还把胃溃疡给治好了！我被老太太给逗笑了，他也跟着我笑起来。他用筷子拨弄着那根猪毛，说：问题这不是根猪毛！老太太说不是猪毛是什么毛？他说我越看越觉着像一根人毛。老太太说你想在这里吃呢就给我闭上你的臭嘴，你不想吃呢就给我滚你妈的个蛋，老身今年一百五十多岁了，从慈禧老佛爷垂帘听政时就开饺子馆，还没碰上个像你这样的浑小子！一看老太太生了气，他马上就软了下来，满脸带着笑说，老人家老人家，小辈这是跟您闹着玩呢，您怎么能当真生气呢？我一看您就知道您不是个一般的人物，您包的饺子，如果我没猜错的话，想当年肯定送到宫里孝敬过老佛爷，老佛爷吃了连声说好，剩下两个舍不得扔，吩咐李莲英说：小李子，把这两个饺子给我送到皇上那里，让他趁着热乎赶紧吃了，这可是老虎肉的饺子，吃了壮阳，让皇上把阳壮得壮壮的，赶紧着给咱大清朝造出个太子来。李莲英一躬腰，说声喳，端着那两个老虎肉的饺子就往金銮殿跑去。老太太被捧得喜笑颜开，说这孩子真是聪明，俺这点儿家底子你怎么全都知道呢？他说，瞒了谁您也瞒不了我呀，您别看我破衣烂衫一身虱子，我可是个大学问，我在您的家门口转了三个月了，您家的事我全知道。您想想，我要是不知根知底，怎么敢进门就跟您要老虎肉的饺子？敢卖老虎肉饺子的，也只有您这一家。他用筷子拨弄着猪皮冻上那根毛儿，说，看看，这是什么？是猪鬃吗？不是，是牛毛吗？不是，这是一根百分之百的虎须！接下来他就说起了虎须的神奇。

他说，要说虎须的神奇，咱还得从那年冬天我在朋友家吃了老虎肉的饺子那个茬口儿说起。吃了老虎肉，我浑身发热，兽性大发，为了不犯错误，只好砸开坚冰，跳到黑龙江里泡着，许多的人都来观看奇迹，除了中国人前来观看，连江对岸的俄罗斯人都来观看，其中还有一个骑着母老虎的俄罗斯姑娘，那姑娘美丽无比，天上地下都搜遍，也找不到第二个能跟她比美的。我身上的热量太大，把冰窝子里的江水烫得吱吱地响，一股股的蒸气直冲蓝天。电视台的记者们闻风赶来，扛着机器给我录像。报社的记者也来了不老少，他们用照相机，打着闪光灯，给我拍照，我不想拍也不行，索性就让他们拍个够。呼啦一张，呼啦又一张，记者们的闪光灯把我的眼睛都给照花了。为了保护眼睛，我就不去看他们的镜头，我看那俄罗斯姑娘，看老虎。那只老虎老实极了，起初我怕它咬人，但很快就知道它绝不会吃我。它用大舌头舔着胡须，眼泪啪嗒啪嗒地往下流。它还伸出舌头舔我的脸，我想完了，腮帮子肯定没了，但事实上腮帮子一点儿也没少。老虎在亲我呢。我想了好久，终于明白，老虎原来是个瞎子，它嗅到了我身上的老虎味，就把我当成了它的老公。我起初吓得要死，后来感动得要命。我伸出手，摸着老虎的头，说：老虎，老虎，别哭，别哭，你那个丈夫，早就背叛了你，我们去老虎窝里打它时，它正跟一个母老虎在那里幽会，要不我们也不会开枪把它打死。它早就把你忘了，你为它把眼睛哭瞎实在是太不值得。老虎听了我的话，浑身打起了哆嗦，好像发起了疟疾，吓得那个俄罗斯少女呜呜地哭。但她哭也没用，那只老虎大叫一声，跳起来有三米多高，一头栽到冰上，抻了几下腿，死了。这一下人们根本就顾不上我啦，全部的镜头对着老虎去了。老虎嘴唇边上那根最长最粗最硬的胡须脱落下来，落在我眼前的冰上，眼见着就往下陷落，仿佛那胡须是一根烧红了的金条。我看着纳闷，灵机一动，就把它捡了起来，放在指头缝里夹着怕丢了，光着屁股也没有地方藏，索性就放到嘴里叼着吧，这一下可不得了了，这一下我看到世界上最奇特的情景，这情景我相信古往今来的人都没有看见过，你猜猜我看见了什么奇景？

老头子端着一盘热气腾腾的饺子，从里屋里走出来。我说饺子来了，趁热吃。我们抄起筷子，准备吃饺子。饺子很白很胖，肚子都鼓得很大，散发着甜丝丝的面味儿和香喷喷的肉味儿，勾引得我们食欲大发。谁知道那老头子并没有把饺子放到我们的桌子上而是放在了一张空桌上。我说放这里呀，难道看不见我们坐在这里？老头子眯着眼看着我们，满脸都是大惑不解的表情。我们看着他自己坐在那张桌子旁边，把嘴边的胡子往两边分了分，然后也不用筷子，就用手指捏着饺子吃起来。我说这个老头子怎么这样，客人点的饺子，他自己先吃了起来。老太太端出一盆饺子汤，放到我们桌子上，说：你们不要急，先喝着汤等着，他吃完了剩下，你们再吃。我们心里很不高兴，与那老太太理论。马可说：天下哪有这样的道理？你们是开饺子馆的，我们是来吃饺子的，你们煮出饺子来，不给我们吃，自己先吃起来，你们在屋里偷偷地吃也罢了，你们不该拿到外边来当着我们的面吃！老太太说：你吵吵什么？这是我们店里的规矩，别说是你们这样两个草民，想当年袁世凯大总统来吃饺子，也得乖乖地遵守我们的店规。不愿遵守店规，就请你们滚蛋。我们老两口子合起来有三百岁了，什么事情我们没经过？什么人物我们没见过？到了我们这年纪，世界上已经没有什么能让我们害怕的事情了。老太太把饺子汤猛地放在我们面前，说：能喝上我的饺子汤也是你们这两个小畜生的造化！她举起一只枯藤老树的手，说：好好看看，这只手，伺候过老佛爷！我们仰望着她的手，心中惭愧，仿佛犯了严重的错误，不由自主地心平气和了。眼前的饺子汤散发着扑鼻的清香，我们用小勺子舀起汤，放到嘴边吹吹，然后吸了一小口，果然是皇帝家的饺子汤，味道就是不一样。我们俩用勺子喝不过瘾，端起汤盆，咕咚咕咚地往下灌，你争我抢，都生怕自己少喝了，转眼之间就把一盆饺子汤灌下去了。喝完了饺子汤我们就观看老头子吃饺子。我们俩合起来活了八十多岁，还是第一次看到过这样的吃饺子方法。就见那个久经沧桑的老头，用两根指头，夹起一个饺子，然后仰起脸，尖着嘴，小心翼翼地咬掉饺子的角儿，迅速地吐到桌子上，立即又仰起脸，让饺子里的油滴进嘴巴。等饺子里的油流干了，他就把饺子放回到盘子里，然后拿起下一个饺子，依然是咬去一角，吸干油水，放回盘子。他的这种古怪吃法，我们闻所未闻，见所未见。他一边这样糟蹋着这盘饺子，一边斜眼看着我们。他的脸上挂着冷冰冰的笑容，好像是蔑视我们，又好像故意气我们。饺子的美好气味，百爪挠心般地折磨着我们。我们想生气，但我们像两条扎破了的轮胎，无论如何也鼓不起来。我们对这对高深莫测的老夫妻心怀敬畏，连说话的声音都降低了。

马可低声说，如果我那根虎须不丢掉的话，我就会看到他们的本相，知道他们是什么东西变化成的。这个老头子，十有八九是一匹狼，而这个老太太，我敢肯定是只母熊。你仔细地看看他们，就会从他们的吃相上和他们的表情深处，看到熊和狼的姿态。你仔细地看看吧。我听了他的话，先是定眼看那老头子，果然从他的吃相上，看出了一张尖狭的、模模糊糊的狼脸。然后我又从老太太的脸上，看到了熊的模样。马可说，如果你有一根我曾经拥有过的虎须，你就能看到所有的人的本来面貌。接下来他就给我讲起了那根虎须的事情。他说话的声音很大，而且在说话的时候故意地盯着老头子和老太太的脸，好像是故意把话说给他们听似的。

他说：在黑龙江里，我把那根虎须叼在嘴里的一瞬间，就感觉到脑袋里嗡地响了一声，接下来耳朵里就像灌进了水似的，眼前出现了一副奇异的景象。我对你说过的，很多人来看我的抗寒表演，电视台的记者扛着摄影机来摄影，报社的记者背着照相机来拍照，大江两岸的老百姓坐着爬犁来看热闹。可当我把虎须叼在嘴里后，眼前一个人也没有了。我的眼前，全是畜生。我首先看到，老虎旁边那个美丽的俄罗斯少女，变成了一只金钱豹子，她的衣服遮不住身上那些斑点。我是从她的哭声和她的衣服上猜出了是她，否则杀了我我也不相信这样一个美丽的女人竟然是只金钱豹子。那个扛着摄影机的电视台记者，是一匹白色的公马，旁边给他打下手的那个女孩，其实是只小母狗。她用两只前爪子拿着电线，跟在公马后边一路小跑的样子真是好看极了。那些报社记者，有的是兔子，有的是毛驴子，还有一个是一头圆滚滚的小猪。至于那些围观的群众，有的是牛，有的是马，有的是羊，还有一个是一只比磨盘还要大的乌龟。我几乎被吓昏了，以为自己的神经出了毛病，或者是我在做梦，一切都是梦境，连吃老虎肉泡冰窟窿都是梦的组成部分。我用手掐了一下自己的大腿，钻心儿痛，这说明我没有做梦。但也许这掐大腿这痛也都是梦境？我张口咬住了自己的中指，一直咬出了血，因为我的爷爷曾经告诉过我，如果碰到了什么邪魔鬼祟的事情，万般无奈了，可以把自己的中指咬破，他说男人的中指血具有很强的辟邪作用，比黑狗血的力量要大得多。我看着中指上的血洒在了冰上，但眼前的情景一点儿也没发生变化。那只俄罗斯少女变成的金钱豹子停止了哭泣，趴在我的面前，伸出舌头，吧嗒吧嗒地舔着我手上的血迹。她的舌头上全是肉刺，每舔一下就像过电一样。吓得我三魂丢了两魂半，慌忙吐掉虎须，跳出冰窟窿，撒腿就跑。我赤身裸体地跑到江岸上，回头一看，那些野兽不见了，很多的人，站在江上哈哈大笑。我低头看看自己的样子，羞愧得要命。我没有勇气回到江上去拿我的衣裳，正好江岸上有一块破化肥袋子，急忙捡起来，遮住羞处，赤脚踩着厚厚的积雪，回到了战友的窝棚。我把江上的奇遇告诉战友，战友问：那根虎须呢？我说吐了。他懊恼地说：你这个笨蛋，到了手的宝贝，你怎么吐了呢？战友说，世世代代的猎人，做梦都想得到一根这样的虎须，但谁也没有得到。这样的虎须是无价之宝，跟深山老林里的能够变化人形的人参娃娃和大海里的夜明珠同样值钱，有了这样一根虎须，咱们哥俩这辈子就花天酒地地造吧！我说咱们去找回来就是，我知道把它吐到什么地方了。战友摇摇头，说：你把它吐出来，它马上就钻到地里去了，根本找不到的。战友给我讲了关于虎须的传说和知识。原来，像这种通灵的虎须，必须是吃了成精的老山参的老虎才有，而且只有一根，一千只老虎里，也不一定有一根这样的虎须。这样的老虎临死之前，那根通灵虎须就会自行脱落，落地之后，眨巴眼的工夫就会沉到黄泉，根本不可能得到。你今天之所以得到了，就因为那只老虎死在了冰上。它在冰上沉得慢，但现在也已经沉到江底了。我遗憾得直扇自己的嘴巴子，战友说，丢了也好，如果你真得了它，也是个麻烦。战友说，多少年来，只有一个山东人得过虎须，你这是第二次。战友说那个山东人得了虎须后，用一个玻璃瓶子装着回了老家。走到门前，他把虎须从瓶子里倒出来，叼在嘴里，进了院子，看到一只老狗正在用舌头舔锅，他由此知道自己的娘原来是一条狗变的。然后就看到一匹马扛着锄头走进院子，他知道那就是自己的爹。这个人一下子就看破了红尘，吐掉虎须，说：娘，你是一条狗；爹，你是一匹马。他的爹娘气坏了，老两口子去县城告了儿子忤逆。县官派差人拿他去县衙问话，发现他已经在梁头上吊死了。临死时他留下了一首诗：娘是老狗爹是马，豺狼狐狸坐县衙，只因得了老虎须，方知人间尽虚话。

老头子和老太太交换了一个神秘的眼神，然后老太太说：真看不出来，你小小年纪，还有这样的奇遇，我们老两口子合起来有三百岁了，仅仅也就是听过虎须的传说，你年纪轻轻的倒是亲历过了，不容易。老太太说，大清朝鼎盛时期，康熙皇帝曾经多次下令，让东北的猎户进贡虎须。如果有这样一根虎须，考察干部、任命官员，那就方便多了，谁是个什么变的一目了然。任命武将，就选那些老虎和豹子变的；任命文官，就选那些马和牛变的；任命治河的官员，就任命那些水族变的。但通灵虎须实在是太难得了，为此，东北的猎户不知有多少人葬身虎口，不知有多少人的屁股被地方官用板子给打烂。虽然他们每年都能进贡几十根虎须，但没有一根通灵的，最后连皇帝也丧失了信心，以为那不过是个美丽的传说。但事实上这种虎须是存在的，只不过轻易不出世罢了。你方才说的那个得了虎须的山东人，还是俺家的一个远房亲戚呢。老太太说，其实，孔夫子的后代不用虎须也能看到人的出身，不过他们轻易不用这种办法。说袁世凯担任山东巡抚的时候，不知天高地厚，竟然让衍圣公府里纳税。衍圣公生了气，就让仆人套上马车，把好朋友张天师请来。张天师来到了孔府，听衍圣公把袁世凯的无理行径一说，很生气，说：这家伙吃了豹子胆了？竟然把税征到了衍圣公头上，这不是自己找死吗？衍圣公您说吧，想让贫道怎么收拾他？如果让他死，咱马上就让他死。衍圣公是个善良的人，就说：他毕竟是朝廷的命官，封疆大吏，来到咱们山东，平了拳匪，灭了乱党，也算干了点儿好事，虽然冒犯了咱家，但罪不当诛，把他的本身拘出来，让我看看他是个什么东西变的，然后给他点儿小罪受受，煞煞他的威风。张天师说：好说，贫道这就做起法来。张天师披上道袍，散开头发，烧化了几道符箓，然后就仗着桃木剑，作起法来。过了一会儿，张天师对衍圣公说：贫道已经把袁世凯拘来了，请衍圣公随我前来观看。张天师把衍圣公领到一口大水缸前，说：衍圣公请看吧，袁世凯已经在缸里了。衍圣公往缸里一探头，看到缸里有一只呆头呆脑的大鳖。衍圣公笑道：想不到堂堂巡抚，竟然是个王八。张天师问衍圣公说：是不是让他长点儿记性？衍圣公点点头：也好，让他受点儿磨难，也有利于他今后的进步。张天师从怀里取出一根银针扎在了那只大鳖的头上，说：衍圣公，咱们喝酒去吧，让咱们的袁大巡抚慢慢地消受吧！不说衍圣公与张天师在宴会厅里如何推杯换盏，胡吃海塞，且说那袁世凯袁大人，正在衙门里批阅公文，脑袋突然就像用针扎着一样地痛。慌忙让人把医生请来，吃药扎针加按摩，那痛一点儿也没减轻，痛得袁大人在地上像毛驴子样的打滚，一边打滚一边叫苦连天，堂堂巡抚威风，丢到了九霄云外。后来实在痛急了，就把师爷请来，准备交代后事。师爷多半都是懂点儿邪门歪道的，说：大人，小人看起来，大人的病不是病，而是得罪了什么人啦！袁世凯强忍着疼痛思想着，说：本官来到山东，一心一意替朝廷办事，要说得罪，得罪的也是那些拳匪乱党，难道是他们施法作祟？师爷道：那些东西，怎能算人？杀得越多，您的阴功越大。我的意思是说您是不是得罪了什么头面人物？老袁想了半天，也想不出得罪了什么头面人物，就说：师爷，我来到山东不到一年，办了些什么事您都知道，您就给我提个词吧。师爷道：小的斗胆认为，大人不该强行征收衍圣公府的税。袁世凯道：都是天子的臣民，他家凭什么就不交税？如果天下人跟他家学起来，那我们这些当官的喝风吃屁？再说了，本官头痛与圣人家交税有什么关系？一语未完，又一阵剧痛上来，老袁双手抱着头在地上打起滚，嘴里大声喊叫着：俺的个亲娘呀，把本官痛死了呀！师爷说：大人，圣人家不交税，这是老祖宗立下的规矩，我看咱们就萧规曹随，不必强出头充好汉了吧？老袁说：随你，随你，只要让我的头不痛，怎么着都行……师爷道：既然大人这样说了，那小的就放胆去办了。袁世凯道：快办快办，怎么着都行。师爷当时就让人准备了大量的金银财宝，绫罗绸缎，生猪活鸡，整牛囫囵羊，还有白菜粉条等的礼物，用几十辆大车运载，组成了一个浩浩荡荡的送礼大军，敲锣打鼓吹喇叭，从济南向曲阜进发。到了衍圣公府，通报进去，衍圣公与张天师相对大笑。衍圣公说：老兄，把你的法术收了吧？张天师说：该让他多受一会儿，长点儿记性。衍圣公说：放了吧，放了吧，他也算一个难得的人才，大清朝眼下还要靠他出力，真要整死了，咱对上边也不好交代。张天师就对着那只在水缸里打滚的大鳖说：孽障，看在衍圣公的面子上，饶你一命！张天师口念咒语，把鳖头上的针起了。那大鳖在水缸里对着张天师和衍圣公连连点头。等到师爷回到济南，袁世凯已经好了，他把师爷让到内室，深深地作了一个揖，说：多谢老先生救命之恩！师爷连忙还礼，说：大人您千万别这样，小的福薄担不起这样的大礼，要说谢，应该谢衍圣公。袁世凯感叹道：我自以为手握重兵，足可以横行天下，没想到在山东栽了跟头！师爷道：连盛德齐天的康熙爷到了孔庙都要下马拜三拜，所以您在衍圣公手下受点儿委屈也算不了什么，而且小人相信，大人只要跟衍圣公搞好关系，只有好处，没有坏处。你想那袁世凯是何等聪明的人？从此之后，由巡抚大库开往衍圣公府的送礼车队，隔上个三天五日就要出发一次。没用两年，袁世凯就飞黄腾达，调到京城任职去了。

老太太越说离我们的虎须越远，不过听起来倒是蛮有意思。我童年时听老人讲古，说那袁世凯是个大鳖变的，他的衙门里安着很多巨大的水缸，缸里盛满清水，说袁大人办一会儿公就必须跳到水缸里去泡一会儿，可见即便已经转世为人了，鳖性还是难改。那时候还没有自来水，衙门里用水全靠人挑，袁世凯的衙门里用的挑水夫比别人要多好几倍。我长大后学历史，看到了一段史实，说袁世凯主政山东时，因为疯狂镇压义和团，激起了人民的不满，说巡抚衙门内的照壁上，让人画上了一只大鳖，旁边还题了一首诗：杀了圆圆鳖，我们好过节；杀了圆鳖蛋，我们好吃饭。这事把袁世凯吓得不轻，因为那个人能在警备森严的巡抚衙门里画图写字，说明那个人武功高强，胆量过人，如果他想取走袁世凯的头，大概也费不了多少工夫。我后来去过太湖，在鼋头渚那儿，突然明白了人们为什么硬说袁世凯是个大鳖变的。鼋者，袁也。

这时，老头子已经将那盘饺子的汁水儿全都吸尽了。他用那两只生满了鳞片儿的手，把桌子上的饺子角儿全都捧到了盘子里，与那些被咬去角儿的饺子混合在一起。这盘饺子除了没汁水儿什么都不缺了。他将盘子端到我们面前，面带着慈祥的笑容，不断地打着嗝，好像吃撑了。我心中充满了怒火，感到自己受到了巨大的侮辱。我双手扶着桌子边沿站起来，结结巴巴地说：你这是什么意思？你以为我们是叫花子吗？老太太冷笑着，说：年轻人，坐下，坐下，发那么大的火干什么？她的目光里似乎有一种很毒辣的物质，逼得我心中毛虚虚的。我不由自主地坐下，心中的火气正在熄灭，我莫名其妙地感到，自己理不直气也不壮，好像欠着他们一笔账。老太太说：你以为你们是什么大人物？你的出身难道比光绪皇帝还要高贵？光绪皇帝吃的饺子，也是我家老头子咬过的。连堂堂的皇帝都不嫌弃，你算个什么东西，竟敢跑到这里来拿大？告诉你，愿意吃，就抓紧了时间麻利地吃，不愿意吃，就结账给我走，别让我看到你，看到你我就心中气儿不顺。我还想争竞，马可拉拉我的衣角，说：伙计，别说了，坐下吃吧，人在屋檐下，不得不低头，识时务者为俊杰。他说着，就夹起一个破饺子，放进了口里。从饺子入了他的口那一霎，我就看到他的表情发生了很大的变化。他脸上的表情是惊喜，毫无疑问的惊喜，货真价实的惊喜。他顾不上理我，第一个破饺子还没咽下去，又把第二个饺子塞进了嘴里。他手里的筷子也扔了，用手抓着往嘴里塞。我怀疑地问他：好吃吗？他根本不理我，既不回答我的问话，眼睛也顾不上看我了。他把饺子一个接一个地往嘴里塞着，撑得两个腮帮子都鼓了起来。如果再过五分钟，他就会把盘子里的饺子全都吃光。而且分明有一股极其鲜美的气味钻进了我的喉咙和鼻子。我也顾不了那么多了，我跟马可都是农民子弟，既然他不嫌脏，我有什么理由嫌脏？既然他吃得那样子奋不顾身，我还假干净什么？吃这个狗娘养的，不吃白不吃。我捏起一个饺子塞进口里。吃完了第一个饺子，我就忘了虚荣，无怪乎人们常说，世界上的东西，好吃不如饺子。这是什么馅的呀？我坦率地说，这辈子我还真没吃过如此好吃的饺子。老太太说：你这个伴儿，不是想吃老虎肉吗？老虎肉弄不到，但我们昨天夜里抓了一个耗子，就剥了皮，剁成馅，让你们俩尝尝鲜。怎么样，味道不错吧？我说：恶心死了，我要到工商局去告你们！老太太笑着说，去吧，告去吧，我们巴不得你去告，工商局局长是我的重孙子！

老太太和老头子相跟着进了内室，里边又传出噼噼啪啪的剁馅声。我气得直喘粗气，马可嘴里咀嚼着，说：伙计，忍了吧，既然工商局局长是他的重孙子，咱们去告也告不出个好结果，没准儿打不到狐狸还弄一身臊气。再说，这饺子的味道的确很不一般，只要好吃，你管它什么肉干什么？耗子肉也不是毒药，广东人见了耗子眼睛就冒火星子，他们生吃耗子呢！我说，尽管这饺子味道的确不错，但我们并没有点耗子肉馅，他们未经我同意硬给上来了耗子肉，就是犯法！马可说：伙计，我发现你在城里住了几年，住出毛病来了。既然好吃，何必去管它什么肉？不管白猫黑猫，抓住耗子就是好猫。同理，不管什么馅，只要好吃就是好饺子！我说不行，我还是咽不下这口气！他说：你呀，你，坐下吧，听我给你讲一个故事，这故事可不是我的捏造，而是千真万确的真人真事儿，听完了故事，如果你还觉得有气，你如果要去告官，就去告好了，我绝不拦着你，但现在你必须好好坐着，听我给你讲。

马可讲的故事我仿佛听人讲过，但年代久远，细节记不清楚了。马可说，民国初年，就算是1912年吧，一个名叫六十的男孩子十五岁了。他的爹六十岁时他的娘生了他。六十就是咱们邻村沙口子人，刚死了没有几年，你难道不记得他吗？六十很小时就把爹死了，母子两人相依为命，日子过得很艰难。穷人的孩子早当家，六十十四岁时就跟着村子里的人去南山地区做小买卖，到了十五岁时，就跑起了单帮。那次他去南山贩了一小推车棉布，推着往家走。走到半路上，内急，正好路边有一座小山般的坟墓，坟墓前竖着高大的石碑，石碑前有石人石马，墓后栽着十几棵松树，黑压压的，很是瘆人。他憋急了，顾不上多想，扔下小推车，跑到墓后匆匆下了载。正要提起裤子走人，被一个男人当场抓住。男人说：你这个小子吃了豹子胆了吗？竟敢在这里拉屎？你知道这是什么地方？这是举人老爷家的祖坟，风水好得很，你在这里拉屎玷污了风水，该当何罪？六十吓了个半死，连连求饶，说大叔大叔放了我吧，我再也不敢了。那人说你小子少废话吧，跟着我去见老爷吧。六十挣扎着不去，但那男人手上劲头奇大无比，六十的挣扎毫无意义。男人拖着六十去向墓地主人邀功，墓地主人是本地最大的财主，仪表堂堂，气度不凡，咱们村许多老人都见过他。财主听了报告很生气，就带上家丁，家丁扛着大枪，把六十拉回墓地。财主对六十说，本来应该枪毙了你，看你年轻，暂且饶你一条小命，但你必须把你拉出来的吃了。六十不想吃，不吃就打，用枪托子捣屁股，用枪筒子撅肋巴骨，那痛劲儿不是人能忍受的。六十无奈，一狠心，就吃了。这耻辱刻在了他的骨头上，他没跟母亲说，怕惹她伤心。但南山是不去了，改去北山，北山产一种锋利的匕首，六十就买了一把，准备复仇。他坚信两座山不可能碰面，但两个人很可能碰面。这一天果然来了。我们村逢五排十赶大集，这你知道。有一天，六十正在集上卖虾酱，突然看到那个大财主被人前呼后拥着来了。真是仇人相见，分外眼红，六十感到自己的身体在止不住地发抖，热血一股股地直往脑袋上冲。他很想立即扑上去，用牙齿咬断仇人的喉咙，但财主带着四个保镖，一个个都是彪形大汉，急切难以下手。他回了家，找出那把匕首，放到磨刀石上磨。他的娘问他，孩子，你磨刀干什么？六十就把事情的原委说了一遍。母亲沉思良久，问，儿啊，你打算怎么处理这件事？六十说，奇耻大辱，深仇大恨，如果不报，枉为男儿。母亲说，儿啊，你听我说，如果你硬要去寻仇，就先把为娘杀了吧。六十道，母亲何出此言？母亲道，儿啊，你想想，但凡这样的大财主的保镖，必定都是武艺高强之人，他们看起来是赤手空拳，但身上肯定藏有利器，不是刀，就是枪，即便他们赤手空拳，你一个小孩子，也不是他们的对手。即便你勉强得手，杀了你的仇人，你也死定了。你如果死了，娘活着也就没有了任何意义，所以，在你出发之前，娘不如先死，也好免你挂念。六十听了娘一席话，进退两难，拿不定主意。他的娘说，儿子，不知道你愿意不愿意听娘的指挥？六十说，愿意听母亲指挥。母亲就说，你先把那把刀子给我，然后换上新衣，到集上去见到财主，请他来家吃饭，如果他问你是谁，你就说是奉了母亲之命前来相请。你只负责把他请回家，剩下的事就不用你管了。六十说，那好吧，反正我连屎都吃过了，还有什么耻辱不能忍受呢？娘，您在家等着，我这就去请他。六十到了集上，见了财主，一躬到地，口称恩公，说小人受母亲之命，前来请恩公去家中小坐。那财主翻着眼皮想了半天也想不起这个彬彬有礼的年轻人是谁。就问：你是谁？我不认识你。六十道：恩公不认识我，但我认识恩公，请恩公到寒舍一坐，喝杯清茶。当着许多人的面被人称为恩公，是一件得意的事情，财主不由得满心欢喜，说：好吧，你前头带路吧。六十把财主带回家，那四个保镖站在大门口两个，站在院子里两个，悠悠逛逛，警惕性很低。六十的母亲见了财主，双膝一屈下了跪，下了跪就磕头，说多谢恩公救我儿子一命，请受老身三跪九叩首。把个财主弄得不知云里雾里，慌忙拉起六十娘，说：老人家，我与你们家素不相识，无故受此大礼，于心不安，请老人家把这个闷葫芦破开，免得在下着急。六十娘道：急什么？请恩公先上炕坐着，等老身杀鸡宰鹅，伺候恩公吃饭。财主道：您不把话说清楚，我是不会上炕的。六十娘道：既然如此，我儿，你就把恩公对你的恩德说说清楚吧！六十未曾开口，眼睛里先喷出火来，但他强压怒火，故意用轻松愉快的口气说：恩公难道忘了吗？五年前的春天，四月初八日，我十五岁时，去南山贩了一车白棉布，走到您家祖坟，实在拿捏不住了，在那里拉了一泡屎……财主的脸色突变，似乎有夺门而出的意图。六十娘说：恩公不必害怕，我儿子这五年里走遍天下拜师学艺，练出了一手飞刀绝技，天上飞着一只燕子，他一扬手，那燕子就掉下来了。他如果想取您的性命，您已经死在大集上两个时辰了。六十娘接着就把那柄闪闪发光的匕首从怀里摸出来，冷汗涔涔从财主的头上流下。六十娘一扬手，把匕首钉在了梁头上，她的动作刚健有力，与她的年龄极不相称，一看就是个练家子。她的动作不但让财主大吃一惊，连六十也吃了一惊。六十后来对他的后代说，真是真人不露相，露相不真人，我跟你奶奶生活了几十年，还不知道她有一身好功夫。财主原本还存在侥幸之心，想打个暗号把外边的保镖叫进来，一看到六十娘的出手，他就明白该怎么做了。他将衣袖一甩，跪在了六十和他娘的面前，说：老夫人，大公子，在下一时糊涂，犯下了不可饶恕的罪过，今日落在了你们手里，要杀要砍悉听尊便！六十娘上前把财主拉起来，说：恩公快快起来，过去的事儿何必再提？财主拱手道：多谢老夫人不杀之恩，在下可否告辞？六十急巴巴地看着他娘，说：不能放他走！他娘却说：我儿，送恩公出去吧！财主到了院子里，道：老夫人，大少爷，后会有期！财主走了，六十对母亲很不满，对财主更不满。他娘笑道：孩子，用不了十天，他还会回来的。果然如六十娘所言，只隔了五天，到了下次赶集的时候，财主亲自赶着大车，将亲生女儿送来了。在他的马车后，运送嫁妆的大车排出了半里路长。就这样六十成了财主的女婿，也成了村子里的首富。

这时老头和老太太从屋子里各端着一盘饺子出来，老太太喜笑颜开地对马可说：年轻人，你讲的故事很好，你讲的故事起码告诉了人们两个道理，第一个道理是说人应该宽容，不能冤冤相报；第二个道理是说能忍者必有福。你们能把老头子咬了角的饺子吃下去，说明你们俩都具有英雄气质，而且比较善良宽厚。我们俩包了一辈子饺子，积累了丰富的经验，无论是在和面上还是在调馅子上，都有绝招，你们俩刚才吃的饺子味道怎么样？我与马可交换了一个眼色，承认尽管饺子让老头子把汁水吸了但还是鲜美无比，还是我们生平吃过的最好的饺子。老太太说：我才刚说这饺子是耗子肉馅，其实是在骗你们。你们想想看，我们俩到哪里去弄耗子肉？我们用的根本就不是肉，我们用的是豆腐，我们能把豆腐做出比肉还鲜美的味道，我们还可以把红萝卜做出大虾的味道，还可以把白萝卜做出黄花鱼的味道。未来的世纪人们越来越想吃肉但越来越不敢吃肉，全世界都在提倡素食和减肥，人的食肉欲望与人的健康理想形成了尖锐的矛盾，这个矛盾虽然比不上世界大战激烈，但这对矛盾深入千家万户，让多少亿人痛苦不堪。我们老两口就掌握着解决这个世界性难题的金钥匙，但苦于找不到一个忠厚可信的人继承我们的绝活儿。我们俩合起来有三百多岁了，昨天我掐指一算，知道今天就是我们坐化的日子，眼见着这绝技就要被我们带进坟墓时，老天爷让你们这两个好人出现了。老太太把手伸到老头子的怀里，扯出了一本用宣纸线装起来的大本子，说：我们俩毕生的心血就凝聚在这个本子上了，小子，你千万可别辜负了我们。

马可看看我，我看看马可，我感到这事情似曾相识，但我不知道见多识广的马可怎么想。老太太摇摇头，说，看样子你们不感兴趣，没关系，别勉强，我们不会强逼着你们接受，婚姻自主，恋爱自由，别看我们年纪很大，但我们对现在的事情很了解，我们的头脑一点儿也不僵化，我们知道现在赚钱的门路很多，稍有点儿本事的人，谁也不会开个饺子馆。你们化装成叫花子去要钱，也比包饺子赚钱多；你们化装成和尚去化缘，也比包饺子挣钱多；如果你们能当个小官，更没有必要开饺子馆。她长叹一声，说，老头子，点火把它烧了吧！老头子用悲伤的眼神看了我们一眼，从怀里摸出火柴，想划着火，但火柴受了潮，一根接一根地划，总也划不着。终于划着了，小小的黄色火苗子触到了那本秘籍的边缘，眼见着就要燃烧起来了。这时，不知是什么念头鼓舞着我从座位上蹦起来，将那本发黄的秘籍从老太太手里夺了出来。几乎是与此同时，马可扑跪在了老太太面前，磕了一个响头，说：师父师母，请受弟子一拜！

我把秘籍还给老太太，老太太把秘籍递给老头，腾出手把马可拉起来。她说，孩子，起来，坐下，听我给你讲讲这本秘籍的来历。她说这本秘籍是一个宫里的太监传出来的，那个太监是御膳房的，因为失手打破了皇帝的玻璃碗，自知死罪难免，趁夜从阴沟钻了出来。那时我们俩还没开饺子馆，我们做豆腐谋生。太监溜到我们家，跪下求我们救他一命。他是我们老家人，说起来还有点儿瓜蔓亲戚，就决定冒着杀头的罪救他。我们用胶水给他粘上了假胡子，给他换上了一套破衣服，给了他一副卖豆腐的挑子，还灌了他一大碗辣椒水弄哑了他的嗓子。他很感动，从怀里摸出了这本秘籍，说，大哥大嫂，救命之恩，无以为报，这本秘籍上记载着御膳房饺子的三十八种配方，对你们也许有用，也许没用，如果有用，过几年你们就开家饺子馆吧，如果没用，就放到锅灶里烧了算了。我们怎么好意思要他的东西？劝他自己带回去。他说即便能安全出逃，也不会开饺子馆，找个地方隐姓埋名，了此残生吧。说完了秘籍的来历，老头说，青年，你们吃吧，吃完了饺子就走，不要管我们，我们俩练过气功，坐化后尸身不会腐烂，到时候就会有人给我们收尸，你们千万别来掺和。

他把秘籍扔在了我们面前，态度极其轻率，简直就像扔一只破袜子。然后他们就相伴进了内室。

我从桌子上捡起那本秘籍，小心翼翼地翻看着。纸页间粘连得很严重，好像一摞放在汤里浸泡后又晒干了的饼。我看到那些发了霉的纸上画着一些奇怪的符号，好像老道士的符咒。我基本上认为这对老夫妻是在故弄玄虚，现在故弄玄虚的人越来越多，经常有人说自己发现了什么秘籍或是什么古典，其目的多数是骗财。我当然不会把我的真实想法说出来，我想就让马可这个糊涂虫怀着梦想离开吧，一个怀揣秘籍的人最想的大概就是找一个没人的地方仔细地欣赏宝贝。我把秘籍递给马可，伪装出一脸神圣，说你好好收起来吧。他大咧咧地说，拌饺子馅的书也算秘籍，那这个世界上秘籍就太多了。我说据我看来这绝对不是一本拌饺子馅的书，很可能是藏宝图之类的，你还是拿回去好好研究吧。他说，我拿着没用，你知道我文化水平不高，我知道你文化水平很高，所以还是你拿着吧，你研究出什么成果，发了大财，分给我几个花花就行了。我说那可不行，你可是给人家磕了响头认了师父的，你如果不接受，于情于理都不合。他说，如果真是什么好东西，你能舍得给我？你那点儿小心眼子如何能蒙了我？你以为我只是在这里低着头吃饺子？其实我一直用眼睛的余光在观察你的脸色，你嘴唇边上的那两道斜纹把你心里的想法全都告诉了我。你们城里人全都是小聪明，你们精明的不聪明，聪明的不高明，高明的不英明，英明的不圣明，圣明的不会装糊涂，而我们全都是揣着明白装糊涂，现在许多大人物喜欢在墙上挂一幅郑板桥的字画：难得糊涂。你原本就是个糊涂虫，还怎么个糊涂法？我的祖上在潍县开过狗肉馆子，郑板桥在那里当县令时，用不了三天就要到我家的狗肉馆子里去吃一次狗肉，到了寒冬腊月下雪天，交通不便，他几乎就把我家的狗肉馆子当成了他的家，他一边吃狗肉喝黄酒，一边画画写字。他那笔歪三扭四的怪字，就是在我们家的狗肉馆子里发明出来的。他原来最不会画的就是竹子，他尤其画不好竹叶，他后来学会了画竹子并且成了画竹名家，也是在我家狗肉铺子里学会的。那是个小雪过后的早晨，我家的几只鸡在狗肉店院子里散步，鸡的脚印清晰地印在雪地上。郑板桥正好为画不好竹叶烦恼，到院子里转圈圈，看到那些散步的鸡留在雪地上的脚印，突然心有所悟，蹲在地上，认真观看，然后他就跑回屋子，找到我祖上的小老婆，让她吩咐伙计，赶紧帮他抓只鸡。伙计抓来了鸡，郑板桥将鸡爪子按在砚台上，然后让那鸡在铺开的宣纸上乱跑，他画了些竹节将那些鸡爪印连接起来，一幅既栩栩如生又抽象写意的墨竹就这样产生了。从此郑板桥就成了画竹的名家。他为此还写了一首诗：四十年来画竹枝，日间挥写夜间思，突然打破闷葫芦，全赖雪地一群鸡。我的老老老老爷爷有一个长得很好看的小老婆在狗肉馆子里当垆卖酒，把锅卖肉，与郑板桥眉来眼去，最终发展成了男女关系，店里的伙计全知道，就瞒着我老老老老爷爷一个人。后来我这个老老老老小奶奶生了一个男孩，越长越像郑板桥，有人在我的老老老老爷爷面前说三道四，我的老老老老爷爷就说：糊涂事糊涂了吧！郑板桥听了我的老老老老爷爷的话，感叹不已，当下就挥笔写了“难得糊涂”四个大字，让人做成了金字匾额，送到我家狗肉馆子挂起来。这件事我一直没对任何人说过，因为我们这一支就是老老老老小奶奶与郑板桥所生那个男孩的后代，所以我其实是郑板桥的第十代孙，我们是真正的书香门第，名人苗裔，你别看我衣衫褴褛，但我们祖上曾经富过，你别看我胸无点墨，但我们祖上学富五车，我们祖上是康熙举人，乾隆进士，你不要拿着豆包不当干粮。

我说我原来就没把你不当干粮，现在我知道了您是郑板桥先生的第十代孙后就更不敢把您不当干粮了，而且您也不是豆包，您最起码是馒头，或者是大饼，很可能还是压缩饼干，吃一块三天不饿。您既然不要这本秘籍，那我可就收起来了。他说别别别，伙计，既然是我磕了头认了师父，这东西自然是我的，是我的就是我的，你收留就是不对的。我将那个破本子放在他的手里，说，收好了，别让什么武林高手抢了去，抢了秘籍去事小，抢了你的小命去我会很难过的。他眼圈红红地说，我死了你会替我难过？真的吗？你不是骗我吧？但是你为什么会为了我的死难过呢？人们会为了一只小狗小猫的死而难过，但绝不会为了一个人的死难过，除非这个人是他的亲人，是他的亲人也不一定难过。你可能不知道，最近几年内，咱们那里，连续发生了许多起杀人案件，有儿子杀了爹娘的，有爹娘杀了儿子的，有妻子杀了丈夫的，有丈夫杀了妻子的，有哥哥杀了弟弟的，也有弟弟杀了哥哥的，有姐夫杀了小舅子的，也有小舅子杀了姐夫的，杀红了眼了，杀乱了套了。你可不要以为这些杀人的和被杀的都是愚昧无知的人，恰好相反。知道他们为什么这样互相残杀吗？你想象不出来，我敢用我的脑袋打赌，你如果能想象出来我就把这颗脑袋割给你，你愿意把它当猪头煮着吃了可以，把它当尿壶可以，把它当成一个球在地上踢来踢去也可以。我说你就别卖关子了，我想象不出来，即便我能想象出来，难道我能忍心割你的头？所以你还是把谜底告诉我算了。他说，好吧，我告诉你，但你不要对别人说，对你老婆也别说，有多少英雄好汉，就因为把自己的秘密告诉了老婆，结果遭到了杀身之祸。你听说过刘黑虎的故事吧？看你这副傻呆呆的样子我就知道你没听过刘黑虎的故事，那么就让我先把刘黑虎的故事讲给你听听，也算是我把秘密告诉你之前对你进行一次保密教育。他说刘黑虎是他家的老亲戚，曾经跟着韦小宝大元帅远征过俄罗斯，立下过赫赫战功，康熙皇帝赏给他一个小老婆。皇帝赏的老婆，模样当然不会差，刘黑虎也稀罕她，走到哪里就把她带到哪里，上战场打仗也带着。刘黑虎善使铁鞭，一根大的，一根小的。那根小的曾经在市博物馆展览过，有一把粗细，一人多高，重达一百三十斤，那杆大的有多大就不知道了。说刘黑虎打仗有个习惯，刚开始肯定先用那杆小的，等战上一百个回合，敌人累得气喘吁吁时，他却来了劲头，打马回去，换上了那杆大鞭，耍得比那杆小鞭还快，敌人以为他有天神相助，多数都给吓退了。就靠着这一招，他打了许多胜仗。有一个俄罗斯大将很有心眼，他有科学头脑，不迷信，就用重金把刘黑虎的小老婆收买了，让她帮助探听刘黑虎越战越有劲的秘密。有天夜里，小老婆先陪着刘黑虎睡了一觉，然后陪着刘黑虎喝酒，把刘黑虎灌得迷迷糊糊，她就问：夫君，你为什么先用小鞭，然后反而用起了大鞭？刘黑虎低声说：亲爱的，我是骗他们的，等我换上大鞭时，我其实已经没有劲了，那杆大鞭，其实是个空心的，连小鞭的一半分量都不到。这事对谁都不要说，如果你对别人说了，传到敌人耳朵里，我的小命就完了。那个小老婆内心里斗争了半天，最后还是对人说了。等到下次作战，刘黑虎累了，就虚张声势地大叫：小的们，帮我把大鞭抬上来！等他拿起了大鞭，敌人一拥而上，轻松地就把刘黑虎给斩了。你现在明白了吧？女人，哪怕是自己的老婆，也不能告诉她你的秘密。

他说，对你进行了保密教育，现在，我就可以把秘密告诉你了。咱们县出了几十桩连环命案，而且大都是亲人杀亲人，其原因就是为了争夺一本秘籍，这本秘籍是一对开饺子馆的老夫妻传下来的，他们俩的年龄加起来大约有三百岁，他们曾经救过一个从宫里逃出来的太监，太监为了感谢他们，就把一本秘籍送给了他们。那本秘籍是用宣纸线装的，里边画着一些古怪的线条，不懂行的人根本看不出什么名堂，其实这是一张藏宝图。你一定想问藏的是什么宝，我告诉你。他压低了嗓门，把嘴巴靠近了我的耳朵，说：这宝贝用四个盒子套着，最外边的是一个檀木盒子，第二层是青铜盒子，第三层是白银盒子，第四层是一个黄金盒子，黄金盒子里有一个琉璃瓶，瓶子里盛着一根通灵虎须。

养猫专业户

姑姑对我说过，他的爹不务正业，闲冬腊月别人忙着下窨子编草鞋赚钱，他的爹却抱着两只大猫东游西逛。姑姑说他出生时，解放军的炮队在村后那片盐碱地上实弹射击，荒地上竖着一股股烟，有白色的，有黑色的。炮声很响，震得窗户纸打哆嗦。

他长到七岁时，和我打架，用手抓破了我的腮，用牙咬破了我的耳朵，流血不少。被姑姑撞见，姑姑骂他："大响，你这个野猫种，怎么还咬人呢？"他不住地用舌尖舔着嘴唇，好像猫儿舔唇上的鼠血，眼睛眯缝着，在我姑姑的数落声中，不吱声，也不挪动。一只蓝猫从我家磨屋里叼着一只耗子蹿出来，耗子很大，把猫头都坠低了。他眯缝着的眼突然睁开，从眼里射出一道光线，绿荧荧的。手提到胸前，身体缩起来，片刻都不到，他直飞到猫前去，把那只大耗子截获了。蓝猫怪叫几声，像哭一样，对着他龇牙咧嘴，无奈何，悻悻地贴着墙根又溜进磨屋里去了。姑姑停止了用玉米皮包扎着我的耳朵的手，嘴不说话，僵硬地半张着。我和姑姑都定着眼看手提着大耗子的大响，他的脸上挂着谜一般的好像是愚蠢也许是残酷的笑容。

后来，大响跟随着他爹闯关东去了，一去也就没了音信。我当兵前二年，一个老得有点儿糊涂了的关东客回了老家，我跟他坐在一起为生产队编苫，问起大响一家，关东客眊着眼说：大响的爹死了，大响被山猫吃了。问到山猫形状时，关东客满嘴葫芦，只说好像一种比猫大点儿比狗小点儿的十分凶猛的野兽，连老虎狗熊都怕它三分。

大响被山猫吃了，我也没感到难过，只是又恍然记起他脸上那谜一般的好像是残酷也许是愚蠢的笑容来。老关东回乡一年就死了，埋在村东老墓田里，村人都说这叫叶落归根，故土难离，哪怕再穷，也难忘了，老来老去，终究要转回来。

又一年初冬，征兵开始了，来带兵的解放军都穿着大头皮鞋羊皮大衣，问问说是黑龙江来的。我马上就想起老关东客那些关于关东的神秘传说，想起了那个被山猫吃掉了的大响，那怪异而凶残的动物正用带刺的舌舔着大响的白骨，凄厉一声叫，连山林都震动了……那时农村日子不好，年轻人都想当兵，争得头破血流的。因我姑姑头二年嫁给了民兵连长邢大麻子，我沾了光，没争没抢就拿到了入伍通知书。坐上闷罐子车，连白带黑地往北开了不知几多工夫，到了一座大森林的边上，触鼻子扎眼的树、雪，风呜呜地叫，夜里满树林子都是狼嚎。首长听说我在家养过猪，就把我分配去养狼狗。养狗的日子里，我经常偷食喂狗的一种红色肉灌肠，挨过批评，但也改不了，因我一见那红色灌肠，就像生精神病似的烦躁不安，非吃不可，非吃不能平息烦躁情绪……现在我还是不敢回忆那红色灌肠的形状和味道……吃着红色灌肠的时候，我的眼前交替出现着两幅幻景：大响像电一般扑到猫头上，截获耗子，脸上是愚蠢的或是残酷的笑容……山猫用带刺的舌舔着大响的白骨，舔着那笑容，像用橡皮擦纸上的字迹一样……

我就好像见过了山猫似的脑海里浮动着山猫机警而凶残的脸。

因我恶习难改，被调到炊事班，负责烧火喂猪。有一天，指导员和炊事班长到山上去谈心，抓回一只小猫崽，山猫崽子！通体花纹，黑与灰交织，黑得特别鲜艳，耳朵直竖，似比家猫尖锐，别的也就与家猫无大差别了。山猫吃掉大响的故事从此完结了。抓回小山猫不几日，老兵复员，一宣布名单，炊事班长是第一名，我是最后一名。炊事班长已当兵五年，风传着要提拔成司务长的，他工作积极，经常给我做思想工作。我当兵两年，被复了员，是因为我偷食红色灌肠吧！复员就复员，总算吃了两年饱饭，还发了好几套里里外外从头到脚的新衣新帽，够穿半辈子啦！当了两年兵，这一辈子也算没白活。我是这么想。可炊事班长不这么想，宣布复员名单时，一念到他的名字，他当场就昏倒了。卫生员用针扎巴了半天，才把他扎醒了。醒了后，炊事班长又哭又闹，他跪着说："指导员……连长……留下我吧……我不愿回去……"

那只小山猫被我装进一个纸盒里带回了家乡。炊事班长哭求也无济于事，与我坐同一辆汽车，哭丧着脸到了火车站，乘一辆烧煤的火车，回他的老家去了。据说他的家乡比我的家乡还要穷。生怕那只山猫在火车上乱叫被列车员发现罚款，副连长送我一铁筒用烧酒泡过的鱼，把猫喂醉了，让它睡觉。副连长说，它一醒你就用鱼喂它。副连长是我的老乡，他说家乡鼠害成灾，缺猫。虽说见过山猫之后便不再相信大响被山猫吃掉的鬼话，但在街上碰上了他，心里还是猛一咯噔，互相打量着，先是死死地互相看着脸，接着是从头到脚地上下扫，然后便互相大叫一声名字。他身体长大了很多，脸盘上却依然是几十年前那种表情，不开口说话的时候，脸上便浮现那种神秘的微笑，好像愚蠢，又好像残酷。

“‘喀巴’说你让山猫吃了呢！”我说的“喀巴”是老关东的名字。他咧咧嘴问：“山猫？”连田野的老鼠都跑进村里来了，它们嘴里含着豆麦，腮帮子鼓得很高，在大街上慢吞吞地跑着，公鸡想去啄它们的时候，它们就疾速地钻进墙缝里，钻进草垛里，钻到路边随处可见的鼠洞里。

“你见过山猫吗？”他问我。我告诉他我从关东带回来一只小山猫，在姑姑家躺着，还没真正醒酒呢！

他高兴极了，立即要我带他去看山猫。我却执意要先看他的家。

他的家是生产队过去的记工房，被他买了。房有四间，土墙，木格子窗，房上有三行瓦，两行瓦蓝色，一行瓦红色。两只大猫卧在他的炕上，三只小猫在炕上游戏。土墙上钉着几十张老鼠皮。他枕头边上摆着一本书，土黄色的纸张，黑线装订，封面上用毛笔写着几个笨拙的黑字：馗鼠催猫。我好奇地翻开书，书上无字，却画着一些奇奇怪怪的花纹。也许别的页上有字，我不知道，我只看了一眼那些花纹，他就把书夺走了。他厉声呵斥我：“你不要看！”我的脸皮稍稍红了一下，自我感觉如此，讪讪地问：“什么破书？还怕人看。”

他似乎有些不好意思，摩挲着那本书道：“这是俺爹的书。”

“是你爹写的？”

“不是，是俺爹从吴道士那里得的。”

“是守塔的吴道士？”

“我也不知道。”

那座塔我知道，砖缝里生满了枯草，几十年都这样。道士住塔前的小屋里，穿一袭黑袍，常常光着头，把袍襟掖在腰里，在塔前奋力地锄地。

“你可别中了邪魔！”我说。

他咧咧嘴，脸上挂着那愚蠢与残酷的微笑。他把书放在箱子里，锁上一把青铜的大锁，嘴里咕哝着什么，五只猫都蹲起来，弓着腰，圆睁眼看着他的嘴。我的背部有点儿凉森森的，耳朵里似乎听到极其遥远的山林呼啸声，正欲开口说些什么，就听到啪嗒一声响，见一只雪白的红眼大鼠从梁上跌下来，跌在群猫面前，呆头呆脑，身体并不哆嗦。白鼠的脸上似乎也挂着那愚蠢又残酷的笑容。

大响捉着鼠，端详了半天，说：“放你条生路吧！”嘴里随即嘟囔了几句，猫们放平了腰，懒洋洋地叫了几声，老猫卧下睡觉，小猫咬尾嬉闹。那红眼白毛鼠顿时有了生气和灵气，从大响手里嗖地跳下，沿着墙，哧溜溜爬回到梁头上去，陈年灰土纷纷落下，呛得我鼻孔发痒。

我当时有很大的惊异从心头涌起，看着大响脸上那谜一般的微笑，更觉得他神秘莫测。一时间，连那些猫，连那土墙上贴着的破旧的布满灰尘的年画，都仿佛通神通鬼，都睁了居高临下、超人智慧的眼睛，在暗中看着我冷笑。

“你搞的什么鬼？”我问大响。

大响赶走那微笑认真地对我说：“伙计，人家都在搞专业户挣大钱，咱俩也搞个专业户吧！养猫。”养猫专业户！养猫专业户！这有趣而神秘、怪气十足又十分正常、富有吸引力的事业。

“听说你从关东带回来一只小山猫？”他又一次问。

晚上我就把小山猫送给了大响，他兴奋得一个劲搓手。

我到姑姑家去喝酒。姑父三盅酒进肚，脸就红了，电灯影里，一张脸上闪烁着千万点儿光明。他把我的酒盅倒满，又倒满了自己的盅，把酒壶放在“仙人炉”上燎着，清清嗓子，说：“大侄子，一眨巴眼，你回来就一个月了，整天东溜西溜，不干正事，我和你姑姑看在眼里，也不愿说你。你也不小了，天天在这里吃饭，我和你姑即便不说什么，只怕左邻右舍也要笑话你！现在不是前二年啦，那时候村里养闲人，游游逛逛也不少拿工分；现如今村里不养闲人，不劳动不得食。我和你姑不知道你心里怎么想的，是分几亩地种还是出去找个事挣钱？”

我的心有点儿凄凉，喝了酒，说：“姑父，姑姑，我一个大小伙子，自然不能在你家白吃干饭！虽说是要紧的亲戚，毕竟不是自己的家，就是在爹娘家里，白吃饭不干活儿也不行。吃了你们多少饭，我付给你们钱。”

姑姑说：“你姑父不是要撵你，也不是心疼那几顿饭。”

我说：“明白了。”

姑父却说：“明白就好，就怕糊涂。你打的什么谱？”

我说：“这些日子我跟大响商量好了，我们俩合伙养猫。”纸糊的天棚上，老鼠嚓嚓地跑动着。

姑父问：“养猫干什么？”

我说：“村里老鼠横行，我和大响成立一个养猫专业户，卖小猫，出租大猫……”

我正想向姑父讲述我和大响设想的大计划时，姑父冷笑起来。

姑姑也说："哎哟我的天！你怎么跟那么个神经病搞到一堆去胡闹？大响是给他爹那个浪荡梆子随职，你可是正经人家子女。"

姑父讽刺道："有千种万种专业户，还没听说有养猫专业户！你们俩还不如合伙造机器人！"

姑姑说："我和你姑父替你想好了，让你一头扎到庄稼地里怕是不行，当过兵的人都这样。喇叭里这几天一个劲儿地叫，县建筑公司招工，壮工一天七块钱，除去吃喝，也剩三五块，你去干个三年两载，赚个三千两千的，讨个媳妇，就算成家立了业，我也就对得起你的爹娘啦！"

我又见了大响，把准备去建筑公司挣钱不能与他养猫的事告诉他，他很冷淡地说："随你的便。"以后我就很难见到大响的面了。建筑公司放假时我回家去探望过大响，那两扇破门紧锁着，门板上用粉笔写着一行大字：养猫捕鼠专业户。旁有小字注着：捉一只鼠，仅收酬金人民币一元整。铁将军把着门，这老兄不在。但我还是吼了几声："大响！大响！"院子里一片回声，好像在两山之间呼唤一样。我把眼贴到门扇上往里望，院里空荡荡的，低洼处存着夜雨的积水，那只我曾见过的白耗子在院里跑，墙上钉着一片耗子皮。

大响的邻居孙家老太太迎着我走过来，一头白发下有两点磷火般的目光闪烁。她拄着一支花椒木拐杖，干干的小腿上裂着一层白皮。她问："您是请大响拿耗子的吧？他不在。"

"孙大奶奶，我想找大响耍耍，我是老赵家的儿子，您不认识我？"

老太太一只手拄定拐棍，一只手罩在眉骨上方，打量着我，

说："都愿意姓赵，都说是老赵家的儿子，'赵'上有蜂蜜！有香油？"我立刻明白，这老太太也老糊涂了。

她以与年龄不相适合的敏捷转回头来，对我说："大响是个好孩子，他发了财，买蜂蜜给我吃，你买毒药给我吃，想好事，我不吃！前几年，你们药耗子，把猫全毒死了，休想啦，休想啦……"

回家与姑姑说大响的事，姑姑说："这个疯子！不是个疯子也是个魔怪！"姑父插言道："你可别这么说！大响不是个简单人物，听说他在墨河南边一溜四十八村发了大财！"

有关大响的传说如雷贯耳是一九八五年，那时我时来运转，被招到县委大院干部食堂烧开水，婚也结了，媳妇的肚子也鼓了起来，满心里盼她生个儿子，可她不争气，到底生了个女儿。

女儿出生后，我告了一个月假，回家伺候老婆坐月子。这些日子里，大响来过一次，坐在院子里也不进屋。他比从前有些瘦，但双目炯炯，言语中更有一些玄妙的味道，但细揣摩，又好像是正常的。他说："老兄，贺喜，喜从天降！浩浩乎乎乾坤朗朗！没有工夫煮鸡汤，吃耗子在南方，多跑路身体健康，不可能万寿无疆！送你二百元，给嫂子和侄女添件衣裳。"他把一个红纸包拍在我手里，一转身就走了。我没及谦让，就见他那黑黑的身影已融到远处的月影里。一声柳哨，令人肠断。我不知这柳哨是不是大响吹的。又隔了几天，因寻一味中药，我骑车跑到邻县的马村，那里有一家大中药铺，三个县都有名。骑到距马村不远的一个小庄子，见村里男女老幼都跌跌撞撞地往村中跑，下车问一声，说是有一师傅在村中摆开法场，要把全村的耗子拘到池塘里淹死。心里一扑棱，立即想到这是大响，便推了车，随着人群往前拥。将近池塘时，早望见红男绿女，围成了一个大大的圆圈。垂柳树下，站着一瘦高个子男人，披一件黑斗篷，蓬松着头发，恰如一股袅袅的青烟。我把草帽拉低，遮住眉头，支起自行车，挤进人圈里，把头影在一高大汉子背后，生怕被大响瞧见。

起先我想这人也未必就是大响，他的眼神时而涣散，时而凝结，涣散时如两池星光闪烁，凝结时则如两坨清水冷气，仿佛直透观者肺腑；我才觉得他必定是大响。因为他不管目光涣散还是凝结，那种我极端熟悉的谜一般的愚蠢或残酷的微笑始终挂在脸上。他的身后，蹲着八只猫。

好像是村里的村长一类的人物——一个花白胡子的老汉走到大响面前，哑着嗓子说："你可要尽力，拘出一只耗子，给你一块钱，晌午还管你一顿好烟好菜；拘不出耗子嘛……这里离派出所并不远，前天还抓走了一个跳大神的婆子呢！"

大响也不说什么，只是更加强烈了那令人难以忘却的笑容。花白胡子退到人堆里。大响从猫后提起一面铜锣，用力紧敲三响，锣声惨厉，铜音嗡嗡，不知别人，我的心紧缩起来，更直着腰看大响。他赤着脚，那黑袍上画着怪纹，数百根老鼠的尾巴缀在袍上，袍袖摆动，鼠尾嚓嚓啦啦细响。他提着铜锣，紧急地敲动，边敲锣身体边转动起来。黑袍张开，像巨大的蝙蝠翅膀。群猫也随着他跳动起来，它们时而杂乱地跳，时而有秩序地跳，但无论是杂乱无章还是秩序井然，那只我从关东带回来的山猫无疑始终充当着猫群的领袖。两年不见，它长大了许多，只是从它的格外尖锐的耳上，从它那些缠绕周身的格外鲜艳夺目的黑色条纹上，我才能认出它。它的身体比那七只猫要大，正应了老关东客"比猫大点儿，比狗小点儿"的话。我总觉得群猫脸上，尤其是山猫脸上的表情与大响脸上那微笑有着密切联系，在本质上是一致的、共同的、互通的，同属于一个尚未被人类完全认识的因而也就是神秘的精神现象的朦胧范畴。

猫们的跳跃舞蹈协调一致时，就好像八颗围绕着大响旋转的行星。阳光灿烂，照耀着光亮的猫皮，垂柳吻着生满青萍的池塘，蜻蜓无声地滑翔。猫的身体都拉得很长很细，八猫首尾连接，宛若一条油滑的绸缎。

大响与群猫旋转舞蹈，约有抽两袋旱烟的工夫，众人正看得眼花缭乱时，锣声停了，人与猫俱定住不动，好像戏台子上演员的亮相。天气燥热，大响脸上挂着一层油光光的汗。大家都不错眼珠地盯着他，他嘴里振振有词，语音含糊，听不清什么意思，两条洁白的泡沫挂在他的嘴角上。定住的猫在他的“咒语”中活动开来。

猫嘴里发出瘆人的叫声，猫腿高抬慢落，徘徊行走，八只猫好像八个足蹬厚底朝靴在舞台上走过场的奸臣。群众渐渐有些烦恼，毒辣的太阳晒着一片青蓝的头皮，烦恼是烦恼，但也没人敢吱声。我私下里却为大响担忧起来，全村的耗子难道真会傻不楞登地前来跳塘?

忽然，猫叫停止，八只猫在大响身前一字排开，山猫排在最前头，俱面北，弓着腰，尾巴旗杆般竖起，胡须扎煞，嘴巴里咈咈地喷着气，猫眼发绿，细细瞳仁直竖着，仿如一条条金线。我的汗马上变得又冷又腻，眼前幻影重重，耳朵里钟鼓齐鸣，恍惚中见群马奔驰在塞外的冰冷荒漠上，枯黄的羊儿在衰草中逃窜……赶忙晃头定神，眼前依然只有八只发威的猫。大响从腰里掏出一支柳笛，嘟嘟地吹起来，笛声连续不断，十足的凄楚呜咽之声。斜目一看，周围的观众都紧缩着头颈，脸上挂着清白的冷汗珠。不知过了几多时光，人背后响起一片嘈杂声，笛声忽而高亢如秋雁嘹唳，群猫也大发恶声。有人回头，喊一声“来了”，人群便豁然分开，裂开一条通衢大道，数千只老鼠吱吱叫着，大小混杂，五色斑驳，蜂拥而来。众人都不敢呼吸，身体紧缩，个个矮下一截。大响闭着眼，只管吹那柳笛，群猫毛发戗立，威风大作，逼视着鼠群。鼠们毫不惊惧的样子，一个个呆头呆脑，争先恐后地跳到池塘里去，池塘里青萍翻乱，落水的老鼠奋力游动着，把青萍覆盖的水面上犁出一条条痕迹。后来都沉下去，挣扎着，露出红红的鼻尖呼吸，又后来，连鼻尖也不见了。

柳笛声止，群猫伸着懒腰徘徊，大响直立在烈日下，低着头，好像一棵枯萎的树。湾水平静，众人活过来，但无有敢言语者。村里管事的花白胡子蹒跚到大响面前，叫了一句“先生”，大响睁开眼，嫣然一笑，几乎笑破我的心。

我骑着自行车疾速逃走，浑身空前无力，寻了一块花生地，便扔下车子，不及上锁，一头栽倒，沉沉睡去。醒来时红日已平西，近处的田畴和远处的山影都如被血涂抹过，稼禾的清苦味道直扑鼻孔，我推车回家，回想上午的事，犹如一场大梦。回到县里后，我见人就说大响的奇能，起初无人相信，后来见我说得有证有据，也就半信半疑起来。初冬时，邻县的领导向我们县里领导问起大响的事，县委莫书记很机智地做了回答。莫书记到伙房里找我，了解大响的情况，我把我知道的有关大响的一切都说了。

大响成了名人，市里有关部门也派人前来调查。这样张张扬扬地过去了半年。

麦收的时候，县粮食局一号库老鼠成灾，准备请大响来逮

鼠。消息很快传开，市电视台派了记者来，带着录像器材，省报也派了记者来，带着照相机和笔，据说有几位很大的领导也要来观看。

那天上午，一号粮库的防火池里贮满清水，池旁排开一溜桌子，桌子上铺了白布，白布上摆着香烟茶水。县里领导陪着几个很有气派的人坐在那儿抽烟喝茶。半上午时，一辆黑色的轿车开进院子，大响从车里钻出来。他穿着一双皮鞋，一件藏青的西服挂在身上，显得十分别扭。我寻找着他脸上那谜一般的微笑。从轿车里把八只猫弄出来就费去了约十分钟，猫们显得十分烦躁，尤以山猫为甚。总算开场了，记者把强光灯打在大响的脸上，那微笑像火中的薄纸一样颤抖着。强光灯打在猫脸上，猫惊恐地叫起来。表演彻底失败。我听到一片骂声。水池旁一个戴眼镜的人站起来，冷冷地说："彻头彻尾的骗局！"然后拂袖而去。莫书记急忙追上去，脸上一片汗珠。我的脸上更是一片汗珠。

罪过

我带着五岁的弟弟小福子去河堤上看洪水时，是阴雨连绵七天之后的第一个晴天的上午。我们从胡同里走过，看到一匹单峰骆驼正在反刍。我和弟弟远远地站着，看着骆驼踩在烂泥里的分瓣的牛蹄子，生动地扭着的细小的蛇尾巴，高扬着的弯曲的鸡脖子，淫荡的肥厚的马嘴，布满阴云的狭长的羊脸。它一身暗红色的死毛，一身酸溜溜的臭气，高高的瘦腿上沾着一些黄乎乎的麦穰屎。

“哥，”弟弟问我，“骆驼，吃小孩吗？”

我比小福子大两岁，我也有点儿怕骆驼，但我弄不清骆驼是不是吃小孩。“八成……不会吃吧？”我支支吾吾地对弟弟说，“咱们离着它远点儿吧，咱到河堤上看大水去吧。”

我们眼睛紧盯着阴沉着长脸的脏骆驼，贴着离它最远的墙边，小心翼翼地往北走。骆驼斜着眼看我们。我们走到离它的身体最近时，它身上那股热烘烘的臊气真让我受不了。骆驼恁地就生长了那样高的细腿？脊梁上的大肉瘤子上披散着一圈长毛，那瘤子里装着些什么呢？这是我第二次看到骆驼。我第一次看到骆驼是两年之前，集上来了一个杂耍班子，拉着大棚卖票。五分钱一张票。姐姐不知从哪里弄了一毛钱，带我进了大棚看了那场演出。演员很多。有一匹双峰骆驼，一只小猴子，一只满身长刺的豪猪，一只狗熊装在铁笼子里，一只三条腿的公鸡，一个生尾巴的人。节目很简单，第一个节目就是猴子骑骆驼。一个老人打着铜锣镗镗响，一个年轻的汉子把猴子弄到骆驼背上，然后牵着骆驼走两圈，骆驼好像不高兴，郎当着个长脸，像个老太婆一样。第二个节目是豪猪斗狗熊。狗熊放出铁笼，用铁链子拴着脖子，铁链子又拴在一根钉进地很深的铁橛子上。豪猪小心翼翼地绕着狗熊转，狗熊就发疯，嗥叫，张牙舞爪，但总也扑不到豪猪身边。第三个节目是一个人托着一只公鸡，让人看公鸡两腿之间一个突出物。大家都认为那不是条鸡腿，但杂耍班子的人硬说那是条鸡腿，也没有人冲出来否认。最后一个节目最精彩。杂耍班子里的人从幕布后架出一个大汉子来，那汉子蔫蔫耷拉的，面色金黄，像橘子皮一样的颜色。敲锣的老头好像很难过，一边镗镗地、有板有眼地敲着锣，一边凄凉地喊叫着："大爷大娘，大叔大婶子们，大兄弟姊妹们，今儿个开开眼吧，看看这个长尾巴的人。"众人都把目光投到黄脸汉子身上，但都是去看他黄金一样的脸，他目光逡巡，似乎不敢下行。杂耍班子的人停住脚步，把那个死肉般的汉子扭了一个翻转，让他的屁股对着观众的脸。一个杂耍班子里的人拍拍汉子的背，汉子懒洋洋地弯下腰去，把屁股高高地撅起来。他反穿了一条蓝制服裤子——我明白了他为什么迈不开步子——屁股一撅起，裤子前襟的开口在屁股上像张大嘴一样裂开了。杂耍班子的人伸进两根指头去，夹出了根暗红色的、一拃多长、小指粗细的肉棍棍。杂耍班子的人用食指拨弄着那根肉棍棍，它好像充了血，鲜红鲜红，像成熟辣椒的颜色。它还哆哆嗦嗦地颤动呢。我感觉到姐姐的手又黏又热。姐姐被吓出汗来啦。锣声镗镗地响着，老头凄凉地喊叫着："大爷大娘们，大叔大婶子们，大兄弟姊妹们，开开眼吧，天下难找长尾巴的人。"这是我第二次看到骆驼。

这是我第二次看到骆驼。骆驼被我们绕过去了，弟弟又怕又想看地回头看骆驼，我也回头看骆驼；它那条蛇样的细尾巴使我联想到那条瑟瑟抖动的人尾巴。

那时候我和弟弟都赤条条一丝不挂，太阳把我们晒得像湾里的狗鱼一样。

走上河堤前，我们还贴着一道篱笆走了一阵，我在后，弟弟在前。篱笆上攀满牵牛和扁豆。牵牛花都把喇叭合拢了，扁豆花一串一串盛开着。一只"知了龟"伏在扁豆藤上，我跳了一下把它扯下来，撕下来才知道是个空壳，知了早飞到树上去了。

弟弟的屁股比他的脸还要黑，它扭得挺活泛。弟弟没生尾巴，我也没生尾巴。河水是浑浊的，颜色不是黄也不是红。河心那儿水流很急，浪一拥一推往前跑。水面宽宽荡荡，几乎望不到对岸。其实能望到对岸。枯水时河滩地里种了一些高粱，现在被洪水淹了，高粱有立着的，有伏着的，一些亮的颜色、亮的雾，在淹没了半截的高粱地里汩汩漓漓地闪烁着，绿色的燕子在辉煌湍急的河上急匆匆飞行着。水声响亮，从河浪中发出。沙质的河堤软塌塌的，拐弯处几株柳树被拦腰砍折，树头浸在河水里，激起一簇簇白色的浪花。

我和小福子沿着河堤往东走。河里扑上来的味道又腥又冷，绿色的苍蝇追着我和小福子。苍蝇在我身上爬，我感到痒，我折

了一根槐枝轰赶苍蝇。小福子背上、屁股上都有苍蝇爬动，他可能不痒，他只顾往前走。小福子眼珠漆黑，嘴唇鲜红，村里人都说他长得俊，父亲也特别喜欢他。他眯缝着眼睛看水里水上泛滥的黄光，他的眼里有一种着魔般的色彩。

近堤的河面水势平缓，无浪，有一个个即生即灭的漩涡，常有漂浮来的绿草与庄稼秸子被漩涡吞噬。我把手持的那截槐枝扔进一个漩涡，槐枝在漩涡边缘滴溜溜转几圈，一头就扎下去，再也不见踪影。我和小福子从大人们嘴里知道，漩涡是老鳖制造出来的，主宰着这条河道命运的，也是成精的老鳖。鳖太可怕了，尤其是五爪子鳖更可怕，一个碗口大的五爪子鳖吃袋烟的工夫就能使河堤决口！我至今也弄不明白那么个小小的东西是凭着什么法术使河堤决口的，也弄不明白鳖——这丑陋肮脏的水族，如何竟赢得了故乡人那么多的敬畏。

小福子把眼睛从漩涡上移出来，怯怯地问我："哥，真有老鳖吗？"

我说："真有。"

小福子斜睨了一眼浩浩荡荡的河水，身体往南边倾斜起来。

一条白脖颈的红蚯蚓在潮湿的沙土上爬动着。小福子险些踩到蚯蚓上，他叫了一声，跳到一边，手抚着屁股说："哥，蛐蟮！"

我也悚然地退一步，看着遍体流汗的蚯蚓盲目地爬动着。它爬出一道弯弯曲曲的痕迹。小福子望着我。

我说："撒尿！用尿滋它。"蚯蚓在我们的热尿里痛苦地挣扎着。我们看着它挣扎。我感到嗓子眼里痒痒的。

"哥，怎么着它？"小福子问我。

"斩了它吧！"我说着，从堤下找来一块酱红色的玻璃片，把蚯蚓切成两半。蚯蚓的肚子里冒出黄色的泥和绿色的血。切成两段它就分成两段爬行。我有些害怕了。小虫小鸟都是能成精的，成了精的蚯蚓也是能要了人命的，我总是听到大人们这么说。

“让它下河吧。”我用商量的口吻对小福子说。

“让它下河吧。”小福子也说。

我们用树枝夹着断蚯蚓，扔到堤边平静的浑水里。蚯蚓在水里漂着，蚯蚓放出一股香喷喷的腥气。我们看到水里一道银青的光辉闪烁，那两截蚯蚓没有了。水面上擎出一群尖尖的头颅。我和弟弟都听到了水面传上来的吱吱的叫声。弟弟退到我身后，用他的指甲很尖的手抓着我腰上的皮。

“哥，是老鳖吗？”

“不是老鳖，”我观察了一会儿，才肯定地回答，“不是老鳖，老鳖专吃燕子蛤蟆，它不吃蛐蟮。吃蛐蟮的是白鳝。”

河水中闪一阵儿青光，翻几朵浪花，便什么都看不见了。

我和小福子继续往东走，快到袁家胡同了，据说这个地方河里有深不可测的鳖湾。河水干涸时，鳖湾里水也瓦蓝瓦蓝，不知道有多么深，更没人敢下鳖湾洗澡。

我想起一大串有关鳖精的故事了。

我听三爷说有一天夜里他在河堤上打猫头鹰，扛着一杆土枪，土枪里装着满药。那天夜里本来挺晴的天，可一到袁家胡同，天呼噜就黑了，黑呀黑，好麻呀黑，乌鱼的肚子洗砚台的水。猫头鹰在河边槐树上哆嗦着翅膀吼叫。三爷说他的头皮一乍一乍的，趴在河堤上一动也不敢动。他知道一定有景，什么景呢？等着瞧吧。那时候是小夏天，槐花开得那个香啊！多么香？小磨香油炸斑鸠。一会儿，河里哗啦哗啦水响，一盏通红的小灯笼先冒出了水面，紧接着上来一个傻不楞登的大黑汉子，挑着小灯笼，呱嗒呱嗒在水皮上走，像走在平地上一样。走了三圈，大黑汉子下去了，鳖湾里明晃晃的，水平得连一丝波纹都没有。三爷耐住心性，趴着不动。约莫过去了吃袋烟的工夫，就见到那大黑汉子又上来了，站在鳖湾边上，像根黑柱子一样，一动不动——当时我问：还挑着灯笼吗？三爷说：挑着，自然是挑着的——又见一张桃花木八仙桌子，从鳖湾正中慢悠悠地升上来。几个穿红戴绿的丫头子，端着七个盘八个碗，碗里盘里是鸡鸭猪羊，奇香奇香。丫头子下去了，上来两个白胡子老头，头顶都光溜溜的，一看就知道满肚子学问。两个老头子坐在那儿推杯换盏，谈古道今，三爷都听得入了迷。后来槐树上的猫头鹰一声惨叫，三爷才清醒过来。三爷把土枪顺过去，瞄准了八仙桌子。枪筒子冰凉冰凉，三爷的心也冰凉冰凉。刚要搂火，那个红脸的白胡子老头子把举到嘴边的酒杯停住，大声说：明枪易躲，暗箭难防！三爷大吃一惊，迷迷糊糊地就把枪机搂倒了，只听得震天价一声响，河里一片漆黑，天地万物都像扣在锅里，三爷听到了铁砂子打在水里的声音。紧接着狂风大作，风是白色的，风里裹挟凉森森的河水，哗啦哗啦淋到槐树上。三爷紧紧地搂住了一棵大槐树，才没被风卷到鳖湾里去。大风刮了半个时辰方停，三爷满身是水，冻得直打哆嗦。这时星星现出来了，蓝色的天压得很低，槐树上的白花像一团团毛茸茸的乱毛，附着在黑魆魆的叶丫里，放着浓烈的香气。猫头鹰在花叶间愉快地歌唱。三爷起身想回家，但十个手指都套了环，怎么也解不开。三爷着急得啃树皮，嘴唇都被槐树皮磨破了。后来好不容易松了扣。三爷到家后喝了半斤酒，还是一阵阵地打寒战，从心里往外颤。

第二天早晨，三爷到鳖湾那儿看。风平浪静，湾水乌黑，白雾稀薄如纱幔，一股血腥味直冲上河堤。三爷看到一条大黑鱼在鳖湾里漂着。那条大黑鱼有五尺长，有二百斤重，头没有了还那么长，那么重，有头时就更长更重了。三爷记得自己的枪口是瞄着白胡须老头的，大黑汉子站在湾边上离着很远呢。噢，三爷说，想了半天才明白：大黑鱼是鳖精们的侦察员，它失职了，因此被老鳖们斩掉了头。我那时方知地球上不止一个文明世界，鱼鳖虾蟹、飞禽走兽，都有自己的王国，人其实比鱼鳖虾蟹高明不了多少，低级人不如高级鳖。那时候我着魔般地探索鳖精们的秘密，我经常到袁家胡同北头去，站在河堤上，望着鳖湾里瘆人的黑水发呆。鳖湾奇就奇在居河中央而不被泥沙掩埋，洪水时节，河水比黄河水还要浑浊，一碗水能沉淀下半碗沙土，可洪水消退后，鳖湾依然深不可测，清亮的河水从鳖湾旁、从鳖湾上软软地漫过去，界限分明，鳖湾里的水与河里的水成分不同。鳖们不得了，鳖精们的文化很发达。

三爷说，袁家胡同北头鳖湾里的老鳖精经常去北京，它们的子孙们出将入相。有一个富家女嫁与一个考中进士的大才子，结婚三日，回娘家诉苦，说夫婿身体冷如冰块，触之汗毛倒立，疑非同类。其母嘱其回去用心观察。女归，发现这个大才子每日都在一个静室沐浴两次，且需水量极大。大才子沐浴时戒备森严，任何人不许窥测。这一日，大才子又去沐浴，女抱一套干净衣服，走至沐浴处，被一仆人拦住，女怒骂：是夫婿唤我送衣！仆人诺诺而退。愈近，听到室内水声响亮。女窥牖，见一鳖大如筐箩，甲壳灿烂，遍被文章，正在一大池中踊跃戏水，欢快活泼如孩童。女骇绝，惊叫，弃衣而走，金莲交错，数次倒地。女归室，想千金之躯，竟被鳖精玷污，遂解腰中带，自缢。这些文字不是三爷的，故事是三爷的。三爷还说过，北京有条精灵胡同，寒冬腊月也出摊卖西瓜，皇宫里没有的东西在精灵胡同里也有。有一个人回故乡，精灵胡同里托他捎一封信，信封上写“高密东北乡袁家湾”，这个人找遍了东北乡也没找到个袁家湾。他爹说，八成是鳖湾里的信，你去那儿吆喝吆喝看看吧。那人找了辆自行车骑着，到了袁家胡同北头，车子扔在河堤上，人站在河堤下浅水边，对着那潭黑水，高叫：家里有人吗？出来拿信！喊了三声，水里没动静，这人骂一句，刚要走，就见水面豁然开裂，一个红衣少年跳出来，说：是俺家的信吗？那人把信递过去。少年接了信，瞄了一眼，说：噢，是俺八叔的信，你等着，我告诉俺爷爷去。红衣少年潇洒入水。那人退后一步，坐在河堤慢坡上，心中嗟叹不已。俄顷，水又中分，红衣少年引出一个白衣老者。老者慈眉善目，可敬可亲。少年说：爷爷，就是这人带来的信。那人毕恭毕敬地站起来，不知说什么好。老者说：多谢啦，家里去坐坐吧。那人瞅瞅那潭绿水，心里发毛，口里赶紧推辞。老者也不十分邀请，一拂袖，对红衣少年说：家去拿点儿礼物。少年应声入水。那人似乎听到水中门扃哔唧，石阶橐橐。少年出水，提着一只柳条编织的小篮子，篮里盛着半篮绿豆芽。老者接过篮子，说：乡亲，烦你千里传信，感激不尽，无甚稀罕物赠你，现有自家生的绿豆芽一篮，您拿回家炒炒吃了吧。那人接了篮子，与老者点头哈腰一阵儿。老者携着红衣少年入水。那人捧着那篮子，心里鄙夷起来，心想水中精怪，定有珍宝，竟送我一篮绿豆芽！我花两毛钱到集上买一筐子，要你的干什么！想到此，他把篮子一翻，将绿豆芽倒进水中，嘴里还唠叨着：留着您自己吃吧。绿豆芽漂漂摇摇地沉下水去。那只柳条篮子编得实在是精巧，他舍不得丢，挽着回家里去。家去把送信经过对他爹说了。他爹只说了一句话：你是个天生的穷种！那人不解，他爹指着篮子说：你看看，那是什么？那人低头去看，只见篮子沿上，挂着一根闪闪发光的金绿豆芽。鳖湾里的神奇事儿多着呢，哪能说得完！

我和小福子在袁家胡同头上停下来，面北看河水。河水澎澎湃湃，不舍分秒向东流。大鳖湾就埋藏在汹涌的浊水里，我知道洪水消退后它又要蓝汪汪地露出来。

袁家胡同里，有我们生产队几个青年在推粪。粪乌黑，发散着一股子酸溜溜的臭水味。

“哥，真有老鳖吗？”小福子又一次问我。小福子的眼睛闪闪烁烁的，好像他心里藏着什么奇怪的念头。

我说：“当然有老鳖，就在水里藏着呢。”

小福子不说话了。我们静静地看水。太阳很毒辣，我肩上的皮嗞嗞地响。河水开始消退了，退出来的倾斜河堤上汪着一层脂油般的细泥。

我和小福子同时发现，在我们脚下，近堤的平稳河水上，漂着一朵鲜艳的红花。只有花没有叶，花瓣儿略微有些卷曲，红颜色里透出黑颜色来。

“哥，一朵红花……”小福子紧盯着水中的花朵说。

“一朵红花，是一朵红花……”我也盯着水中的红花说。

河水东流，那朵红花却慢慢往西漂，逆流而上，花茎激起一些细小的、洁白的浪花。阳光愈加强烈，河里明晃晃一片金琉璃。那朵花红得耀眼。我和小福子对着眼睛，我想他跟我一样感觉到了一种强烈的颜色的诱惑。

后来发生的事情就极其简单了。小福子狠狠地盯我一眼，转身就朝着那朵红花冲去。河里金光散乱，我似乎听到小福子的脚板拍打得水面呱唧呱唧响，他好像奔跑在一条平坦的、积存着浅浅雨水的砂石路上。那朵红花蓬松开来，像一团毛茸茸的厚重的阴云，把小福子团团包裹住。

我甚至想喊一句："小心，别弄毁了那朵花！"细想起来，小福子在扑向河中红花那一刹那——他摇摇摆摆地扑下河，像只羽毛未丰的小鸭子——我是完全可以伸手把他拉住的，我动没动过拉住他的念头呢？我想没想过他跳下河去注定要灭亡呢？在袁家胡同里推粪的四个青年，都赤脚、赤膊、满身汗水、满身粪臭。他们走上河堤。他们一齐看到我站在河堤上发愣。叫春季的青年在我头上拍了一掌，说："大福子，站在这儿望什么？跟我下河洗澡去！"我看着他流汗流得雪白了的脸，说："小福子跳到河里去啦！"

他说："什么？"

我重复道："小福子跳到河里去啦！"

其余三个青年都把脸对着我看。

我看着河水。河水更加辉煌了。金光银光碰碰撞撞，浩渺无边；浪潮在光的影里镗镗鞳鞳地奏鸣着：河里的燠热鱼腥扑面涌起。我的心一阵急跳，寒冷如血，流遍全身。

我牙齿打着颤抖说："小福子……跳到河里去啦……"

那朵诱人的红花早已无影无踪，红花曾经逗留过的那片平静的水面上，急遽旋转着一个湍急的大漩涡。春季搡了我一把，骂道："傻瓜蛋！为什么不早喊？"

四个青年人抬起手掌罩着眼，努力往河面上望着。

"在哪里？"叫子平的青年吼一声，纵身扑入水中。他的身体砸起几簇水浪花，在阳光下开放，十分艳丽。

春季他们三个也紧随着子平跳下河去。他们砸得河水哐当哐当冲撞河堤。

我看到了，在十几米外的河心里，小福子的光头像块紫花西瓜皮一样时隐时现。四个青年快速地挥动着胳膊往河心冲刺，急流冲得他们都把身体仄楞起来。一串串的透明的水珠，当他们举起胳膊时，秃噜噜地，闪烁着光彩，不失时机地，滚到河的浪峰上，滚到河的浪谷里。

我起初是站着，站累了就坐着。我坐在生产队宽大的打谷场边颓唐的土墙边，一个高大的麦秸垛投下一块阴影，遮住了我平伸在地上的两条腿。我的腿又黑又瘦，我的腿上布满伤疤，我也不知道我的腿上为什么会有这么多伤疤。左腿膝盖下三寸处有一个铜钱大的毒疮正在化脓，苍蝇在疮上爬，它从毒疮鲜红的底盘爬上毒疮雪白的顶尖，在顶尖上它停顿两秒钟，叮几口，我的毒疮发痒，毒疮很想迸裂，苍蝇从疮尖上又爬到疮底，它好像在爬上爬下着一座顶端挂雪的标准的山峰。被大雨淋透了的麦秸垛散发着逼人的热气，霉变的霉气，还有一丝丝金色麦秸的香味儿。毒疮在这个又热又湿的中午成熟了，青白色的脓液在纸薄的皮肤里蠢蠢欲动。我发现在我的右腿外侧有一块生锈的铁片，我用右手捡起那块铁片，用它的尖锐的角，在疮尖上轻轻地划了一下——好像划在高级的丝绸上的细微声响，使我的口腔里分泌出大量的津液。我当然感觉到了痛苦，但我还是咬牙切齿地在毒疮上狠命划了一下子，铁片锈蚀的边缘上沾着花花绿绿的烂肉，毒疮迸裂，脓血咕嘟嘟涌出，你不要恶心，这就是生活，我认为很美好，你洗净了脸上的油彩也会认为很美好。其实，我长大了才知道，人们爱护自己身上的毒疮就像爱护自己的眼睛一样，我从坐在草垛边上那时候就朦朦胧胧地感觉到：世界上最可怕最残酷的东西是人的良心，这个形状如红薯，味道如臭鱼，颜色如蜂蜜的玩意儿委实是破坏世界秩序的罪魁祸首。后来我在一个繁华的市廛上行走，见人们都用铁扦子插着良心在旺盛的炭火上烤着，香气扑鼻，我于是明白了这里为什么会成为繁华的市廛。

我在那道矮墙边上坐着，没人理我，场上散布着几百个人，女人居多，女人中上了年纪的老女人居多，也有男人，也有孩子。我看到了他们貌似同情、实则幸灾乐祸的脸上的表情。我弟弟小福子淹死了——也许淹不死，抢救还在继续进行。他们都是来看热闹的，就像当年姐姐带我去看那个长尾巴的人一样。春季用双手托着小福子穿过胡同，绕过骆驼——骆驼对着我冷笑——走到我家，我家门上挂锁。春季气喘吁吁地问我："大福子，你爹和你娘呢？"我什么话也没说，我没有话可说，我愿意跟着小福子走。村里人嗅到了死孩子的味道，一疙瘩一疙瘩地跟在小福子的后边。

有人建议赶快把小福子抱到生产队的打谷场上，队里的男女劳力都在那里编织防洪用的麦草袋子。我想起了，爹和娘确实是去编织防洪用的麦草袋子了。没走到打谷场就听到了娘的哭声，接着就看到娘从街上飞跑过来。娘哭得很动情，声音尖尖的，像个小姑娘一样。

娘身后也跟着一群人，爹十分显眼地混杂在那群人中，我一眼就看到了，爹高大的身体摇摇晃晃，好像喝醉了酒。春季抱着小福子径直往前走，小福子仰在春季臂膊里，胳膊腿耷拉着，好像架上的老丝瓜。

娘跑到离小福子两步远时，突然止住了哭声，她往前倾了一下身体，脖子猛一伸，像触了雷电一样。身后有人扶了她一把。她往后一仰，那人就着劲一拖，娘闪到一侧去。

春季托着小福子，庄严肃穆地往前走，人们都闪到两边去，等一下，伺机加入了小福子身后的队伍。爹没表示出半点儿特殊性，他跟随在我身后，我不用回头就知道爹摇摇晃晃地走着，好像喝醉了酒。走到打谷场上，娘又开始哭起来，这时的哭声已不如适才清脆，听着也感到疲乏。

打谷场边上有三排房子，一排是生产队的饲养室，一排是生产队的仓库，还有一排是生产队的记工房。夏天从不穿上衣和鞋子的方六老爷担任了抢救小福子的总指挥。他让人从饲养棚里拉出了一头黑色的大牛。这头牛眼睛血红，斜着眼看人。它的僵直的角上闪烁着钢铁般的光泽，后腿上、尾巴上沾满了尿屎混合成的泥巴。

“攥紧鼻绳！”方六老爷威严地吩咐那个拉牛的中年汉子。

中年汉子一脸麻子，也是赤膊赤脚，背上一大串茶碗口大的疤瘌，是生连串毒疮结下的，我要呼他四大伯。四大伯把凶猛的黑牛鼻绳攥紧，黑牛焦躁地扭动尾巴，呼哧呼哧喘着粗气。四大伯也呼哧呼哧地喘着粗气。

“把他搭到牛背上！”方六老爷吩咐春季大哥。春季把小福子扔到尖削的牛背上，牛扭着腰，斜着眼睛往后看，它的眼睛红得像辣椒一样，喘气声像鹅叫一样。小福子在牛背上折成两段，嘴啃着那侧牛腹，小鸡巴戳着这侧牛腹。他的屁股上和背上的皮肤金光闪烁。“牵着牛走！”方六老爷说。四大伯一松牛鼻绳，黑牛昂着头，虎虎地往前冲去，小福子在牛背上颠簸着，看看要栽下去的样子。方六老爷吩咐两个人去，一个卡着小福子的腿，一个托着小福子的头。

"松开缰绳！"方六老爷说，"由着牛走，越颠越好！"

四大伯闪到牛头左侧。方六老爷在牛腚上拍了一掌。黑牛迈着大步，走得飞快，牛两侧扶持小福子的两个汉子，仄着身子走得艰难，脸上都咧着一张嘴，嘴里都是黑得发亮的牙齿。场上沙土潮湿，黑牛的蹄印像花瓣一样印出来。

娘忘记了哭，蓬头散发，随着牛一溜小跑。爹弓着腰，依然十分显眼地掺杂在牛后骚乱的人群里。黑牛沿着打谷场走了两圈，小福子的腹中响了一阵儿，一股暗红色的水从他嘴里喷出来。

"好啦！吐出水来了！"人群里一声欢呼。

娘跑到牛的近旁，梦呓般地说："小福子，小福子，娘的好孩子，醒醒吧，醒醒吧，娘包粽子给你吃，就给你吃，不给大福子吃……"

我的心里一阵冰凉。

黑牛继续走着，但小福子已不吐水，有几根白色的口涎在他唇边垂着，后来连口涎也没有了。

方六老爷说："行啦，差不多啦！"

四大伯拢住牛，那两个傍在牛侧的汉子把小福子从牛脊梁上揭下来，抬着，走到场边一棵红杨树下。红杨树投在地上一片炕席大的斑驳阴影，阴影里布满绿豆粒大小的黑色虫屎，因为树上滋生着成千上万只毛毛虫。

有一个聪明人拎来一只刚编织好的草包子，刚要把小福子放上去时，父亲从人堆里挤出来，脱下湿漉漉的褂子，铺在草包子上。父亲没有忘记把黑烟斗和牛皮烟荷包从褂子口袋里摸出来，别在腰带上。小福子仰面朝天躺在父亲的褂子上了。我看到了他的脸。小福子依然比我要俊得多，但是他分明地变老了。他的耳朵上布满了皱纹，他的眼睛半开半阖，一线白光从他眼缝里射出来，又阴又冷。我觉得小福子是看着我的，他要告诉我关于那朵红花的秘密，它是从哪里来的，它又到哪里去了。老鳖与人类是什么关系……从小福子睥睨人类的阴冷目光里，我知道他什么都明白了，我当时就后悔，为什么不跟着小福子跳到河里去追逐那朵红花呢？真是遗憾真是后悔莫及。小福子的腮上凝结着温暖的微笑，我的牙齿焦黄他的牙齿却雪白，他处处比我漂亮，任何一个细枝末节都有力地证明着“好孩子不长命，坏孩子万万岁”的真理。小福子双唇紫红，像炒熟了的蝎子的颜色。“等一会儿，等一会儿，”方六老爷安慰着焦灼的人群，“很快就会喘气的，肚里水控净了，没有不喘气的道理！”

大家都看着小福子瘪瘪的肚子，期待着他喘息。娘跪在小福子身边，含糊不清地祷告着。我一点儿不可怜她，我甚至觉得她讨厌！我甚至用灰白色的暗语咒骂着她，嘲弄着她；从她迷眊的眼珠子里流出来的眼泪我认为一钱不值。你哭吧！你祷告吧！你这个装模作样的偏心的娘！你的小福子活不了啦！他已经死定了！他原本就不是人，他是河中老鳖湾里那个红衣少年投胎到人间来体验人世生活的，是我把他推到河里去的！

我永远不可能成为一个孝子啦！

所有在场的人，都汗水淋漓，都把眼睛从小福子腹肚上移开，转而注视着方六老爷红彤彤的大脸。红杨树上的毛毛虫同时排便，黑色的硬屎像冰雹一样打在人们的头上。

方六老爷秃亮的脑门上也挂上了一层细密的小汗珠，他举起

手，用一群豆虫般的手指搔着鬓边那几十根软绵绵的头发，说："不要着急，不要着急，待我看看。"

他弯下腰去，用厚厚的手掌压压小福子的心窝。他站起来时，我看到他的两颗大黄眼珠急遽眨动着，好像两只金色的蝴蝶在愉快地飞舞。

"六老爷……"娘奴颜婢膝地求告着，"六老爷，救救我的孩子……"

方六老爷沉思片刻，说："去，去，去找口铁锅来。"两个男人抬来一口搅拌农药的大铁锅。方六老爷命令他们把铁锅倒扣过来。

那口铁锅在阳光下晒得一定滚烫了。六老爷亲自动手，把小福子拎到铁锅上。小福子的肚脐端端正正地挤在锅脐上，嘴啃着锅边，脚踢着锅边。六老爷捋两下胳膊，吃力地弯下腰，用肥厚的手，挤压着小福子的背。六老爷把全身的重量都压到小福子身上了。我听到小福子的骨头啪哽啪哽地响着。我看到小福子的身体越来越薄，好似贴在锅底上的一张烙饼。六老爷猛一松手，小福子的身体困难地恢复着原样，他的胸膛里发出了"嗷嗷"的叫声。

"喘气了！"有人惊呼一声。连娘都停了唠叨，几百只眼睛死盯着烙在锅上的小福子。寂静。黑色的毛毛虫屎冰雹般降落，虫屎打着小福子的背，打着浸透剧毒农药的锅边，打着方六老爷充满智慧的脑壳……都砰砰啪啪地响着。大家屏住呼吸，祈望着小福子能从锅上蹦起来。

等了半袋烟的工夫，小福子一动不动。方六老爷怒气冲冲地弯下腰，好像揉面一样，好像捣蒜一样，对着小福子的腰背，好一阵儿狂捣乱揉。一股臭气弥散开来。有人喊："六老爷，别折腾了，屎汤子都挤出来了！"

六老爷直起腰，握两个空心拳头，痛苦地捶打着左右腰眼，两滴大泪珠子从他眼里噗噜噗噜滚下来。“我没有招数了！”方六老爷沮丧地说，“用了黑牛，用了铁锅，他都不活，我没有招数了！”我看着从小福子嘴里流出来的褐色的粥状物，在阳光下蒸腾着绿色的臭气。

“谁还有高招？”方六老爷说，“谁还有高招请拿出来使，死马当成活马医吧！”

父亲说：“六老爷，让您老人家吃累了。”六老爷说：“哎，惭愧，惭愧！”一边说着，一边交替捶打着左右腰眼，摇摇摆摆地走了。

父亲弓着腰，端详着贴在锅底上的小福子，迟疑片刻，好像不晓得该从哪里下手。（我已经嗅到烤烧鸡的香味了。）一滴清鼻涕从父亲鼻尖上垂直下落，打在小福子的脊椎上。父亲哼了一声，伸出一双鲁莽的大手，卡住小福子的腰，用力提起来，小福子皮肤与铁锅剥离时，发出一阵哔哔叭叭的声音。这声音酷似在灯火上烧头发的声音，伴随着声音迅速弥散的味道也像烧头发的味道。

小福子的身体折成两叠，几乎是垂直地悬挂在父亲颤抖不止的胳膊上。我想起了悬挂在房檐下木橛子上的腌带鱼。我的小弟弟四肢柔软地下顺着，他能把身体弯曲到如此程度，简直像个奇迹。

父亲把小福子放在地上，理顺了他凌乱的胳膊和腿。小福子的肚脐被锅脐挤出了一个圆圆的坑，有半个茶碗深。

娘跪在地上，我认为她很无耻地哀求着：“救救我的孩子！救救我的孩子！”

父亲懊丧地说：“行啦！别号了！”

我钦佩父亲的态度。娘不说话了，只是嘤嘤地哭，我又可怜她了。

父亲一手托住小福子的脖颈，一手托住小福子的腋窝，踉踉跄跄地往前走。围观的乡亲们匆匆闪开一条道路，都毕恭毕敬地立着。

我跑到父亲前面，回头仰望着父亲脸上的愚蠢的微笑，我忽然觉得，我应该说句什么，到了该我说话的时候了。

“爹，河里有一朵红花……”父亲脸上的微笑抖动着，像生锈的废铁皮嗦落落地响。我继续说：“小福子跳到河里去捞那朵红花……”我看到父亲的腮帮子可怕地扭动着，父亲的嘴巴扭得很歪，紧接着我便脱离地面飞行了。湛蓝的天空，破絮般的残云，水银般的光线。黄色的土地，翻转的房屋，倾斜的人群。我在空中翻了一个筋斗，呱唧一声摔在地上。我啃了一嘴泥沙。趴在地上，我的耳朵里翻滚着沉雷般的声响。那是父亲的大脚踢中我的屁股瓣时发出的声音。

我自己爬起来，干号了一声。本来满肚子的干号要一连串地喷出来，但是，我看到人们的像鬼火一样的、毒辣的眼睛，所以，我紧紧咬住嘴唇，把干号压下去。于是，我感觉到胃里燃烧起绛紫色的火焰。我当然听到了人们在背后叽叽喳喳地说着什么，我却径直地往前走了，我用力分拨着阻挡着我的道路的人群，他们像漂浮在水面的死兔子一样打着旋，放着桂花般的臭气漾到一边去。我恍惚觉得娘扑上来拉住我的胳膊，我回头一看，她的眼竟然也像鬼火般毒辣，她的脸上蒙着一层凄凉的画皮，透过画皮，我看到了她狰狞的骷髅。“放开我！”我愤怒地叫着。娘拉着我不松手，娘说：“大福子，我的儿，小福子去了，娘就指望着你啦……”半个小时前，你不是说包粽子，不给大福子吃吗？我看透了！我用力挣扎着，娘的手像鹰爪子一样抓着我不放松。我低下头，张开嘴，在娘的手脖子上，拼出吃奶的劲儿，咬了一口。我感觉到我的牙齿咬进了娘的肉里，娘的血又腥又苦。

娘惨叫一声，松开了手。

我头也不回往前走，一直走到打谷场的土墙边上，面壁十分钟，我专注地看着土墙上的花纹。我回过头去，打谷场上空无一人，刺鼻的汗臭味还在荡漾。这么说打谷场确曾布满了人，我的弟弟小福子确实是淹死了。我的屁股上当真挨过父亲一脚吗？娘的手脖子上当真被我咬过一口吗？

屁股似乎痛又似乎不痛，口里有血腥味又似乎没有血腥味。我很惶惑，便坐在了土墙边，我的身左身右都是浅绿色的新鲜麦苗儿。我坐着，无聊，便研究髌骨下的毒疮。我用锈铁片划开疮头，脓血四溢时，我感到希望破灭了。人身上总要有点儿珍奇的东西才好。后来，我用锈铁片在左膝髌骨下划开一道血口子，我用锈铁片从右膝髌骨下的毒疮上刮了一些脓血，抹到血口子里。

等到右膝下的毒疮收口时，左膝下一个新的毒疮已经蓬蓬勃勃地生长起来。

癞蛤蟆蹦到餐桌上，不会咬人也要硌硬你一下。因为腹中饥饿，傍晚时我溜回家。小福子永远地消失了，我感到了孤独。爹和娘对我的自动归家没表示半点儿惊讶或愤怒。他们对坐着，在两根门槛上，爹抽烟，娘流泪。我坐在堂屋的门槛上，从我坐的地方到娘坐的地方和从我坐的地方到爹坐的地方距离相等。娘没有心思做饭，爹抽烟抽饱了。我饥饿，站起来，到饭箢箩里拿了一个涂满苍蝇屎的高粱面饼子，找了两棵黑叶子大葱，从酱坛子里挖了一块驴粪蛋子那么大的黑豆酱，依然坐回到堂屋门槛上，喀喀唧唧地吃起来。

爹冷冷地看着我，娘惊愕地看着我。我非常明白他们心里想的是什么。你们没有什么了不起。总有一天，你们会知道大福子不是盏省油的灯。

我打着饱嗝，摸上炕去睡觉，成群的蚊虫围着我旋转，有咬我的，也有不咬我的。我不惊吓它们，我的血多极了，由着它们喝。

后半夜时，蚊虫都喝饱了血，伏到墙壁上休息去了。我听到了河水的喧哗。爹和娘在各自占据的门槛上坐着，他们对话。

“别难过了，”爹说，“他是该死，你我薄命，担不上这么个儿子。”

“就剩下一个大福子啦，他偏偏又是个傻不楞登的东西……”娘说。

“要不怎么说你我薄命呢？”

“他可千万别再有个好歹……”娘担忧地说。

爹冷笑着说：“放心吧，这样的儿子，阎王爷都不愿意见他！”

爹和娘的对话并没使我难过，如果他们不这样说才是怪事。

河里涛声澎湃，天上星光灿烂，蚊虫偃旗息鼓，爹娘窃窃私语。我没有任何理由难过，我不哭，我要冷笑。我知道我在黑暗中发出的冷笑声把爹和娘吓蒙了。娘又怀孕了。看来她和爹一定要生一个优秀的儿子来代替我。我看着娘日日见长的肚子，心里极度厌恶。小福子淹死之后，我一直装哑巴，也许我已经丧失了说话的机能，我把所有的话对着我的肠子说，它也愉快地和我对话。

“你看到那个女人那个丑陋的大肚子了吗？”

“看到了，非常丑陋！”

“你说她还像我的娘吗？”

“不像，她根本不像你的娘！”

“你看到我爹了吗？”

“看到了，他像一匹老骆驼。”

“他配做我的爹吗？”

“不配，我说了，他像一匹老骆驼！”

我每天都跟我的肠子对话，它的声音低沉，浑浊，好像鼻子堵塞的人发出的声音。

娘从怀孕之后就病恹恹的，她的脸色焦黄，皮肤下流动着黄色的水。爹买来了一只碗口大的鳖，为娘治病、滋补身体。

我问肠子：“这是袁家湾里的鳖羔子吗？”

肠子肯定地回答我：“是袁家湾里的鳖羔子，你看，只有袁家湾里的鳖种才能生出这样一颗圆圆的鳖头。”

爹把鳖放在水缸里养着，要养到一个逢九的日子才能杀。为了防止它逃跑，爹在缸上加了一个木盖，木盖上压着一块捶布石。

爹不在家的时候，我就搬掉捶布石，掀开木盖，观赏老鳖的泳姿和老鳖伏在水下时的静态。每当我掀起木盖时，它就从水底奋勇地浮上来，它四条笨拙的短腿灵巧地划着水，斜刺里冲上水面。青黄鳖壳周围翻动着一圈肉蹼，好像鳖的裙子。浮上水面后，它就沿着水缸的内壁转圈，鳖指甲划得缸壁嚓嚓地响。从它的绿色的眼睛里我看出了它的愤怒和它的焦灼。缸里只有半缸水，缸壁上涂着赭红色的光滑釉彩，鳖无法冲出囚牢。

游一阵儿后，鳖乏了，它收缩起四肢，无声无息地、像影子一样沉下水去。

缸里的水渐渐平静，鳖搅起来的渣滓沉淀在缸底，青黄色的鳖

壳上也蒙上了一层灰白的渣滓。如果不是那两只秤星般的鳖眼，很难发现缸底埋伏着一只鳖。鳖安静的时候，也是我看鳖入神的时候。它那两只咄咄逼人的眼睛具有极大的魅力，它向我传达着一种只可意会不可言传的信息。有一种暗红色的力量，射穿水面，侵入我的身体，我一方面努力排斥着它，又一方面拼命吸收着它。我感觉到了鳖的思想，它既不高尚，也不卑下，跟人类的思想差不多。杀鳖的日子终于到了，其实并没杀，但比杀还残酷。

父亲倒在锅里两瓢水，扔进水里一把草药，然后，用一把火钳，从水缸里把鳖夹出来。在从水缸到锅灶这段距离里，鳖在空中、在火钳的夹挤下痛苦地鸣叫着。父亲毫不犹豫地把它扔进锅里。鳖在锅里扑棱着，鳖边上的肉蹼像裙子一样漂动着。

灶下的火哔哔叭叭地燃烧着，锅沿上冒出了丝丝缕缕的蒸气，我还听到鳖在锅里爬动着。鳖指甲划着锅，嚓啦——嚓啦——嚓啦啦——父亲把煮好的鳖舀到一只瓦盆里，逼着娘吃。

娘抄起筷子，戳戳鳖盖，鳖盖像小鼓一样嘭嘭响。

娘只吃了一口鳖，就捏着脖子呕吐起来。

父亲严厉地说："忍着点儿，吃下去！"

娘满眼是泪，用筷子夹着一块颤颤巍巍的鳖裙子，放到唇边，又送回盆里。

我伸手抓过那块鳖裙，迅速地掩进嘴里。从口腔到胃这一段，都是腥的、热的。我的肠子在肚子里为我的行动欢呼。

父亲用筷子敲击着我的光头，我的光头也像小鼓一样嘭嘭响。

那天早晨，孙二老爷家那单峰骆驼跑了。孙二老爷说他清晨起来喂骆驼时，槽头柱子上只剩下半截缰绳。这匹怪物的逃跑在村子里激起了很大的风波，就像三年前二老爷把它从口外拉回来时一样。骆驼耕地不如牛，拉车不如骡子，但二老爷一直喂养着它。骆驼跑了！一听到这个消息我的心里就涌起一阵按捺不住的狂喜，我知道这一定要有什么事情发生了。究竟要发生什么事情我也说不清楚。

吃午饭时，街上响起一阵锣声。我扔下筷子就往外走，即将生产的娘在后边唠叨了一句什么，我连头也没回。我从草垛后摸出我的宝贝——那扇磨得溜滑的鳖甲、一块豆绿色的鹅卵石（鹅卵石的形状像个心脏，尖上缺了一块），我用鹅卵石敲击着鳖甲，往响锣的地方跑去。

在家里时，听到锣声在街上响；走到街上，又听到锣声在生产队的打谷场上响。

我远远地就看到了一匹单峰骆驼，没看到骆驼的形影之前我先嗅到了骆驼的气味。我兴奋得快要昏过去了。看到单峰骆驼我才明白，多少年了，我一直在盼望着它们。

场上已经围了一群人。人圈里，一个似曾相识又十分陌生的老头子敲着锣转圈。他很苍老，说不清七十岁还是八十岁，嘴里没有一颗牙齿，嘴唇嘬进去，好像个松弛的肛门。他的胳膊上挂着一个皮扣子，皮扣子连着铁锁链，铁锁链连系着一个一尺多高的绿毛瘦猴子。猴子跟着老头绕场转圈，时而走时而爬，样子古怪滑稽。

老头念经般地哼哼着："你快快地走来你慢慢地行……给你的叔叔大爷先鞠一个躬……要你的叔叔大爷为咱把场捧……挣几个铜板咱去换烧饼……"猴子并不给人鞠躬，但不停地龇牙咧嘴扮鬼脸。有一辆木轱辘大车停在场子边上，骆驼拴在车辕杆上。车上装着一个木箱子，箱子盖掀开了，露出了一些花花绿绿的道具。一个二十多岁的大姑娘扶着车栏杆站着，她穿着一条红绸裤子，裤脚肥大；穿一件绿绸子褂子，一排蝴蝶样黑扣子从脖颈排到腰际。她脑后垂着一条粗辫子，脸盘如满月，眉毛很黑，睫毛很长，牙齿很白，神情很悒郁。车上还有两个孩子，年龄与我相仿，一个男孩，一个女孩。两人都又瘦又白，倦倦地坐在地上。

没有狗熊，没有遍身硬刺的豪猪，没有三条腿的公鸡，没有生尾巴的男人。不是我思念着的杂耍班子。

人越来越多。两个孩子同时站起来，紧紧腰带，走进场子，一个追着一个翻起筋斗来。女孩和男孩把他们的身体弯曲成拱桥形状时，往往露出绷紧的肚皮。穿红裤子的大姑娘耍了一路剑，耍到紧密处，看不清她的模样，只看到一团红光在下，一团绿光在上，好像两团火。

我看到展现在我面前的人生道路。道路弯弯曲曲，穿过低洼的沼泽，翻上舒缓的丘陵。我追赶着木轱辘大车在胶泥地上压出来的深刻辙印，我踩着单峰骆驼的蹄印走。鳖甲和心状鹅卵石装在兜里，它们是我的护身符。

洼地里野生着高大的芦苇，风滚过去，芦苇前推后拥，像煞翠绿色的海浪。

我闻到了一股熟悉的味道，骆驼！骆驼！孙二老爷家丢失的单峰骆驼从芦苇丛里慢吞吞地走出来，站在狭窄的泥泞道路上。我好像从来没对这匹骆驼有过畏惧之心，我好像一直亲爱着这匹骆驼，我与它的关系好像放牛娃与牛的关系。如同他乡遇故交，如同久别重逢的情人，我扑上去，跳一下，抱住了它高扬着的、弯曲着的、粗壮结实的脖子。我的眼睛里涌出了灼热的液体，不是眼泪。

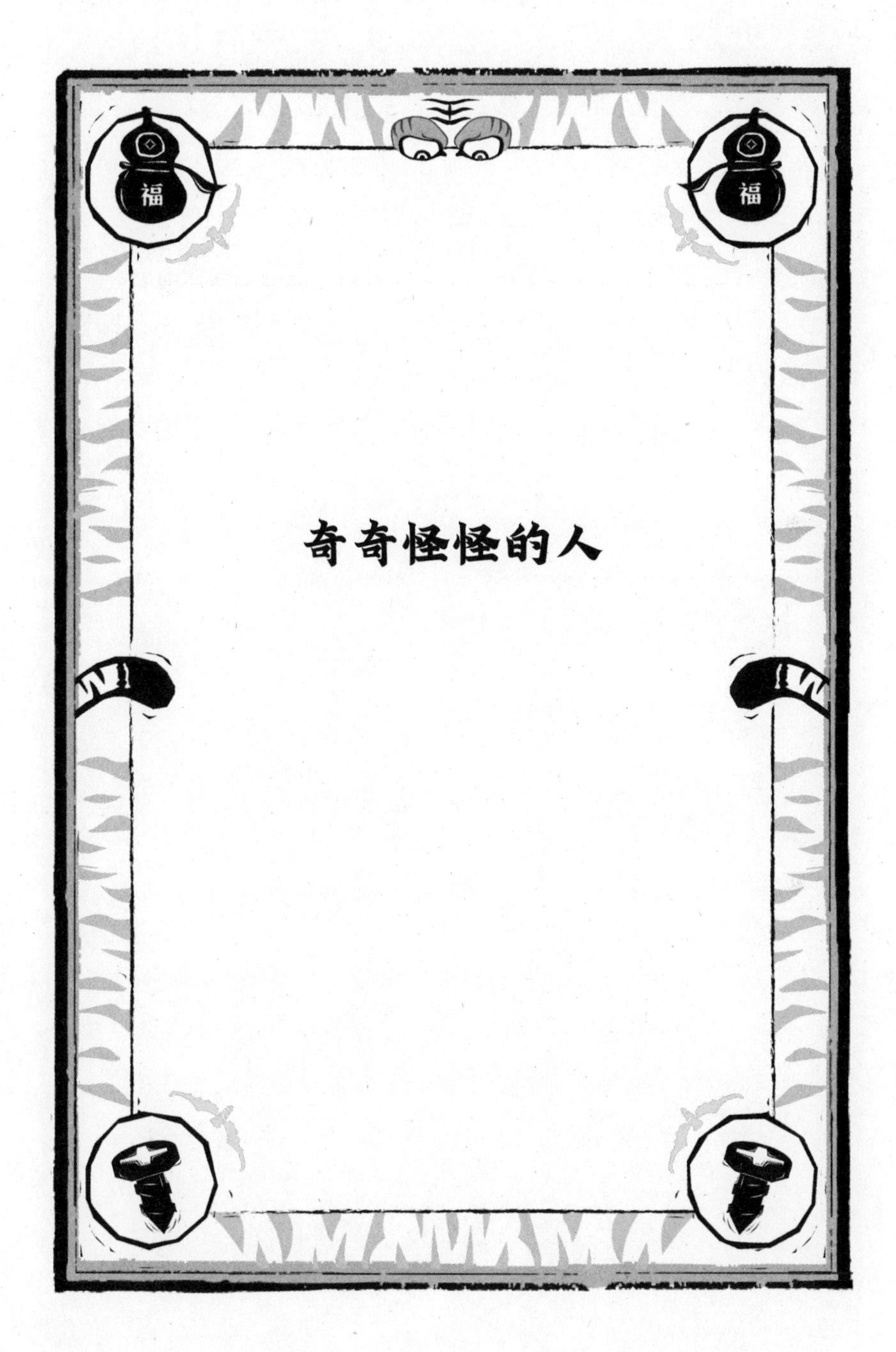

奇奇怪怪的人

翱翔

拜完了天地，黑大汉洪喜就有些按捺不住了。虽然看不到新娘的脸，但新娘修长的双臂、纤细的腰肢，都显出这个胶州北乡女子超出常人的美丽来。洪喜是高密东北乡著名的老光棍，四十岁了，一脸大麻子，不久前由老娘做主，用自己的亲妹子杨花，换来了这个名叫燕燕的姑娘。杨花是高密东北乡数一数二的美女，为了麻子哥哥，嫁给了燕燕的哑巴哥哥。妹妹为自己做出了巨大的牺牲，洪喜心中十分感动。想起妹妹将为哑巴生儿育女，他心情复杂，竟对眼前这个女子生出一些仇恨。哑巴，你糟蹋我妹子，我也饶不了你妹子。

新娘进入洞房，已是正晌光景。一群顽童戳破粉红窗纸，望着坐在炕上的新娘。一个大嫂拍了洪喜一把，笑嘻嘻地说："麻子，真好福气！水灵灵一朵荷花，轻着点儿揉搓。"

洪喜手搓着裤缝，嘻嘻地笑着，脸上的麻子一粒粒红。

太阳高高地挂着，似乎静止不动。洪喜盼着天黑，在院子里转圈。他的娘拄着拐棍过来，叫住儿子，说："洪喜，我看着这媳妇神气不对，你要提防着点儿，别让她跑了。"洪喜道："不用

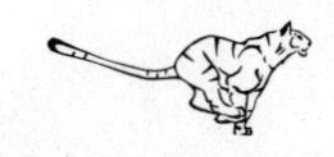

怕，娘，杨花在那边拴着她哩，一根线上拴两个蚂蚱，跑不了那一个，就跑不了这一个。”

娘两个正说着话，就看到新媳妇由两个女傧陪着，走到院子里来。洪喜的娘不高兴地嘟囔着：“哪有新媳妇坐床不到黑就下来解手的？这主着夫妻不到头呢，我看她不安好心。”

洪喜被新媳妇的美貌吸引住了。她容长脸儿，细眉高鼻，双眼细长，像凤凰的眼睛。她看到了洪喜的脸，怔怔地立住，半袋烟工夫，突然哀号一声，撒腿就往外跑，两个女傧伸手去拽她的胳膊，哧，撕裂了那件红格褂子，露出了雪白的双臂、细长的脖子和胸前的那件红绸子胸衣。

洪喜愣了。他娘用拐棍敲着他的头，骂道：“傻种，还不去撵？”他醒过神来，跌跌撞撞追出去。

燕燕在街上飞跑着，头发披散开，像鸟的尾巴。洪喜边追边喊：“截住她！截住她！”村里的人闻声而出。一群群人，拥到街上。十几条凶猛的大狗，伸着颈子狂吠。

燕燕拐下街道，沿着一条胡同，往南跑去。她跑到田野里。正是小麦扬花的季节，微风徐徐吹，碧绿的麦浪翻滚。燕燕冲进麦浪里，麦梢齐着她的腰，衬托着她的红胸衣和白臂膊，像一幅美丽的画。

跑了新媳妇，是整个高密东北乡的耻辱。男人们下了狠劲，四面包抄过去。狗也追进麦田，并不时蹿跳起来，将身体显露在麦浪之上。包围圈逐渐缩小，燕燕突然前扑，消失在麦浪之中。

洪喜松了一口气。奔跑的人们也减慢速度，喘着粗气，拉着手，小心翼翼往前逼，像拉网拿鱼一样。洪喜心里发着狠，想象着捉住她之后揍她的情景。

突然，一道红光从麦浪中跃起，众人眼花缭乱，往四下里仰了身子。只见那燕燕挥舞着双臂，并拢着双腿，像一只美丽的大蝴蝶，袅袅娜娜地飞出了包围圈。人们都呆了，木偶泥神般，看着她扇动着胳膊往前飞行。她飞的速度不快，常人快跑就能踩到她投在地上的影子。高度也只有六七米。但她飞得十分漂亮。高密东北乡虽然出过无数的稀奇古怪事，但女人飞行还是第一次。

醒过神来后，人们继续追赶。有赶回去骑了自行车来的，拼命蹬着车，轧着她的影子追。只要她一落地，就将被擒获。飞着的和跑着的在田野里展开了一场有趣的追捕游戏，田野里四处响着人们的呼唤。过路人、外乡人也抬头观看奇景。飞着的潇洒，地上的追捕者却因仰脸看她，沟沟坎坎上，跌跤者无数，乱糟糟如一营败兵。

后来，燕燕降落在村东老墓田的松林里。这片黑松林有三亩见方，林下数百个土馒头里包孕着东北乡人的祖先。松树很多，很老，都像笔一样，直插到云霄里去。老墓田和黑松林是东北乡最恐怖也最神圣的地方。这里埋葬着祖先所以神圣，这里曾经发生过许许多多鬼怪事所以恐怖。

燕燕落在墓田中央最高最大的一棵老松树上，人们追进去，仰脸看着她。她坐在松树顶梢的一簇细枝上，身体轻轻起伏着。如此丰满的女子，少说也有一百斤，可那么细的树枝竟绰绰有余地承担了她的重量，人们心里都感到纳闷儿。

十几条狗仰起头，对着树上的燕燕狂叫着。

洪喜大声喊叫着：“你下来，你给我下来。”对狗的狂吠和洪喜的喊叫她没有半点儿反应，管自悠闲地坐着，悠闲地随风起伏。

众人看看无奈，渐渐显出倦怠。几个顽皮的孩子大声喊叫

着：“新媳妇，新媳妇，再飞一个给我们看！”燕燕扬扬胳膊。孩子们欢呼：“飞啦飞啦又要飞啦。”她没有飞。她用尖尖的手指梳理脑后的头发，就像鸟类回颈啄理羽毛一样。

洪喜扑通跪在地上，哭咧咧地说：“大叔大爷们，大哥大兄弟们，帮俺想想法子弄她下来吧，洪喜娶个媳妇不容易啊！”

这时洪喜的娘被人用毛驴驮着赶到了。她一个翻滚下了驴，跌得哼哼唧唧叫唤。

“在哪儿？她在哪儿？”老太太问洪喜。

洪喜指指松树梢，说：“她在那儿。”

老太太抬手遮住阳光，看到树梢上的儿媳妇，连声骂道：“妖精，妖精。”

村里的尊长铁山爷爷说：“管她是人是妖，得想法弄她下来，凡事总得有个了结。”

老太太说：“爷爷，就拜托您给操持了。”

铁山老汉道：“这样吧，一是派人去胶州北乡把她娘、她哥，还有杨花，都叫来，她要不下树，咱就留住杨花不回去。二是回去造些弓箭，修些长竿子，实在不行，就动硬的。三是去报告乡政府，她和洪喜是明媒正娶，受法律保护的夫妻，政府兴许能管。就这样吧，洪喜你在树下守着，等会儿让人给你送面锣来，有什么变化，你就敲锣。我看她这模样，多半是中了邪，回去还要杀条狗，弄点儿狗血准备着。”

众人匆匆走散，分头准备去了。洪喜的娘死活要跟儿子待在一起，铁山爷爷说：“老嫂子，别痴了，你待这儿管什么用？万一有点儿事，跑都跑不及，还是回去好。”铁山爷爷一说，她也不再坚持，让人扶上驴背，哭哭啼啼去了。

吵吵嚷嚷的松树林子里突然安静下来，一向以胆大著称的高密东北乡的洪喜被这寂静搞得心慌意乱。红日西下，风在松林里旋转着，发出呜呜的吼声。他垂下头，揉着又酸又硬的脖子，寻了一张石供桌坐下，掏出纸烟，刚要点火，就听到头上传下来一声冷笑。他的头发被激得竖起来，感到浑身冰凉，慌忙灭了火，退后几步，仰起脸，大声说："甭给我装神弄鬼，早晚我要收拾你。"

他看到夕阳的光辉使燕燕的胸衣像一簇鲜红的火苗，她的脸上闪闪烁烁，仿佛贴上了许多小金片。没有任何迹象表明适才那声冷笑是由燕燕发出的。成群的乌鸦正在归巢，灰白的鸦粪像雨点般落下，有几团热乎乎的落在他的头上，他呸呸地吐着唾沫，感到晦气透顶，松梢上还是一片辉煌，松林中已经幽黑一片，蝙蝠绕着树干灵巧地飞行着，狐狸在坟墓中嚎叫。他又一次感到恐惧。

松林里似乎活动着无数的精灵，各种各样的声音充塞着他的耳朵。头上的冷笑不断，每一声冷笑都使他出一身冷汗。他想起咬破中指能避邪的说法，便一口咬破了中指。尖锐的痛楚使他昏昏沉沉的头脑清晰了。

这时他发现松林里并不像刚才所见到的那般黑暗，一座座坟墓、一尊尊石碑还清晰可辨，松树干的侧面上还涂着一些落日的余晖，有几只毛茸茸的小狐狸在坟墓间嬉戏着，老狐狸伏在野草丛中看着小狐狸，并不时对他龇牙微笑。仰脸看时，燕燕端坐树梢，乌鸦围着她盘旋。

一个很白净的小男孩从树干缝里钻过来，递给他一面锣、一柄锣槌、一把斧头、一张大饼。小男孩说，铁山爷爷正在领着人们制造弓箭，去胶州北乡的人也出发了，乡政府的领导也很重视，很快就会派人来，让他吃着饼耐心等待，一有情况就敲锣。

小男孩一转身就不见了，洪喜把锣放在石供桌上，将斧头别在腰里，大口吃起饼来。吃完了饼，他举起斧头，大声说：“你下不下来？不下来我要砍树了。”燕燕没有声息。

他挥起斧头，猛砍了一下树干。松树哆嗦了一下。燕燕无声无息。斧头卡在树里，拔不出来了。

洪喜想，她是不是死了呢？他紧紧腰带，脱掉鞋子，往松树上爬去。树皮粗糙，爬起来很省力。爬到半截时，他仰脸看了一下她，只能看到她下垂的长腿和搁在松枝上的臀部。他十分愤怒地想：本来现在是睡你的时候，你却让我爬树。愤怒产生力量。树干渐上渐细，有许多分杈，他手把着树杈，纵身进了树冠，脚踏树杈站定，对着她，悄悄伸出手去，他的手触到她的脚尖时，听到了一声悠长的叹息，头上一阵松枝晃动，万点碎光飞起，犹如金鲤鱼从碧波中跃出。燕燕挥舞着胳膊，飞离了树冠，然后四肢舒展，长发飘飘，滑翔到另一棵松树上去。他惊恐地发现，燕燕的飞行技术，比之在麦田里初飞时，有了明显的提高。

她保持着方才的姿势坐在另一棵树的树梢上。她的脸正对着西天的无边彩霞，像盛开的月季花一样动人。

洪喜哭着说：“燕燕，我的好老婆，跟我回家好好过日子去吧，你要不回去，我也不让杨花给你哑巴哥哥睡觉——”

一语未了，他的脚下嘎吧一声响——松枝压断，洪喜像一块大肉，实实在在地跌在地上。好久，他手按着腐败的松针爬起来，扶着树干走了两步，发现除肌肉酸痛外，骨头没有受伤。他仰起脸寻找燕燕，看到天上挂着一轮明月，光华如水，从松树的缝隙中泻下来，照亮了坟丘一侧、墓碑一角和青苔一片。燕燕沐浴在月光里，宛若一只栖息在树梢上的美丽大鸟。

松林外有人高声喊叫他的名字，他大声答应着。他想起石供桌上的锣，摸到了，却怎么也找不到锣槌。嘈杂的人声进入了松林，灯笼、火把、手电筒的光芒移动到林间，把月亮的光芒逼退了。来人很多。他认出了燕燕的老娘、燕燕的哑巴哥哥和自己的妹妹杨花。还认出了身背弓箭的铁山老爷爷和七八个村里的精壮小伙子。他们有的持着长竿，有的扛着鸟枪，有的抱着扇鸟网。还有一位身穿橄榄绿衣服、腰扎皮带的英俊青年。他认出英俊青年是乡里的猎户。

铁山老爷爷见他鼻青脸肿，问道："怎么弄的？"他说："没怎么弄的。"燕燕的娘大声叫着："她在哪里？"有人把手电的光柱射上树梢，照住了她的脸。下边的人听到树梢上哗啦啦一阵响，看到一个灰暗的大影子无声无息地滑行到另一棵松树上去了。燕燕的娘恼怒地骂起来："杂种们，你们一定是合伙把俺闺女暗害了，然后编排谎言糊弄我们孤儿寡母。俺闺女是个人，怎么能像夜猫子一样飞来飞去？"铁山老爷爷说："嫂子，您先别着急，这事儿如不是亲眼看见，谁也不会相信。我问您，这闺女在家里时，可曾拜过师？学过艺？结交过巫婆、神汉？"燕燕的娘说："俺闺女既没拜过师，也没学过艺，更没结交过巫婆神汉，我眼盯着她长大，她自小安守本分，左邻右舍谁不夸？怎么好好个孩子，到你们家一天，就变成老鹰上了树？不把话说明白，我不能算完。不交还我燕燕，我也不会放掉杨花。"

猎户说："大娘，先别吵，您注意看树上。"猎户举起手电筒，瞄准树上的暗影，突然推上电门，一道雪亮的光柱正射在燕燕的脸上。她挥舞手臂，飞起来，滑行到另外的树梢上去了。

猎户问："大娘，看清了吗？"

燕燕的娘说："看清了。"

"是您的女儿吗？"

"是我的女儿。"

猎户说："大娘，我们不想动武，闺女最听娘的话，还是您把她唤下来吧。"

这时候，燕燕的哑巴哥哥兴奋地嗷嗷乱叫，双手比画着，好像在模仿他妹妹的飞行动作。

燕燕的娘哭着说："不知道前世造了什么孽，别人碰不上的事都叫我碰上了。"

猎户说："大娘，先别忙着哭，把闺女唤下来要紧。"

"这闺女自小性子倔，只怕我也叫不动她。"燕燕的娘为难地说。

猎户说："大娘，您就别谦虚了，快叫吧。"

燕燕的娘挪动着小脚，走到梢上栖着女儿的那棵松树下，仰起脸，哭着说："燕燕，好孩子，听娘的话，下来吧……娘知道你心里委屈，但这是没有法子的事……你要是不下来，咱也留不住杨花，那样的话，咱这家子人就算完了……"

老太太放声大哭起来，一边哭，一边把脑袋往树干上撞着，树梢上传下来窣窣之声，好像鸟儿在摩擦羽毛。

猎户说："继续，继续。"

哑巴挥动手臂，对着树梢上的妹妹吼叫。

洪喜大喊："燕燕，你还是个人吗？你要有一点点儿人味儿，就该下来！"

杨花哭着说："嫂子，下来吧，咱姐妹俩是一样的苦命人……俺哥再难看，还能说话，可你哥……姐姐，下来吧，认命吧……”

燕燕从树梢上飞起，在人们头上转着圈滑翔。一阵阵的凉露下落，好像她洒下的泪水。

“都闪开，都闪开，让她落下来。”铁山爷爷大声说。

人们纷纷退后，只留下老太太和杨花在中央。

但事情并不像铁山老爷爷想象的那样。燕燕滑翔良久，最终还是落在树梢上。

眼见着月亮偏西，已是后半夜，人们又困又倦又冷。猎户说：“只好来硬的了。”

铁山老爷爷说：“我担心她受惊飞出树林，今夜捉不住，以后就更难捉了。”

猎户说：“据我观察，她还不具备长距离飞行的能力，飞出树林，会更容易捕捉。”

铁山老爷爷说：“只怕她娘家人不依。”

猎户说：“我来处理吧。”

猎户走上前去，吩咐几个小伙子把哑巴和老太太领到树林子外边。老太太哭痴了，丝毫不反抗，哑巴嗷嗷叫，猎户举起枪在他面前晃晃，他也乖乖地走了。树林里只余下猎户、铁山老爷爷、洪喜和一个持棍棒、一个持扇鸟网的小伙子。

猎户说：“枪声惊扰百姓，不好，还是用弓箭射。”铁山老爷爷说：“我老眼昏花，看不清楚，万一伤了她的要害处，就不好了，还是由洪喜来射。”

他把那张用大竹弯成的弓递给洪喜，又递给他一支尾扎羽毛的利箭。

洪喜接过弓箭，沉思片刻，忽然醒悟般地说："我不射，我不能射，我不愿射。她不是我的老婆吗？她是我老婆。"

铁山老爷爷说："洪喜，你好糊涂呀，抱在怀里才是你老婆，坐在树上的是一只怪鸟。"

猎户说："你们这些人，黏黏糊糊的，什么也干不成！把弓箭给我。"

他把枪放下，接过弓箭，左手拉弓，右手扣弦，瞄着树梢上的影子，脱手放了一箭。只听得扑哧一声响，显然是箭镞钻入皮肉的声音。树梢上一阵骚动，他们看到燕燕腹部带着箭飞起在月色中，沉甸甸地砸在近处一棵矮松上。她的身体分明失去了平衡。

猎户又搭上一支箭，瞄着横陈在矮松上的燕燕，喊一声："下来！"声音出口，利箭脱弦，树梢上一声惨叫，燕燕头重脚轻，倒栽下来。

洪喜哭着骂起来："操你妈，你把我老婆射死了……"

躲在松林外的人打着灯笼火把围上来，一齐焦急地问："射死了没有？她身上是不是生出了羽毛？"

铁山老爷爷一言不发，拎起一桶狗血，浇在燕燕身上。

白杨林里的战斗

爬上农场后边的胶河大堤，一眼就看到了河滩上的白杨树林里，有一群英俊的少年，追逐着另一群英俊的少年。他们像走马灯一样在我的眼前转来转去，转得我头晕眼花。过了片刻，我的眼睛适应了，才发现说他们英俊是很不妥当的。他们一个个都是小短腿、大脑袋、红脸蛋，腮帮子鼓得溜圆。他们的小模样还算可爱，但他们嘴里发出的声音却很凶残。杀杀杀，杀杀杀，杀声震耳，从他们嘴里喷出。前面那队少年，身后都拖着木棍；后边那队少年，手里都攥着菜刀。追逐了几圈之后，拖棍的少年突然都立住脚、转回头，端起木棍，瞪着眼，张大口，呼呼地喘着粗气，摆出一副严阵以待的架势。后面那队少年，都有些刹不住脚，像一堆球似的挤在一起碰撞着，脑袋发出嘭嘭的声响。持棍的少年们并没有趁持刀少年们立脚未稳时冲杀上去，而是很耐心地等着他们将队伍排列整齐。

看到这些排队列阵的孩子，我的心兴奋得怦怦乱跳，我情不自禁地大声喊叫："喂，你们要干什么？是演戏吗？你们哪一帮要我？"但没有人理睬我。两队少年之间，是一片平整的沙地，沙地上生长着一些瘦弱的黄草。一只拳头大小的野兔蹲在一束黄草根上，紧缩着身体，一动也不敢动。我心里明白，它是被众多的人声给吓住了，它蜷缩在那里，抱着侥幸心理，希望能躲过这场灾难。还好，少年们暂时还没发现它。如果少年们发现了它，它的小命绝对难逃。我不知道这些小家伙今天为什么打架，但我绝对知道，他们尽管腿短，但奔跑起来比成年的野兔子还要快。我心里为小野兔子祈祷着，愿万能的上帝保佑它。小野兔子泪眼婆娑地望着我，我感到它对我充满了感激之情。我在为野兔子祈祷的同时，心里想着：这些像水银珠儿一样好动的小子们，为什么要这样一本正经地打仗呢？他们都是喝一条河里的水长大的，他们的父母都是抬头不见低头见的邻居，他们之间绝不会有你死我活的矛盾，值得这样动刀动棍吗？他们的棍不是一般的棍，而是那种从东北森林里砍伐、用火车运进关内、光滑笔直、摆在供销社里高价出售的柞木棍。这种棍子，像茅坑里的石头，又臭又硬，擂到头上，肯定要头破血流，弄不好很可能要脑浆四溅，我亲眼看到我们村里的大队长用这种棍子将孙四的脑袋打破。再说这些菜刀吧，都是好刀，寒光闪闪，能斩钉截铁，更别说切菜剁肉。这种刀是我们县唯一的部优产品，行销海内外，尽管价格昂贵，但也不是轻易能够买到的。想到此处，我感觉到今天这场战斗，不是一般的顽童打架，而是一场小型战争。

棍子队里，跳出了一个下穿红裤头、上穿绿背心的黑小子。他的额头上有一块明亮的疤痕，见到了这块亮疤我马上就认出了他。他是我们村治保主任的儿子，他额头上那块疤是被赵大婶家那头嘴尖的毛驴子啃了一口留下的。当时我正在街上玩耍，阳光照耀得许多东西闪闪发亮，其中最亮的就是赵大婶家那头黑叫驴，黑叫驴身上最亮的地方是它的圆滚滚的屁股。这头驴在我们村子里大名鼎鼎，它一身好活儿，无论是拉磨还是拉犁，一头驴胜过两头驴。它唯一的毛病就是嘴尖，爱好咬人，被它咬伤的人前后有二十几个，但是它的活儿实在是太好了，就是那些被它咬过的人，也坚决不同意把它卖到杀驴铺子里。那天我看到治保主任的儿子在黑毛驴面前转圈，心里就感到要出事，忽听得一声惨叫，黑驴一口就把主任儿子的脑袋给啃破了。黑驴龇着白色的大牙笑，主任的儿子咧着红色的大嘴哭。我当时就想：黑驴，你这次死定了，你这次要是不死，才是天大的怪事！

但事情的结局却出乎我的意料，黑驴不但没死，反而受到了隆重的礼遇。据我所知赵大婶家已经把黑驴送到了杀驴铺，杀驴铺里的掌柜围着黑驴抓膘估价，正在这危急关头，治保主任飞马赶到，把黑驴从死亡线上营救出来。至于主任为什么要把咬破儿子脑袋的黑驴救出来，我们都猜不出原因。后来还听说了他给黑驴镶金牙的事，镶金牙是夸张，但他给黑驴镶了一颗铜牙倒是真的。治保主任的儿子左手拄着棍子，右手指着菜刀队骂阵：

“你们哪个不服？哪个不服就跳出来比画比画！”

一语未了，就听到菜刀队里尖啸了一声。只见一个小家伙双腿并拢，像传说中的独脚兽一样，一蹦两蹦三蹦，蹦到了队伍前面，与治保主任的儿子只隔着三尺的距离。这小家伙白皮肤吊眼睛，双耳生得怪异，好似两扇蚌壳。我当然也是一眼就认出了他是黑驴主人赵大婶的儿子，这小子有个外号，叫作猴子阮英。我很久都不知道猴子阮英是谁，去年才听说猴子阮英是长篇鼓词《小八义》中的一个人物。猴子阮英有什么本事我不清楚，但赵大婶的儿子的本事我十分清楚。这小家伙从小就不省油，在同年龄的孩子里出类拔萃，打架敢动狠手，与他家那头驴一样，爱好咬人，村子里被他咬过的人，比被他家的驴咬过的人还要多。除了善咬人，还善于爬树，参天的大白杨，县里的电工脚上戴着螳螂刀，半天还爬不上去，他赤着脚，转眼间就爬到了顶梢，站在一根柔软的细枝上，好像一只怪鸟。他跳出来了，与治保主任的儿子四目相对，有那么一星半点儿仇人相见分外眼红的意思。他说：

“老子不服！”

“你哪里不服？”

“我哪里也不服！”

“不服就试试吧！”

“试试就试试！”

于是，治保主任的儿子往手心里吐了一点儿唾沫，双手攥紧了柞木棍；赵大婶的儿子把菜刀放在大腿上拍了拍。两边的小妖们连同我都屏住呼吸注视着他们。他们眼睛对着眼睛，身体做着横向的移动，嘴里嘟囔着不知什么话语。就这样过了一刻钟。就这样又过了一刻钟，他们抖擞起来的精神渐渐地萎靡了。众人都长长地出了口气，不知是感到欣慰还是感到失望。但就在这时，情况突然发生了大变化。只见治保主任的儿子仿佛漫不经心地将棍子往前一捣，几乎就捣在了赵大婶儿子的胸膛上。赵大婶的儿子伸出一只手抓住了棍子，然后举起菜刀，对着那棍子的中段，毫不留情地剁起来。刀光闪烁，木屑横飞，两边的小妖一齐呐喊助威。主任的儿子双手攥着木棍，身体往后使力气，想把棍子夺出，赵大婶的儿子把菜刀对着他的手一比画，主任的儿子就撒了手。赵大婶的儿子将那棍子按在地上，一阵乱剁，然后，将菜刀往腰里一掖，拿起棍子，攥住两头，横过来，往膝盖上一磕，就听得咔嚓一声，棍子断了。菜刀队里的小妖们欢呼雀跃，庆祝他们的胜利。赵大婶的儿子有点儿得意忘形，他举着那两半截断棍，好像举着金杯，对着观众炫耀。主任的儿子冷不丁地打出一拳，正正地砸在赵大婶儿子的鼻子上。赵大婶的儿子叫了一声，扔掉棍子，捂住鼻子就蹲在了地上。黑色的血从他的指缝里流出来。菜刀队里的小妖们围上来，有的蹲在他的面前，有的弯着腰站在他的身后，都瞪大了眼睛，连眼皮也不眨，仿佛在数着那些落在沙地上的血滴。一滴，两滴，三滴……血珠落地，立即与黄沙凝在一起。主任的儿子搔着脖子，显出了一些张皇失措的样子，但他的嘴里却说：

“狗东西，现在你知道大爷我的厉害了吧？实话对你说，大爷我还没舍得用劲呢，大爷我要是舍得用劲，这一拳，连你的两颗眼珠子都会打出来！你以为你们家的驴就白白地咬了我一口？这就叫作父债子还！”

主任儿子的话让我感到好生纳闷，难道赵大婶儿子的父亲是那头咬了主任儿子一口的黑驴？尽管民间流传着毛驴太子的传说，但我是有一些生物学知识的人，我知道人和毛驴是不可能生出后代的。你要说人和大猩猩生出一个后代，我还能半信半疑，但你要说赵大婶和黑驴生出了这个鼻子流血的小家伙，我是宁死也不相信的。补充几句：民间传说的毛驴太子，是一头唐朝的黑驴和武则天合伙生的，那家伙尽管武艺平平，但因为相貌奇特，嗓音特别洪亮，临阵一鸣，往往能威慑敌胆，所以很打了一些漂亮仗。赵大婶的儿子分明是被治保主任的儿子打败了。由此可见他的父亲也不可能是那头黑驴。但且慢，赵大婶的儿子擦干了脸上的血迹，猛地站了起来。他的眼睛里放射出复仇的火焰，他的牙齿切磨得咯咯作响，好像咀嚼着一嘴玻璃。他从腰里抽出菜刀，说：

“孙子，你的末日到了！今天，我要为民除害，如果我不把你剁成八大块，我就往自己嘴里连塞八口黄沙！”

发完这个古怪的誓言，他就挥舞着菜刀扑上前去。治保主任的儿子见事不好，转身就跑。赵大婶的儿子在后边穷追不舍。他们俩奔跑的速度几乎一样，所以他们俩之间的距离既没有拉长也没有缩短。我感到有些无聊，不由得打了一个长长的哈欠。我看到无聊的表情也出现在那些小妖们的脸上。事情总是在无聊到极点的时候发生有趣的转机：一个浑身黑色的人仿佛从地下冒出来似的，凸出在菜刀队与棍子队之间的沙地上。这个人穿着黑色的紧身衣服，脸上蒙着一块黑色的面纱，背后还拖着一条长长的披风，脚上自然是黑靴子，手上戴着黑手套。他的身上唯一裸露的是头发，头发自然也是如墨一般黑。这人从一出现就开始冷笑，他的笑声仿佛一群夜猫子在白杨树间飞翔。他慢慢地往河堤上倒退着，一直退到了我的面前。我闻到了他的身上散发出一种昏天黑地的气味，站在他的背后，我感到暗无天日，好像到了世界的末日。我挖空心思，想猜出他的真面目，但我的脑子里是一团漆黑，连一线光明也没有。终于，他开始说话了。他的腔调很怪，声音好像从井里发出，他说：

“孩子们，你们应该上树，你们为什么不上树？！”说完了这句话，他继续冷笑。

治保主任的儿子四肢扒住一棵光滑的树干，简直就是一条壁虎，噌噌地上了树。赵大婶的儿子原本就是爬树的高手，紧随着主任的儿子，他也噌噌地上了树。他爬树时只用了一只手和两条腿，他那只没用来爬树的手里高高地举着那把菜刀。新的追逐在树上展开了。治保主任的儿子爬到顶梢，眼见着到了穷途末路，赵大婶的儿子举起菜刀，果断地剁下去，主任的儿子身体一转，从树干的另一侧，一滑到地，动作流畅，无半点儿挂碍。赵大婶的儿子怎甘示弱？他用力把菜刀从树干上拔出来，也是一滑到地，好像炮弹滑入炮筒。但等到赵大婶的儿子一滑到地时，主任的儿子又沿着树干噌噌地爬了上去。赵大婶的儿子自然又跟着爬了上去。

站在我面前的黑色人从袖子里抽出一面黑色的令旗，在阳光下展开。他将黑旗一挥时，菜刀队里的孩子与棍子队里的孩子就疯子似的向对方扑上去。他们很快就找到了自己的对手，一个对一个，正好配成了十对。

他们决斗的方式与治保主任的儿子和赵大婶的儿子的方式一模一样，没有一丝一毫的区别。也是先像斗鸡一样相互瞅着，瞅到懈怠时，拿棍的往前一戳，几乎戳到拿刀的肚皮，拿刀的握住棍子，挥刀乱砍，接下来也一样，恕不重复。最后，他们都在树上追逐，你上我下，我下你上。他们的追逐游戏把十几棵大杨树弄得生气勃勃。就这样过了很久很久，杨树上的叶子由绿变黄，胶河里的水由黄变绿，秋风从河对岸吹来，一行大雁从天空飞过，雁声嘹呖，我打了一个寒战。黑色人一挥令旗，把树上的孩子全都定住了。拿菜刀的都举起刀，对准了头上那些孩子的屁股，我知道只要黑色人一挥手，就会有十几块屁股落在沙地上，那么，我们村子里就有了十几个半腚孩子，那么，我们村子里就永无安宁之日了。

黑色人转过脸，尽管我看不见他的眼睛，但我非常清楚地知道他的眼睛在盯着我。我知道，严峻的考验摆在了我的面前。我的心里有一些紧张，但我努力克制住自己，装出了一副满不在乎的样子，静静地等待着。他说："现在，这些孩子的命运，就系在了你的身上！你是愿意让他们变成残废，然后疯狂地报复这个社会呢，还是希望他们健全地成长，长成健全的青年？"

我想了想，坚定地说："先生，我别无选择，您说吧，需要我干什么？"

"你什么样的苦难都愿意承担吗？"

我点点头，算是对他的回答。

"你应该知道，"他冷如寒冰地说，"我们中国有几句俗话，一句叫作'开弓没有回头箭'，还有一句叫作'君子一言，驷马难追'。"

我虽然看不到他的眼睛，但我知道他那两只肯定也是黑如煤球的眼睛一定在黑色的面纱后边死死地盯着我。尽管我心中怀着大恐怖，但我还是抱着一种悲壮的精神，坚定地说："先生，您什么都不要说了，我已经做好了牺牲自己的准备。这样做并不是我有多么勇敢，也不是要为了什么理想来献身，我只不过是自己厌倦了自己罢了。"

他点点头，说："很好，你的话甚至让我有了一点儿微微的感动。几十年来我听了许多慷慨激昂的话，但事到临头，总是要大打折扣，所以我宁愿相信低调的无奈诉说，也不愿再听高亢的誓言。"

我说："先生，可以开始了。"

他说："是的，可以开始了，第一行秋雁，已经从我们头上飞过去了！"

他把身后拖着的长长的斗篷挥舞起来，让它如同一面涨满海风的黑帆。他随着斗篷旋转着，也可以说是斗篷随着他旋转着。然后，就如变戏法一样，两块方形的、状如门墩的石头出现在我面前的沙地上，紧接着，一块青色的石板落在那两块石墩上。随即，在石墩之间和石板之下，一堆木柴燃起了黄色的火焰。一股十分好闻、让我心情愉快的松木的香气猛烈地扑进了我的鼻子。我看到，那块被强劲的松木火烧烤着的青石板渐渐地改变了颜色。先是由青变黄，继而由黄变红，最后由红变白。我知道，石板上的温度已经非常之高了，如果把新鲜的羊肉放上去，立即就会冒出白色的油烟，随着那白烟的散发，白杨树林间马上就会弥漫烤羊肉的香气，如果再撒上点儿孜然粉、辣椒粉，如果再打开两瓶子啤酒，野餐会就可以开始了。

“请吧，先生，请您坐上去吧！”我听到黑色人在我身后客客气气地催促着。

我的心脏猛地就收紧了，眼前飞舞着许多柳絮状的东西。我想起了自己方才说过的话，感到后悔无比。但男人的自尊心不容我退却。我硬着头皮挪到火堆前。猛烈的火烤着我的肌肤，我感到脸皮紧缩，头发直竖起来。我低下头，往石板上吐了一口唾沫。只听到刺啦一声响，唾沫缩成了一个珍珠般的小球，在石板上兴奋地跳动着，转眼就消逝得无影无踪。我不由得打了一个寒战，仿佛亲眼看到了屁股坐到石板上时猛然蹿起的那圈白与黄夹杂着的烟雾，我的鼻子也闻到了那股难闻的气味，同时我的屁股也感受到了痛苦。

“请吧，先生，坐下去吧，这是一个让你顷刻间便能成为英雄的宝座，您如果横下一条心，一咬牙，一闭眼，也就坐下了。人生一世，这样的机会并不是很多，就像俗话说的那样，‘过了这个村，就没有这家店了’。”

我知道，把我逼上这条路的，并不是身后的黑色人，更不是那些倒悬在树上的孩子。把我逼得进退两难的，是我自己发的誓言。而逼着我发出那些誓言的，是我的所谓的良心。

“当然，我不会硬逼你坐到这热如炮烙的石板上，我更不会运用超自然的力量把你放到这石板上。尽管我完全可以把这世界上的任何一个人放到这石板上。”他在我的身后冷静地说着，“我想让你明白，这个世界上，最可怕的就是‘话语’。你千万别想借说话的机会来表现你的所谓个人风格或是雄心壮志，古往今来，有多少英雄豪杰像你一样被自己的话逼上了不归之路。我想，你是个比较聪明的人，总不会不明白我的意思吧？”

我回过头，感激地望着黑色人那张被黑纱笼罩的脸。我说：“大师，您真是善解人意。您法力无边，所以您才能如此宽容。”

他说：“你又在重复刚才的错误了。你不知道，当面吹捧任何一个人，其结果与乱发誓言是一样的，都将受到话语的惩罚。你难道没听说过这样的话？吹捧一个人，不如吹捧一头奶牛，因为吹捧一头奶牛可以让奶牛多下奶，而吹捧一个人，却什么都得不到。我的话你明不明白？”

我说：“似乎有点儿明白，但好像什么都不明白。您也许不知道，我小时候，因为得不到足够的营养，把大脑饿坏了。尽管到了后来，我吃了许多鸡鸭鱼肉，进行了恶补，但我的大脑已经停止了发育，鸡鸭鱼肉只是让我的体内积存了大量的脂肪，一丝一毫也没有增添我的智慧……”

“你的话让我感到厌恶！”黑色人说，他的声音仿佛青色的刀刃在秋风中颤动，“你应该知道，真正的愚蠢并不是智力低下，真正的愚蠢是抱怨，是诿过于他人、诿过于社会。这就像俗话说的那样，‘拉不出屎来怨厕所不正，不会游泳怨鸟挂藻菜’。你们这样的人，虽然活着，但其实早就变成了行尸走肉！”

我感到自尊心受到了巨大的伤害，一股怒火在胸中酝酿，像窖藏的老酒一样，终于成熟。我说：“请您不要教训我了，我豁出屁股，坐在这被鬼火烧红的石板上不就行了吗？士可杀而不可辱，这道理您应该懂！”

说完这句话，我就抱着必死的决心，一屁股坐到了那被烈火烧烤得泛白的石板上。但是我的屁股并没有感到灼痛，我的眼睛也没有看到腾起的烟雾，我的鼻子也没有嗅到烤肉的气味，我的耳朵听到了黑色人响亮的大笑。定睛一看，我已经坐在了胶河的大堤上。阳光照耀着白杨树林，树干上的孩子像一个个丰满的宝葫芦在闪闪发光。那石墩那石板那烈焰都在，只是我莫名其妙地远离了它。

黑色人站在河堤下，因为他的身体高大无比，所以他的脸与我的脸在一个海拔高度上。尽管我还是无法看到他的眼睛，但我感觉到他的眼睛里放出了一丝丝温情，宛如明亮的蚕丝在微风中飘摇。他把面纱掀开一点儿，露出了下巴和口唇。我惊异地发现，他的下巴光滑得如同一只老牛的角，而他的嘴唇鲜红如樱桃，与我想象中的样子大相径庭。他一定看出了我的惊异，我从他的红唇边角上看出了嘲讽之意。他说：“这是对你的奖赏！多少年来，还从来没有人看到过我身体上的一丁点儿皮肤，更甭说看到我的下巴和红唇。我在这河堤上等待了半个多世纪，见到过将军也见到过士兵，见到过贵族也见到过平民，见到过英雄也见到过无赖，但还没见到过一个像你这样的敢一屁股坐到石板上的人，尽管我知道你是带着情绪往石板上坐，但这就让我十分地感动了。你已经基本上完成了英雄壮举，社会只看结果，不看目的。但我不忍心毁了你的一生。你难道没有看到，对面，正在进行一场争论，争论的焦点是，一个男孩，屁股被烫伤后，是否就必然地丧失了生儿育女的能力。为了不让你在将来也陷入这无聊的论争，所以，在你的屁股即将接触到石板时，我把你提起来了……”

我感到温热微咸的泪水流进了嘴角，我的心中充满了对黑色人的感激之情，还有对自己的满意之情。我终于在最容易动摇的时刻，下定了牺牲的决心，从此后我就可以问心无愧地活下去了。

“从今后我就可以问心无愧地活下去吗？”我问黑色人。

他拉下面纱，蒙住了红唇和下巴，天空中顿时布满了阴霾，好像随时都会落下冻雨。他说：“恰好相反，这个世界上，问心无愧的永远是流氓和强盗，而不是良民和圣徒。也就是说，问心无愧的人无论做了什么，他都是问心无愧的；问心有愧的人无论做了什么，他都是问心有愧的。这就和‘狼生下来就要吃肉，狗生下来就要吃屎’是一个道理！”

黑色人的话，宛如一股严肃的西北风，吹散了我心中刚刚滋生的温情。温情散尽，我也就明白，温情是一种害人不浅的不健康情绪，很多事情就坏在温情里。这就和“狼走遍天下吃肉，狗跑遍天下吃屎”是一个道理。

黑色人分明是看透了我的心，他说：“你果然是个聪明人，尽管你少年时脑子缺了营养，但总起来看还算发育正常。你已经基本上明白了人生的小道理，人生的小道理就是没什么道理，如果你非要把原本就没道理的事说出一点儿所谓的道理，你要么是圣人，要么是蠢驴。”

他的话我越听越糊涂，但我却伪装出大彻大悟的样子，虚伪地说：“真是‘听君一席话，胜读十年书’，真是‘如坐春风，如沐春雨’，真是‘打开两扇脑门骨，一瓢醍醐灌顶来’！”

他说：“既然如此，那么，就请你去帮我买一包香烟吧！”

我说：“小事一桩，愿意效劳！”

我爬下胶河大堤，手掌上扎满了酸枣刺，膝盖上扎满了蒺藜。其实我完全可以挺直腰板，堂皇地走下河堤。没人逼我爬下河堤，但我却像一条狗似的爬下了河堤。我头朝下臀朝上爬着下河堤时，感到许多血液流进了脑袋，头晕眼花，但我并没有感到这下河堤的方式包含着侮辱的意味，我只是到了河堤下站起来时才感到内心屈辱。我用牙咬掉了手掌上的硬刺，泪水如雨点般乱纷纷地落在了手上。我挥挥手，把泪水甩掉。回头望望高高的河堤，我看到黑色人像一棵松树，挺立在河堤上。我还是看不到他的脸，但我还是仿佛看到了他脸上的笑容。我心里有委屈有恼怒，但充满胸怀的是一种感恩戴德的情绪。我记得自己飞快地向着农场的小卖部跑去，小卖部里卖一种味道很臭的三棱形香烟，据说是出口转内销的东西。出口转内销的东西往往就是好东西，譬如说出口转内销的干电池就比不出口转内销的干电池电力充足，经久耐用。

我冲进小卖部时，恰好有一束金色的阳光照耀着售货员的脸。这是一张葵花盘子般的圆脸，颜色自然也是金黄，上边还挂着厚厚一层花粉。有几只蜜蜂在那张脸旁嗡嗡地飞舞着，其意图十分明显。但那张脸的主人显然是误解了蜜蜂的意图，她也许以为蜜蜂要蜇她，所以她的那只粗大的手不时地挥舞起来，把蜜蜂打得像子弹般钉在墙上。

我可顾不上去抢救蜜蜂，与挂在树上的那十几个孩子相比，几只蜜蜂算什么？但我刚这样一想，耳边就传来黑色人阴险的声音：

“我对你真感到失望，谁跟你说过孩子就一定比蜜蜂重要？难道是我对你这样说过吗？”

“您的意思是让我把蜜蜂抢救出来？”

“我说过这样的话吗？我会说这样混账的话吗？”

我为动辄得咎感到恼火，心里想：去你妈的，爱怎么着就怎么着吧！我抬起一只脚，把一只正在地上团团旋转的蜜蜂一脚踱死，然后怒冲冲地拍了一下柜台，大喊：

“买烟！”

那张葵花脸在阳光中睁开了一条细缝，一些金黄的花粉掉下来。我听到一声比蚊子哼哼还要细弱的声音，从葵花脸上传出：

“没有烟了……”

我把头往前探出去，分明地看到一盒出口转内销的香烟端正地摆在货架上。

“那是什么？”我用手指着那盒烟，愤怒地说，“是什么？！”

葵花脸扭转，看看那盒烟，回转过来，对我说：“那是一盒香烟。”

我说：“就要买那盒香烟！”

葵花脸说：“没有烟了……”她的声音比蚊子哼哼还要细弱。

明明货架上摆着一盒香烟，她却说没有香烟。我感到怒火中烧，回头望望，空旷的小卖部门前看不到一个人影，只有几只鸭子在摇摇晃晃地散步。于是我就一纵身蹿进了柜台。葵花脸气急败坏地提高了嗓音：

“你干什么？你想干什么？”

现在她的嗓音沙哑而高亢，我估计三里之外都能听到她的吼叫。她伸手扯住了我的胳膊，用力把我往她的胸前拉，我嗅到了从她的嘴里发散出发酵饲料的气味。起初我认为这种气味很难闻，但一会儿工夫，我就陶醉了。我感到脑袋微晕，好似喝多了老酒。尽管我心里还在惦记着香烟的事，模模糊糊地还想挣脱她的牵拉，但事实上已经丧失了反抗能力。即便还有反抗能力我也不一定反抗了，因为那股甜丝丝的糖化饲料的气味实在是太醉人了。然后我们就如一对老朋友似的坐在了一起。

我与她对面而坐，在我们之间安着一个竹编的茶几，茶几上摆着一套精致的紫砂茶具，浓郁的香气从壶嘴里散发出来。我目不转睛地盯着从壶嘴里溢出的袅袅热气，盼望着她能倒一碗茶水给我品尝，可是她全然没有倒茶的意思。她坐在我对面，大大咧咧地劈开着两条腿，还用双手很有节奏地拍着膝盖，一些前言不搭后语的话从她的嘴巴里吐出来，就像碎草从铡草机的出草口喷吐出来。我听了好久才听明白她似乎是在对我讲述自己的家史，她的两边嘴角上，各挂着一朵小泡沫。我早就听说，嘴角挂泡沫的女人讲起话来比万里长江还要长，如果我听完她的话再喝茶，那这壶茶将变成白毛苍苍的老人，空将香气四溢的青春浪费。古人早就教导我们，不要暴殄天物，那么，我自己倒一杯茶润润喉咙，不但不是不懂礼貌，而且是遵循了古人的教导，干了一件替天行道的好事。想到此我就提起茶壶，往茶碗里倒水。我看到茶汤金黄，好像琥珀。一盏入口，先是有点儿苦头，但几分钟后，就有一种奇特的甘甜充满了口腔，甘甜过后是润滑，那感觉好似口腔里挂上了丝绸。我一连喝了三杯茶，便义无反顾地站起来，顺手从货架上拿起那盒香烟，大摇大摆地走出店门。我沿着长满荆榛的小路向前走，把河滩上那群打糊涂仗的孩子抛到脑后，把那个神神鬼鬼的黑色人抛到脑后，把那嘴角上挂着泡沫的女人抛到脑后，把一切的一切抛在了脑后。我只要向前走，我只为向前走，我只是向前走，我只想向前走，哪怕前面是地雷阵，或是万丈深渊。

铁孩

有一年，村里修筑了一条八十里长的铁路。铁路的上端连接在胶济铁路干线的高密站上，下端插在高密东北乡那片方圆数十里的荒草甸子里。

那时候我们只有四五岁，生活在与“公共食堂”一起建成的“幼儿园”里。幼儿园里只有一排五间泥墙草顶的房子，房子周围圈着一些用粗铁丝连接起来的碗口粗的树干，有两米多高，别说是三四岁的孩子，就是年轻力壮的狗，也跳不过去。我们的父、母、兄、姐……凡是能拿起铁锨铲土的，都被编进民工队伍里去了，吃在铁路工地，睡在铁路工地，我们已有很长时间没见到他们了。

我们被圈在“幼儿园”里，有三个很瘦的老太婆看管着我们。三个老太婆都是鹰钩鼻子眍瞜眼睛，我们认为她们长得一模一样。她们每天熬三大盆野菜粥喂我们，早上一盆、中午一盆、晚上一盆。我们都把肚子喝得像小皮鼓一样。

木栅栏上抽出一些嫩绿的枝条。有柳树枝条、有杨树枝条。有的树干腐烂了，不抽枝条，生出一些黄色的木耳或是乳白色的

小蘑菇。我们喝完了粥就扒着木栅栏看外边的风景，用手掰着木杆上的小蘑菇吃着，看到栅栏外的街道上来来回回走动着一些外乡口音的民工，一个个蓬头垢面，无精打采。我们在这些民工中寻找亲人。

我们哭咧咧地问："大叔，你看到俺爹了吗？"

"大叔，你看到俺娘了吗？"

"看到俺哥了吗？"

"看到俺姐了吗？"

…………

民工们有的像聋子一样，根本不理睬我们；有的歪过头来，看我们一眼，然后摇摇头。有的则恶狠狠地骂我们一句：

"狗崽子们，钻出来吧！"

那三个老太婆坐在门口，根本不理睬我们。木栅栏高约两米，我们爬不出去。木栅栏间隙很小，我们钻不出去。

我们透过木栅栏，看到村外的田野上渐渐隆起一条土龙，听木栅栏外边的民工们说，那就是铁路的路基。有时候，土龙上会突然插起千万面旗帜，更多的时候什么旗也不插。后来，土龙上闪烁着许多亮晶晶的东西。栅栏外边的民工们说："要铺设铁轨了。"

有一天，木栅栏外走过来一个黄头发的青年，他个子很高，我们觉得他只要一伸胳膊就能摸到木栅栏的尖儿。我们向他打听亲人的消息，他竟然走到木栅栏边，蹲下来，很亲热地摸我们的鼻子，戳我们的肚皮，拧我们的小鸡鸡。这是我们召唤来的第一个大人。他笑着问我们：

"你爹叫什么名字？"

“俺爹叫王富贵。”

“噢，王富贵，”他摸着下巴说，“富贵我认识。”

“你知道他什么时候来接我吗？”

“他来不了了，前日抬钢轨时，他被钢轨砸死了。”

“哇……”一个孩子哭了。

“你见过俺娘吗？”

“你娘叫什么名字？”

“俺娘叫万秀玲。”

“噢，万秀玲，”他摸着下巴说，“秀玲我认识。”

“你知道她什么时候来接我吗？”

“她来不了了，前日搬枕木时，她被枕木砸死了。”

“哇……”又一个孩子哭了。

…………

最后，所有的孩子都哭了。黄头发的青年人站起来，吹着口哨走了。

我们从中午一直哭到黄昏。老婆子们让我们去喝粥，我们还在哭。

第二天我们还是扒着木栅栏望外面的风景。半晌午时，有几个民工抬着一扇门板急匆匆地走过来了，门板上躺着一个血肉模糊的人，分不清是男是女，一滴一滴的黑血沿着门板的边缘，“吧嗒吧嗒”滴在地上。

不知是谁带头哭了起来，大家一齐哭，好像那门板上躺着的就是自己的亲人。

喝完了中午粥，我们又趴在木栅栏上，看着有两个端着大枪的黑大汉押着那个我们熟识的黄头发青年走了过来。黄头发青年双手背着，手腕子上绑着绳子，鼻、眼青肿，嘴唇上流着血。走到我们面前时，他歪着头看看我们，对我们挤眼弄鼻子，好像他心里挺高兴。

我们齐声喊叫他，一个黑大汉用枪筒子戳戳他的背，大声说："快走！"

又是一天上午，我们扒着木栅栏，看到远处的铁路上，突然又插满了红旗，并且响起了敲锣打鼓的声音，数不清的人在铁路上吆喝着，不知为什么那么高兴。中午喝粥时，老太婆们分给我们每人一颗鸡蛋，并且对我们说："孩子们，铁路修好了，下午通车了，你们的爹娘就要来接你们回家了，我们也伺候够你们了。每人一颗鸡蛋，庆祝通车典礼。"

我们高兴起来，原来我们的亲人没死，是那黄头发青年骗我们，怪不得把他捆起来哩。

我们很少吃鸡蛋，老太婆告诉我们要剥了皮才能吃。我们笨拙地剥鸡蛋皮，鸡蛋壳里都藏着一只带毛的小鸡，一咬叽叽叫，还冒血水。我们吃不下去，老太婆们用棍子打我们，逼着我们吃，我们都吃了。第二天上午，我们趴在木栅栏上，看到铁路上的红旗更多了。半晌午时，铁路两边的人嗷嗷地叫起来，有一个头上冒着黑烟的大东西，又长又黑的大东西，呜呜地叫着，从西南方向跑过来。它跑得比马还快。它是我们看到的跑得最快的东西。我们感到脚下的地皮打起哆嗦来，心里很害怕。有几个穿着白衣裳、戴着白帽子的女人不知从什么地方钻出来，拍着巴掌叫着："火车来了！火车来了！"

火车轰隆隆响着朝东北方向开过去了，我们的眼睛追着它的尾巴，一直到看不见了还在看。火车开过去后，果然有一些大人来接孩子。狗被接走了，羊被接走了，柱被接走了，豆也被接走了，最后，只剩下我一个人。

三个老太婆把我领到栅栏外，对我说："回家去吧！"

我早就忘记了家门，哭着央求老太婆们送我回家。老太婆把我推到一边，便急急忙忙地关上了木栅栏大门，门里边还锁上一把黄澄澄的大铜锁。我在木栅栏外哭、叫、求情，她们根本不理。我从木栅门缝里看到，三个一模一样的老太婆，在木栅门里边支起一只小铁锅，锅下插上劈柴点着了火，往锅里倒进一些浅绿色的油。火苗子呼呼地响着，锅里的油泛起泡沫。一会儿泡沫消散了，一些白色的烟沿着锅边爬上去。那些老太太打破鸡蛋，用木棍把一些带毛的小鸡扔到油锅里去，炸得啦啦响，扑棱扑棱翻滚。一股焦焦的香气溢出来。老太婆们又用木棍把油锅里的小鸡夹出来，吹几口气，就把小鸡塞到嘴里。她们的腮帮子时而这边鼓起来，时而那边鼓起来，嘴里呜噜呜噜响着。她们在吃小鸡时都闭着眼，我啪嗒啪嗒滴着眼泪。任我怎么哭叫，她们也不开门。我眼泪干了，喉咙哑了。我看到一株黑油油的树旁边有一汪混浊的水。我走过去喝水。我喝水时看到水边有一只黄色的蛤蟆。我还看到一条黑色的、脊梁上有白花的蛇。蛤蟆和蛇在打架，我很害怕，我很渴。我忍着怕，跪下用手捧水喝。水从我指头缝里哗哗漏。蛇咬住蛤蟆的腿，蛤蟆头上冒出一些白水。我感到水很腥。我有点儿恶心。我站起来。我不知道该到哪里去。

我想哭。我哭了。我干哭，没有眼泪。

我看到树、水、黄蛤蟆、黑蛇、打架、害怕、口渴、跪下、捧水、水腥、恶心、我哭、没有眼泪……哎，你哭什么？你爹死了吗？你娘死了吗？你家里的人死光了吗？我回头。我看到那个问我话的小孩。我看到他跟我一般高。我看到他没有穿衣裳。我看到他的皮上生着锈。我觉得他是个铁孩子。我看到他的眼是黑的。我看到他跟我一样是个男孩。

他说你哭什么木头？我说我不是木头。他说我偏要叫你木头。他说木头你跟我做伴儿到铁路上玩去吧。他说那里有很多好看的、好吃的、好玩的。我说蛇快把蛤蟆吞了。他说让它吞吧，别动它，它会吸小孩的骨髓。

他领着我我跟着他朝铁路那儿走。铁路好像离我们很近可总也走不到，走走，望望，铁路还是那么远，好像我们走它也走一样。我们好不容易走到铁路边。我的脚很痛。我问他叫什么名字。他说你愿意叫我什么名字我就叫什么名字。我说我看你像块生锈的铁。他说你说我是铁我就是铁。我说铁孩。他答应了一声并且咧开嘴笑了。我跟着铁孩往铁路上爬。铁路路基很陡。我看到了两道铁轨像两条大长虫从一定是很远很远的地方爬过来。我想只要我一踩它就会扭动起来，它还会用长得没有头的木尾巴把我缠起来。我试探着踩了它一下。我感到铁很凉，它没有扭动也没有甩尾巴。

我看到太阳就要落山了。太阳很大很红，有一些白色的大鸟落在水边。我听到一声怪叫，铁孩说火车来了。我看到火车的铁轮子是红的，几条铁胳膊捣着它转。我感到车轮下有吸人的风。铁孩对着火车招手，好像它是他的好朋友一样。

晚上我感到很饿。铁孩拿来一根生着红锈的铁筋，让我吃。我说我是人怎么能吃铁呢？铁孩说人为什么就不吃铁呢？我也是人我就能吃铁，不信我吃给你看看。我看到他果真把那铁筋伸到嘴里，咯嘣咯嘣地咬着吃起来。那根铁筋好像又酥又脆。我看到他吃得很香，心里也馋了起来。我问他是怎样学会吃铁的，他说难道吃铁还要学吗？我说我就不会吃铁呀。他说你怎么就不会呢？不信你吃吃看，他把他吃剩下那半截铁筋递给我，说你吃吃看。我说我怕把牙齿崩坏了。他说怎么会呢？什么东西也比不上人的牙硬，你试试就知道了。我半信半疑地将铁筋伸到嘴里，先试着用舌头舔了一下，品了品滋味。咸咸的，酸酸的，腥腥的，有点儿像腌鱼的味道。他说你咬嘛！我试探着咬了一口，想不到不费劲就咬下一截，咀嚼，越嚼越香。越吃越感到好吃，越吃越想吃，一会儿工夫我就把那半截铁筋吃完了。

怎么样？我没骗你吧！我说，你没骗我，你真是好人，教会了我吃铁，我再也不用喝菜汤了。他说人人都会吃铁，他们不知道。我说早知这样谁还去种粮食？他说你以为炼铁比种庄稼容易吗？炼铁更难。你千万别告诉他们铁好吃，要是让他们知道了，大家一齐吃起来，就没有咱俩吃的了。我说为什么你要把这个秘密告诉我呢？他说我一个人吃铁没意思，想找个做伴儿的。

我跟他踩着铁轨往东北方向走。因为学会了吃铁，我一点儿也不怕铁轨了。我心里说：铁轨铁轨，你放老实点儿，你要敢不老实，我就把你吃了。因为吃了半根铁筋，我的肚子一点儿也不觉得饿了，脚和腿都有劲。我和铁孩每人踩着一根铁轨往前走。走得很快，一会儿就望到前边红彤彤的半边天，有七八个大炉子呼呼地冒着火苗子。我闻到好香好鲜的铁味儿。他说，前边就是炼钢铁的了，没准儿你爹娘在那里呢。我说我一丁点儿也不想他们了。

我们走着走着，铁路忽然没了。四周都是比我们还高的荒草，荒草里有一大堆一大堆的生满红锈的废钢铁，有好几辆火车歪在荒草里，车厢都砸扁了，里边装着的废钢铁都倾了出来。我们又往前走了会儿，发现这儿有很多人，蹲在钢铁堆里吃饭，炉子里的火把他们的脸映得通红。他们正在吃饭，吃的什么饭？大肉包子地瓜蛋。他们吃得那么香，那么甜，都把腮帮子撑得鼓了起来，好像生了痄腮一样。但是我闻到从那些肉包子里、地瓜蛋里发散出一股臭气，比狗屎还要难闻，我感到恶心得很厉害，便赶紧跑到上风头里去。

这时有一个男人和一个女人忽然从人堆里站起来，大声呼喊着："狗剩！"

我被他们吓了一跳。我认出了那是我的爹和娘。他们跌跌撞撞朝我跑来。我忽然觉得他们很可怕，像"幼儿园"里那三个老太婆一样可怕。我闻到了他们身上那股子比狗屎还要难闻的臭味。在他们伸手就要捉住我的时候我转身逃跑了。我跑，他们在后边追。我不敢回头，但我觉得他们的指尖不断地戳到我的头皮。这时我听到我的好朋友铁孩在我的前边喊我："木头，木头，往铁堆里跑！"

我看到他的暗红色的身影在铁堆里一闪就不见了。我冲向废铁堆，踩着那些锅、铲、犁、枪、炮等铁器爬上了堆积如山的废铁堆。铁孩在一个圆的铁管子里向我招手，我一斜肩膀就钻进去。铁管子黑乎乎的，弥漫了铁锈的香味。我的眼睛什么也看不见。有一只凉森森的小手拉住我的手。我知道那是铁孩的手。铁孩小声说："别怕，跟我走，他们看不到我们。"我跟着他往前爬。铁管子曲里拐弯，也不知通向哪里。爬呀爬呀，爬出了一线光明。我跟着铁孩钻出去。铁孩领着我手把着一辆破坦克的履带爬到炮塔上。炮塔上涂着一些白色的五角星。一根锈烂得坑坑洼洼的炮管子斜斜地指着天。铁孩说要钻到炮塔里去。炮塔的螺丝都锈死了。铁孩说：“咬开它。”

我们跪在炮塔上，转着圈啃那些生锈的螺丝。一边啃一边吃，一会儿就啃透了。炮塔盖子被我们掀到一边去。炮塔上的铁很软，像熟透了的烂桃子一样。我们钻进坦克肚子里去，坐在那些软绵绵的铁上。铁孩帮我找了一个孔，让我望着我的爹娘。我看到他们在远处的铁堆上爬着，噼里啪啦地翻动着那些铁器，一边翻动一边哭叫着：“狗剩，狗剩，儿呀，出来吧，出来吃大肉包子地瓜蛋……”

我看着他们，像看着两个陌生人一样。当听到他们让我出去吃大肉包子地瓜蛋时，我轻蔑地笑了。他们找不到我，回去了。

我们钻出坦克，爬到炮筒上去骑着，看远远近近的那些冒火的大炉子和炉子周围忙忙碌碌的人。他们把一些铁锅抬起来，喊一声“一——二——三”，抛到半空中去，掉下来跌破，再用大铁锤砸得稀巴烂。我嗅到了铁锅片儿的焦香味儿，肚子咕噜噜地响起来。铁孩好像猜到了我的心思，说：“木头，走，拿口锅吃，铁锅好吃。”

我们避避让让地走进火光里，选中了一口好大的锅，抬起来就跑。几个男人被我们惊吓得连手中的铁锤都丢了，有的还撒丫子就跑，一边跑还一边叫：“铁精来了——铁精来了——”这时我们已跑到铁堆的顶上，一块块掰着铁锅，大口大口吃起来，铁锅的滋味胜过铁筋。我们吃着铁锅，看到有一个腰里挂着盒子枪的瘸子走过来，用枪带子抽着那几个喊“铁精”的男人，骂道：“浑蛋，我看你们是造谣言搞破坏！狐狸能成精，大树能成精，谁见过生铁蛋子能成精？”那几个男人齐声说：“指导员，俺们不敢撒谎。俺们正在砸铁锅，从黑影里蹿出来两个小铁人，都生着一身红锈，抢了一口铁锅，抬着就跑，一转眼就没影了。”

瘸子问：“跑到哪里去了？”

那些人说：“跑到废铁堆上去了。”

“胡他娘的造谣！”瘸子说，“荒滩荒地，哪来的孩子！”

“所以俺们才怕了呢。”

瘸子掏出枪，对着铁堆“当当当”就放了三枪，枪子儿打在铁上，迸出了一些金色的大火星子。

铁孩说：“木头，咱把他那支枪抢来吃了吧？”

我说：“就怕抢不来。”

铁孩说：“你在这儿等着，我去抢。”

铁孩轻手轻脚地下了铁堆，趴在荒草里，慢慢地往前爬，光明里的人看不到他，我能看到他。我看到他爬到瘸子背后时，就在铁堆上抄起一块铁叶子，敲打起铁锅来。

那几个男人都说：“听听，铁精在那儿！”

瘸子刚举起枪来要放，铁孩从背后一跃而起，一把就下了他的枪。

男人们大叫：“铁精！”

瘸子一腚就坐在地上，嘴里喊着：“救命啊——抓特务——”

铁孩提着枪爬到我身边，说：“怎么样？”

我说你真有本事。他高兴极了，一口咬下枪筒子，递给我，说：“吃吧。”

我咬了一口，尝到一股子火药味。我呸呸地吐着，连声说：“不好吃，不好吃。”

他从枪脊上咬了一口，品咂着，说：“果真不好吃，扔给他吧！”

他把枪身扔到瘸子身边。我把被我咬了一口的枪苗子扔到瘸子身边。

瘸子捡起枪身和枪苗，看了看，嗷嗷地叫着，扔掉破枪就跑了。瘸子跑，歪歪倒，我们坐在铁堆上笑。

半夜时，西南方向一道耀眼的光柱射过来，并且传来了“咣当咣当”的巨响。火车又来了。我们看到火车跑到铁路尽头，一头就扎到另一辆火车身上，后边拉着的车厢呼隆隆挤上来，车厢里的铁哗啦啦地泻在车道外边。

从此以后再也没有火车。我问他火车上有没有特别好吃的地方，他说车轮子最好吃。后来我们吃过一次铁轮子，吃了一半就不愿再吃了。我们还去炼铁炉边找那些新炼出的铁吃，那些铁反而不如生锈的铁好吃。

我们白天钻到铁堆里睡觉，晚上出来和那些炼铁的人们捣乱，吓得他们胡乱跑。

有天晚上，我们又去吓唬砸铁锅的男人。我们看到明亮的灯火里摆着一口锈得通红的大铁锅，便一起奔那铁锅而去。我们的手刚触到锅沿，就听到呼隆一声响，一面用麻绳子结成的大网把我们罩住了。我们用嘴咬绳子，下多大的狠劲也咬不断。他们高兴地喊：“抓住了，抓住了！”后来，他们用砂纸擦我们身上的红锈，好痛，好痛啊！

夜渔

经过很长时间的缠磨，九叔终于答应夜里带我去拿蟹子。那几年每年都涝，出了村庄二里远，就是一片水泽。

吃过晚饭后，九叔带我出了村。临行时母亲一再叮嘱我要听九叔的话，不要乱跑乱动，同时还叮嘱九叔好好照看着我。九叔说，放心吧嫂子，丢不了我就丢不了他。母亲还递给我们两张葱花烙饼，让我们饿了时吃。我们披着蓑衣，戴着斗笠。我拎着两条麻袋。九叔提着一盏风雨灯，扛着一把铁锹，出村不远，就没了道路，到处都是稀泥浑水和一棵棵东倒西歪的高粱。幸好我们赤脚光背，不在乎水、泥什么的。

那晚上月亮很大，不是八月十四就是八月十六。时令自然是中秋了，晚风很凉爽。月光皎洁，照在高粱间的水上，一片片烂银般放光。吵了一夏天的蛙类正忙着入蛰，所以很安静。我们拖泥带水的声音显得很大。感到走了很长很长时间，才从高粱地里钻出来。爬上了一道堰埂，九叔说这就是河堤，是下栅子捉蟹的地方。

九叔脱了蓑衣摘了斗笠，又脱掉了腰间那条裤头，赤裸裸一丝不挂，扛着铁锹跳到那条十几米宽的河沟里去，铲起大团的盘结着草根的泥巴截流。河沟里的水约有半米深，流速缓慢。一会儿工夫九叔就在河水中筑起了一条黑色的拦水坝，靠近堰埂这边，开了一个两米的口子，插上双层的高粱秸栅栏。九叔把马灯挂在栅栏边上，便拉我坐在灯影之外，等待着拿蟹子。我问九叔，拿蟹子就这么简单吗？九叔说你等着看吧，今夜刮的是小西北风，北风响，蟹脚痒，洼地里蟹子急着到墨水河里去集合开会，这条河沟是必经之路，只怕到了天亮，捉的蟹子咱用两条麻袋都盛不下呢。

堰埂上也很潮湿，九叔铺下一件蓑衣，让我坐上去。他裸着身体，身上的肉银光闪闪。我觉得他很威风，便说他很威风。他得意地站起来，伸胳膊踢腿，像个傻乎乎的大孩子。九叔那年十八岁多一点儿，还没娶媳妇。他爱玩又会玩，捕鱼捉鸟，偷瓜摸枣，样样都在行，我们很愿意跟他玩。

折腾了一阵儿，他穿上那条裤头，坐在蓑衣上，说，不要出动静了，蟹子们鬼得很，听到动静就趴住不爬了。我们安静了，一会儿盯着那盏放射出温暖的黄色光芒的马灯，一会儿盯着那个用高粱秆栅栏结成的死城。九叔说只要螃蟹爬到栅栏里就逃脱不了了，我们下去拿就行了。

河水明晃晃的，几乎看不出流动，只有被栅栏阻挡起的簇簇小浪花说明水在流动。蟹子还没出现，我有些着急，便问九叔。他说不要心急，心急喝不了热黏粥。

后来潮湿的雾气从地上升腾起来，月亮爬到很高的地方，个头显小了些，但光辉更明亮，蓝幽幽的，远远近近的高粱地里，雾气团团簇簇，有时浓有时淡，煞是好看。水边的草丛中，秋虫

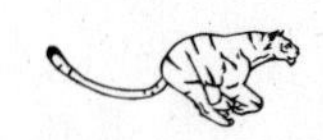

响亮地鸣叫着，有嚁嚁的，有吱吱的，有叽叽的，汇合成一支曲儿。虫声使夜晚更显得宁静。高粱地里，还时不时地响起哗啦啦的水声，好像有人在大步走动。河面上的雾也是浓淡不一，变幻莫测，银光闪闪的河水有时被雾遮盖住，有时又从雾中显出来。

蟹子们还没出现，我有些焦急了。九叔也低声嘟囔着，起身到栅栏边上去查看。回来后他说：怪事怪事真怪事，今夜里应该是过蟹子的大潮呀，又说西风响蟹脚痒，蟹子不来出了鬼了。

九叔从河边的一棵灌木上，摘下一片亮晶晶的树叶，用双唇夹着，吹出一些叽叽啾啾的怪声。我感到身上很冷，便说：九叔，你别吹了，俺娘说黑夜吹哨招鬼。九叔吹着树叶，回头看我一眼。他的目光绿幽幽的，好生怪异。我心里一阵急跳，突然感到九叔十分陌生。我紧缩在蓑衣里，冷得浑身打战。

九叔专注地吹着树叶，身体沐在愈发皎洁的月光里，宛若用冰雕成的一尊像。我心中暗自纳闷：九叔方才还劝我不要出动静，怕惊吓了蟹子，怎么一转眼自己反倒吹起树叶来了呢？难道这是一种召唤蟹子的号令？

我压低嗓门叫他："九叔，九叔。"他对我的叫唤毫无反应，依然吹着树叶，叽叽啾啾吱吱，响声愈发怪异了。我慌忙咬了一下手指，十分疼痛。说明不是在梦中。伸出手指去戳了一下九叔的脊背，竟然凉得刺骨。这时，我真正有些怕了，我寻思着要逃跑，但夜路茫茫，泥汤浑水高粱遍野，如何能回到家？我后悔跟九叔捕蟹子了。这个吹着树叶的冰凉男人也许早已不是九叔了，而是一个鳖精鱼怪什么的。想到此，我吓得头皮发炸，我想今夜肯定是不能活着回去了。

天上不知道何时出现了一朵黄色的、孤零零的云，月亮恰好钻了进去。我感到这现象古怪极了，这么大的天，月亮有的是宽广的道路好走，为什么偏要钻到那云团中去呢?

清冷的光辉被阻挡了。河沟、原野都朦胧起来，那盏马灯的光芒强烈了许多。这时，我突然嗅到一股淡淡的幽香。幽香来自河沟，沿着香味望过去，我看到水面上挺出一枝洁白的荷花。它在马灯的光芒之内，那么水灵，那么圣洁，我们家门前池塘里盛开过许许多多荷花，没有一枝能比得上眼前这一枝。

荷花的出现使我忘记了恐惧，使我沉浸在一种从未体验过的洁白清凉的情绪中。我不知不觉地站起来，脱掉蓑衣，向荷花走去。我的腿浸在温暖的水中，缓缓流淌的水轻轻抚摸着我的大腿，我感到快要舒服死了。离荷花本来只有几步路，但走起来却显得特别漫长。我与荷花之间的距离仿佛永远不变，好像我前进一步，它便后退一步。我的心处于一种幸福的麻醉状态，我并不希望采摘这朵荷花，我希望永远保持着这种荷花走我也走的状态，在这种缓慢的、有美丽的目标的追随中，温暖河水的抚摸，给了我终生难忘的幸福体验。

后来，月亮的光辉突然洒满河道，一瞬间，我看到它颤抖两下，放射出几道比闪电还要亮的灼目白光，然后，那些宛若玉贝雕琢成的花瓣纷纷落下。花瓣打在水面上，碎成细小的圆片，旋转着消逝在光闪闪的河水中，那枝高挑着花瓣的花茎，在花瓣凋落之后，也随即萎靡倾倒，在水面上委蛇几下，化成了水的波纹……

我不知不觉中眼睛里流淌出滚滚的热泪，心里充满甜蜜的忧伤。我心中并无悲痛，仅仅是忧伤。眼前发生的一切，宛若一个美丽的梦境。但我正赤身站在河水中，水淹至我的心脏，我的心脏的每一下跳动都使河水轻轻翻腾，水面上泛起涟漪。荷花虽然消逝了，但清淡的幽香犹存，它在水面上漂漾着，与清冽的月光、凄婉的虫鸣融为一体……

一只有力的大手抓住我的脖颈把我提出水面，水珠一串串，像小珍珠，从我的胸膛、肚腹、蚕蛹大的小鸡鸡上，滴溜溜地滚落到水面上。我听到河水被两条粗壮的大腿蹚开，发出哗啦啦的巨响。随后，我的身体被抛掷起来，在空中翻了一个筋斗，落在蓑衣上。我想一定是九叔把我从河中提上来，但定睛一看，九叔端坐在堰上，依然那么专注痴迷地吹着树叶，没有一丝一毫移动过的迹象。

我大叫了一声：九叔！

九叔叼着树叶，回头看了我一眼，那目光完全是陌生人的目光，并且那目光中还透出几分愠恼，好像嫌我打扰了他的吹奏。有了下河追随荷花的经历，恐惧竟离我而去，我已不太在乎九叔是人还是鬼，他似乎只是一个引我进入奇境的领路人，目的地到达，他的存在也就失去了意义。这样想着，他吹奏树叶的声音也由鬼气横生变得婉转动听了。

马灯的昏黄光芒向我提示，我们是来捉螃蟹的。一低头，一抬头，就看到成群结队的螃蟹沿着高粱秸栅栏往上爬。螃蟹们的个头很整齐，都有马蹄般大小，青色的亮盖，长长的眼睛，高举着生满绿毛的大螯，威风又狰狞。我生来就没见过这么大、这么多的螃蟹集中在一起，心里又兴奋又胆怯。戳九叔，九叔不动。我很有些愤怒，螃蟹不来，你着急；螃蟹来了，你吹树叶，要吹树叶何必半夜三更跑到这里来吹？我又一次感到九叔已经不是九叔。

一只软绵绵的手摸我的头颅，抬头一看，竟是一个面若银盆的年轻女人。她头发很长、很多，鬓角上别着一朵鸡蛋那么大的白色花朵，香气扑鼻，我辨不出此花是何花。她满脸都是微笑，额头正中有粒黑痦子。她身穿一袭又宽又大的白色长袍，在月光中亭亭玉立，十分好看，跟传说中的神仙一模一样。她用低沉甜美的声音问我："小孩，你在这里干什么呀？"

我说："在这里捉螃蟹呀。"

她哧哧地笑起来，说："这么个小东西，也知道捉螃蟹？"

我说："跟我九叔一块儿来的，他是我们村里最会捉螃蟹的人。"

她笑着说："屁，你九叔是天下最大的笨蛋。"

我说："你才是笨蛋呢！"

她说："小东西，我让你看看我是不是笨蛋。"她回手从身后拖过一根带穗的高粱秆，往河沟中的两道栅栏间一甩，那些青色的大螃蟹就沿着秆儿飞快地爬上来。她把高粱秆的下端插进麻袋，那些螃蟹就一个跟着一个钻到麻袋里去了。瘪瘪的麻袋很快就鼓胀起来，里边嘈杂着万爪抓搔、千嘴吐泡沫的声音。一只麻袋眼见着满了，她从脚前揪下一根草茎，三绕两绕，把麻袋口拴住了。另一只麻袋也很快满了，她又用一根草茎封了口。"怎么样？"她得意地问我。我说："你一定是个神仙！"她摇摇头，说："我不是神仙。"

"那你一定是个狐狸！"我肯定地说。

她大笑着说："我更不是狐狸。狐狸，多丑的东西，瘦脸，长尾，满身的脏毛，一股子狐臊气。"她把身体凑上来，说："你闻闻，我身上有臊气没有？"

我的脸笼罩在她的那股浓烈的香气里，脑袋有些眩晕。她的

衣服摩擦着我的脸，凉凉的，滑滑的，十分舒服。我想起大人们说过的话，狐狸能变成美女，但尾巴是藏不住的。便说："你敢让我摸摸你的屁股吗？要是没有尾巴，我才相信你不是狐狸。"

"咦，你这个小东西，想占你姑奶奶的便宜吗？"她很严肃地说。

"怕摸你就是狐狸。"我毫不退让地说。

"好吧，"她说，"让你摸，但你的手要老实，轻轻地摸，你要弄痛了我，我就把你摁到河里灌死。"她掀起裙子，让我把手伸进去。她的皮肤滑不留手，两瓣屁股又大又圆，哪里有什么尾巴？她回过头来问我："有尾巴没有？"我不好意思地说："没有。"

"还说我是狐狸吗？"

"不说了。"

她用手指在我脑门上戳了一下，说："你这个又奸又滑的小东西。"

我问："你既不是狐狸，又不是神仙，那你究竟是什么？"

她说："我是人呀。"

我说："你怎么会是人呢？哪有这么干净，这么香，这么有本事的人呢？"

她说："小东西，告诉你你也不明白。二十五年后，在东南方向的一个大海岛上，你我还有一面之交，那时你就明白了。"

她把鬓角上那朵白花摘下来让我嗅了嗅，又伸出手拍拍我的头顶，说："你是个有灵气的孩子，我送你四句话，你要牢牢记住，日后自有用处：镰刀斧头枪。葱蒜萝卜姜。得断肠时即断肠。榴莲树上结槟榔。"她的话还没说完，我便睡眼蒙眬了。

等到我醒来时，已是红日初升的时候，河水和田野都被辉煌的红光笼罩着，那一望无际的高粱像静止不动的血海一样。这时，我听到远远近近的有很多人呼唤我的名字。我大声地答应着，一会儿，我的父母、叔婶、哥哥嫂嫂们从高粱地里钻出来，其中还有我的九叔。

他一把抓住我，气愤地质问我："你跑到哪里去了？！"

据九叔说，我跟随着他出了村庄，进了高粱地，他摔了一跤爬起来就找不到我了，马灯也不见了。他大声喊叫，没有回音，他跑回家找我，家里自然也找不到，全家人都被惊动了，打着灯笼，找了我整整一夜。

我说："我一直跟你在一起呀。"

"胡说！"九叔道。

"这是两麻袋什么？"哥哥问。

"螃蟹。"我说。

九叔撕开扎口的草茎，那些巨大的螃蟹匆匆地爬出来。

"这是你拿的？"九叔惊讶地问我。我没有回答。

今年夏天，在新加坡的一家大商场里，我跟随着朋友为女儿买衣服，正东挑西拣地走着，猛然间，一阵馨香扑鼻，抬头看到，从一间试衣室里，掀帘走出一位少妇，她面若秋月，眉若秋黛，目若朗星，翩翩而出，宛若惊鸿照影。我怔怔地望着她。她对着我妩媚一笑，转身消逝在熙熙攘攘的人流里。她的笑容，好像一支利箭，洞穿了我的胸膛。靠在一根廊柱上，我心跳气促，头晕目眩，好久才恢复正常。朋友问我怎么回事，我心不在焉地摇摇头，没有回答。回到旅馆后，我突然想起了那个帮我捉螃蟹的女人，掐指一算，时间正是二十五年，而新加坡也正是一个"东南方向的大海岛"。

秋水

我爷爷八十八岁那年春天一个天气晴朗的上午，村里人都见他坐着大马扎子倚在我家临街的菜园子墙上闭目养神。天晌午，母亲让我去叫爷爷回家吃饭。我跑到他身边，大声喊叫也不见应，用手推去，才发现他已不会动。飞快报告家里人，一齐拥出来，围上去，推拿呼叫，也终究不济事。爷爷死得非常体面，面色红润，栩栩如生，令人敬仰不止。村里人纷纷说我爷爷生前积下善功，才得这等仙死。我们全家都为爷爷的死感到荣耀。

据说，爷爷年轻时，杀死三个人，放起一把火，拐着一个姑娘，从河北保定府逃到这里，成了高密东北乡最早的开拓者。那时候，高密东北乡还是蛮荒之地，方圆数十里，一片大涝洼，荒草没膝，水汪子相连，棕兔子红狐狸，斑鸭子白鹭鸶，还有诸多不识名的动物充斥洼地，寻常难有人来。我爷爷带着那姑娘来了。

那个姑娘很自然地就成了我的奶奶。他们是春天跑到这里来的，在草窝子里滚过几天后，我奶奶从头上拔下金钗，腕上褪下玉镯，让爷爷拿到老远的地方卖了，换来农具和日用家什，到洼子中央一座莫名其妙的小土山上搭了一个窝棚。从此后就爷爷开荒，奶奶捕鱼，把一个大涝洼子的平静搅碎了。消息慢慢传出去，神话般谈论着大涝洼里有一对年轻夫妻，男的黑，魁梧，女的白，标致，还有一个不白不黑的小子……陆续便有匪种寇族迁来，设庄立屯，自成一方世界——这是后话。我懂人事时，那座莫名其妙的小土山已被十八乡的贫下中农搬走了，洼地似乎长高，天雨日少，很难见到水，隔五六里就是一个村子。听爷爷辈的老人讲起这里的过去，从地理环境到奇闻轶事，总感到横生出鬼雨神风，星星点点如磷火闪烁，不知真耶？假耶？

……我爷爷和我奶奶开荒地种五谷，捕鱼虾猎狐兔，起初还有些提心吊胆，梦里常忆起那几颗血淋淋的人头，日子一多，便淡忘了。我爷爷说，大洼里无兵无官，天高皇帝远，就是蚊虫多得要命。阴雨天前，常常可见到一团团黑烟压着草梢和水面飞翔，伸手过去，能抓下一小把。为避蚊虫，爷爷和奶奶有时跳进水里去，只露出两个鼻孔出气。爷爷还说，潮湿的草中，每到晚间就放出幽幽绿光，连成一片，好像水在流动。泥沼里的螃蟹总是趁着磷光觅食，天明你去淤泥上看，密密麻麻全是蟹爪印。这些蟹子，长成了都如马蹄大。我甭说吃，连见也没见过这些大蟹。听爷爷讲过去的大涝洼子，令人神往神壮，悔不早生六十年。

夏去秋来，爷爷种的高粱晒红了米，谷子垂下了头，玉米干了缨，一个好年景绑到了手上。我父亲也在我奶奶腹中长得全毛全翅，就等着好日子飞出来闯荡世界。临收获前几天，突然燠热起来，花花绿绿的云罩在大涝洼子上，云团像炸群的牲口一样胡乱窜，水洼子里映出一团团匆匆移动的暗影。大雨滂沱，旬日不绝，整个涝洼子都被雨泡涨了，啰啰唆唆的雨声，犹犹豫豫的白雾，昼夜不绝不散。爷爷急躁得骂天骂地。奶奶一阵阵腹痛。奶奶对爷爷说："我怕是要生了。"爷爷说："生就生吧。这熊攮的天气，我恨不得捅它个窟窿。"

爷爷正骂着，就见那太阳从云缝中钻出来，初时略有些朦胧，立即就射出两三束极强的白光，扫出了几道白天。爷爷跑出窝棚，兴奋地看着天，听涝洼里的雨声渐渐稀少起来，空中尚有少许银亮雨丝斜着飞。大洼子里积水成片，黄草绿草在水中疲劳地擎着头。雨声断绝，大洼子里一阵阵沉重的风响。我爷爷高高地望着他的庄稼，见高粱玉米尚好，脸上有了喜色。随着风响，无数的青蛙一齐鸣叫起来，整个洼子都在哆嗦。爷爷走进窝棚，跟奶奶说云开日出的事，奶奶说她肚子痛得一阵急似一阵，心里害怕。爷爷劝她："怕什么？瓜熟蒂落。"

正说着话，听到四野里响起一阵怪声，隆隆如滚雷，把蛙鸣声挤到中间来。爷爷钻出棚去，见有黄色的浪涌如马头高，从四面扑过来，浪头一路响着，齐齐地触上了土山，洼子里顿时水深数米。青蛙好像全给灌死了。荒草没了顶，只有爷爷的高粱和玉米还没被淹没。又一会儿工夫，玉米和高粱也没了顶，八方望出去，满眼都是黄黄的水，再也见不到别的什么。爷爷长叹一声，钻进棚里。奶奶裸着身子，在草铺上呼呼叫叫，头发上滚满了草屑，白脸上透出灰色。"洪水漫上来了！"爷爷忧心忡忡地说。奶奶于是不再叫，爬起来，挪出棚子望望，立即钻进来，脸上失了色，五官有些挪位。半晌没说话，一张嘴，先放出两声哭声："嗷——嗷——完了，老三，咱活不出去了。"爷爷扶她躺在铺上，说："你是怎么啦？咱人也杀了，火也放了，还有什么好怕的？当初就说，能在一起过一天，死了也情愿，咱在一起过了多少个一天啦？水大没不了山，树高戳不破天，好好生你的孩子，我去看看水。”

我爷爷折了一根树枝，斜着往下走了几十步，把树枝插在乱伸舌头的水边上，又返回土山高顶看水。迎着阳光的一面只能望出去几箭远，便被水面泛起的耀眼的光芒挡住了；背光的一面，却可以一眼望到尽头。眼中全是浊污的黄水，不知从哪儿来，不知往哪儿去，一股一股的，撞上了土山，扭在一起，弄出一些大大小小的黑漩涡，时时可见一两只笨拙的蛤蟆直奔漩涡而去，进去了，就再也见不到出来。我爷爷插的那根树枝又被淹没了，这说明水还在急涨。望着这浩浩荡荡的世界，我爷爷也有些惶然。一会儿心里空隙极大，像一片寂寞的荒原；一会儿又满登登的，五脏六腑仿佛凝成一团。发着愣怔的工夫，水又涨了几寸，小土山越来越小，对比着一看，爷爷心里冷了。他仰天长叹一声，见着瓦蓝的天从云缝中大块大块地露出来，挂色的破云被流风驱赶着匆匆奔命。爷爷又在水边上插了一根树枝，松弛着脸回了窝棚，对双腿乱扑腾的奶奶说：“你能给我生个儿子吗？”

傍晚时，爷爷又出棚看水。一天彩云照着水，红的红，黄的黄，云彩模糊地在浑水中漂。水位停在原来的地方，爷爷顿时松了心。这时，绕着小山周围的水面上，忽闪忽闪飞舞着成群结队的银灰色大鸟。爷爷不认识这种鸟。鸟的鸣叫声刁钻古怪，翅羽上涂着霞光。爷爷看到它们从水中衔上一条条白色的鱼，便感到肚里有些空，走进窝棚去生火做饭。奶奶满脸是汗，但也没忘了问水势。爷爷说水位开始下跌，让她安心生孩子。奶奶立即哭了，说：“老三，我年纪大了，骨缝闭了，怕是生不下这个孩子来啦。”爷爷说：“没有的事，你不要着急。”

柴草发潮，烧出满棚黑烟。暮色渐渐上来，暮色如烟，缓缓

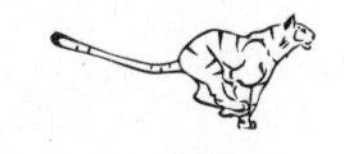

去笼罩水世界，水鸟齐着噪，一批批在小山上降落。奶奶顾不上吃饭，爷爷草草吃了几口，满肚里如塞了烂草，熬了半锅燕麦鱼片粥，终于冷成了团。是夜，奶奶仍不时发阵痛，呻吟声断断续续，我父亲有些固执，迟迟不肯落草。急得奶奶对我父亲说："孩子，你出来吧，别让娘受洋罪啦。"爷爷坐在草铺前，干着急帮不上忙，心里打着别种主意，说话总难成句，断断续续如同打嗝儿，干脆就不说话。浅黄的月色怯怯地上满了棚，染着我爷爷青青的头皮，染着我奶奶白白的身体。蟋蟀正在棚草上伏着，把翅膀摩得嚓嚓响。四处水声喧哗，像疯马群，如野狗帮，似马非马，似水非水，远了，近了，稀了，密了，变化无穷。我爷爷从草棚里望出去，见月光中亮出满山野鸟，白得有些耀眼。山上生着一些毛栗子树，东一棵西一棵，不像人工所为，树不大，尚未到结果的年龄，白天已见到叶子上落满了秋色，月下不见树叶，恍惚间觉得树上挂满了异果，枝枝杈杈都弯曲下坠，把叶子摇得窸窣响，细看才知树上也全是大鸟。爷爷和奶奶都有些麻木，不知何时入睡。

翌日清晨，见半锅冷粥已被老鼠舔得精光，棚内还有数十只盈尺的饿鼠在穿梭般跑动。奶奶无心去顾群鼠，在铺上辗转反侧，脸上汗晞了，留下一道道痕迹。爷爷拿着棍子赶鼠，群鼠霸道凶恶，俱有跳梁之意，打死十几只后，才悻悻地退出棚去，散到小山各处觅食。水鸟们已飞去水面捕鱼，山上树上留下了它们的羽毛粪便，白白黑黑斑驳一片。日头从黄水中初冒出来时，血红的一个大柿子，似乎戳一下就会流瘪。后来东半边水天一色，中间夹着个翻转的彻底的红球。一会儿显出金色来，一会儿显出银色来，形状也由狼伉肥硕变得规矩玲珑。日小水天阔。我爷爷查看了一下水势，见昨天插下的树枝依然齐着水边，水已平头，不再见长，四周也没有了那些张狂的大浪，水如平镜，漩涡尚有，但都浅了。水上漂来许多杂物，一层层绕着土山。爷爷拿来一支长柄铁抓钩，脱了光膀子，挺着一坨坨肉，沿着水边打捞漂浮物。箱、柜、房梁、木架、浮树、铁桶，各色杂物在爷爷身后排成了队。奶奶的叫声已不响亮，一阵阵传来。

爷爷苦着脸，加紧干活儿，好像是要借此把心移开去。有些栗树被洪水淹了，参差不齐地露出大大小小的冠，叶子全是死色了。在栗树附近，爷爷看到一团黑白不甚分明的东西在起伏，便铆足了劲，一抓钩扔过去，听到水里噗噗响两声，水面上洇开两片暗红的颜色，用力拖过来，我爷爷肠胃抽搐成团，吐出一口口黄水来。

爷爷用抓钩拖上来一个死人。衣服缕缕片片地连着，露出胀鼓鼓的身体。死人挺直双腿，十个脚指头用力张开，肚子已胀成气球状，脐眼深陷进去。再往下看，见死人右手握拳，左手歪扭，只余拇指和食指，其他三指齐根没了。死人脖子细长，肩胛处被爷爷的抓钩凿上两个黑洞，洞里流出的污水把脖子弄脏了。死人下巴上有一圈花白的胡须，凌乱地纠葛在一起。嘴里两排结实的黑牙龇出来，上唇和下唇好像被水族吃掉了。鼻子还挺挺的似尖笋。左眼眶变成了一个深深的窟窿，里边沉淀着淤泥，右眼球由一根雪白的筋络挂到耳边，黑白分明地看着世界。双眉之间有一个圆圆的洞。头发灰白相杂，头皮皱得如吐尽丝的柞蚕。死人立刻招来了成群的苍蝇并散发出扑鼻的恶臭。我爷爷闭着眼睛把死人捅下水去，不忍心再去打捞浮物，用力涮净抓钩，拄着，一路吐着，挨回了草棚。

奶奶已经精疲力竭，躺着，如一条出水的大鱼，时时做痉挛地一跳。见到爷爷进棚，她惨淡一笑，说："老三，你行行好，杀了我吧，我没了劲，生不下你的孩子啦。"

我爷爷攥住我奶奶的手用力一握，两个人眼里都盈出了泪水。爷爷说："二小姐，是我把你害了。我不该把你带到这里来。"奶奶的泪水流到脸上。奶奶说："你别叫我二小姐。"爷爷看着奶奶，想起了往事。奶奶又发作起来，一声声哭叫："老三……行行好……给我一刀吧……"爷爷说："二小姐，你不要往坏处想。你想想，我们能过到一块儿，是多么样的艰难。杀人时你给我递刀，放火时你给我抱草，千万里路程，你一双小脚也走了过来，猫大个孩子你就生不下来他？"奶奶说："我实在是一丝丝劲也没有了。"爷爷说："你等等，我弄饭给你吃。"

爷爷粗手大脚地煮了半锅饭，盛满了两碗，一碗自己端着，一碗递给奶奶。奶奶躺着有气无力地摇头。爷爷恼起来，把一碗饭用力摔出棚去，吼道："好吧，要死大家一齐死！你死，孩子死，我也死！"说完，不再看奶奶，只看饥鼠在棚外如饿狼般争斗。奶奶用力一跃，坐起来，夺过一碗饭，用力吃起来，一边吃，一边任泪水在腮上流。爷爷伸出大手，感动地抚摸着奶奶的背。

这一天我奶奶发了三个昏，傍晚时，像死去一样直挺挺仰在铺上。爷爷守着奶奶，一身汗，满脸泪，傍晚时，深了眼窝长了胡子，心里是一个混沌世界。暮色渐渐满了棚。土山上又飞来无数大鸟。昨晚那样蟋蟀振翅发声，声声如泣如诉。群鼠在棚外探头探脑，小眼睛光亮如炭。

一大道凄凉月光射进棚来，罩住了我的爷爷和奶奶。我爷爷是个剽悍的男子汉，在阳光里眯起那两只鹰隼样的黑眼，下巴落在双手里，身体弯曲成饿鹰状，端的一个穷途英雄。我奶奶长颈丰乳，修臂尖足，腹部高耸，腹中装着我父亲。我父亲出生时很有些气象，长成后却是个善良敦厚的农民。阳光从西边下去，月光从东边上来，包着我的爷爷和奶奶，他们像洗过一样干净。老鼠们试试探探地进棚来，见我爷爷无动静，随即猖獗起来。棚中的一切，在我爷爷眼里，都模糊朦胧。

月光中的奶奶，举手投足，似受伤的大鸟。水声与水鸟的啁啾声一浪浪袭来。交酉时了，我爷爷感到一阵凉气袭背，不由得打了一个寒战，定睛看时，只见从那道月光里，蠢蠢地爬进一个大物来。爷爷刚要发喊，就听得那物发出人声。女人声："大哥……救救我吧……"爷爷慌忙起身，把一支宝贵的蜡烛点亮，跳动的火苗下，那个女人正趴着喘气。爷爷扶起她，让她坐在一个草墩上，那女人像泡软的泥巴，坐着，双肩耷拉，脖子向两边歪，一头黑发，披散开盖了肩，发间杂有乱草。她穿一身紫衣，紧贴住皮肉，两个馒头似的奶子僵冷光滑地挺着。长眉吊眼，高鼻阔嘴，双目分得很开。

"你是从哪里来的？"问过，爷爷立即知道问得糊涂，浑身透湿，自然是水上来的。女人也不回答，脑袋枕在肩上，侧身便倒。爷爷扶住她，听到她喃喃地说："……大哥，给我点儿东西吃……"

奶奶见到有人来，暂时忘了自己，将身子收拢一下，让爷爷把女人扶上铺，换了湿衣，披上件奶奶的衣服，躺在奶奶身旁。爷爷去锅里舀来一碗饭，用筷子挑着，一块块往那女人嘴里喂。那女人也不嚼，只管囫囵着咽，她的肚子里咕噜噜响，一碗饭，片刻就喂进去。

爷爷又盛来一碗饭。女人折身坐起来，把衣服拉拉遮住身，接过碗筷，自己吃起来。爷爷和奶奶久未见人，初见如此虎狼般进饭，心里暗暗生怕，不知这女人是人是鬼。吃过第二碗，女人用眼恳求地盯着爷爷。爷爷又为她端来一碗饭。吃相渐见和善。吃完三碗，我奶奶喊："你不能再吃了！"女人吃惊地侧目看着我奶奶，这才发现棚中尚有女人，便放下碗不再吃。眼里黑黑地放出光彩，怔了一会儿，连声道着谢。爷爷又问了女人几句话，她支支吾吾不想回答，也就不再问。

奶奶又折腾开来。那女人一见奶奶的样子，立刻就明白了。她站起来，活动了几下腰腿，俯下身去摸了摸奶奶的肚子，那女人对着奶奶笑笑，也不说话，从草铺上抽出一把草，零零散散地撒在地上。接着像闪电一样，女人弯腰从湿衣包里掏出一支乌黑的橹子枪，一下子触在我爷爷的胸脯上。女人对着我奶奶厉声大喊："站起来！要不我就打死他！"我奶奶一骨碌从草铺上滚下来，赤身裸体站在女人面前。

"弯下腰，把我撒到地下的草捡起来，单棵单棵捡，捡一棵直一次腰。"女人命令道。我奶奶犹豫不决。女人说："捡不捡？不捡我就开枪啦。"她横眉立目，话出口如钢豆落进铜盆里，嘎嘣利落脆。橹子枪在烛光下一蹦一蹦地放光芒。

当时，我爷爷和我奶奶都像丢了魂魄，心里并不怎么害怕，鹘突蒙怔，犹如进梦。我奶奶弯下身子，一棵棵捡草，捡一棵送到锅台上，又捡一棵送到锅台上，起伏了四五十次，就见透明的羊水从腿间流下来。我爷爷渐渐醒神，炯炯地逼着女人，胸腔间出气粗重。女人侧目对我爷爷嫣然一笑，半个腮花红月圆，低声对我爷爷说："别动！"高声对我奶奶说："快捡！"

我奶奶终于把草捡完，哭着骂一句："妖精！"

女人把橹子枪收起来，高笑几声，说："别误会，我是医生。大哥，你找来刀剪净布，我给大嫂接生。"

我爷爷话都不会说了，以为女人是仙女下凡。急急忙忙找来刀剪杂物，又遵嘱刷锅烧水，锅盖上冒出腾腾蒸气。那女人出去涮净自己衣裤，用力拧干，就在月光中换衣，我爷爷确确看见女人的身体素白如练，一片虔诚，如睹图腾。水烧开，女人换好衣进棚，对我爷爷说："你出去吧。"

我爷爷在月下站着，见半月下银光水面，时有透明岚烟浮游天地间，听着轻清水声，更生出虔诚心来，竟屈膝跪倒，仰头拜祝明月。呱呱几声叫，从草棚中传出来。我父亲出世了，我爷爷满脸挂泪冲进草棚，见那女人正洗着手上血污。

"是个什么？"我爷爷问。

"男孩。"女人说。

我爷爷扑地跪倒，对女人说："大姐，我今生报不了您的恩情，甘愿来世变狗变马为您驱使。"女人淡淡一笑，身子一歪，已经睡成一个死人。爷爷把她搬上铺，摸摸我奶奶，瞅瞅我父亲，轻飘飘走出窝棚。月亮已上到中天，水里传出大鱼的声音。

我爷爷循着水声去找大鱼，却见一个橙黄色的漂浮物，正一耸一耸地对着土山扑过来。爷爷吓了一跳，蹲下去，仔细地打量，见那物圆圆滑滑，哗哗啦啦撞得水响。越来越近，爷爷看到羊羔一样的白色和炭一样的黑色，黑推着白，把水面搅成银鳞玉屑。

我父亲降生后的第一个早晨，秋水包围的土山上很是热闹。草棚里站着我爷爷，躺着我奶奶，睡着我父亲，倚着女医生，蹭着一个黑衣人，坐着一个白衣姑娘。

我爷爷夜里看到的漂浮物是一个釉彩大瓮，瓮里盛着白衣姑娘，黑衣人推着瓮。

黑衣人个子短小，脸上少肉多骨，眼窝很深，白眼如瓷，双耳像扇子一样支棱着。他蹲着，鼻音重浊地说："老弟，有烟吗？我的烟全泡了汤了。"我爷爷摇摇头说："我有半年未闻到烟味了。"黑衣人打了一个哈欠，把脖子伸得很长，如一段黑木桩。在他黑木桩似的脖子上，套着两根黑黑的线绳子，顺着绳子往下看，便见腰里硬硬地别着家伙。黑衣人站起来，伸了个大懒腰，我爷爷眼珠发硬，不转地盯住黑衣人腰里那两支盒子炮，手心里黏黏地渗出汗水。黑衣人低头看看腰，龇出一嘴牙，很凶地一笑，说："兄弟，弄点儿饭给吃吧，四海之内，都是兄弟朋友。我在水里泡了两夜两天，都是为了她。"

黑衣人指指那个端坐的白衣姑娘。她身躯挺大，却是一张孩子的脸，五官生得靠，鼻梁如一条线，双唇红润小巧，双眼大大的，毫无光彩，从摸摸索索的手上，才知道她是盲人。盲姑娘穿一身白绸衣，怀抱着一个三弦琴，动作迟缓，悠悠飘飘，似梦幻中人。

我爷爷往锅里下了二升米、十条鱼，点上火，让白烟红火从灶口冲出来。黑衣人咳嗽一声，直着腰出了棚，从大瓮里拎出一条口袋，倒出一堆黄铜壳子弹，擦着子弹屁股，一粒粒往梭子里压。

那个自称医生的紫衣女人年纪不会过二十五，她死睡了一夜，这会儿神清气爽，两只手把黑发扭成辫，倚在棚边，冷冷地看着黑衣人的把戏。我爷爷忘不了她那支橹子枪的厉害，眼睛在她腰间巡睃，竟不见一点儿鼓囊凸出之状。一夜之间，山上出现这样三个人物，杀过人的我爷爷也难免一颗心七上八下，烧着饭，猜着谜。奶奶体软无力，看一会儿，索性闭上眼睛。

紫衣女人款款地走到盲女面前，蹲下去，细声问："妹妹，你从哪里来？"

"你从哪里来……你从哪里来……"盲女重复着紫衣女人的话，忽然开颜一笑，腮上显出两个大大的酒窝来。

"你叫什么名字？"紫衣女人又细声问。

盲女依然不答，脸上显出甜透了的笑容来，仿佛进入了一个幸福美满的遥远世界。

我父亲响亮地哭起来，没有眼泪，也并不睁眼。奶奶把一个棕色奶头塞进他嘴里，哭声随即憋了。偶尔响一声柴草燃烧的噼啪，更使远处的水声深沉神秘。黑衣人全身沐着霞光，脸上脖子上如生了一层红锈。金黄的子弹闪闪烁烁，不时把棚里人的视线吸出去。紫衣女人姗姗地走出去，到黑衣人身边，脸上露出似乎是羞怯之色，期期艾艾地问："大叔，这是什么？"

黑衣人抬头扫她一眼，狞笑着说："烧火棍。"

"通气吗？"她傻乎乎地问。

黑衣人手停颔扬，目光灼灼如云中电，尖缩的下巴上漾出兽般的笑纹，说："你吹吹看！"

紫衣女人怯生生地说："俺可不敢，吹到嘴里就拔不出来了。"

黑衣人满脸狐疑地看着她，匆匆收好枪弹，站起来，罗圈着腿，慢慢踱回棚里。棚里已溢出鱼饭的香气。

只有两只碗。盛满两碗饭，我爷爷双手端起一碗，敬到紫衣女人面前。我爷爷说："大姐，请用饭。穷家野居，没有好的给您吃。等洪水下去，我再想法谢您。"女人眯起眼，笑着把碗接过去，递给我奶奶，说："大嫂才是最辛苦的，你该去抓些鱼来，煨汤给她吃，鲤鱼补阳，鲫鱼发奶。”我奶奶泪眼婆娑地接过碗，嘴唇抖着，却说不出话，低下头时，将一颗泪珠落在我父亲脸上。我父亲睁开了两只黑眼，懒洋洋地看着光线中浮游的纤尘。

爷爷又端起一碗饭，看了一眼黑衣人，道着歉：“大哥，委屈您等一会儿。”爷爷把碗往紫衣女人面前送。黑衣人从半空中伸出一只手，把饭碗托了过去，脸上透出冷笑来。爷爷压住不快，把懊恼变成咳嗽，一顿一顿地吐出来。

黑衣人抢过饭碗，自己并不吃。他蹲在盲女面前，左手端碗，右手持筷，挑起饭来，一坨一坨地往盲女嘴里捣。盲女双手搂着三弦琴，脖子伸得舒展，下巴微扬，像待哺的雏燕。她一边吃，一边用手指拨弄着琴弦卜咚卜咚地响。

连喂了盲女两碗饭，黑衣人微微气喘。举起衣袖给盲女擦净嘴，他转过身，把碗扔到紫衣女人面前，说：“小姐，该您啦。”紫衣女人说：“也许该让你先吃。”黑衣人说：“无功无德，后吃也罢。”紫衣女人说：“你当心走了火。”

爷爷对黑衣人讲紫衣女人昨晚的事，意在让他明白些事理。黑衣人冷笑不止。爷爷问：“你笑什么？你以为我在骗你？”黑衣人敛容答道：“怎么敢！不过，也没有什么稀奇，人来世上走一遭，多多少少都有些绝活儿。”爷爷说：“我就没绝活儿。”黑衣人说：“有的，你会有的。没有绝活儿，你何必在这莽荡草洼里混世。”

黑衣人说着话，见有几只大鼠闻到饭味，在棚外探头探脑。他嘴不停话，手伸进腰间，拖出一支盒子炮，叭叭两声脆响，枪口冒出蓝烟，棚内溢开火药味，有两只鼠死在棚口，白的红的溅了一圈。我奶奶惊得把碗扔了，我爷爷也瞠目。紫衣女人青眼逼视黑衣人。我父亲齁齁地睡觉。盲女卜咚卜咚地弹着弦子。我爷爷发作起来，吼道："你这人好没道理！"黑衣人大笑起来，摇摇晃晃起身，站在锅前，用一柄锅铲子挖着饭，旁若无人地吃起来。吃饱，半句客气话也没有，弯腰拍拍盲女的头，牵了她一只手，踉跄着出门去。把盲女安顿在阳光下晒着，从腰里拖出双枪，玩笑般射着土山周围水面上那些嬉戏觅食的大鸟。他每发必中，水面上很快浮起十几具鸟尸，红血一圈圈地散漫。群鸟惊飞，飞到极高极远处，仍有中弹者直直地坠落，砸红一块水面。

紫衣女人脸色灰白，渐渐地逼近了黑衣人。黑衣人不睬她，黑脸对着阳光，泛出钢铁颜色。他似念似唱，和着白衣盲女卜咚卜咚的弦子："绿蚂蚱。紫蟋蟀。红蜻蜓。白老鸹。蓝燕子。黄鹡鸰。""你一定是大名鼎鼎的老七！"紫衣女人说。"我不是老七。"黑衣人瞥她一眼，说。"不是老七哪有这等神枪？"黑衣人把双枪插进腰间，举起十指健全的双手说："你看看，我是老七吗？"他往水里射去一口痰，有小鱼儿飞快围上去。"干女儿，接着我唱的往下唱呀，"他对白衣盲女说，"唱呀，白老鸹。蓝燕子。黄鹡鸰——"

盲女微微笑，唱起来，童音犹存，天真动人："绿蚂蚱吃绿草梗。红蜻蜓吃红虫虫。紫蟋蟀吃紫荞麦。"

"你是说，老七七个指头？"紫衣女人问。

黑衣人说："七个指头是老七，十个指头不是老七。"

"白老鸹吃紫蟋蟀。蓝燕子吃绿蚂蚱。黄鹡鸰吃红蜻蜓。"

"你这样好枪法，在高密县要数第一。""我不如老七，老七能枪打飞蝇，我不能。""老七呢？""被我除了。"

"绿蚂蚱吃白老鸹。紫蟋蟀吃蓝燕子。红蜻蜓吃黄鹡鸰。"

阳光落满了土山。水鸟逃窜后，水面辉煌宁静，那些半淹的小栗树一动不动。紫衣女人搓搓手，不知从什么地方闪电般跳进手里一支橹子枪，对准黑衣人就搂了火，子弹打进黑衣人的胸膛。他一头栽倒，慢慢地翻过身，露出一个愉快的笑脸："……侄女……好样的……你跟你娘像一个模子脱的……"紫衣女人哭叫着："你为什么要害死我爹？"黑衣人用力抬起一个手指，指着白衣盲女，喉咙里响了一声，便垂手扑地，脑袋侧在地上。

来了一只黑毛大公鸡，伸着脖子叫："哽哽哽——喔——"盲女还在弹着弦子唱。

洪水开始落了。

我很小的时候，爷爷教给我一支儿歌：

绿蚂蚱。紫蟋蟀。红蜻蜓。

白老鸹。蓝燕子。黄鹡鸰。

绿蚂蚱吃绿草梗。红蜻蜓吃红虫虫。

紫蟋蟀吃紫荞麦。

白老鸹吃紫蟋蟀。蓝燕子吃绿蚂蚱。

黄鹡鸰吃红蜻蜓。

绿蚂蚱吃白老鸹。紫蟋蟀吃蓝燕子。

红蜻蜓吃黄鹡鸰。

来了一只大公鸡，伸着脖子叫"哽哽哽——喔——"

怀抱鲜花的女人

一

海员王四回家结婚。他的未婚妻是县城百货大楼钟表专柜的售货员。她的家与王四的家都是离县城四十里的马庄乡，王四家住李家庄，她家住桥头堡。原说她要到外地去与王四结婚，后来又让王四回来结婚，理由是老人年纪大了，想在家结婚热热闹闹让老人高高兴兴。

王四下了火车就直奔百货大楼，到钟表专柜一问，说她已告假回家了。几个女售货员嬉皮笑脸地问："你就是燕萍的那个吧？"他说："就算是那个吧！"王四出了百货大楼往公共汽车站走。走了一半路程，天开始下雨，起初很小，后来渐大。距汽车站还有不近的一段路，他担心淋坏了包里的东西，便寻找避雨的地方，抬头看到了铁路立交桥，紧走几步，钻了进去。

雨水在天地间拉开了灰白的巨网，往常交通繁忙的立交桥下，此刻竟冷冷清清。这里地势低洼，立交桥下既是车辆与行人的通道，也是洪水的通道。马路上的雨水哗哗地泄进来，桥下明

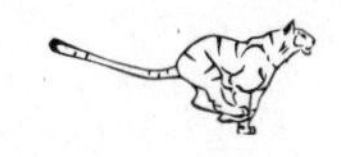

晃晃一片。王四站在水里，寻找比较干燥的地方，这样他就站在了那几根既把立交桥下的空间分割成两半又支撑了立交桥的粗大钢筋水泥支柱之间。他放下行李，从口袋里摸出手绢擦干脸上和脖子里的雨水，然后掏出烟、打火机。打火时，一条狗在他背后恐怖地叫了几声。他的打火机喷出的火苗可能把狗吓了一跳，狗的叫声把他真正地吓了一跳。他抬眼去寻找那条狗时，猛然发现，在对面那根支柱旁边，站着一个身穿墨绿色长裙的女人。

他又一次点燃打火机，在背后那条狗的叫声中，仔细地观看这个距自己只有三米远的女人。

她穿着一条质地非常好的墨绿色长裙，肩上披着一条网眼很大的白色披肩。披肩已经很脏，流苏纠缠在一起，成了团儿。她脚上穿着一双棕色小皮鞋，尽管鞋上沾满污泥，但依然可以看出这鞋子质地优良，既古朴又华贵，仿佛是托尔斯泰笔下那些贵族女人穿过的。她看起来还很年轻，最多不会超过二十五岁。她生长着一张瘦长而清秀的苍白脸庞，两只既忧伤又深邃的灰色大眼睛，鼻子高瘦，鼻头略呈方形，人中很短，下面是一张红润的长嘴。她的头发是浅蓝色的，湿漉漉地披散在肩膀上。其实，上述这些，王四当时并没真正看清楚。当时，在打火机微弱光芒的照耀下，最先映入王四眼帘并使他感到突然袭来了莫名兴奋的，是女人怀里抱着的那束鲜花。

那束花叶子碧绿，花朵肥硕，颜色紫红，叶与花都水灵灵的，好像刚从露水中剪下来的一样。王四没有太多的花卉方面的知识，从花枝上生长着的粉红色的硬刺上，他猜测那束花是月季或者蔷薇。那束花约有十余枝，挑着七八个成人拳头般大小的花朵和三五个半开的、鸡蛋大小的花苞。她用双手搂着花束，因裙袖肥大而褪出来的雪白胳膊上，有一些红色的划痕，分明是花枝上的硬刺所致。花朵团团簇簇地拥着她的下巴，花瓣儿鲜嫩出生命、紫红出妖冶，仿佛不是一束植物而是一束生物。

火光映照着那些花朵也映照着她的脸，她的眼睛里射出善良而温柔的光彩。好像花儿渐渐开放，她的脸上渐渐展开了一个妩媚而迷人的微笑，并且露出了两排晶亮如瓷的牙齿。她的牙齿白里透出浅蓝色，非常清澈，没有一点儿瑕疵。

王四的心紧起来，持续燃烧的打火机突然烫了他的手。他晃灭打火机，一时感到六神无主。桥洞里黑幽幽的，洞外雨雾漫漫，洞口垂挂着一道雨水的青白帘幕，水从他的脚下响亮地流过去。他并不感到恐惧，只是感到思维迟钝，女人在鲜花丛中绽开的笑脸像一束黄色的火焰在他的脑海里燃烧着。

他不由自主地又一次打着打火机。蓝色的火苗跳跃起来。女人保持着适才的姿势，连一丁点儿也没移动。在他手中光明的照耀下，女人又绽开了迷人的微笑。王四觉得自己的整个精神都被那花朵中的笑容俘虏了。他再也不愿熄灭手中的火焰，好像打火机一熄灭，自己就要从美梦中惊醒一样，但耗尽气体的打火机还是毫不客气地熄灭了。他掰着灼手的齿轮打火，嚓嚓嚓嚓嚓嚓，除有一些细小的火星从打火机中溅出外，火苗儿再也无法喷出了。他懊恼地将这个烫手的小玩意儿扔到面前的水中。他听到了打火机灼热的金属部分在冷水中发出的嘶鸣。

女人无声的笑容像一道灿烂的闪电，随着打火机的熄灭而熄灭了。这时，暴雨中响起了沉闷的雷声，遥远的闪电把微弱的蓝光抖动着投射到立交桥下，仿佛引燃了女人头上浅蓝色的头发，一大团幽蓝的光模模糊糊地辉映着她苍白的脸和那些紫色深重的花朵。一列火车冒着大雨从桥上通过，车轮压迫钢轨的声音、汽笛撕裂潮湿空气的声音在空旷的桥洞里被放大了，仿佛即刻就要天崩地裂一样。王四在这巨大的轰鸣声中，思维突然清晰起来。他感到被雨淋湿的衣服冰凉地粘在身上，寒意从内脏里生发出来，凉透了四肢和体表。一股热烘烘的、类似骡马在阴雨天气里发出的那种浓稠的腐草味儿扑进了他的鼻道和口腔，而这种味道，竟是从那怀抱鲜花的女人身上发散出来的。尽管他也嗅到了从阴暗地沟中滚滚流过的雨水的腥味和那束鲜花清冷的植物气味，但都压不住女人身上的味道。王四的老爹曾当过生产队的饲养员，饲养棚里有一铺热炕，王四考进高中前一直跟着爹在这铺热炕上睡。每逢阴雨天气，牲口身上的腐草味道像一只温暖的摇篮、像一首甜蜜的催眠曲使他沉沉大睡。现在他闻到这味道，感到这个陌生女人与自己之间建立了一种亲密的联系，他产生了与她对话的欲望。

“你在这里避雨吗？”话一出口，他就觉得这句话既枯燥乏味又浅薄无聊，但他的确又找不到别的什么话好说了。

幽暗中的女人没有说话，凭着一种古怪的感觉，不是用眼睛，而是用心灵，他感受到了女人脸上再次绽开了那灿烂的微笑。女人没有说话，那条一直躲在柱子后边的狗却汪汪地叫起来，好像它是女人的代言人。王四感到这条狗的存在非常多余，转念一想，又觉得它的存在非常必要。

“你不是本地人吧？”王四说，“我感到你肯定不是本地人。”

女人似乎在那儿动了一下，因为王四听到了花叶的窸窣声。

暗处的狗再次接着王四的话头吠叫。

“你有什么困难需要我帮助吗？”王四说，“你不要怕，我是好人。”

他感到女人在暗中微笑，听到狗在暗中狂叫。

他开始讨厌这条狗，但也没有转到柱子后边驱逐它的念头。

这时有一辆载重卡车大开着车灯从上坡路上冲下来，雪亮的灯光照耀着被油烟熏黑的洞顶和附着在洞壁上的几蓬嫩黄的草，车轮溅起来的水花直飞到灯光里去，宛若一簇簇秋菊。车上好像拉着许多铁笼子，笼里关着的动物可能是鸭子，他听到呷呷的叫声，自然他没忘记借助光明观察面前的女人。王四觉得她始终在对着自己微笑。她的目光专注，没有去看汽车，更没有看洞壁。

雨声渐小，洞口的水帘破裂，先变成几根水线，一会儿就只余下淅淅沥沥的滴水了。一道阳光照进来。在洞里他还看到了东南方向的天际上挂起了一道彩虹。王四又问了那女人几句无关痛痒的话，依然只有那条狗回应着。似乎再也没有理由待下去了，他提起行包，蹚着淹及脚踝的水，走出了立交桥。这时，那条一直没有露面的狗竟闪电般从后边蹿出来，在他的脚脖子上咬了一口。

王四脚上一阵奇痛，扔掉行李，口出哎哟之声，猛回了头，看到那条黑色的瘦狗电一般地蹿回立交桥的幽暗之中，随即消失，无影无踪，无声无息，宛若鱼儿钻进了深潭。清凉的穿堂风从桥洞里吹出来，振动着他的衣角。他弯腰查看脚踝，发现狗牙仅仅在踝骨上留下了两个紫红的斑点，没有破皮，更没有出血。查看完伤势，愈觉得那种奇痛不可思议。他做出进洞的决定前犹豫了一会儿。他知道那条黑得像抹了焦油的狗如果再次发起突袭，自己仍然是猝不及防。被狗咬破皮肉完全有可能感染上狂犬病。据说县供销百货大楼钟表部那个专门卖小闹钟的男售货员就是被狗咬伤得了疯狗症死掉的，他的未婚妻就接替了那人的位置。桥洞中的巨大诱惑无法抵抗，他小心翼翼再走了进去。那条狗躲在柱子背后吠着。它的叫声里似乎并无特别的恶意。

狗的比较友善的叫声在潮湿的洞壁中碰撞着，好像几只洁白的乒乓球来回弹射。洞里的光线明亮了许多倍，彩虹的一部分被洞里积存的雨水反射上来，更增添了洞中的柔和气氛。王四非常清楚，自己再次进洞的目的并不是打狗报仇。

她还站在原地，仿佛连一毫米都没有移动。现在不必借助打火机的火焰他就清楚地看到了她的一切，她的鞋她的裙她的鲜花她的脸。当然那种浓郁的腐草味儿更重新包裹了他的身心。

王四问："小姐，这狗是你养的吗？"他对着发出吠叫的地方指了指，又接着说："它咬伤了我的腿。"

女人把怀中的鲜花用右臂搂住，腾出左手，捂住嘴巴，哧哧地笑起来。她笑出的声音不大，但因笑而引起的身体活动的幅度却很大。她身体前倾后仰着，那块肮脏的披肩像一块灰白的云片，沿着肩背滑落在地上。她的半个洁白如玉的嫩绿肩膀突然刺进了王四的心脏。

他呼吸急促，眼睛像两只羽翼丰满的家燕飞出巢穴附着在她的肩膀上。她的锁骨与脖子之间那个蓝幽幽的燕窝状的窝窝，恰好依偎得下一对家燕。他的眼睛凉森森的，心中却有熊熊的黄色火焰燃烧起来。

他用激动的发着颤的声音说："好啊！……你这个调皮鬼……小坏蛋……支使你的狗咬了我，你还笑，看我怎么治你……"

他知道自己心中充满了邪念，但却用一种仿佛纯粹玩笑的外衣把邪念遮掩起来。他不知道自己是迈着什么样的步伐扑到了她的身边，并且用灼热的嘴吻了她光滑的肩头和那软绵绵的燕窝。她的皮肤凉森森的，有一股淡淡的青草味道，使他的嘴唇和鼻子都感到极其舒适。他吻她肩膀时，她笑得浑身颤抖，仿佛那儿就是她身上最敏感的部位。

“你还笑？我让你笑！”王四得寸进尺地把嘴印到她的脖子上、面颊上，一瞬间他感到花枝上的硬刺扎破了他的上衣，刺痛了他胸前的肌肤，花朵上的水珠也弄湿了他的下巴。但当他的嘴紧密地贴到了她的嘴上后，花朵和花枝便不存在了。她的嘴唇厚墩墩的，弹性很好。从她的嘴里喷出来的那股热烘烘的类似谷草与焦豆混合成的骡马草料的味道几乎毫无泄漏地注入他的身体并主宰了他的全部器官。王四昏沉沉地感觉到阴雨天气里生产队饲养室里那滚烫的热炕头，灶旁蟋蟀的鸣叫声、石槽旁骡马咀嚼草料的嘎吧声、骡马打响鼻的嘟噜声、铁嚼链与石槽相碰的锒铛声……都在他的感觉里响起来。

女人嘴里的味道源源不断地输送出来，像给打火机充气一样，注满了王四身体内的所有空间。后来王四回忆起来，与其说自己的嘴巴凑到了她的嘴巴上，毋宁说她的嘴巴扑到了自己的嘴上。

他们的吻应该持续了相当长的时间。

后来，他感到筋疲力尽，小肚子却一阵阵上抽着隐痛。女人的笑比刚才要露骨多了，那种像隐没在纱幕之后的神秘之美被他的嘴撕破了。他感到与这个女人的距离突然逼近。她原本如同一个路人，与王四毫无牵连，王四想理她就理，她不想理她就可以抽身走开，但经过这一吻，王四觉得自己欠了这女人许多债，当然他也可以抽身跑掉，但他发觉自己的良心不安。

通过立交桥的车辆多了起来，他感到那些司机都在好奇地打量着自己，于是他决定，无论如何也要离开了。他尽量淡化着与女人接触的印象，为自己开脱着：她的狗咬了我，我在她脸上轻轻地咬了一下，我根本不欠她什么，是的，什么也不欠。他说：“你还敢不敢调皮了？小丫头，快回家去吧！”

说完那句话，他故作轻松地离开桥洞，提起扔在路边的行包，慢慢走到拐弯处，然后，就像要逃脱警察追捕的逃犯，在那条通往公共汽车站的小斜路上跨开了大步。疾走了有十几分钟，他感到提着行包的双臂又酸又麻，额头上、腋窝里沁出了热汗。雨后的毒日头很快把湿漉漉的地面晒热。他在一家卖五金材料的小店铺外堆满了钢筋的法国梧桐树下放下手中的东西。钢筋上长满铁锈。那棵法国梧桐只有茶碗口粗，树冠蓬着，如一支火炬，在地上投下一团黯淡的阴影。树干上用刀子深刻着四个莫名其妙的字：“明根沐法”，他看了不解其意。路上有几条狗在懒洋洋地散步，几个苍老得好像有几百岁的老人在烈日下合伙编织着一块巨大的苇箔。他感到如释重负地叹了一口气。

王四还没来得及第二次从头到尾地回忆桥洞里的艳遇，就嗅到自己的背后洋溢开了那绿裙女人嘴中的气息。他惊诧万分地跳起来，回头就看到她果然亭亭玉立地站在自己背后，中间只隔着那堆钢筋。那条极其油滑的黑狗蹲在女人的身后，双眼眯缝着。冰凉的汗水在一分钟之内就布满了他的面孔。汗水浸眼，他抬起衣袖擦了一把。面对着好像一直就站在自己身后的女人和那条不知道是不是她养的黑狗，王四张口结舌，脑子里一片灰白。他终于从这种狼狈状态中清醒过来，心中如烧如烤，脸上却尽量表现出冷静。他打量着站在明媚阳光下的女人，心中那种大祸降临的感觉竟然减轻了许多。这女人的确不同凡响。阳光把她的墨绿色长裙照耀得泛出鹅黄色，那鞋那发那肩窝那胸脯都光辉夺目。当然，那束紫红色的鲜花是她身上的画龙点睛之笔，好像如果没了这束花，一切都不存在一样。他嗅到花朵的若有若无的清新味道，看到那些紫红的肥厚花瓣上挂着一层淡薄的白霜。

她自始至终对着王四微笑。她的嘴巴微张，喷吐着草料香气；牙齿半露，闪烁着珠玑之光；嘴唇颤抖，表示着接吻的热望。王四差一点儿又心猿意马起来，但已经西斜的太阳向他提出了警告：两天之后，将是他与那个闹钟姑娘举行婚礼的日子。想到此，尽管面对着这个几乎落入嘴中的熟透鲜桃，他也不敢再动嘴了。

那间小五金商店的窗玻璃上，似乎贴上了几张扁平的脸。那边编织着苇箔的老头们也把头颅向这里转动。王四低头看看自己，又看女人、鲜花和黑狗，恍然觉得自己置身于一幅图画中。既是图画，就无法不让人欣赏。于是他便仓皇着要逃出图画了。他从上衣口袋里摸出一张面额五十元的人民币——王四知道这样做很不光彩——用两个指头夹着递到女人面前，说："对不起，算我冒犯了你——如果不是你的狗咬了我，我也绝对不会再回到桥洞里去……跟你开那些玩笑……请收下，算我对你的赔偿。"

女人的眼睛始终没有离开过王四的脸。她双手搂着鲜花，脸上的笑容永远。王四隐隐约约地感觉到这个女人将给自己的生活带来巨大的麻烦，她不理睬这五十元臭钱是完全正常的。他抱着一线希望，忍痛又摸出一张五十元纸币，两张同时递给她，说："再加五十行了吧？"

他发现把钱递到这女人面前如同把钱递到牛面前一样，牛盼望有人递给它一把鲜嫩的青草，她盼望什么呢？

王四有些恼怒上来，提高了声音说："你打算干什么？告诉你，你这种女人我见过，就算‘打你一炮’，也不过五十元钱，你高贵，一百元总可以了！”

话一说出口，王四感到很后悔，他觉得这种脏话不仅亵渎了女人也亵渎了自己。虽然他看到过在港口周围晃动的那种女人，但也就是看看罢了，“五十元一炮”，听人说过的。

“我真诚地向您道歉，”他对着女人鞠了一躬，“请您不要跟我这种下作的人一般见识，高抬贵手，放我一马！”道歉完毕，他觉得自己鼻子发酸，连眼泪都快流出来了。他提起钢筋上的行包，垂着头，不敢看女人和黑狗，胆战心惊地往前走。王四多么希望怀抱鲜花的女人就此放了自己，领着她的黑狗回到她的桥洞或者到别的什么地方去，只求她不要像幽灵一样跟随着自己，但事与愿违。他始终被女人的味道包围着。无论他怎样疾走，也逃不出这气味的追逐。女人的脚步声细碎而且轻慢，那条黑狗更是悄无声息，仿佛一股油在地上流淌。他不用回头就看到了女人怀中鲜花的红光，她离自己只有一步之遥。黑狗距她也是一步之遥。路过那个积着水的小池塘时，在碧绿浮萍的间隙里，他看到了王四、女人和黑狗的充满浓郁诗意的倒影。他知道再拐一个小弯公共汽车站就会突然出现在面前，在那里他很可能会碰到熟人，因此无论如何也要在这里把她和她的狗甩掉。

王四站住脚，把行包扔在地上，咬牙切齿、使自己发起狠来，他虚张声势地压低了喉咙说：“如果你胆敢继续跟踪我，我就把你推到池塘里去淹死！”

他满以为女人会对这句话有所反应，即便不表示出恐惧表示出愤怒也好，他此时最惧怕的就是她那种似痴似迷、高深莫测的微笑。女人在微笑。

王四恼怒地说：“你不要以为我是吓唬你！现在我喊数，当我数到三时，你如果还不转身，我就用刀子先捅了你，然后再把你沉到池塘里去！”他从腰间皮带上摘下一把大号的水果刀，打开刀子，对着她的胸脯比画着。他喊道：“一——二——三——”她依然在微笑。

池塘里出现了三只洁白的鸭子，呷呷地叫着，悠闲地游动。它们粉红的脚掌在透明的水中像桨一样划动着，撩乱了水上的浮萍，也搅动了他们的倒影。

王四暴怒起来，但她的绝对友善的微笑使他不能发狠。这时他看到了那只实为罪魁祸首的黑狗。王四的恼怒终于有了发泄口。他攥着刀子朝黑狗扑去。

黑狗不龇牙也不咆哮，机警地一闪，就让气势汹汹、头重脚轻的王四扑了空。他差点儿就跌到池塘里去，皮凉鞋上沾满了紫色的淤泥。他回过头来，看到黑狗已经蹲在适才他站着的地方，而他站着的位置，恰是刚才黑狗蹲踞过的。王四的凶猛一扑，起到的作用是人与狗交换了位置，并且还使女人将身体旋转了九十度。她那可怕的微笑在脸上绽开着。王四又向黑狗扑去，黑狗还是悄无声息地机警一闪，女人轻巧地旋转九十度，人与狗又一次交换了位置。紧接下来王四连续发起的十几次凶猛进攻，结果都是一样。他气喘吁吁地站着，女人和狗却都是呼吸平稳，没有丝毫的恐慌和紧张。

王四握刀子的手紧张地痉挛起来。现在，女人的微笑对他再也不是琼浆玉液，而是致命的毒药。他感到眼前全是那微笑化成的赤红的火焰，而那十几朵鲜花则是火焰中央最炽烈的部分，女人身上那绿裙子也像绿色的火苗在抖动。他觉得自己伸出去的手臂和刀子正在火焰中熔化着。

王四大声抽泣着说："小姐，求求你，饶了我吧！我从今之后保证改过，无论在何时何地，再也不敢占便宜了……"

泪水沿着王四的面颊流进了王四的嘴里。他尝到自己的泪水竟然也是一股腐草味道了。

女人在微笑。

路上已站了十几个红男绿女，一边观看，一边议论着。

王四拎起行包，大步流星地朝汽车站窜去。他知道女人和狗在后边追赶，但似乎拉开了五六步的距离。

公共汽车站门口的路两侧，排开了两列贩卖花生、瓜子、水果、点心之类的小摊贩，只要想进汽车站的售票和候车大厅，就必须从摊贩造成的夹道中通行。王四进入夹道，一个扁脸的女摊贩伸手就抓住了他的左臂，非要把瓜子卖给他不可。他挣扎着想逃走，女摊贩死抓着他不放。王四想腾出右手对准那张扁脸砸一拳。但此刻他的右臂也被右侧一个女摊贩死死地拽住了。右侧的女摊贩嘴唇上生着一层疮，说起话来鼻子嘟嘟囔囔的。

王四拼命挣扎着，女人们的手却像铁箍子一样难以挣脱。当然他真正想挣脱的并不是这两个女摊贩。危险来自后方。他像只小鸟一样蹿跳着，最后竟大声叫骂起来。

周围的摊贩们一个个嬉皮涎脸地笑起来了。

这时，饱含着骡马草料味道的温暖气流又从后边吹拂着他的耳朵了。

王四的叫骂声变成了哭喊："放开我，放开我，我买还不行吗？"

那条黑狗闪电般跳起来，咬了左侧女摊贩的手脖子。随即它又一个腾跃，咬了右侧女摊贩的手指。两个比拦路抢劫的强盗还要霸蛮的女摊贩怪叫着松开了手。

王四提着行包，不敢回头也不敢旁顾，在震耳的嘈杂声中，穿过摊贩夹道，跳了十八层台阶、扑进了公共汽车站售票与候车兼用的大楼的弹簧大门。

他听到弹簧门在身后响亮地合上了，心中略感宽松。售票厅里人如蚁群，你挤进来，我挤出去，好像每一个人都在钻来钻去。王四野蛮地用手中的行李碰撞着阻拦他的人，似乎招来了许多的闲言冷语，他知道这些闲言冷语都正确得要命，要说不对是王四的不对，但他根本不在乎了。

王四钻到一个人群最稠密的角落蹲了下来，这里有一堆垃圾，放着两个肮脏到极点的破墩布。素爱清洁的王四连丝毫犹豫都没有，就把脊背靠在了墙角上，现在他的背后再也不会有女人的微笑了，他的面前则是无数条移动的或不移动的腿。他机警地摘掉帽子，抽掉了支撑帽子圈的蛇皮弹力架，将松松垮垮的帽子与蛇皮弹力架塞进旅行包。随后他又脱掉上衣，照样往旅行包里塞。旅行包太满，他毫不犹豫地拽出两盒糖果，腾出空间，把衣服塞了进去。

王四吐了一口气，心里感到轻松无比，进而感到全身松松垮垮，好像骨头架子散了。

他的眼前移动着各种各样的腿，粗的细的生毛的不生毛的黑毛的黄毛的光滑的粗糙的白的黑的沾着泥土的糊着牛粪的布满疤痕的静脉曲张的……蓝裤子黑裤子黄裤子绿裤子白裤子红裤子……各色裙子没有墨绿色裙子，他舒了一口气。……各种各样的脚……各种各样的鞋袜没有半高跟半高勒古朴华贵的棕色小牛皮鞋，他舒了一口气。他的周围浪潮般涌动着各种味道，没有那种别具一格的骡马草料味道，他舒了一口气。

持久的蹲踞使王四的腿不由自主地颤抖起来，他一咬牙，屁股坐在了那几块湿漉漉、黏糊糊的破墩布上。血液立即在全身顺畅地循环起来，他感到了从未有过的舒适，宛若躺在随着轻浪起伏的甲板上沐浴阳光或是仰望明月与繁星。他的目光抬高了一点儿，看到了频繁移动着的人们的臀部之下的部分。他发现其实通过观察人们臀下的部分，就基本可以了解一个人的出身、地位、性格甚至脸上的表情。那个腿肚子上布满盘结蚯蚓一样的曲张静脉、脚上的破胶鞋沾着干牛屎的人绝对是个五十岁左右的农民。那条白皙但滞重的、腿肚子发达的腿的主人应该是纺织厂的一个中年女工。那个屁股在牛仔裤里紧绷着跷着脚上穿着冒牌子运动鞋的是个年龄不超过二十三岁的姑娘，应该是个爬杆比猴子还要快的女电工。那个屁股上的裤子被木板凳蹭得发了亮，脚上穿一双比较干净的布鞋的男人应该是某家工厂的一个中年会计员。那条沾满柴油的绿军裤的主人是个复员兵，拖拉机手。那个屁股肥大的毛料裤子是个乡镇的小干部，绝对不是乡镇的主要领导。那条在红裙子中轻轻踮动的白腿花袜高跟凉鞋是个胸脯干瘪的基层供销社女售货员。那扎着的裤管下两只套在黑布鞋里的尖脚是哪个村的一位老大娘，她有一个女儿嫁到了县城。那挽着的黑裤管下裸露着的瘦腿趿着车轮胎缝成的简易凉鞋、脚指甲里积满黑垢的是像我父亲一样的老农，王四有点儿心酸地想。他觉得人的思想岁月都在腿上脚上充分地表现出来，屁股上的表情基本上也就是脸上的表情。

他猛然想起，应该买一张去马庄的汽车票。看看腕上的表，已是下午四点，正好还有一趟五点的车。他让一条百褶的白裙从眼前晃过，那趾高气扬的白塑料凉鞋说明这是一个滚刀肉一样难缠的女人。他放过一条灰的确良裤子裤缝如刀不知天高地厚的小干部子弟。他抓住了那只沾有蓝墨水的裤角，递上去一张十元人民币，恳求着："老师，我的腿坏了，劳驾您代我买一张去马庄的票，五点的。"说着，他把那两盒包装精美的糖果举上去，说："这是两盒糖，送给您的小孩吃。"

"这怎么好意思……"上边客气着。

"拿着吧。"

"要不……我拿一盒……"

"真的别客气。"

"这……真不好意思，举手之劳……"手还是拿了糖，说，"您等着，我帮您去挤。"

蓝墨水的裤脚消失在腿的密林里，王四一点儿都不担心蓝墨水裤脚会拐款潜逃，尽管他根本没抬头看他的脸。在嗡嗡的人声里，几十只苍蝇围绕着他飞舞。王四眼皮黏涩昏昏欲睡，他果然就打起了瞌睡。

"同志，同志。"蓝墨水裤角用食指戳着他的肩头说，"同志，您的票，马庄一张，票价一元四角，余款八元六角，请查收。"

王四接了票，连声道谢。

蓝墨水裤脚关切地问："同志，您的脸色很难看，是不是病了？"

王四忙说："没有，没有，我很好，谢谢您的关心。"

蓝墨水裤脚善意地嘟囔了一句什么，挤到腿林中去了。

王四看看票上标着的检票时间距现在只有二十多分钟，他仔细地把面前的腿脚辨别一番，确信没有危险了，便整理好行包，想站起来挤到候车室里去。然而就在这一瞬间，他看到那条狡猾的黑狗像泥鳅一样从腿的缝隙中游刃自如地钻过来。

王四痛苦地把身体蜷缩起来，脑袋深深地埋在双膝间。但随即他就意识到，即便钻到垃圾堆里去，也难以逃脱这条狗的跟踪，而摆脱不了这条狗，也就摆脱不了那个女人。于是他抬起了头，攥紧了拳头，牙齿咬得咯咯响，腿弓起，做跃跃欲试状，他想那狗一旦钻到面前，便像猎犬一样扑上去，扼住他的咽喉，咬断他的喉管。但那件绿裙子已经从天而降般地挡住了他的视线，黑狗毫无疑问地蹲在了她的背后。她的味道逼退了所有的味道，把王四笼罩起来。他丧失了抬头看她脸上微笑的勇气。她的绿裙如一泻瀑布，到小腿肚中央时却突然中止，然后是肉色丝袜，然后是托尔斯泰的女人们穿过的华贵皮靴。王四不得不看到女人修长得令人惊讶的双腿，这是应该令人爱慕的两条腿，但在王四的心里，更多的是对这两条腿的恐惧。王四想起了许多惊险电影中摆脱跟踪的办法，但一个也不能用。他又想与其坐以待毙不如活动起来。活动创造机会。

他提着包站直身体，脸几乎擦着了她胸前的花束。女人的微笑和渴望一如既往。她吸引了无数的目光，因为她站在这肮脏的售票大厅里如同孔雀站在家鸡群中一样显眼。那无数面孔中似乎有许多似曾相识。王四侧着身子绕过女人。在他的眼前竟然闪出了一条狭窄的甬道。他立刻明白了女人和她的狗紧紧在跟随着自己，这道路正是为她所让。王四想自己正扮演了《狐假虎威》中那只狐狸，形式上类似，但心境大不一样。售票大厅与候车室之间有一个过道，过道两侧有两间杂货铺，还有两间厕所。王四眉头一皱，计上心来。他紧走几步，钻进了男厕所，王四进了厕所，提着包打量着墙壁、窗户、塑胶天花板。墙壁无门，天花板无缝，窗户上钉着比大拇指还粗的钢筋。正在厕所里解决问题的人好奇地看着他。而此刻，门响，女人像一片绿色的云闪了进来。她视一切若无物，其实她什么也不看，只要一找到王四的脸，她的视线和脸上的表情便凝固了。男人闯进女厕所问题严重复杂，一个怀抱鲜花的美人闯入男厕所竟没人吭气。他跑出了男厕，听到里面几个男人把女人搂抱了起来，黑狗竟然没有动静。

王四分明看到它跟进了厕所。这是他难能再逢的脱身良机了。他急匆匆跑了几步，但难以忍受的巨大痛楚使他再也挪不动半步，女人灿烂的微笑、洁白的肩膀、柔软的长嘴、丰满的乳房，还有绿色长裙、夺目鲜花、修长双腿以及那醉人的气味突然涌进他的脑海。他听到厕所里的挣扎声。他扔掉行包，撞开男厕所的门，看到男人们几乎就要把她按倒在汪着尿水的地面上了。王四正要冲上去，那条黑狗已经耸着肩上的毛，像几道纵横交错的黑色闪电，把几个男人咬翻在地。

女人的脸上挂着几滴晶莹的泪水。看到王四她立即破涕为笑，然后对着王四扑上来。王四在一瞬间冷静了。他伸出手握住了她的腕子，没容许她像颗肉弹一样扑进自己怀中。

经过这番磨难，王四觉得自己与女人疏远了的情感又突然被拉近了。他看到了她的泪水，知道她不仅仅会微笑。她是会哭又会笑的女人，不是妖精。王四对自己的英雄行为感到满意，对女人的欠债感消逝了。现在，他感到自己像一个心胸正直的大哥哥，而女人则是一个傻乎乎的小妹妹。他用手指梳顺了她的长发，整理了她怀中的鲜花，拉平了她的裙裾。在这个过程中，他感到自己的心里泛着淡淡的忧伤。女人笑着，睫毛上挑着几点水珠。

王四无可奈何地叹了一口气，然后说："小妹妹，你不要跟着我啦，我后天就要结婚，你这样跟着我，将给我带来无法收拾的后果，你听明白我的意思了吗？"

女人微微地点着头，脸上挂着微笑。

王四说："带着你的狗回家去吧，世上坏人太多。"

说到狗，一个疑团在王四心中升起：为什么这条狗只有当我返回厕所时才跳起袭击正对它的女主人施暴的男人们，而在这之前，它好像一直在观望。它的袭击好像是专门做给我看的，或者，它是故意让女人的挣扎声拖我回去……想到此，王四心中紧张，这条狗简直是一个深刻的阴谋家。它蹲在女人身后，眯缝着眼睛，一条平凡的黑狗，并无任何惊人之处。

这时，悬在墙上的喇叭催促去马庄的旅客赶快检票上车，说汽车即将开走。

王四握了一下她的手腕，说："求求你，好姑娘，快回家去吧！"

他拎起包，匆匆跑向马庄的检票口。从兜里摸出车票时，他无限欣慰地想到，女人和她的狗没有车票，站口的检票员会拦住她，等她买来车票——看样子她身上也不会有钱——况且也不会允许黑狗登车——那时我已坐在汽车上，疾速地远离了这个女人同时也疾速地逼近了那个闹钟姑娘。

检票口的铁栅栏内已经没有旅客，只有一位身穿蓝制服，满脸蝴蝶斑、神色倦怠的女售票员倚在门边。

王四递过票，她接了，略看一眼，吧嗒剪了一钳子，说："马庄，快点，要开车了。”而这时那条黑狗擦着检票员的裤脚溜了进去，她竟然毫无知觉。王四看到售票员脸上闪出了惊愕的神情，他知道这神情是为了她而不是为了自己。他想说什么。售票员反掌在他背上推了一把，他已经进了站。

王四跳上空空荡荡的汽车，拣了一个位置坐下。他看到司机趴在方向盘上打瞌睡。那条黑狗无影无踪。他知道它绝对在车上。他想如果售票员拦住她，单独一条狗跟到马庄就变成了好事，干掉它，剥它的皮，吃它的肉。他回头，透过车后的玻璃，看着检票口。她怀抱着鲜花，面带着微笑走了进来。美女从来不买票。

她上了车，选了个座位坐下。她侧着身子，把微笑和鲜花献给王四。

喇叭放出了为汽车送行的音乐，司机抬起头来，扫了一眼车内的旅客，一脚蹬开发动机，拉了一下气动门的开关，呱嗒一声响，门关上了。汽车缓缓爬行，王四闭上了眼睛。

二

公共汽车到达马庄。红日西沉。王四下了车，女人也下了车。那条黑狗在他们后边跳下来。

这里离王四的家还有三里路。一下车王四就遇到了小学时期的同学马开国。马开国现在是镇供销社的经理。马开国说这不是王四兄吗？王四说是我。马开国说你怎么弄成这副模样？像刚从垃圾堆里钻出来的一样。王四说伙计，一言难尽！马开国的目光已经被站在王四身后的女人吸引去了。王四说马开国！马开国！马开国羡慕地说王四兄，这位就是四嫂子吧？王四说我正为这事犯愁呢，伙计。马开国说老兄真有两下子把洋妞儿弄回来了！什么时候请我们喝喜酒呀！你这小子，也不替咱介绍介绍。王四说你他妈的住嘴听我说，我根本不认识她！马开国说你这小子捣什么鬼！王四说我真不认识她。她跟着我非跟着我不行。马开国哈哈大笑着说行了行了你看看嫂子在笑你呢！

王四一回头，女人的微笑依旧。

马开国说："四兄，四嫂子，再见！"

王四拉住他，恳求道："马兄，帮帮我，把她带到你们供销社饭店住一夜。"

马开国说："别假正经了。改天我去看你们。嫂子，再见。"

"马开国你别走！"王四喊着。

马开国抬腿上了自行车，在车上笑着回头说："四兄，真有你的！"王四绝望地看着马开国被夕阳照红了的背影消失在一条巷道里，很多的人在路上走动。他生怕再碰上熟悉人，便转身下了公路，爬上了一道河堤，望见了他的老家李家庄和与李家庄毗连着的他未婚妻闹钟姑娘的老家桥头堡。

王四不想引人注目地站在这里，他下了河堤，沿着泥泞的河滩行走。河滩上生长着一些细弱的高粱，还有茂盛的杂草，再往里去，则是一大片与河水相连的高大茂密的墨绿色芦苇，女人紧紧地跟着他，裙子的下摆在野草的梢头摆动。黑狗在杂草里一耸一耸地蹿跳着。王四渐渐地进入了芦苇丛。柔软的苇梢在他的身体和手中的行包的碰撞下焦躁地晃动着，并且发出哗哗啦啦的声响。苇叶边缘上的锯齿状硬刺在他的脸和耳朵上拉出了一道道血口子。他感到那些伤口火辣辣在发着烫，但没有丝毫痛楚。血红的夕阳洒在部分苇叶和苇秆上，渲染出一种类似悲壮的气氛。王四自认为很像一条胡碰乱撞的野狗，但回头看到那墨绿长裙与芦苇浑然一色、一束鲜花妖艳、满脸微笑灿烂的女人和那条泥鳅般滑溜地在粗壮的苇秆间钻来钻去的黑狗时，他立刻修正了前边的假设，认为自己更像一条被猎人和猎犬追逐着的狐狸。猛回头时，一柄芦苇的剑叶锋利地锯了他的眼睛，呆钝的剧痛使他的脑袋突然膨大许多，黏稠的热泪流出眼眶。他不由自主地呻吟起来，手中的行包跌落在地，双手捂住了眼睛。钝痛由眼睛进入鼻腔、进入双耳，他感到自己正在体验着比导致痛哭的痛苦还要痛苦若干倍的痛苦。黏稠的液体沾满了手指，他惧怕地想道：坏了，眼球破了！黑暗的浓重阴云爬上了他的心头。他感到自己十分悲惨，非常可怜。他放下捂住眼睛的手，困难地睁眼睛。眼皮异常沉重，但终于在忧虑重重中开了一条缝。一道强烈的光线像箭一样刺进眼球，眼皮又疾速地合拢了，眼泪又汹汹涌出。既然还能感受到光线，说明眼睛还没瞎。这个惊喜的念头明亮地驱逐了他心头的黑暗。因为眼睛遭受的苦痛他感到了一种还清债务般的轻松。他粗野地转身，身体夸张地推搡着芦苇，睁开绝对红肿了的眼睛，大声地吼叫着："我的眼睛瞎了！瞎了！你现在总该满意了吧？"橙黄色的阳光还是那么强烈地刺激着他受伤的眼睛，泪水不绝，酸麻胀闷的感觉持续着。他确凿地知道自己的眼睛没有瞎，但是他又一次吼叫着、特别地强调着："我的眼睛瞎了！"

他的眼睛没有瞎，但视物模糊。无边的芦苇弥漫成一道幽蓝的高墙，那女人竟如同一块镶嵌在墙上的浮雕，狗蹲在她身体右侧，轮廓模糊，只有两只狗眼红红的，像绿墙壁上的两颗红光斑。后来那道壁立的绿障渐渐涣散了，橙黄的阳光如同一股股轻轻的烟雾、一道道明亮的洪水，在芦苇间流淌着、游荡着。那些芦苇棵棵笔挺、荷剑肩戟，仿佛一群群散乱的、密集的士兵。

女人脸上挂着两行蓝色的泪珠，鲜花灿烂，鲜花枝叶灿烂，仿佛用金箔、银片、贝壳镶嵌拼贴而成。狗是一条黑色的冰凉玻璃狗。她的嘴唇哆嗦着，好像要说什么似的，但她终究没开口。王四意识到，要想让这个女人开口是比登天还难的事情。他说："我警告你，你如果继续跟踪我，我真要杀死你了！你不要以为我是吓唬你，"他指画着左右前后，继续说，"这里是前不靠村，后不靠店，打死你，然后把你扔到河里，没有人会知道！"

女人入迷地盯着他的嘴唇，笑容绽开，味道放出，顿挫了王四的嚣张气焰。他清楚地知道自己绝对不是那种能够对女人下狠手的男人，尤其是对面前这个女人。他无可奈何地打量着周遭芦苇，越来越重的暮气、被芦苇分割了的缓缓流动的河水，河中的水腥味儿、芦苇的微辛味道在黄昏时分格外浓重。这时他看到在女人和狗的后方，在芦苇丛中，有一团暗红的蓬松乱毛在微微抖颤着，他辨别出那是一只红毛狐狸并随即嗅到了狐狸的臊气。他本能地把狐狸和女人联系在一起，把神话与现实联系在一起。一切的关于女人的令人困惑不解之处，似乎都可以从狐狸身上找到答案：这女人是狐狸变成的。她是一只狐狸精。王四想起自己当水手时在舰船的潮湿舱房里躺在那狭小的铁床上摇摇晃晃地阅读《聊斋志异》的情景，那时多么希望有一位美丽温柔的狐女来到自己的身边。现在，狐女近在咫尺，如影随形般地跟着自己，理想变成现实，结果却是如此痛苦。王四自我解嘲地想：我是他妈的真正的"叶公好龙"！他有些胆怯，但并不恐惧，甚至又一次感到轻松。王四被一个女人跟踪是丑事，但王四被狐狸精跟踪着却是奇谈、是美谈，不但不必掩饰，甚至可以大肆地自我宣扬。被狐狸精迷过的男人是有仙气、有灵气的男人，舆论不谴责这种男人，纪律不制裁这种男人。王四感到自己真正地轻松了。他的视力在轻松心情下飞快地恢复了。他看清了狐狸那优美的线条，那狭长的鼻梁和弯曲在身后的扫帚尾巴。他尤其感到狐狸的眼神与女人的眼神完全一致。他感到自己一天来的狼狈逃窜是一场虚惊，问题早就应该如此解决——他从旅行包中摸出了一节用火鸡肉制成的大火腿肠，撕掉缠裹的油纸，炫耀似的对着女人晃了晃，他笑着说："我现在才明白你为什么要跟着我了。我知道你是狐狸，但我不怕你。给。"他把火腿肠扔到狐狸眼前。狐狸惊恐地跳起来，用那小巧的蓝鼻子去嗅火腿。王四心中十分得意，但情况突变，把他的得意撕得粉碎：一直蹲踞在女人身侧的黑狗凶猛地跳起来，一口就咬翻了狐狸。狗晃动着头颅，耸动着颈上的毛，喉咙里发出低沉的呜噜声，狐狸发出凄厉的鸣叫，在狗的嘴底滚动着，像一个火红的绣球。一股极其难闻的味道突然挥发出来，熏得他想呕吐。黑狗松了嘴，团团旋转，狐狸叼起火腿肠，一溜红光，消失在芦苇丛中。

潮湿的泥地上，留下了几撮金黄的狐狸毛，女人姿态依旧，对适才发生的一切仿佛没有看见。王四悲哀地想：狐狸就是狐狸，女人就是女人，想凭借鬼狐故事解救自己出困境的幻想彻底破灭了。天色愈暗，有一些水鸟在草丛中鸣叫。他抬眼望望在晚风中波浪般翻滚的芦苇，想起了八路军打游击的若干故事。凭借着青纱帐的掩护，他自信一定能够把这女人甩掉。主意拿定，他盯着女人的脸，缓缓蹲下身去，悄悄地抓起两把泥土，又慢慢地站起来。他高叫一声：“看好！”然后猛扬起左右手，把两把泥土打在女人的脸上。王四弯着腰，用张开的手掩护着眼睛，用头颅开道，在芦苇丛中疾速地穿行着。他感到芦苇柔软的秆儿在自己的身体四周弯曲着让开道路，又随即合拢。他感到脚下的泥土越来越黏稠，如果不是鞋带紧系，鞋子早就被泥巴吸掉了。他看到了河水，并且看到了水中那些绚丽的晚霞倒影。在大口的喘息中，他想起了泥土在女人脸上炸开的情景。他感到水中冰凉，开始为自己的残忍后悔。当然这后悔也仅仅是活跃在一闪念间，因为身后的芦苇响声向他表明：女人和狗随后就到。

他惧怕回头，但无法不回头。女人满脸污泥，显得既可怜又可憎。一股狠劲在王四心中蠢蠢欲动，他的双手因紧张而痉挛起来。女人一笑，脸上的泥往下脱落。王四咬牙切齿地说：“我掐死你这个狗娘养的吧！”

王四扑上去，双手准确无误地抟住了女人的脖颈。女人嘴巴张开，像一个蓝幽幽的洞穴，一声青蛙鸣叫般的叫声伴随着强烈的腐草味道从洞穴中冲出来，直扑他的面颊，刺激得他的眼睛酸麻，泪水浸出。这时他的双手的虎口部位异常敏锐地感觉到了女人脖颈上的滑腻和温暖。他产生了手捧着初生绒毛的鸟雏的感觉，温柔、善良、恻隐、法律、道德……千头万绪涌上了他的心。他松了手，看着女人颈上的红痕，悲凉之雾从他身后的河水中蒸腾起来。他叹息一声，转身，一个鱼跃，钻进了河水中。

王四是带着自绝的念头跳进河水中的。在身体下沉的过程中，他的手脚并拢，没做丝毫的挣扎。缓缓流动的河水轻轻地冲击着他的身体，使他感到舒适。这种冲击类似一种爱抚。在下沉的过程中他一直流着泪。越往下沉越凉，沉到河底时，他昏沉沉的头脑在冷水的刺激下清醒起来。他睁开眼，先看到黄澄澄、雾蒙蒙的一片，耳朵里隆隆地响着，继而则出现幽蓝的水底颜色，十五年的水上生活培养了他对水的适应性和在水底察言观色、辨别方位、冷静思索的能力。他看到有几条犁铧般的大鲫鱼在几蓬水草间游动着，吐着一串串扶摇上升的水泡泡。他趴在河底，双手穿透浅薄的淤泥，插在沙土中。他想到了水上那丰富的生活，感到投水自尽是很愚蠢的行为。天无绝人之路，既然连死都不怕，还怕什么呢？他感到胸口发闷，知道血液中的氧气已经不足。一条弯弯曲曲的水蛇在他头上游动着，他打算浮出水面了。他把固定身体的双手从沙土中抽出来，身体立即在移动中上浮，这时，一个惊喜的计谋突然产生了。逃犯之所以难逃法网，多半是因为气味被狗鼻子追寻。聪明的逃犯常常借助河水消灭气味，摆脱狗的追踪。王四之所以甩不掉女人，吃亏就吃在那条黑狗身上。这真正是歪打正着的一个妙招。王四大口地喝了两口腥腥的河水，屏住呼吸，施展水底功夫，箭一般向下游蹿去，这是顺水行舟，毫不费力，逃脱追踪的强烈愿望鼓舞着他尽可能地往远里游，尽可能长地在水下潜行。一直坚持到胸口胀满、耳膜压痛时，他才靠在水边，手把着两株芦苇，把脑袋慢慢地伸出水面。他做得很好，几乎没发出任何声响。清新、浓郁、无比珍贵的空气从他张开的嘴巴和鼻孔中扑入他的身体，他顿时感到轻松了。

王四抹掉障眼的河水，满怀希望地扫视着金光闪闪的河面。他希望水平如镜，果然是水平如镜。这次脱险像电影故事一样漂亮，他轻松地想，十几年的海员没有白当。河上细波如鳞，狗在芦苇丛中鸣叫。王四提高警惕，把身体尽量地往下搐，又撕了一把水草，顶在头上，只露出眼睛观察，只留下鼻孔喘气，他感到河边的水热乎乎的，身下的淤泥滑溜溜的，这样潜伏着甚至是一种幸福。

王四的幸福总是来得快去得也快，他最不希望发生的事情眼见着发生了：那个女人，突然出现在他的视野里，就在河的上游方才他跃入水中的地方，身着绿裙、怀抱鲜花的女人径直向河中走去。她全身笼罩在金黄的暮色里，显得庄严神圣。河水淹没了她的膝盖后，绿色长裙便在水面上漂浮起来，黑狗也开始鸣叫，它躲在芦苇丛中，王四只能听到它的叫声但看不到它的身影。越往河心走，绿裙浮起越大，终于成了一团大莲叶。水淹没了她的腰，裙裾缓缓地转到了她的左侧，随着流水的走向，摇曳成一束宽大的海带形状。渐渐地淹至胸脯了，王四的心捽了起来。她的鲜花好像植根在她的胸脯上，不上升，不下垂，水无法改变它们的形状。满河金黄流水，半截碧绿女人，一束艳丽鲜花，背景如烟似雾，构成一幅油画，很美很辉煌。她继续前行，河水使她的身体晃动了，披肩长发漂起来，狗叫声里有了焦急的情绪，河水淹没了女人的头颅。

王四又一次流了泪，他知道自己的潜伏已经没有了意义。女人在河中心沉浮着，时而露出一朵花，时而举起一只手。他爬到芦苇与河水的交界处，呆呆地看着，一切似乎都解决了。女人与河水一起流着，一寸寸地流到他的面前，狗叫声也渐渐地响到了他的眼前。他突然大声呜咽起来，因为他已下定决心让女人从自己面前漂过去。看起来女人是自己走进河中，实际上是我引她到了河中。她在水中挣扎着，她在生与死的分界线上浮沉着。世上难道还有比见死不救更可鄙的吗？何况不单纯是见死不救。王四动摇起来。他感到这女人的精神太可贵了，太难得了。她为了我勇敢地选择了死亡。我要么自杀，要么救她。

女人漂到了王四面前，狗站在他的身旁对着河水鸣叫。狗眼里有闪闪的水花，说明连狗都哭了。好像为了响应狗的召唤似的，女人的一只手突然伸出了水面。粉红的手，金黄的手，宛若一枝兰花。她的手指间好像生着一层透明的薄膜。

王四没有再犹豫，他奋力一跃，久经训练的身段潇洒俊美，拖着绸带一样美丽的光弧，刺入了水中。这条河不宽，几下子他就到了河心。那只手又高擎起来，他经验丰富地从反面攥住了她的手脖子，让她的手指无法抓住自己。借着这股劲儿，女人的身体像一条大鱼，打着挺蹿出水面。王四提防着她用另一只手抓捞自己——这是一般的规律，许多救人者因此而与落水者同归于尽——一旦如此，他准备照惯例对准她的太阳穴轻击一拳，让她暂时昏厥，然后拖着她的头发，拖她上岸。但女人的另一只手死死地搂着那束花，没有丝毫放弃的意思。王四松开拳头，叹息一声。他不忍心去揪她的头发了，只攥住她的手脖子，奋力地踩着水，借着流水的劲儿，向滩涂靠拢。在水里，他头脑清醒，四肢灵活，俨然一个英雄。这时，那条一直在芦苇中哀鸣的黑狗，竟然也奋勇地跳入河水，向他和她游过来。王四看到，它的跳水姿势不错，但游泳技术实在糟糕。要不人们为什么把初通游泳者的笨拙泳姿叫作“狗刨”呢，他想着，几乎要笑起来。狗只露着鼻头和眼睛，脊背成了一条线，尾巴淹在水里，像一张简笔画。王四骂道：“他妈的，我不跳下来，你也不跳；看到我跳下来，你也跳下来。学英雄也不是你这种学法！”

狗游到她身边，张嘴咬住她的裙裾，立即呛了水。它吐掉裙裾，啪啪地打着响鼻。王四鄙夷地看着它那张狗脸，啐了一口。

他加紧动作，只几下，脚就触到了河底的淤泥。他站直身体，一手揽着女人的颈，一手托着她的腿弯子，把她平托到岸上。他感到自己的腿在淤泥里陷得很深，几乎不能自拔。

走到比较干燥的地方，他放下女人，感到腰酸腿软。试试女人的鼻孔，有气息喷出，他放了心。女人还昏迷着，绿裙长发鲜花，凌乱在地。她的腹部膨大，他知道原因何在。这时黑狗狼狈地靠过来，毛儿贴在身上，尾巴拖着，可怜又可厌。王四狠狠地踢出一脚，黑狗猝不及防，翻了一个滚，呜叫着，滚起来，抖擞身体，抖出几百滴水。此时王四感到自己在精神上绝对优越，压倒了女人，更压倒了这条落水狗。

王四掮起女人，让她的腹部压在自己肩上，颠动着向前走。走了十几步，一股清水，从她的嘴里喷出来。因为她的头颅垂在他的胸前，她的头发有的粘连纠缠在她的脖子上，有的直垂挂到他的膝盖处，所以那些水一半吐在他的肚腹上，一半吐在她自己的头发上，淅淅沥沥地落了他两脚。

他掮着她走了十分钟，女人喷了三次水。他感到她的肚子瘪了下去。女人身体丰满，比较沉重，王四奔波一天，身体疲倦，两方面的因素，使他气喘吁吁，难以支持。他把她仰放到芦苇间。自己也一屁股坐在她旁边。女人呻唤几声，睁开了眼睛。她的那几乎永恒的迷人（有时也是可怕的）微笑绽开了，王四感到很温暖。

已是垂老的黄昏了，金黄满世界。女人的裙子紧紧地贴在肉上。

裙裾凌乱，露出了她雪白的一条大腿和另一条大腿的内侧。一股热血翻腾着冲上他的脑袋，他感到自己的头变成了一把沸腾着热水的带响哨的壶，发出吱吱的鸣叫，喷着灼人的蒸气。他忍不住地往她身体上看去，所有的苦难都淡忘了。他的手颤抖着触到了她的光滑的大腿。如果不是落水狗在他面前又一次抖擞身体，把冰凉的水点甩到他发烧的脸上，王四就要犯严重的错误了。

他的手仿佛被火烫着似的从她的腿上跳开，他看了一眼湿漉漉的黑狗，扯开裙子，把她的腿盖住了。

王四摇摇晃晃地站起来，他感到极端疲倦，又头晕又恶心，心脏和肠胃一阵阵地痉挛、绞痛。他特别想抽一支烟。他打开旅行包，从尽底下找出了那个金光闪闪的、原准备送给大舅子的强力防风打火机，又拆开一包硬盒“万宝路”，啪，按火机，在嗞嗞的蓝色火苗中点着烟，贪婪地吸着。他渐渐地安定了。

王四不看女人看着芦苇，哀伤地说：“好姑娘，咱俩前世无怨。我招惹了你，也救过你两次，将功折罪，你放了我吧！”

他收拾好行包，站起来，往前走。脑子里晃动着绿裙里的风光。

他心里矛盾重重，走出芦苇地，无法不回头，回头看到狗和女人也走出了芦苇地。

三

他在通往李家庄的那道黑色的石桥边站定了，夕阳如血，映照着哀愁的河水，狭窄的高粱叶子忧悒地低垂着，蝼蛄在泥土中凄凉地鸣叫。王四感到无限的辛酸涌上心头，泪水流到颊上。他用手抓住她冰冷的肩头，晃动着她的身体，说：“姑娘，你是哑巴吗？你是聋子吗？你如果不是哑巴也不是聋子，就请你告诉我，你叫什么名字？你家住哪里？你为什么一个人站在桥洞里？你这样死死地追着我，究竟要达到什么目的？你告诉我！你告诉我！”

王四粗暴地推搡着她，对着她吼叫。她的嘴唇颤抖着，眼眶里盈满泪水。她那副温顺可怜的样子唤起了王四心中的柔情，他松开了她的肩膀，说：“我知道，你也许是个好人，但你知道，我后天就要结婚，如果我把你这样一个身份不明的女人带回家中，结果会怎样？求求你一千遍地求你，带着你的狗，回去吧！”

女人的泪水扑簌簌地滴到湿漉漉的花朵上，王四说：“求你了，小姐！”他转身走上桥头。暮气沉重，河上闪烁着暗红色的光辉，他看到自己的影子长长地倒在河里。没有女人的影子，也没有黑狗的影子。一种类似孤独的滋味爬上他的心头。他骂着自己：浑蛋，你不能再去招惹她了！你为她度过了一生中最悲惨的一个下午。年久失修的小桥在他的脚下晃动起来。他每前进一步就感到莫名的痛苦加重了一分。走到桥头上，他无法控制自己，回过头去。她站在桥的那头，身旁是那片瘦弱发黄的高粱，好像一片鹅黄的云。那花那人那狗都如涂了一层釉，闪闪地放着光彩，河面上升腾起一团团雾气，血红的大月亮，宛若一匹红马驹，从广阔的地平线上跳跃出来，河上立刻出现了月亮长长的红影子。王四心中的温情又恶性膨胀了，女人那无法言表的妙处又一次涌上他的心头。他感到自己是个卑鄙无耻的小人，不是一个敢爱敢恨的男人。多少浪漫故事在他的脑海里浮现，勇气在他心中陡然翻腾起来，他迈步向桥走去。

王四仅仅走了两步，那条静静地蹲踞着的黑狗就蹦跳着欢呼起来。狗为先导，女人紧跟着，飞上了黑色的小石桥。她的绿裙的后摆飘扬起来、她的那些浅蓝的头发也飘扬起来。这是他的幻觉，其实她的头发粘在颈肩上，她的裙子则纠缠在双腿间。她张着双臂，高擎着鲜花，朝王四飞来。一瞬间王四热血澎湃，把功名利禄抛到脑后，竟然也张开双臂，扑向飞来的女人。他与她在桥中央那块摇摇晃晃的桥石上相遇，四臂交叉，嘴唇相接。他感到女人的身体无处不跳动，好像她身上生着一百颗心脏。她的嘴贪婪得可怕，王四觉得自己嘴里漾开了淡淡的血滋味。灰白的恐怖感又从他脑后渐渐扩散，他感到自己的热情之火渐渐熄灭了。他试图挣脱出来，但女人紧紧地贴在他的身上。他又后悔了。月亮已脱离了河面，悬在那些高粱的梢头，银色的光辉洒在河中，也洒在他们身上。王四觉得身上发冷，他用力把女人推开，说："行啦，姑娘，咱俩相识，算是冤家聚头。咱们的关系到此为止。我后天就要结婚，今晚上你就到马庄镇饭店住宿，明天该回哪里就回哪里吧。"

女人痴迷地站着，怀中的花朵瓣瓣如玉片雕成。黑狗静静地蹲着，宛若一尊雕像。

王四跑回桥头，提着行包进了村，街道上悄无人迹，村子里千家灯火，间或有孩子的哭声和狗的叫声从这家屋里那家院里传出来。王四的脑子里好像钉上了一幅画：一轮明月当空照耀，月下的小石桥，桥上怀抱鲜花的女人和黑色的狗。

他暗暗地骂着自己：你是个无赖！懦夫！狗都不如的东西！靠近家门一步，对自己的痛恨和对女人连同那条黑狗的担忧就增强一分。

王四跨进了家门。

迎接他的是他父亲的一记耳光！

王四被扇得头昏脑胀。他大声地、外强中干地争辩着："为什么打我？”

他的父亲铁青着脸说：“混账东西，你干的好事！”

尽管他早就考虑到事情可能会暴露，但没想到会如此迅速。

四

王四费尽了口舌，也无法把事情向他的父亲、母亲解释清楚。坐在粉刷一新、贴满了剪纸、摆着四个闹钟、挂着六块电子钟的洞房里，他感到饥寒交迫、头晕眼花。他的父亲还在骂：“学校白白教育了你！无病鬼上身？你不去招惹她她会跟上你？天大的一个县，比你俊的青年成千上万，她不跟别人为什么偏偏跟着你？”

他的患有肺病的母亲喘息着、唠叨着：“孽障，你这不知道深浅的东西！好事不出门，丑事传千里。话没有腿跑得比马还快！半过晌就有人把话传回来了，说你在汽车站上勾搭上了一个女妖精，还有一条黑狗！作死吧你……”

父亲说：“桥头堡上怕是早知道了，这年头人心奸怪，谁不想看热闹？谁肯把话烂在肚子里？要是人家知道了，这婚也就甭结了，这门亲事也要散了！”

“散了就散了吧！”王四烦恼地说。

“你吃了灯草灰！”父亲愤怒地说，“说得轻巧，花了多少钱就别去说了，这丑名要顶几辈子？走到哪儿都让人戳脊梁骨，这人还怎么活？”

“行啦，我求求你们饶了我吧！”王四用拳头死命地捶打着自己的头颅说，“就算我犯了死罪，横竖也不过一个枪子儿，你们也不能这样折磨我！”

母亲嘤嘤地哭起来。

父亲走到院子里，咯咯地吐痰。

王四像堵墙壁一样倒在炕上，感觉到房子在团团旋转。十只钟表步伐凌乱地跑着。清冷的月光照进窗户。王四拉过一床被子蒙住脑袋，他感到自己正向无底的黑暗深渊坠落。

五

黎明时分，昏昏沉沉的王四被一阵雨点般的棍棒打醒。他睁开眵眼，看到手持棍棒的父亲和颤成一团喘成一堆的母亲。

“孩子呀……快起来吧……了不得了……那个妖精堵了咱的门口了……”母亲哆嗦着、喘息着说。

父亲又一次举起了棍棒，劈头盖脸打下来。有一棍子恰好打在王四鼻梁上。他感到鼻子酸痛，两行热泪，两股鼻血，平行着淌出来。王四从炕上跃到地下，一把夺过父亲手中的棍棒，愤怒地掷之于地，说：“你没有权力这样打我！犯了罪自有国法处置，要枪崩我也轮不到你动手！”

父亲脸色苍白，坐在了地上。

王四用手捂着鼻子，走到大门口。

怀抱鲜花的女人怀抱着那束鲜花站在大门口那株刺槐树下，黑狗蹲在她身旁。朝霞万道，上射云天，太阳正在喷薄，门外的水沟里和沟外的田野里氤氲着袅袅白雾。女人浑身上下都被露水打湿，鲜花不例外，黑狗也不例外。

王四此时没有了惧怕，女人的不屈不挠的精神虽然给他带来了无穷的麻烦但也确实让他感动。他把手从鼻子上放下来，鼻血又汹涌地蹿出来。

女人眼里的清明泪珠滚滚地涌出来。她扑上来，伸出舌头，一下下地舔着王四的鼻血。他感触到了她温暖的仿佛生着细刺的舌头和冰凉的嘴唇，并且当然也嗅到了那股从她口腔里涌出来的骡马草料的味道。

黑狗低沉地呜咽着，好像一个男孩在哭泣。

父亲的毒打激发了王四的仇恨，仇恨在女人口腔中味道的催化下，又变成了勇气。他拉住她的手腕，一直把她牵引到那间有十只钟表的新房里，黑狗寸步不离地跟随着。他感到她的手像冰块一样。

母亲泪眼婆娑地说："闺女呀，你快走吧，你不能把俺一家子都毁了啊！"

王四说："问题没那么严重！"

他对女人说："你坐着，我搞点儿东西吃。"

他从饭橱里找出一把挂面，放到锅台上，从水缸里舀了两瓢水倒进锅里，盖上锅盖，蹲在灶前烧火。

母亲说："好闺女，吃点儿饭你就快走吧，俺儿明日就结婚，他媳妇一会儿就要过来看他，你要是不走，俺的日子就过不下去了！"

父亲愤怒地说："你跟她啰唆什么？正经人家的闺女哪能有这样的？不是婊子，也是娼妓！"

王四从灶前站起来，铁青着脸说："爹，你不要胡说！"

"我胡说？"父亲尖利地笑着，"我胡说？我怎么能养了你这么个逆子？”

王四说：“事情是我做下的，该杀该剐由我一人承担！”

父亲怒骂着走出了家门。

女人和狗来到灶旁蹲下，时而看着灶里跳动不止的火苗，时而看看王四沾满鼻血的面孔。她时而微笑时而流泪，狗也一样。她颤抖不止，狗也一样。

母亲哀求着：“儿啊，你快点儿把水烧开，煮熟了面条，让她吃了，就打发她走，再晚就来不及了。你媳妇一来，就塌了天陷了地了。”

王四说：“娘，你甭操心啦，砍头不过碗大个疤，我豁出去了。”

母亲说：“你豁出去可以，但这名声可就臭大了！你媳妇的叔叔是你哥的领导，你要和人家散了，又是为这种事散了，你哥的日子可怎么过哟！闺女，这些话也是说给你听的，你怎么不说话？该不是个哑巴？儿呀，你是被糊涂油迷蒙了心，放着那伶牙俐齿的媳妇不要，竟跟个哑巴勾搭连环……”

王四心中一动，觉得母亲的话也有道理，他说：“娘，其实我跟她并没有什么真事，她只是我的一个好朋友，燕萍来了，我向她解释就是。”

母亲说：“糊涂儿啊，只怕你浑身是嘴也说不清楚哟。”

王四看着女人，心中也犹豫了。

这时，父亲带着一个穿警服的人闯进来。这是一个高个子青年，黑眉虎眼，很是威严。王四认出他是自己那位在镇派出所当副所长的堂弟。

王四站起来，女人和狗也站起来。

堂弟冷笑一声，嘲笑地说：“好一个四哥，真有本事，一个四嫂子还不行，又勾来一个二房？”

王四恼怒地说：“你胡说什么！”

堂弟道：“别生气！俺大伯管什么都告诉我了，你还狡辩什么！这就是那个女流氓？”堂弟从腰里摸出一副亮晶晶的手铐，向女人逼过去。

王四挺身挡住女人，说：“你要干什么？”

堂弟一伸胳膊，把王四推到一边，说：“干什么？我要铐起她来！”

王四扑上去，抓住了堂弟的手。两个人撕扯着，都累得气喘吁吁。

堂弟说：“四哥，你松手！”

王四说：“你把手铐收起来。”

堂弟说：“好，我收起来。”

堂弟收好铐子，说：“四哥，你哪里出了毛病？你怎么能干这种丢人现眼的事？你看看这个女人，像个正经东西吗？未定是哪儿流窜来卖淫的呢？”

王四说：“你给我滚！”

堂弟说：“大伯，俺四哥护着她，我也没有办法啦！”

父亲啊啊地哭起来。

看着老人苍白的头颅，王四心中难过。

堂弟说：“四哥，你简直是个浑蛋，要不是你比我大，我非扇你的嘴巴不可！”

王四说：“爹您甭哭了，我跟她并没有什么了不起的事，待会儿让她走就是。”

堂弟说：“四哥，你的心太慈了，对这样的女流氓还客气什么！”

堂弟虎虎地逼住女人，大声问：“你叫什么名字？从哪里流窜来的？”

女人抖抖颤颤地向后退着，一直退到墙角上。

堂弟拍了一下腰上悬挂的手铐，说：“说！不说我铐起你来！”

女人双手搂着那束鲜花，求救地望着王四。那条黑狗躲在她的绿裙下颤抖。

王四心如刀绞，上前拉住堂弟的手，说：“你不要这样吓唬她，她没有罪！”

“四哥！”堂弟甩开王四的手，说，“你是不是打算跟她结婚啊？真要这样我就不管了，我犯不上得罪我四嫂子呀！”

“我的事不要你管了！”王四挡住女人，伸出双手，说，“请吧！”

堂弟说：“大伯，大娘，恭喜你们了，双喜临门，外带一条黑狗！”堂弟冷笑着走了。

王四蹲下烧火，女人和狗又围上来。他苦笑着说：“姑娘，吃过饭你必须走了！”

她的眼里又涌出泪水。

爹提着一把镐头闯进来，掀掉锅盖，抡圆镐头，砸进了锅里，铁锅破了，半开的水飞溅出来，烫了王四的手和脸。灶里的火被水浸灭，白色的烟灰和水汽一直冲上房顶。

母亲跪在了女人面前，哭着说：“求求你，走吧，求求你，走吧！”

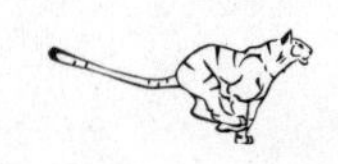

王四拉着女人的手站起来，说：“你必须走了。”

女人定定地望着他，脸上又是那种微笑。

王四说：“你都看到了，为了你我已经狼狈透顶，你再不走就没有道理了。”

女人微笑着，狗蹲在身旁。

六

已是中午时分，来看热闹的村人走了一拨又来一拨，孩子们则始终挤在院子里。女人现在跟王四是寸步不离，那条狗与她寸步不离。

王四走动她跟着走动，王四止步她对着王四微笑。狗跟着她走动，或是蹲踞在她身旁。

王四的父亲已经离家出走。王四的母亲已昏倒在地。王四把母亲抱到炕上，她站在王四身后，狗蹲在她腿边。

王四走到院子里，她跟着，狗跟着。王四愤怒地对看热闹的村人说：“都走都走！王四勾搭了一个女妖精，有什么好看的！”村人们窃窃私语着，并不离去，好像王四、女人和狗是铁笼中的猛兽，尽管龇牙咧嘴吼叫，但并不能伤害参观者。王四甚至追打那些顽童们，她跟着他跑，狗跟着她跑，那些孩子像猴子一样灵活，跳来跳去地跟他周旋着，院子里的人们发出叽叽嘎嘎的怪笑声。

王四回到那间洞房，她跟着，狗跟着。顽童们也拥进屋子。有一个男孩用木棍子捅黑狗，黑狗嘤嘤地叫着，把头藏进她的裙裾。对女人的怜爱，好像逐渐地减弱了。王四简单地回顾了这二十多个小时的经历，痛感到这是一生中最悲惨的一段时光，所谓的黑暗地狱也不过如此了。遭此炼狱般煎熬的根本原因是自己的荒唐。他想自己不应该去吻她，不应该去厕所救她，应该把她从河中救上来，但不应该在桥头鬼迷心窍般地回首，更不应该赶走前来搭救自己的堂弟。现在他侧着脸闭着眼对她说：“小姐，你已经差不多把我搞得家破人亡，对一个男人最重的惩罚也不过如此了，你应该走了，带着你这条可恶的狗！”

女人却把脸来对着他的脸，并伸出舌头舔他的嘴。王四趁着自己还没被她口腔中的草料香气弄得昏头胀脑时，将头扭到一边，并迅速抬手，抽了女人一个耳光。黑狗在女人裙下哀鸣起来。

女人低沉地呻吟一声，眼里盈出泪水，脸上竟然还挂着微笑。王四心里又可怜起她来了。她的洁白的腮上凸起了四根红红的指痕。巴掌打在女人脸上，却痛在王四心里。他强忍住想去抚慰她脸上的伤痕的热望，大声吼着：“滚滚滚！统统给我滚！”

七

傍晚时分，闹钟姑娘在两个强健男人的护卫下来到王四的家。她面色如铁，一声不吭，走进洞房，把十只钟表收进一只提包，然后对着王四、女人和狗啐了一口，转身就走了。两个男人一左一右保护着她。收尽了钟表的房间突然变得十分安静，王四哀伤地看到清冷的月光又一次照在窗户上。

几个男人把他的奄奄一息的父亲从不知什么地方抬进来，放在锅灶旁的柴草上，然后悄悄地走掉了。

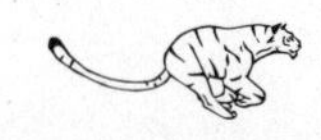

看热闹的人也散尽了，院子里静悄悄的。夏末秋初的凉风从田野里源源不断地刮来，院子里的扁豆架上，响亮着一片虫鸣。

精力耗尽的王四坐在洞房的炕沿上，借着月光，专注地看着女人。女人也在看着他。王四觉得她的眼里一会儿射出温柔可人的爱之光，一会儿又喷吐着鳞光闪闪的地狱之火。那束怪异的鲜花不知在什么时候已经枯萎了，女人仍死死地抱着它。

王四想起了那条在这场悲剧中扮演了重要角色的黑狗，用眼睛去女人裙边寻找，却没有发现它的踪影。他的脸上露出了一种古怪的微笑。他有气无力地说："我们被它给玩弄了。"

女人放下枯萎的花束，在月光下缓慢地脱下了绿裙，赤身裸体站在他的面前。她身上鳞光闪闪，寒气逼人，宛若一条冰河中的青鲤。王四的心脏猛烈地跳动起来，一股腥冷的味道包围了他。他莫名其妙地想到了多年前的情景——一个身材高大的、姓崔的炮手抱着一颗金光闪闪的大炮弹，狡猾地说："小心着点儿，滑手必炸！"那个大个子炮手青铜一样的脸色竟与女人身上的颜色极其相似。他知道自己对女人毫无兴趣，但他还是很急地走上前去，搂抱了她赤裸的身体。女人的舌头冷冰冰地伸进了王四嘴中。王四感到血液都冻结了。他疲倦地随着女人倒下去。在最后那一刻，他模模糊糊地听到一条狗在黑暗中悲鸣不止。第二天，村人发现王四和女人紧紧搂在一起死去了。为了分开尸体，人们不得不十分残忍地弄坏了他们的口舌，折断了他们的手指。

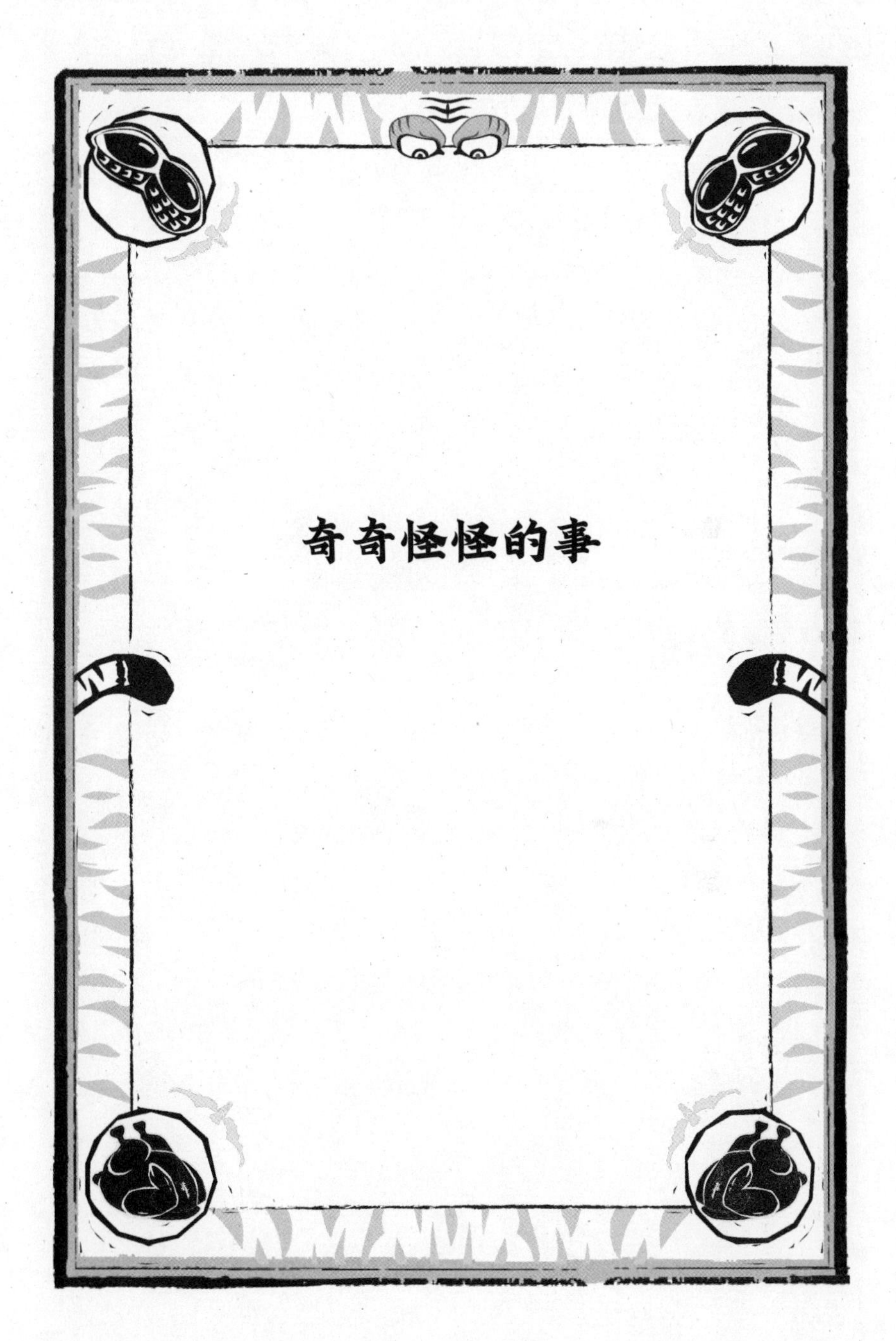

奇奇怪怪的事

草鞋窨子

隔着十几根柳树槐树的树干、一层厚厚的玉米秸子和一层厚厚的黄土，在我们头上，是腊月二十八日乌鸦般的夜色。我踩着结了一层冰壳的积雪从家里往这里走时，天色已经黑得很彻底，地面上的积雪映亮了有三五尺高的黑暗，只要是树下，必定落有一节节的枯枝，像奇异的花纹一样凸起在雪上。我说的“这里”是草鞋匠工作的地方，我们把这地方叫“鞋窨子”。我们这个窨子是我跟父亲、袁家的五叔、六叔挖成的，窨子是“凸”字形的，凸出的地方是进出窨子的通道，那儿用秫秸搭成一个三角形的棚子，棚子罩着窨子口，窨子口上盖着蒲草编成的厚席。窨子顶上留了一个天窗，天窗上蒙着一层灰蒙蒙的塑料纸。我们的窨子很大，招了一些闲汉来取暖。闲汉中有一个叫于大身的，当年曾在青岛拉过洋车，练出两条飞毛腿，能追上飞跑的牛犊子。还有一个张球，是个会锔锅锔盆的小炉匠，外号“轱辘子”——我们这儿把锔锅锔盆的小炉匠统统叫作“轱辘子”，前面冠以姓氏什么的，张球个小，大家都叫他“小轱辘子”，“轱辘”二字是否对，我不知道，我刚上到四年级就被老师撵了。我那个老师是个大流氓，人称“大公鸡”，我在他床单下撒过一把蒺藜，他就为这点儿小事把我撵了，后来我看过一本小人书，知道该往老师的茶壶里撒尿，可惜没有这种机会了。我从家里往地窨子走，踩得积雪嘎嘎吱吱响。在地窨子背后，我淅淅沥沥地小便，模模糊糊地看到焦黄的水落到雪上，把积雪砸出一些乌黑的大洞小洞。扎好腰带时，我抬头看了一眼天，天上的星斗绿得像鬼火一样，我没见过鬼火，小轱辘子说他见过，他串街走巷回来晚了，走到野地里，一群群鬼火就围着他转。想要追上它们？小轱辘子说，人必须脱下鞋来，鞋跟朝前用脚尖顶着跑，鬼火上当，迎着你飘来，你一脚把它踩住了。是什么呢？破布、烂棉花、死人骨头什么的。小轱辘子长年串四乡，见多识广。他说他还见过“话皮子”，形状比黄鼠狼略小一点儿，嘴巴是黑的，尾巴是白的，会说人话，声音不大，像个小喇叭一样。后来，我让他详细讲讲“话皮子”的事，他又说没亲眼见过。但他爹亲眼见过，他爹有一年去赶集，碰上一个知己，下酒馆喝醉了，晃晃悠悠往家走，走到村头时，已是掌灯时分，远远地看着那截要倒不倒的土墙上有一个小“话皮子”，身披一件蜡那么红的小棉袄，在墙头上像人一样站起来，来来回回地走，一边走一边喊：张老三、张老三，我会走了，我会走了！小轱辘子的爹名叫张老三。张老三人醉心不醉，他知道这是“话皮子”挂号（由人做鉴定的意思，人说：你会走了。它就真会走了），就弯腰捡了一块半截砖，猛地摔过去，骂道：会走你娘的×！一砖头把那堵墙给打倒了。“话皮子”叫一声亲娘，四条腿着地跑了。

后来每逢傍晚，那个“话皮子”就带着一群“话皮子”在断墙那儿喊：“哎哟地，哎哟天，从西来了张老三；哎哟爹，哎哟娘，一砖打倒一堵墙……”袁家五叔说，他小时候好像唱过这个歌。

我下了窨子，袁家五叔、六叔都来了。五叔在打草鞋底，扒了棉袄，穿一件夹袄，腰里扎根绳子，双脚蹬着木棍，结扎着草辫。六叔耳聋，跟人说话爱起高声，有时候别人作弄他，见了面对他把嘴唇张几下，他就连连说：“吃啦吃啦！”他以为别人问他吃过饭没有呢。六叔在把一捆蒲草梳成细蒲丝，准备编鞋梳子。

袁家五叔六叔，是乡里有名的草鞋匠，当然是编得又快又好。他们能编各种各样的鞋，还能在鞋面上编出“江山千古秀”的字样来。他们编草鞋赚了一点儿钱，几年前娶了一个女人，起初好像说是给六叔娶的，可是后来听说五叔也在女人炕上睡，生了一个女孩，见到年轻一点儿的男人就追着叫爹。我叫过这个女人一段六婶，又叫过一段五婶。小轱辘子说五六三十。村里人嘴坏，因女人姓年，就叫她年三十了。我呼她三十婶，三十婶长得人高马大，扁扁的一张大脸，扁扁的两扇大腚，村里的年轻人都说她心肠好。她家的炕上炕下每到晚上就坐满年轻人，三十婶在他们中间像个火炉子一样，年轻人围着她烤火。五叔六叔也习惯了，吃过晚饭就下窨子编草鞋，一直编得鸡叫头遍才回家，五叔回六叔就睡在窨子里，六叔回五叔就睡在窨子里，兄弟两个几乎不说一句话。

我父亲编草鞋的手艺不行，就让我跟五叔和六叔学。我的位置在五叔六叔对面，一抬头就能看到他们善良的脸，稍低头就看到他们密密麻麻的手指飞动。我上学不认字，学编草鞋却灵，只一个冬天，就超过了父亲，无论是在速度上还是在质量上。父亲准备改行蘸糖葫芦或是捏泥孩子泥老虎，他好像不愿意败在儿子手下。我刚刚十一岁。

一线寒光从窨子顶上那块塑料薄膜上透下来，一滴滴晶亮的水滴挂在白霉斑斑的玉米秸子上，永远也不下落。父亲白天去集上探了探行情，发现蘸糖葫芦和捏泥孩都比编草鞋赚钱更容易。他决定我们爷俩一起改行，不编草鞋了。我舍不得离开温暖的地窨子，舍不得地窨子里的热闹劲儿。但父亲已决定了，我没有说话的权利。父亲去集上遭了风寒，发热头痛。奶奶用白面生姜大葱熬了一盆疙瘩汤，让他喝了发汗。汤上漂着绿葱叶和铜钱大的油花。我盼望着父亲胃口不好，不要把汤喝光。父亲胃口好极了，喝得呼噜呼噜响。父亲喝完了汤，还用舌尖舔光了盆。他满脸通红，让我下窨子去把那双尖脚鞋拾掇完，明儿个逢马店集，让我把已有的三十双草鞋背到集上卖了。我一声不吭出了家门。我坐在我坐惯了的位置上，背倚着潮湿的土壁，看着一缕缕黑烟从灯火上直冲上去，五叔六叔瘦瘦的脸上都涂了一层蜡黄。我拿起那只编了一半的草鞋，感到手拙笨得很。这是最后一夜在窨子里编草鞋了。明天之后，我就要挑着鲜红的糖葫芦或是背着花花绿绿的泥玩具跟着父亲串街走巷高声叫卖了。我认为这新的职业下贱卑鄙，是靠心眼子挣饭吃，不是像草鞋匠一样靠手艺挣饭吃。父亲因为无能才改行，我本来有希望成为最优秀的草鞋编织家，却被父亲这个绝对权威给毁了。窨子口的草帘子响动，我知道一定是小轱辘子来了。隔了一会儿帘子又响，我知道是于大身来了。小轱辘子是个光棍，有人说他快四十岁了，他自己说二十八岁。有人说他挣的钱有一半花在西村一个寡妇身上，他也不反驳。有人劝他把那寡妇娶了，他说：偷来的果儿才香呢。一入冬，他不出远门，白日里挑着家什在周围的村里转转，夜里就来蹲窨子。他没有窨子不能活，窨子里没他也难过。我真怕白天，白天窨子里只有严肃的爹、羞怯的五叔、聋子六叔，有时也许有几个闲汉来，都不如小轱辘子和于大身精彩。我盼望着天黑。

于大身是个虾酱贩子，身上总带着一股腥味。他有一条扁担，又长又宽，暗红的颜色，光滑得能照人影。于大身贩虾酱全靠着拉洋车练出来的好腿和这条好扁担。他身高中等，人也不是太结实的样子，但传说他挑着二百斤虾酱一夜能走一百五十里路。好汉追不上挑担的。于大身的扁担颤得好，颤得像翅膀一样，扁担带着人走不快也得快。于大身下窨子不如小轱辘子经常，他卖完一担虾酱，必须赶夜路再去北海挑。他的虾酱从不卖给本乡人，有人要买，他就说："别吃这些脏东西，屎呀尿呀都有。"有人说他一百斤虾酱能卖出二百斤来，一是加水，二是加盐。本乡人吃不到他的虾酱，大概是他不愿坑骗乡亲吧？其实一样，他不在本乡卖，本乡人就买外乡虾酱贩子照样加水加盐的虾酱吃。

于大身五十多岁了，年轻时在青岛码头上混，什么花花事儿都经过。他有时在窨子里讲在青岛逛窑子的事，讲得有滋味，小轱辘子听得入神，口水一线线地流出来。我低着头听，生怕漏掉一个字，生怕别人知道我也在听，而且听得很懂。父亲有时也加入这种花事的议论中去，出语粗秽；我心中又愧又恶心，好像病重要死一样。我不敢承认某些严酷的事实。想象别家的女人时，有时是美妙的，但突然想到自家的女人时，想到所有的人都是按着同样的步骤孕育产生，就感到神圣和尊严都是装出来的。我想得出神入化的时候，父亲在我身旁就会厉声喝一声："心到哪里去了？快编！"于大身还说过一件趣事呢，他说他有一年去夏庄镇卖虾酱，从木货市南头宋家巷子里，出来一个吊眼睛高身的半大脚女人，脸上搽胭脂抹粉，衣裳上灰尘不染，一看就知道不是个善物。那女人要买虾酱，他把挑子挑过去。女人揭开桶，舀了点儿虾酱闻了闻，说："卖虾酱的，你往桶里撒尿了吧？怎么臊乎乎的？"旁边几个人哧哧地笑。于大身不知厉害，骂道："臭娘儿们，我往你嘴里撒了尿。"女人白粉里涨出张紫脸来，紫脸上镶着蓝眼，破口大骂。巷子里拥出一群群看热闹的人，没人敢上去劝那女人。于大身知道碰上难缠的角色了，想软下来又怕丢面子，就紧一句慢一句地与那女人对骂。看客越多那女人越精神。精神到热火头上，于大身说，可了不得了！只见那女人把双手往腰里抄去，唰地抽出裤腰带，搭在肩膀上，把裤子往下一褪，世上的人都不敢睁眼。女人笑嘻嘻地往两个虾酱桶里各撒了半泡尿。女人走了，于大身傻了眼。后来，过来一个人，拍拍他的肩头，说："小伙子，你闯下大祸了！你知道她是谁吗？她就是有名的'大白鹅'啊，这个镇上有头有脸的人物都上她的炕，她要是想毁你，歪歪嘴巴就行了。"于大身大惊失色，那人说："伙计，不要慌，我这里有一条计，只要你豁出面皮，保你平安无事，还要交上好运。"那人把嘴附到于大身耳上，如此这般地说了一番。那天于大身说到这里时，就像猛醒似的说："哟，光顾了说话了，忘了时辰，我今天夜里还要去北海挑虾酱哩！"众人拉着他不让走。

小轱辘子说："老于头，你别卖关子，快说快说。"五叔不紧不慢地说："老于，说完吧，一条什么计？"于大身挣脱小轱辘子扯着他的衣服的手，求饶似的说："小轱辘子，行行好，放了我吧，这件事麻缠多着呢，没有半夜说不完，走晚了我就赶不上时辰了，你不知道北海那边的规矩，贩虾酱的人多着呢，日头冒红时我要是撵不进去，就得在北海待三天。那边，可不是人能多待的地方。”

六叔停下手中的活，用震破天的嗓门问：“你们，争什么？跟我说说。”

大家都被惊住了，以为他发了火，但一看他脸上那表情，马上就明白了，于是都懒手懒脚地笑笑。聋六叔不甘心，把耳朵送到我嘴边，大声问：“你们争什么呢？”我大声喊：“往虾酱里撒尿！”不知他听清了没有，大概是听清了，我把嘴从他耳朵上摘下来，他连连点头，满脸是笑，土黄色的眼珠子在灯火下发出金子般柔和的光芒。他说：“老于这家伙，一肚子坏水，这家伙……”

小轱辘子说：“老于，放你走，下次回来可要接着说。”老于说：“一定一定。”

老于弯着腰往窨子口走，走几步又回头说：“小轱辘子，把你跟西村小寡妇那些玩景说给老五他们听听，长长的大冬夜。”小轱辘子说：“老臊棍子，到北海去找你的相好的吧。”

爹咳嗽着说：“轱辘子，那小寡妇家产不少，你可紧着点儿去，别让别人把她弄了去。”

小轱辘子长叹一声，说：“老爹，你侄子我尖嘴猴腮，不是个担福气的鬼，人家要改嫁了。”

“嫁给谁？”爹问。

“还不是老柴那个狗杂种！”

“老柴五十多岁啦，能娶二十五岁的小寡妇？”爹有些疑惑。

“这有什么稀罕。她也是被她那些大伯小叔子欺负怕了，嫁给老柴就没人再敢动她，老柴的儿子升了县长了。”小轱辘子说。

爹说："她也有她的主意。儿子升了县长，老柴就是县长的爹，她嫁给老柴，就是县长的娘，不管亲不亲，都在那个分上。"

五叔说："就是。女人就是狗，谁喂得好她就跟谁走。"

爹说："轱辘子，老辈子说'劝赌不劝嫖'，但还是要提你个醒。你跟那女人有交情，一个被窝里打过滚，乍一离了，心里不会死。要是她嫁了个平头百姓，你尽可以去吃点儿偷食，她嫁了县长的爹，就是有身份的人了，你去偷她就是偷县长的娘，县长知道了……你加着点儿小心，小伙子！"小轱辘子低了头。

五叔安慰他："你才二十八呢，总有合适的女人，这种事儿着急是不行的，这种事儿不是编双草鞋，要是编草鞋，手下紧着点儿，熬点夜也就编完了。"小轱辘子说："没有女人也好，无牵无挂，一人吃饱了全家不饿。"

爹说："都像你这样，世界不就完了吗！"

小轱辘子说："完了还不好？我盼着天和地合在一起研磨，把无论什么都研碎了。"

五叔说："那我们在窨子里就活下来了。"

小轱辘子说："活？想得好！天上对着窨子这儿正好凸出一块来，正好榫在窨子里，叫你活！"

五叔说："也是，天真要你死，你跑到哪儿也逃脱不了。"

爹笑了。六叔见大家笑也跟着笑了。后来小轱辘子情绪上来，又给我们说鬼说怪，说高密南乡有一个四十多岁的老婆，去年伏天里，带着两个十七岁的闺女在河堤上乘凉。这对闺女是双生子，长得一模一样，双眼皮大眼睛，小嘴插不进根葱白去。两个闺女累了一天，躺在河堤上，铺着凉席子，小风吹得舒坦，娘用扇子给赶着蚊子，两个闺女呼呼地睡着了。老婆扇扇子的手也越来越慢，马马虎虎的似睡不睡。这时候，就听到半空里有两个男人说话。一个说："两朵好花！"另一个说："采了吧。"一个说："先去办事，回来再采。"老婆听到两阵风从空中往正北去了。她吓坏了，急忙把两个闺女摇醒领回家。那老婆鬼着呢，她找了两把扫帚放在凉席上，扫帚上蒙一床被单子。老婆就躲在远处偷偷看着，过了一个时辰，听到半空中"嗞啦嗞啦"两声响，然后，什么动静也没有了。到了第二天早晨那老婆去河堤一看，我的青天老爷！那床被单子上，两大摊像米粒那么大的小蜘蛛。要不是那老婆机灵，这两个闺女就毁了……

小轱辘子和于大身一下窨子，我马上就有了精神，五叔也停下手，掏出纸、烟荷包卷烟。卷好了一支，他戳了戳六叔，六叔愣愣怔怔地抬起头，感激地对哥哥点一下头，接了烟，用嘴叼着，凑到灯上吸着。六叔依次对于大身和小轱辘子点头。五叔自己也卷好一支烟点着吸。小轱辘子和于大身也各自卷烟吸。我跟五叔要烟吸。五叔说："一离开你爹的眼你就不学好。"我说："吸烟就是不学好吗？那你们不是都不好了吗？"五叔说："小孩吸烟就呛得不长个儿了。"小轱辘子说："听他胡说，越呛越长，吸吧！"五叔把纸和烟荷包递给我。我不会卷，烟末撒了一地。五叔说："有多少烟够你撒的？"他夺过烟和纸，替我卷了一支。我就着灯吸了一口，一声咳嗽就把灯喷灭了。五叔把灯点亮。六叔大声说："使劲儿往肚里咽就不咳了。"我把烟猛劲往肚里吸，果然不咳了，但立刻就头晕了。一盏灯在烟雾中晃动，人的脸都大了。

父亲不在，我感到像松了绑一样，大声喊："身爷，你那条妙计还没讲呢！"大身说："这孩子，你爹不在身边就敢大声吵吵，你爹在这儿，你老实得像懒猫一样，你爹呢？”五叔说：“他爹要去发大财啦！”大身说：“噢呀，发什么大财？”我说：“俺爹要去蘸糖葫芦球，不编草鞋了。”我感到挺丢人的，我认为爹不是个好样的。大身说：“也好，一个人一辈子不能死丘在一个行当上，就得常换着。树挪死，人挪活。”我说：“你快说你的妙计吧，那女人在你桶里撒了尿后又怎么着了？她往虾酱里撒尿，不怕把虾酱溅到腚上？”

大身说：“小杂种，不敢把你放在炕上困觉了。”小轱辘子说：“他问的也是，女人尿粗，真要溅到那玩意儿里，那可就鲜了。”“鲜个×！”大身骂道。“就是要那儿鲜呢！”小轱辘子眼珠骨碌碌地说。五叔说：“当着孩子的面，别太下道了。你快接着那天的茬口往下说吧！”

大身说：“那天说到一个人对我面授妙计，其实简单着呢，那个人说：‘小伙子，你把虾酱挑子找个地方先放放，去店里买上两斤点心提着，到了她家，你跪下就磕头叫干娘。她就愿意认小伙子做干儿呢！’我一想，叫句干娘也少不了一块肉，就去店里买了两斤点心，提着，打听到‘大白鹅’的家。一进门，把点心往桌上一放，我扑通下了跪，脆生生地叫了一句干娘。她正在那儿抽水烟，一见我跪地叫干娘，咯咯咯一阵笑，扔了水烟袋，双手扶起我来，在我下巴上摸了一把，说：‘亲儿，快起来，等会儿干娘包饺子给你吃。’吃完了饺子，她就让我去把那两桶虾酱挑来，她说：‘儿，不用愁，干娘帮你去卖虾酱。’她领着我，在镇上那些有头有脸的人家转，到一家她就喊：‘快点儿找家什，我干儿从北海送来了新鲜虾酱，分给你们点儿尝尝。’哪个敢不买？两大桶虾酱，一会儿就分光了。卖完虾酱她说：‘儿，有什么事只管来找娘。’那天我可是发了个小财。”

“完了？”小轱辘子问。“没呢，后来，她见了那些买虾酱的就问：‘虾酱滋味儿怎么样？’被问的人都说好，都说鲜，她就笑着说：‘都喝了老娘的尿啦！’”大家都怪模怪样地笑了。

小轱辘子说：“吃完了饺子就去卖虾酱了？不对不对，这中间一定还有西洋景。说说，老于说说，你干娘没拉你上炕？”于大身说：“这不是明摆着的事儿吗！”

五叔说：“老于，这趟去北海又碰上什么稀罕事儿没有？”老于说：“有啊，渤海里有一条大船翻了，死了无数的人。海滩上有一条大鲸鱼搁了浅，是一个捡小海的小闺女先看到的，她回家去叫来人，人们就用刀、斧、锯把那条大鱼给抢了，剩下一条大骨架子，像五间房子那么高，那么长。”五叔惊叹地伸伸舌头，说：“真不小。”小轱辘子说：“你没掰根鱼刺回来？”老于说：“我想掰，可是等我去时，骨头架子旁边已经派上了岗哨，四个兵站着四个角，枪里都上了顶门火儿。”“当兵的要那鱼骨干什么？”五叔问。“用处大着呢！”于大身说，“飞机上有一个零件，必须得用鲸鱼骨头做，换了金子也不转，全世界都在抢呢！”“噢，怪不得哩！”五叔恍然大悟地说。

“得了，你别瞎吹了！”小轱辘子站起身来说。五叔问：“还没多大工夫呢，这就要走？”小轱辘子说：“不走，去撒尿呢。”小轱辘子出窨子时，一股冷风从窨子口灌进来，推得灯火前俯后仰。我已把半只草鞋编好了。在父亲的座位后，放着我们爷俩半个月来的劳动成果，三十几双大大小小的草鞋。父亲让我明儿去赶马店集，不知五叔去不去，我心里不愿跟五叔一块儿去，我一个人去，可以“贪污”几毛卖鞋钱。今年过年，我一定要买一些大“炸炮”，这种炮摔、挤、压、砸都会响，插在熟地瓜里扔给狗，狗一咬，啪一声就炸了，就把狗牙全炸掉了。李老师家的儿子李东，家里有钱，口袋里满满的都是炸炮。去年冬天，我还在学校里，下了课冷啊，我们几十个男孩都贴在墙边，排成一行“挤大儿”，从两头往中间拼着命挤，一边挤一边叫：“挤挤，挤挤挤，挤出大儿要饭吃。”挤得满身是汗。中间的人被挤出来，赶紧跑到两头再往里挤。破棉袄在砖墙上磨得嗞棱嗞棱响。大人们最反对小孩“挤大儿”啦。挤呀挤，挤呀挤，只听得中间呼通一声响，李老师的儿子李东的衣袋里先冒烟后冒火，李东被炸翻在地。挤完了大儿再接着上课，教室里像冰一样凉，我们的棉袄上都快出霜了。

又一阵冷风灌进来，灯火照样动乱一阵儿。小轱辘子结扎着腰带走进来，嘴里哧哧地响着，说：“冷，真冷。”盖窨子口的草帘子又响了，冷气又灌进窨子，老于喊：“是谁？快盖好帘子，就这么点儿热乎气，全跑光了。”

弯着腰走进来一个人，两只小眼像黑豆似的，下巴上稀稀拉拉地生着十几根黄胡子。“老薛，又来刮我们？”五叔说。是卖花生、烟卷的薛不善，他提着一个竹篮子，篮子里有半篮炸花生，三五盒皱巴巴的烟。篮子里放着一杆小秤。他说：“给你们送点儿点心来，光赚不花，活着还有什么劲？五哥、六哥、轱辘子、老于，每人称上半斤，香香口，再有一天就过年了，该吃点儿了。”他说话尖声尖气，像个女人。

薛不善把花生用手抓起，又让花生慢慢地往篮里落，花生打得花生噼噼地响。

“多少钱一斤？”五叔问。“老价，五毛。”薛不善说，

“今夜里刘家的窨子里、二马家的窨子里都买了不少，连王大爪子那个铁公鸡都买了半斤花生一盒烟，要是信着卖，早就卖光了。这半篮花生几盒烟，我是给你们留的。全村的窨子里，都比不上这窨子里有钱，五哥六哥是快手，一个顶一个半，老于钱来得顺，小轱辘子更甭说了。”于大身说：“你甭油嘴滑舌啦，压压价，就买你点儿。”薛不善说了半天，终于同意四毛五一斤花生。老于掏出五毛钱，薛不善称出一斤花生，倒在老于的帽子里。薛不善说没零钱找，找给五根烟卷，每人一根。我第一次受到这种待遇，心里感到兴奋，吸着烟，强忍着不咳嗽。老于端着帽子头，把花生分了，大家珍惜地吃着，不知说点儿什么好。

老于说：“薛不善，你老婆的雀盲眼还没治好吗？”老薛说：“四十岁的人啦，治什么。”小轱辘子问：“老薛，雀盲眼到了夜里什么都看不清吗？”

老薛说：“影影绰绰地能看清人影，分不清楚就是了。”

五叔说：“那夜里也做不成针线活了？”

老薛说：“有什么针线活做！”

老于说：“薛不善，你夜里出来放心？要是有人摸进去，学着你这女人嗓子，还不把你老婆给弄了？”

老薛说：“弄了？我老婆隔十里就能闻出我的味来。”

五叔说：“你去买两套羊肝给她吃吃看，羊肝养眼。”

老薛说：“那是庄户人吃的东西吗？”

五叔说：“你别不信，偏方治大病。我听俺爹说，那一年郭家官庄郭庄主脚背上生了一个疮，百药无效，后来来了一个串街郎中，那郎中说，你去抓十只蚂蚱来，捣成酱，糊到疮上，包你好。郭庄主半信不信的，去草里抓来十只蚂蚱，用两块石片捣烂了，糊到疮上，第二天就消了肿，第三天就收了口。第四天那郎中又来了，郭庄主请郎中到家里喝酒，喝着酒，那郎中说，这是个百草疮，蚂蚱吃百草，一物降一物，所以灵了。”

我从前还听五叔讲过一个类似的故事，说一个人脖子上生了一个疮，奇痒难挨，百药无效，后来来了个郎中，抓了一摊热牛屎糊到那人脖子上，从疮里立刻钻出了成百上千的小“屎壳郎”，那是个“壳郎疮”。五叔是轻易不讲故事的，除非特别高兴的时候。薛不善尖声尖气地说：“你们忙着，忙着，我去别家的窨子里转转去。”

花生还没吃完，大家都紧着吃。一会儿就吃完了，大家用手捏着花生皮，用眼瞅着花生皮，久久不愿离开。余香满口。灯火直挺挺的，格外明亮地照着湿漉漉的洞壁。秫秸上的水珠像眼泪一样挂着，总也不落下来。从头上传来冬夜静寂的风声，一阵儿大一阵儿小，河里冰层给冻裂了，喀喇喇一片响声。小轱辘子说：“我刚才上去撒尿时，碰见一只白貉子……”

碰到过白貉子的人在我们乡里是那么多，它大概是小绵羊或小白兔样子的动物，行踪神秘，法力很大，在暗夜里往往白得耀眼。你如果要想追它，你就追吧，你跑快它也跑快，你跑慢它也跑慢，永远也追不上。

小轱辘子开了头，五叔也破天荒地讲了个故事，我猜测着五叔这故事是讲给出钱买花生的于大身听的。五叔说，我们村里刚死去的老光棍门圣武家住着“阴宅”，门圣武胆大极了，他每天夜里喝醉酒回家，就看到有一个穿一身红缎子的女人在门口站着等他，还能听到女人的喘气声，门圣武想扑上去搂她，一扑，必定撞到门上。那女人就在他身后叽叽嘎嘎地笑。门圣武睡下后，还能看到一个小黑孩赶着匹小毛驴在屋里咯噔咯噔地走。五叔说，前几年我们这里邪魔鬼祟多啦，后河堤上有一个大奶子鬼，常常在半夜三更嘿嘿地冷笑。

于大身说："我倒是亲身经历过一件事，有一年我劈木头把中拇指弄破了，就把血抹在一个笤帚疙瘩上，随手扔了。过了几个月，有一次夜里我出去撒尿，是个月明天，地上像下霜一样，看到有个小东西在墙根上跳，我寻思着是个黄耗子，几步扑上去，一脚踩住，你猜是什么？是那个抹过我中指血的笤帚疙瘩！我点起火来烧它，烧得它吱吱啦啦地冒血沫子。记住吧，中指上的血千万不能乱抹，它着了日精月华，过七七四十九天，就成了精了。"

于大身讲了好几件亲身经历的事，他讲完，一看小轱辘子没了。我说："辘子被邪邪去了吧？"于大身说："这鳖羔子，什么时候溜走的？"五叔："也该他倒霉，他满可以把寡妇娶来的，老柴又从中插了一杠子。"

于大身说："走啦。明日去赶马店集，老五？"五叔说："去趟吧，明日会发市的，这么冷的天。"

"还不走？"于大身问。五叔看了六叔一眼，收拾好身边的东西，拍拍身上的土，站起来。六叔埋着头干活，一声也不吭。我知道六叔今夜要在窨子里睡啦。

我说："五叔，我在这儿跟六叔一块儿睡，你明早赶集时叫我一声，俺爹让我去卖鞋。"五叔答应着和于大身一块儿走了。

窨子里的天地一下子大了，我和六叔对面坐着，灯光照进六叔眼里，六叔的眼珠子又黄得像金子一样了。六叔大声说："困吧！"

六叔说完就站起来，大声唱道："骂一声刘表你好大的头，你爹十五你娘十六，一宿熬了半灯油，弄出了你这块穷骨头……"

我憋了一大泡尿，小肚子胀得发痛，但就是不敢出去尿。六叔唱完戏就钻进了被里去。我壮着胆子，脑瓜子嗡嗡响着往出口走。咬着牙掀起帘子钻出窨子，就像光屁股跳进冰水里一样，头皮一奓一奓的，眼睛不敢往四处看，耳边却听到小毛驴的蹄声、大奶子女人的冷笑声、笤帚疙瘩的蹦跶声、"话皮子"的说话声……我掏出来撒尿，脖子后冰冷的风直吹过来。我用尽力气撒尿，偶一抬头，就见一个乌黑的大影子滚过来，雪地上响起一片踢踏之声。我惊叫一声，转身就跑，不知道怎么跌进窨子里，油灯被我扇得挣扎着才没熄。我大声叫六叔，六叔像死了一样，我拼命喊："六叔，鬼来了！"

鬼真的来了。从黑暗出口那儿，那个大东西扑了进来，他满头满脸都是血，一进窨子就跌倒了，我的惊叫终于把六叔弄醒了。六叔起来，端灯照着窨子里跌倒的东西，虽然蒙了一脸血，但还是认出来了，是小轱辘子。后来才听说，小轱辘子冒充薛不善钻进了雀盲女人的被窝，刚动作了几下，那女人就猛醒了。她伸手从炕席下抄起剪刀，没鼻子没眼就是一下子，正戳在小轱辘子额头上。

拇指铐

一

临近黎明时，阿义被母亲的呕吐声惊醒。借着窗棂间射进来的月光，他看到母亲用枕头顶着腹部跪在炕沿上，双手撑着席，脑袋探出去，好像一只鹅。从她的嘴巴里，吐出一些绿油油的、散发着腥臭气味的东西。他跳下炕，从水缸里舀来半瓢水，递过去，说：“您喝点儿水吧。”母亲抬起一只手，似乎想接住水瓢，但那只手在空中抡了一下便落下了。她抽搐着身体，又搜肠刮肚地吐了一阵儿，然后呻吟着说：“阿义……我的儿……娘这次犯病，怕是熬不过去了……”阿义的眼里悄悄地涌出了泪水。他鼓着气力，雄壮地说：“您不要说丧气话，我不喜欢听您说丧气话。我这就去胡大爷家借钱，借了钱，去镇上搬医生。”母亲抬着头，脸色比月光还白，双眼幽幽，盯着阿义，说：“儿子，咱不借钱，这辈子……不借钱……”她从脑后拔下两根银钗，递给阿义，说：“这是你姥姥传给我的，拿去卖了，抓两服药吧……娘实在是活够了，但我的儿，你才八岁……”她从炕席下摸出一张揉皱的纸片，说：“这是上次用过的药方……”阿义接过药方，看一眼母亲半掩在散发中的明亮的脸，说：“我跑着去，跑着回。”他将水瓢中的凉水一饮而尽，将银钗和药方仔细地揣入怀中，然后投瓢入瓮，抹抹嘴，高声道：“娘，我去了。”在明晃晃的月光大道上，他看到自己瘦小的身体投射出摇摇晃晃、忽长忽短的浅薄暗影。村子里一片沉寂，月光洒在路边的树木上，发出飒飒的响声。路过胡大爷家的高大院落时，他蹑手蹑脚，连呼吸都屏住，生怕惊动了那两条凶猛的狼犬。但到底还是惊动了那两条狼犬。它们从铁门下的狗洞里钻出来，昂着头咆哮着。在清凉的月色里，它们的眼睛放出绿光，它们的牙齿放出银光。阿义手里抓着一块砖头，胆战心惊地倒退着。那两条狼狗并不积极追他，叫嚣着送了他一段，便退了回去。阿义松了一口气，扔掉了手中的砖头。刚走出村子，他便撒腿奔跑。凌晨的凉风鼓舞着他的单薄衣服，宛若沾满银粉的黑蝶翅羽。

跑到著名的翰林墓地时，他的步子慢了下来。他感到急跳的心脏冲撞着肋骨，像一只关在铁笼中的野兔。他抬头看到，八隆镇榨油厂里那盏高高挑起的水银灯遥遥在望，仿佛一颗不断眨眼的绿色晨星。他跑得汗流浃背，腹中如火。沿着杂草丛生的道路斜坡，他下到马桑河边。连年干旱，河里早失波涛。河滩上布满光滑的卵石，在月下闪烁着青色的光泽。断流的河水坑坑洼洼，犹如一片片水银。他跪在一汪水前，双手撑住身体，脑袋探出去，低下去，像一匹饮水的马驹。喝罢水立起时，他感到肚子沉重，脊背冰凉。

重新上路后，他的肠胃咕噜噜地响着，腥冷的水直冲咽喉，促使他连连打嗝。他用手挤着肚子，吐出一些冷水。吐水时他

读客
《莫言的奇奇怪怪故事集》

想到了跪在炕沿上吐血的母亲，心中不由得一阵酸痛。摸摸怀中的银钗和药方，硬硬软软的都在。起步又要跑时，就听到身后传来一阵凄厉的惨叫。他的脊背一阵酥麻，毛发根根竖起。猫头鹰一叫就要死人，老人们都这样说，母亲也曾说过。母亲惨白的脸浮现在他的眼前。她一张口，吐出了黑色、黏稠的血，仿佛是熔化的沥青。猫头鹰又一声叫，似乎在召唤他。他不由自主地回过脸，看到高大的石墓前，那两匹肥胖的石马，那两只臃肿的石羊，那两个方头方脑的石人，还有那张光滑的石供桌。去年为母亲抓药归来时他曾坐在石供桌上休息过。据说墓地里原有几十株参天的古柏，但现在只余一株碗口粗的松树。在黑黢黢的针叶间，有两点火星闪烁，那是猫头鹰的眼睛。它发出一声严肃的鸣叫，华羽翻动，无声地滑翔出去，降落在流金溢彩的麦田里。“阿呜——”阿义大声号叫着，以此驱赶恐惧。他的脑袋膨胀，耳朵嗡嗡，忘掉了肠胃疼痛，飞跑月下路，向着水银灯，向着已经能望见模糊轮廓的八隆镇。

阿义跑进八隆镇时，红日尚未升起，但瑰丽的霞光已把青石铺成的街道照亮。街上静悄悄的，没有一个行人。街两边的店铺都关着门。被夜露打湿的酒旗死气沉沉地垂挂在酒店门前。光溜溜的劣质模特在服装店的橱窗里忧悒地蹙着眉头。阿义听到自己的赤脚踩着湿漉漉的街石，发出呱呱唧唧的响声。他高抬腿，轻落脚，小心翼翼，生怕惊了人家的梦。药铺大门紧闭，里边无声无息。阿义蹲在门前石阶上，耐心地等待。他感到很累、很饿，但一想到很快就能抓到药又感到很欣慰。蹲了一会儿，他感到腿酸，便一屁股坐在石阶上。他的眼睛渐渐蒙眬起来。一辆细轮的小马车从街东头跑过来，拉车的是一匹火红色的小马，赶车的是个肥大的女人。蹄声清脆，车声辚辚。小马目光明亮，宛如一个清秀的少年。女人睡眼惺忪，张开大口，打着无遮无拦的哈欠。在药铺门前，马车停住。女人从车上提下两瓶牛奶，走过来，看着阿义，说："闪开，鬼东西，好狗不卧当门。"

阿义跳起来，闪到门口一侧，看着女人把奶瓶放在门前石阶上。从她半掩的宽大衣服里，抖搂出一些热烘烘的气息。"别偷喝，小鬼。"她说着，回到车边，赶马前进。阿义专注地盯着那两只水淋淋的玻璃奶瓶，肚子隆隆地响着。牛奶的气味丝丝缕缕地散发在清晨的空气里，在他面前缠绕不绝，勾得他馋涎欲滴。他看到一只黑色的蚂蚁爬到奶瓶的盖上，晃动着触须，吸吮着奶液。那吸吮的声音十分响亮，好像一群肥鸭在浅水中觅食。药铺的门怪叫一声，门扇半开，一个脑袋半秃的男人探出半截身体，出手如钳，将那两瓶牛奶提了进去。令阿义昏昏欲睡的蚂蚁吮吸牛奶的声音停止了。他咽了一口唾沫，畏畏缩缩地将脑袋从半开的门缝里探进去。他看到秃头男人正在店堂里洗脸，一只母猫站在墙角堆积的药包中伸着懒腰，在它的身下，几只毛茸茸的小猫还在酣睡。男人洗完脸，端着脸盆出来。阿义急忙闪到门边。一片水在空中拉开一道帘幕，响亮地跌落在街石上。阿义不失时机地凑过身去，哀求道："大叔，我母亲犯病了，抓两服药。"秃头男人冷冷地说："门外等去，八点才上班呢。"就在秃头男人要将身体挤进门里时，阿义伸手扯住了他的衣襟。"干什么，黑小子？"男人说。阿义漆黑的眼睛望着男人褐色的眼珠，顺势跪在地上，说："大叔，行行好吧，我母亲病了，她如果死去，我就是孤儿。"那男人嘟囔着："看不出还是个孝子。药方呢？"阿义急忙把药方和银钗递上去。男人道："这不行，药铺要现钱，你得先把这钗子换了钱。”阿义的脑袋很响地叩在石头台阶上。他抬起头，说：“大叔，我母亲吐血了……她如果死去，我就是孤儿。”

二

提着两包捆扎在一起的中药，像提着母亲的生命，阿义跑出了八隆镇。赤红的太阳迎着他的面缓缓升起，好像一个慈祥的红脸膛大娘。道路依偎着马桑河弯曲延伸，仿佛永无尽头。快跑，慢跑，小跑，跑，跑，跑，虽然腹中饥饿，但心里充满幸福。河流两边展开着无边的麦田，路边的野草上挑着露珠。青草的气味很淡，麦子的气味很浓。他不时地将中药放到鼻边嗅着。香气弯弯曲曲，好像小虫，钻进了他的心。他抬头看到，温柔的南风像丝绸一样拂拂扬扬；低头听到，辉煌的天空里回旋着野鸟的叫声。跑到翰林墓地时，从河的对岸传来了嘹亮的喊号声。他看到在紫红的大道上，狂奔着一群金光闪闪的牛，一个瘦长的男人在牛后拖鞭奔跑着。跑啊跑，跑回家，先去王大娘家借来熬药的罐子。他嗅到了煎熬中药的浓烈香气。他想起了那只猫头鹰，不由自主地歪头看那株松树。他看到松树笔状的树冠绞动着，变成了一簇跳跃着的金色火焰。树下的石供桌上坐着两个人。他又回头看了一眼，果然在石供桌上坐着两个人。

“喂，小孩，你站住！”阿义站住。“你过来！”他听到石供桌上人喊叫，并且看到那个人高抬着一只手。阿义怯怯地走过去。他这时清楚地看到，坐在石供桌上的是一个男人和一个女人。男人满头银发，紫红的脸膛上布满了褐色的斑点。他紫色的嘴唇紧抿着，好像一条锋利的刀刃。他的目光像锥子一样扎人。女的很年轻，白色圆脸上生着两只细长的、笑意盈盈的眼睛。男人严肃地问："小鬼，你贼眉鼠眼，偷看什么？"阿义困惑地摇摇头。"你的父亲，叫什么名字？！"男人提高了声音，威严地问。阿义结结巴巴地说："我……没有父亲。"那男人怔了一下，然后突然仰起头来，爽朗地大笑着："哈哈！你听到没有？他说他没有父亲，他竟然说自己没有父亲！"那女子不理男人的话，只管一个人龇牙咧嘴，对着一面长方形的小镜子，修补她的嘴唇。阿义感到腹中痉挛，强烈的尿意突然袭来。为了不尿在裤头上，他把双腿紧紧地夹在一起，腰背也不自觉地挺得笔直。他看到那男人从衣袋里摸出一个灰白的小瓶，对准嘴巴，哧哧地喷了几下，歪头对身边的女子说："这小杂种！"女子懒洋洋地站起来，对着阳光打了一个喷嚏，她打喷嚏时五官紧凑在一起，模样很是古怪。打完了喷嚏，她的双眼泪汪汪的，她身穿一件紫红色的、皱巴巴的裙子，裸露着两条瘦长的、膝盖狰狞的腿。女子把一本绿色封面的小书摔在石供桌上，拍拍屁股，不声不响地走进麦田。男人站起来，身上的骨头发出咔吧咔吧的响声。阿义看到他高大腐朽的身体背着灿烂的朝阳逼过来。他想跑，双腿却像生了根似的移不动。男人伸出大手捏住了阿义细细的手腕。阿义感到那只大手又硬又冷，像被夜露打湿的钢铁。他挣扎着，想把手腕从那人的大手掌里脱出来。但那人用力一攥，他的手腕一阵酸麻，两包中药落在地上，他大喊着："我的药……我娘的药……"

但那男人聋子似的，对他的喊叫不理不睬，只管拖着他往前走。他被拖到那株松树下。男人把他的另一只手腕也捉住，往前用力一拽，阿义的鼻子就碰在了粗糙的树皮上。泪眼朦胧中，他看到松树已在自己怀抱里。男人用一只手攥住他的双腕，用另外一只手，从裤兜里摸出一个亮晶晶的小物件，在阳光中一抖搂，发出清脆悦耳的声音。“小鬼，我要让你知道，走路时左顾右盼，应该受到什么样的惩罚。”阿义听到男人在树后冷冷地说，随即他感到有一个凉森森的圈套箍住了自己的右手拇指，紧接着，左手拇指也被箍住了。阿义哭叫着：“大爷……俺什么也没看到呀……大爷，行行好放了俺吧……”那人转过来，用铁一样的巴掌轻轻地拍拍阿义的头颅，微微一笑，道：“乖，这样对你有好处。”说完，他走进麦田，尾随着高个女人而去。阳光和麦浪被他伟岸的身影分开，留下一道鲜明的痕迹，宛如小船刚从水面上驶过。

阿义目送着他们，一直望着他们的背影与金色麦田融为一体。微风从远处吹来，麦田里滚动着层层细浪。结成团体的鸟儿像褐云般掠过去，留下繁乱的鸣叫和轻飘飘的羽毛，然后便是无边的寂静。阿义脑袋里乱糟糟的，适才发生的事仿佛梦境。他晃晃脑袋，试图把这些可怕的恍惚感觉赶走。他想起了母亲，想起了药。他想走，却发现自己已经失去了自由。他挣扎着，起初只是用力往后拽胳膊，继而是上蹿下跳，嗷嗷怪叫，仿佛是一只刚从森林里捕来的小猴子。终于，他累了，他把脑袋抵在树皮上，呼噜呼噜地哭起来。随着一股眼泪的涌出，心中的暴躁渐渐平息。他从树干的一侧往前探头，看到那两个紧密相连的铁箍放射着扎眼的光芒。它们紧紧地箍住了拇指的根部，勒得两根拇指充血发红，动一动就钻心疼痛。他小心翼翼地把胳膊撑开，身体绕着树转了一圈，面对着马桑河和河边的道路。十几只油亮的燕子紧贴着河面飞翔，暗红的肚皮不时碰破水面，激起一些白色的小浪花。河的对岸也是连绵的麦田，麦田的尽头，有一些凝重的村落，村落的上空，笼罩着蓬松的烟云。他低头看到那两包躺在草丛中的药，母亲的呻吟声顿时如雷贯耳。他的鼻子一酸，眼泪又涌出来。他感到这一次涌出的泪水又黏又稠，好像松树上流出来的油脂。

三

在随后的时间里，不时有提着镰刀的农人从河边的土路上走过，他们都匆匆忙忙，低着头，目不斜视。阿义的喊叫、哭泣都如刀剑劈水一样毫无结果。人们仿佛都是聋子。偶尔有人把淡漠的目光投过来，但也并不止住匆匆的步伐。

他苦熬到半晌午。高悬东南的太阳红色褪尽，变成灼目的白亮。曾经在麦田里飘荡过的薄雾早已消失得干干净净。干燥的西南风一波催着一波吹来。熟透的小麦摇晃着沉甸甸的穗子。麦芒纵横交叉，茎叶反复摩擦，麦粒蚕屎般落地。田野里涌动着使人心痒难挨的窸窣声。空气中弥漫着麦子的焦香和呛人的尘土。汗水像胶油一样从他头皮上冒出来，流下去。他感到口渴难忍，肚子里像有团熊熊的火焰，鼻孔里呼出的气息灼热如烟。他又一次挣扎起来，强忍着拇指根部骨断皮裂般的痛苦。他靠着双腿和腹部的力量，一耸一耸地爬到树干高处，幻想着能让树冠从自己的怀抱中滑过，然后便能获得自由，但松树繁茂的枝杈顶住了他的脑袋，粉碎了他的幻想。他的肌肉一松懈，整个人从树干高处一滑到地。粗糙的树皮把他的肚皮和小腹拉得鲜血淋漓，被锁住的手指更是爆炸般奇痛。他惨叫一声，昏晕过去。不知过了多久，一阵震耳欲聋的机器声把他惊醒了。他努力睁开被眵糊住的眼睛。睁眼时他听到睫毛被拔离眼睑的噼啪声。泪眼模糊，往树皮上蹭蹭。他看到，从早晨跑过的那条路上，开过来一辆鲜红的拖拉机。道路崎岖不平，拖拉机蹦蹦跳跳，宛如一匹不驯服的马驹。开车的人一头乱发，戴着墨镜，腰板笔直，坐在驾驶座上，活像一尊石雕像。车头后灰色的挂斗里，坐着三个人。看不清他们的脸，但能听到他们猖狂的歌唱。他用胳膊夹住树干，艰难地站起来，竭尽了全力地喊叫："救救我吧——救救我吧——"拖拉机在墓地前停住，挂斗里的人停止了歌唱，但机器还"扑通扑通"地响着。车头上直竖起的铁皮烟筒里，喷吐出一环顶一环的、刚劲有力的烟圈。阿义不停地喊叫，并且把脑袋从树的一侧极力前伸。车上的人僵了一会儿，都把头歪过来，看着他的头。车后挂斗里的三个人一个随着一个跳下来。当头的是一个身体矮小、动作敏捷的男人，紧随着他的是个高大魁梧的汉子，走在最后的是一个皮肤漆黑、留着短发的女子。他们集中在松树前，仔细地看着那拇指铐，继而交换一下迷茫的眼神。小个子男人眨动着灰白色的冷冰冰的眼睛，严厉地问："是谁把你锁在这里的？"阿义怯怯地回答："一个老人。"小个男人瘪起缺齿的嘴，轻蔑地哼了一声。他从衣兜里摸出一个放大镜，低下千沟万壑的头面，专注地研究着拇指铐，好像一个昆虫学家在研究蚂蚁。高个男人拍了一下他隆起的脊背，瓮声瓮气地问道："老Q，干什么你，装神弄鬼吗？"他抬起头，掏出一块砖红色的绒布，仔细地揩着放大镜，赞叹道："好东西，真是好东西！地地道道的美国货。""老Q，瞎编吧你就！进口彩电有，进口冰箱有，就是没听说过进口手铐。”高个男人说着，也把脸凑上去看了看，“不过这小玩意儿，的确是精致。”黑皮女子用充满同情的腔调问道：

“小孩，你怎么搞的呀，是谁把你铐起来的？”

阿义说：“一个老爷爷。”

老Q问：“他为啥把你铐起来？”

阿义困惑地摇摇头。

老Q夸张地笑了几声，转脸对同伴们说：“怪事不？一个老爷爷，竟然无缘无故地把一个少年儿童铐了起来？！”他伪装出一副凶恶面孔对着阿义说：“你一定干了什么坏事！是偷了他家的母鸡呢，还是砸碎了他家的玻璃？”

阿义委屈地说：“我没有偷母鸡，也没砸玻璃。我的母亲病得不轻，吐血了，我去抓药……”老Q厉声道：“住嘴！你以为我们是谁？你以为撒个小谎就能骗我们替你打开铐子？哼！我一眼就看出来了，你是个不良少年。你一定做了特别坏的事，被警察铐在这里的！”阿义哭着喊：“我没有，我没有……我的母亲快要死了，救救我吧……”老Q厉声道：“你以为几滴眼泪就能骗过我们？！眼泪后面有虚伪也有真诚，但更多的是虚伪！莫斯科不相信眼泪，老实交代！”

“行了吧你老Q，对着个孩子耍什么威风？”黑皮女子怒斥小个男人，转脸又对大个男人说，“P，想法解放他。”

大P为难地嘟囔着：“这怎么解？”

黑皮女子道：“想想法子嘛，总不能见死不救吧？”

老Q冷笑道：“如果这里锁住的是条狼，难道也要救吗？”

黑皮女子道：“我看你才是一条狼，一条灰眼狼，一条色狼。”

大P笑着，走到松树前，抓住阿义的两条细胳膊，道："忍着点儿，看能不能劈开。"

大P用力一劈，阿义杀猪似的号叫起来。

老Q冷冷地道："劈吧，把两条胳膊劈下来，那铐子也是连着的。"

黑皮女子踢大P一脚，骂道："笨熊，你想把他五马分尸吗？"

大P道："我这不也是着急嘛！"

黑皮女子招呼正在车边紧螺丝的司机道："小D，你过来看看。"

小D吹着口哨，从车旁踱过来。他弹了一下阿义的头，道："你这是玩的什么鸟？伙计！"

黑皮女子道："你帮他弄开吧，也许只有你才能帮他弄开。"

小D回到车边，提过来一只工具箱。他从箱子里拿出钳子、锉子、锤子，在那拇指铐上比画着。

老Q道："枉费心机。"

黑皮女子道："你自己无能，就滚到一边去，别在这时候泼冷水。"

小D皱着眉头，想了想，突然他面有喜色。从工具箱底翻出一根钢锯条，道："也许能锯断，小兄弟，你忍着点。"

小D分开阿义的拇指，把钢锯条伸进去，别别扭扭地锯起来。阿义咬紧牙关，一声不吭。锯条摩擦钢圈，发出尖利刺耳的声音。折腾了几分钟，低头看时，那铐子上没留半点儿痕迹，钢锯齿却磨秃了。

小D对黑皮女子说："姐，没办法，这玩意儿，太硬了。"

老Q幸灾乐祸地道："说吧，你们嫌我多嘴。这东西，是合金钢的，比你那根锯条硬十倍。"

小D无奈地望着黑皮女子，一脸歉疚。他拍了一下脑袋，大声说："嘿，有了。我真笨。咱们把这棵树砍断不就行了吗？"

"休怪我又要多嘴——这树，能砍吗？"老Q指着墓前一块刻着字的石碑道，"这翰林墓，是市级重点保护文物。砍树？吃了豹子胆啦？砍吧，只怕他的拇指铐没解下来，你拇指铐也戴上了。"

黑皮女子道："这么说没有办法了？就只能看着他在这儿受风吹日晒，慢慢地风干，死掉，像一只挂在树枝上的青蛙？"

老Q道："也许他有好运气，会有高手给他开铐。"小D道："我听人说，惯偷'草上飞'能用细铁丝捅开手铐。"

"'草上飞'？"老Q冷笑着说，"三年前就给毙了！"

大P道："我们何不去找个锁匠来？"

小D道："我估计用气焊枪也能烧断。"

大P道："那还不把他的手指给烧熟了。"

"伙计们，别操闲心啦，解铃还靠系铃人。"老Q说着，抬头望望太阳，又道，"再吵吵下去可就误了酒宴了。"

老Q率先朝拖拉机走去，其余三个人也沮丧地离开了。

拖拉机缓缓移动了。老Q在车上喊："小孩，老老实实待着。这种铐子，里边有弹簧，越挣越紧，当心勒断你的骨头。"

大P道："你就别吓唬他了。"

黑皮女子恼怒地大叫："都给我闭嘴吧！"

四

拖拉机蹦蹦跳跳地开走了，留下了一路烟尘。阿义用额头碰着树干，呜呜地哭了。他的眼睛已经流不出眼泪，只有额头上流出的血，热烘烘地流到嘴边。他的眼前模模糊糊地出现了一幅可怕的图像：一只被绑住后腿的青蛙，悬挂在树枝下，一个斜眼睛的少年，用火把烧烤着它。它的身体嗞嗞地响着，冒着白烟，渐渐地，白烟没了，火把也熄了，它变成了一具焦黑的尸首。他闭上眼睛，身体软下去。

在昏昏欲睡的状态中，他听到路上又响起了脚步声。鼓足了勇气他睁开眼睛，看到一团暗红的火从路上缓缓地飘过来。他摇头，咬牙，集中心神，幻影消失。果然是一个人走来了，是一个身着酱红色上衣，头戴着大草帽的女人迎着阳光走来了。他喊叫："救命……"

那个女人怔了一下，立住脚步，摘掉草帽高举在头上，向这边张望着。阿义继续喊叫，但喉咙里只发出一些嘶嘶啦啦的奇怪声响。他焦躁不安，恨不得举手撕破好像被麦糠和猪毛塞住了的喉咙。

女人发现了他，对着墓地走过来。她的脸一片金黄，宛若一朵盛开的葵花，她一步一步地近了。阿义先是嗅到，随即看到了一股焦黄的浓郁香气，从她的身上一团一团散发出来，又一片一片落在地上。他被这香气熏得头晕脑涨，飘飘欲飞。女人穿行在焦黄的香气里，时隐时现。她的脸时而椭圆时而狭长，时而惨白时而金黄，时而慈祥如母亲时而凶恶如传说中的妖精。阿义既想看她又怕看到她，他时而睁眼时而闭眼。他睁开眼睛，看到一个确凿的女人站在自己身旁。她左手提着一把寒光闪闪的大镰刀，右手提着一把古老的、泛着青铜色的大茶壶，两条黑色的宽布带，呈斜十字状分割了她丰硕的胸膛，与布带相连的，是伏在她背上的一个大脑袋的婴孩。那婴孩吮吸着拇指，嘴里发出呜哇呜哇的声音。女人慵懒地走到松树前，黏黏糊糊地问："你这个小孩，在这儿闹什么呢？"说完话，她也不期待回答，放下茶壶和镰刀，匆匆走进坟墓后边的麦田蹲下去，接着响起了明亮的水声。那顶金黄的大草帽，仿佛漂浮在水面上。过了一会儿，她从墓地后走出来。她背上的孩子哇哇地哭起来，越哭越凶，好像被锥子扎着了屁股，女人歪头说："小宝，小宝，别哭，别哭。"孩子哭得更凶，高音处如同鸽哨。女人慌忙把孩子转到胸前来，一边拍着，一边坐到石供桌上。她解开胸前的带子，揪出一个黄色的奶袋，把一个黑枣状的奶头塞进婴儿嘴里，婴儿顿时哑口无声。墓地里安静极了，两只浅黄色的小松鼠，旁若无人地追逐嬉戏着。它们从石马的背上跳到石人的头上，又从石人的头上跳到石羊的角上，然后踩着阿义的脑袋，蹿到松树上去。它们一边追逐一边尖声吵闹。女人也忘了阿义的存在，只管低着头，慈爱地注视着怀中的婴儿。她的嘴唇哆嗦着，从鼻里哼出柔软绵长像煮熟的面条、像拉丝的蜂蜜、像飞翔的柳絮一样的曲调。这曲调使阿义十分感动，恍恍惚惚感觉到自己就是那吃奶的婴儿，而那坐在石供桌上的肥大的妇人就是自己的母亲。阿义感到自己口腔里洋溢着乳汁的味道，既甜蜜又腥咸，与血的味道相同。他祈盼着这情境凝结，像几朵玻璃球里的黄色小花。那婴孩叼着乳头睡着了。女人小心翼翼地把奶头从孩子嘴里往外拔。他叼得很紧，奶头拉得很长，像一根抻开的弹弓胶皮，拔呀拔呀，抻啊抻啊，噗的一声响，膨胀的奶头脱出了婴儿的小嘴。一群漆黑的乌鸦突然从死水般寂静的麦田里冲起来，团团旋转着，犹如一股黑旋风。它们一边旋转一边噪叫，呱呱的叫声震动四野，腐肉的气味在阳光中扩散。阿义看到女人仰望着鸦群，他也仰望着鸦群，直到它们融在白炽的光海里。

女人把孩子转到背后，扎紧了胸前的带子，提起镰刀和茶壶。阿义嘶哑地鸣叫了一声。女人侧目望了望他，肿胀的嘴唇哆嗦着，脸上显出惶惶的不安的神情。她似乎犹豫不定，目光躲躲闪闪。阿义捕捉着她的在草帽阴影里的眼睛，送过去无限哀怨和乞求的信息。女人踉踉跄跄地走近了。她伸出一根肥嘟嘟的食指，戳戳那泛着蓝色的物件，又拨弄了一下阿义青红的拇指。阿义哆嗦了一下。她好像被热铁烫了似的，迅速地缩回食指，嘴唇又是一阵大哆嗦，眼睛里像蒙了一层雾，像是问阿义，更像是自言自语道："孩子，这是怎么弄的？是怎么弄的呢？"一边倒退，脚后跟被杂草绊了一下，身体摇摇晃晃，仿佛一架超载的马车。阿义紧盯着她，眼睛里沁出了血。她尴尬地咧嘴一笑，露出了两颗分得很开的门牙，显得既可怜又丑陋。"我也没法子，你这孩子。"她倒退着说，"这物件儿，不是一般物件儿，孩子，你这可怜的孩子……"她猛然转过身，笨拙地往前跑去，背上的孩子和臃肿的臀部，颤颤巍巍地耸动着。阿义的头颅像被鞭子打折的麦穗一样，沮丧地低垂下去。但那女人跑了十几步就停住了。她转回身，望着阿义，呆板的大脸上猝然焕发出一种灿烂的光彩，像朝霞，也像晚霞。"你也许是个妖精？"她紧张的喉咙发出扁扁的声音，"也许是个神佛？您是南海观音救苦救难的菩萨变化成这样子来考验我吧？您要点化我？要不怎么会这么怪？"她的眼里猛然饱含着橙色的泪水，腿脚利索地扑到松树前，放下大茶壶，双手抡起镰刀，砍到树干上。镰刀刃儿深深地吃进树干，夹住了。她摇晃着镰柄，累得气喘吁吁，才把刀刃拔出来。她看了一下镰刀，顿时变了脸色。把镰刀递到阿义面前，她说："看看吧，镰刃全崩了。这让我怎么割麦子呢？你这小孩！"她哭丧着脸，弯腰提起茶壶，又说："你亲眼看到了，我的镰刀崩了。"她走了几步，却又折回来，叹息着说："管你是神是鬼呢，也许你只就是个可怜的孩子。"她扔下镰刀，一手提着茶壶的提梁，一手托着茶壶的底儿，将稚拙地翘起的壶嘴儿插进了阿义的嘴里。"你一定渴了，"她说，"喝点儿水吧。"阿义顺从地含住了壶嘴，只吸了一口，干渴的感觉便像泼了油的火焰一样轰地燃烧起来。他疯狂地吮吸着，全身心沉浸在滋润的快感里。但是那女人却把壶嘴猛地拔了出去。她摇摇水壶，愧疚地说："半壶下去了，不是我舍不得这点儿水，我的男人在地里割麦，等着喝水。他脾气暴，打人不顾头脸，对不起你了，小孩，你也许真是个神佛？"

女人走了。走出十几步时她回一次头。又走出十几步时又回了一次头。虽然她没能解开拇指铐，但阿义心中充满了对她的感激之情。因为喝了水，他的眼里盈满了泪。

五

下午一点多，阳光毒辣，地面像一块烧红的铁。松树干上被镰刀砍破的地方，渗出一片松油。阿义喝下的那半壶水，早已变成汗水蒸发掉。他感到头痛欲裂，脑壳里的脑浆似乎干结在一起，变成一块风干的面团。他跪在树干前，昏昏沉沉，耳边响着“笃笃”的声音。声音似乎是头脑深处传出来的。那两根被铐在一起的手指，肿得像胡萝卜一样，一般粗细一般高矮，宛如一对骄横的孪生兄弟。那两包捆在一起的中药，委屈地蹲在一丛盛开着白色花朵的马莲草旁。粗糙的包药纸不知被谁的脚踩破了，露出了里边的草根树皮。他嗅着中药的气味，又想起了跪在炕上的母亲。母亲痛苦的呻吟声，在半空里响起。他歪歪嘴哭起来，但既哭不出声音，又哭不出泪水。他的心脏一会儿好像不跳了，一会儿又跳得很急。他努力坚持着不使自己昏睡过去，但沉重黏滞的眼皮总是自动地合在一起。他感到自己身体悬挂在崖壁上，下边是深不可测的山涧，山涧里阴风习习，一群群精灵在舞蹈，一队队骷髅在滚动，一匹匹饿狼仰着头，龇着白牙，伸着红舌，滴着涎水，转着圈嗥叫。他双手揪着一棵野草，草根在噼噼地断裂，那两根被铐住的拇指上的指甲，就像两只死青鱼的眼睛，周围沁着血丝。他高叫母亲。母亲从炕上下来，身披一块白布，像披着一朵白云，高高地飞来，低低地盘旋，缓缓地降落。草根脱出，他下坠着，飘飘摇摇，似乎没有一点儿重量。母亲一伸手抓住了他，带着他飞升，一直升到极高处，身下的白云，如同起伏的雪地，身前身后全是星斗，有的大如磨盘，有的小似碗口，都放光，五彩缤纷，煞是好看。母亲搂着他，站在一颗青色的星上，星体上布满绿油的苔藓，又滑又冷。他仰望着母亲，欣慰地问：“母亲，您好啦，您终于好啦。”母亲微笑着，伸出一只手，摸着他的头。他的头上一阵剧痛，像被蝎子蜇了一样。他看到母亲的脸扭曲了，鼻子弯成鹰嘴，嘴巴里吐出暗红色的分叉长舌。他惊叫一声，脚下的星斗滴溜溜地转起来，好像漂在水面的皮球。他头脚倒置，直冲着大地降落，轰然一声，钻进了泥土中，冲起一股烟尘……阿义被噩梦惊醒，额上布满黏腻的油汗。眼前依然是松树、墓地、一望无际的麦田。西南风刮大了，像从一个巨大的炉膛里喷出的热气。汹涌的麦浪层层叠叠，无边的金黄中，有一泓泓银亮，像银的液体在金的液体里流动。一台烫眼的红色机器，在金银海里无声无息地游动着，机器后边，吐出一团团黄云。路上又走来走去着人，男人、女人，但无人理他。他心中燃烧起怒火，疯狂地啃松树的皮，树皮磨破了他的唇，硌酸了他的牙。他恨，恨锁住拇指的铐，恨烤人的太阳，恨石人石马石供桌，恨机器，恨活动在麦海里的木偶般的人，恨树，恨树疤，恨这个世界。但他只能啃树皮。他的牙缝里塞进了碎屑，嘴巴里满是鲜血，松树一动不动，不痛也不痒，不怨也不怒。他想到了死，用额头碰撞树干，耳朵里嗡嗡直响，眼前出现了一条通往地狱的灰色道路……

阿义再次苏醒过来时，浓厚的乌云布满天空，太阳藏匿得无影无踪。一股股的劲风低低地掠过，苍白的麦田浊浪翻滚，喷吐着泡沫。无数的麦穗折断，无数的麦粒落地。一片片血红的闪电照亮天际，雷声滚滚。田野里奔跑着人，都慌不择路，仿佛一些刚从地洞里被水灌出来的耗子。

云越压越低，天越来越黑。风突然停了，空气凝固，燕子飞升到云上去，小动物顾头不顾尾地躲藏。天完全黑了，比没有星光的夜晚还要黑。一个女孩在黑暗中大哭，但只哭了几声便停了，仿佛有一只大手堵住了她的嘴巴，突然有一道淋漓着火花的绿光撕裂了黑暗的幕布，十几颗溜圆的火球在墓地间跳跃滚动着，唧唧有声，像有血有肉的小动物。然后是一连串巨响，空气里立即弥漫了燃烧胶皮的焦煳味。他的耳朵什么也听不到了，好像钻进灯泡里一样，坟墓后边一大片麦子被烧成了灰烬，袅袅的白烟上升，与黑云接手。紧接着天空被一片片抖动的闪电映得通红，麦子用旋涡状的波动表现出旋风。大地在颤抖，松树在燃烧。他的脑袋一阵钝痛，一个乒乓球大小的灰白的东西弹跳落地。冰雹！白亮亮的冰雹密集地落下来，大的如鸡卵，小的如杏核，噼噼啪啪，宛如堆珠砌玉。最初几颗冰雹打在他的身上时，他还能感到痛楚，但很快便麻木了。他的眼前一片灰白，灰白的冷气浸着他，所有的肢体和器官也变得灰白冰冷，只有内心深处还有一点点儿微弱的暖意，像一只小麻雀的心脏，像一点萤火虫的微光……

六

傍晚的时候，阿义又醒过来。地上的冰雹已经化尽，田野里一片狼藉。松树下躺着一只猫头鹰的尸体。松树枝上悬挂着一些鱼肠状的脏物。他的牙齿止不住地打战，身体又白又亮，像一根通了电的钨丝。我还活着吗？我也许已经死了，已经进入了母亲曾经说过的阴曹地府，这周围渐渐聚拢了绿色的火焰，这不就是地狱里的鬼火吗？各种各样的鬼，有的从树上跳下来，有的从地下冒出来，有牛头，有马面，还有些毛茸茸的，穿着红绸小裤衩的小动物，它们龇着两颗大门牙，瞪着玻璃球似的眼睛，耸着两扇比头还要大的透明的耳朵，在他身体周围，咿咿呀呀地唱着歌，不停地跳跃着，有的竟然跳到他的身上，附在他的耳边，用蚊虫般细弱的声音问他一些话，有的啃他的耳朵，有的咬他的鼻梁，有的两条腿盘坐在他的手腕上，啃那两根被锁住的拇指，咯咯吱吱的，像兔子啃冰冻的胡萝卜一样。咬吧，咬吧，他鼓励着小妖精们，咬断我的拇指，我就解放了，小妖精，你们有母亲吗？啊，你们有母亲，我也有母亲，我的母亲，我的母亲病了，吐血了，你们咬断我的手指吧，让我去见母亲……他猛然地格外清醒了，他想起了那两包药。我的药呢？我为母亲抓的药呢？我用母亲头上的银钗换来的药呢？它们已被冰雹打烂，被雨水浸湿，与泥巴和杂草混在一起。阿义感到了彻底的绝望，母亲，母亲，你的药，完了。他又想咬树皮，但牙齿刚一触到那粗糙，便立即心灰意懒了。

西天边一片血红，天空中游走着破云败絮，残缺的天空时而如碧绿的树叶，时而如玫瑰色的花瓣。傍晚的田野里，响起了女人的哭声，东一声西二声，南三声北四声，很快连成了一片。麦子啊，麦子！老天啊，老天！面条没了。馒头没了。饺子没了。什么都没了，都砸到泥里去了。毁了。在遍野的哭声中，却有一个人在歌唱，是一个苍凉高亢的男声独唱，比最高的大树还要高许多的孤独的歌唱：麦子啊麦子——我们的麦子——香香的麦子——甜甜的麦子——亲亲的麦子——麦子啊麦子——我们的麦子——

高亢的歌声起了，哭声低了，落了，哑了。一轮银月升起了，红云淡了，散了，没了。他被这反复咏叹的歌声鼓舞着，站了起来。他哆嗦得如同一根弹簧。歌声如同河水，如同麦子，如同棉衣。歌声如同月亮。歌声如同月光，照亮了他的内心。他往前探过头去，咬住了一根拇指，好像咬住了一个与己无关的、冷冰冰的、令人厌恶的东西。他用力咬着，毫不客气，决不动摇。

他感到那节拇指落在嘴里了，便低头张嘴把它吐在了地上。他听到它落在地上。他张嘴咬住另一根拇指，牙齿上贯注着仇恨。他吐掉它，又听到了它落地的声音。他不去看它们，但能想象到它们是如何地欢欣鼓舞着逃跑了。他满怀着希望往后移动身体，双臂僵硬，不能弯曲，像两根铁棍。他感到手腕被树干挡住了。巨大的恐怖袭来。他本能地将身体往后仰去，这时，他听到了拇指铐从拇指残根上脱下又跌落在地的声音。他仰面朝天躺在地上，看着那棵离开了自己怀抱的松树，猛然的惊喜降临。一轮皎皎的满月在澄澈的天空里喷吐着清辉，无数白色的花朵成团成簇地、沉甸甸地从月光里落下来。暗香浮动，月光如洒。白花不停地降落，在他的面前，铺成了一条香气扑鼻的鲜花月光大道。他抖抖索索地站起来，往那诱人的大道扑去，但他却头重脚轻地栽倒了。他感到嘴唇触到了冰凉的地面。后来，他看到有一个小小的赭红色的孩子，从自己的身体里钻出来，就像小鸡从蛋壳里钻出来一样。那小孩身体光滑，动作灵活，宛如一条在月光中游泳的小黑鱼。他站在松树下，挥舞着双手，那些散乱在泥土中的中药——根根片片颗颗粒粒——飞快地集合在一起。他撕一片月光——如绸如缎，声若裂帛——把中药包裹起来。他挥舞双臂，如同飞鸟展翅，飞向铺满鲜花月光的大道。从他的两根断指处，洒出一串串晶莹圆润的血珍珠，叮叮咚咚地落在仿佛玛瑙白玉雕成的花瓣上。他呼唤着母亲，歌唱着麦子，在瑰丽皎洁的路上飞跑。他越跑越快，纷纷扬扬的月光像滑石粉一样从他身上流过去，馨香的风灌满了他的肺叶。一间草屋横在月光大道上。母亲推开房门，张开双臂。他扑进母亲的怀抱，感觉到从未体验过的温暖与安全。

奇遇

一九八二年秋天，我从保定府回高密东北乡探亲。因为火车晚点，车抵高密站时，已是晚上九点多钟。通乡镇的汽车每天只开一班，要到早晨六点。举头看天，见半块月亮高悬，天晴气爽，我便决定不在县城住宿，乘着明月早还家，一可早见父母，二可呼吸些田野里的新鲜空气。

这次探家我只提一个小包，所以走得很快。穿过铁路桥洞后，我没走柏油路，因为柏油公路拐直角，要远好多。我斜刺里走上那条废弃数年的斜插到高密东北乡去的土路。土路因为近年来有些地方被挖断了，行人稀少，所以路面上杂草丛生，只是在路中心还有一线被人踩过的痕迹。路两边全是庄稼地，有高粱地、玉米地、红薯地等，月光照在庄稼的枝叶上，闪烁着微弱的银光。几乎没有风，所有的叶子都纹丝不动，草蝈蝈的叫声从庄稼地里传来，非常响亮，好像这叫声渗进了我的肉里、骨头里。蝈蝈的叫声使月夜显得特别沉寂。路越往前延伸庄稼越茂密，县城的灯光早就看不见了。县城离高密东北乡有四十多里路呢。除了蝈蝈的叫声，庄稼地里偶尔也有鸟或什么小动物的叫声。我忽然感觉到脖颈后有些凉森森的，听到自己的脚步声特别响亮与沉重起来。我有些后悔不该单身走夜路，与此同时，我感觉到路两边的庄稼地里有无数秘密，有无数只眼睛在监视着我，并且感觉到背后有什么东西尾随着我，月光也突然朦胧起来。我的脚步不知不觉地加快了。越走得快越感到背后不安全。终于，我下意识地回过头去。我的身后当然什么也没有。

继续往前走吧，一边走一边骂自己：男子汉死都不怕还怕什么？有鬼吗？有邪吗？没有！有野兽吗？没有！世上本无事，庸人自扰之……但依然浑身紧张、牙齿打战，儿时在家乡时听说过的鬼故事“连篇累牍”地涌进脑海：一个人走在路上，突然听到前边有货郎挑子的嘎吱声，细细一看，只见到两个货挑子和两条腿在移动，上身没有……一个人走夜路碰到一个人对他嘿嘿一笑，仔细一看，是个女人，这女人脸上只有一张红嘴，除了嘴什么都没有，这是“光面”鬼……一个人走夜路忽然看到一个白胡子老头在吃草……我后来才知道我的冷汗一直流着，把衣服都溻湿了。

我高声唱起歌来：“向前向前向前——杀——”自然是一路无事。临近村头时，天已黎明，红日将出未出时，东边天上一片红晕，村里的雄鸡喔喔地叫着，一派安宁景象。回头望来路，庄稼是庄稼道路是道路，想起这一路的惊惧，感到自己十分愚蠢可笑。

正欲进村，见树影里闪出一个老人来，定睛一看，是我的邻居赵三大爷。他穿得齐齐整整，离我三五步处站住了。

我忙问：“三大爷，起这么早！”

他说：“早起进城，知道你回来了，在这里等你。”我跟他说了几句家常话，递给他一支带过滤嘴的香烟。

点着了烟，他说："老三，我还欠你爹五元钱，我的钱不能用，你把这个烟袋嘴捎给他吧，就算我还了他钱。"

我说："三大爷，何必呢？"

他说："你快回家去吧，爹娘都盼着你呢！"

我接过三大爷递过来的冰冷的玛瑙烟袋嘴，匆匆跟他道别，便急忙进了村。

回家后，爹娘盯着我问长问短，说我不该一人走夜路，万一出点儿什么事就了不得了。我打着哈哈说："一心想碰到鬼，可是鬼不敢来见我。"

母亲说："小孩子家嘴不要狂！"

父亲抽烟时，我从兜里摸出那玛瑙烟袋嘴，说："爹，刚才在村口我碰到赵三大爷，他说欠你五元钱，让我把这个烟袋嘴捎给你抵债。"

父亲惊讶地问："你说谁？"

我说："赵家三大爷呀！"

父亲说："你看花了眼了吧？"

我说："绝对没有，我跟他说了一会儿话，还敬了他一支烟，还有这个烟袋嘴呢！"

我把烟袋嘴递给父亲，父亲竟犹豫着不敢接。

母亲说："赵家三大爷大前天早晨就死了！"

五个饽饽

除夕日大雪没停，傍黑时，地上已积了几尺厚。我踩着雪去井边打水，水桶贴着雪面，划开了两道浅浅的沟。站在井边上打水，我脚下一滑，“财神”伸手扶了我一把。

“财神”名叫张大田，四十多岁了，穷愁潦倒，光棍一条，由于他每年都装“财神”——除夕夜里，辞旧迎新的饺子下锅之时，就有一个叫花子站在门外高声歌唱，吉利话一套连着一套。人们把煮好的饺子端出来，倒在叫花子的瓦罐里。花子把一个草纸叠成的小元宝放到空碗里。纸元宝端回家去，供在祖先牌位下，这就算接回“财神”了——人们就叫他“神”，大人孩子都这么叫，他也不生气。“财神”伸手扶住了我，我冲着他感激地笑了笑。“挑水吗，大侄子？”他的声音沙沙的，很悲凉。“嗯。”我答应着，看着他把瓦罐顺到井里，提上来一罐水。我说：“提水煮饺子吗，‘财神’？”他古怪地笑笑，说：“我的饺子乡亲们都给煮着哩，打罐水烧烧，请人给剃个新头。”我说：“‘财神’，今年多在我家门口念几套。”“好吧，金斗大侄子，你是咱村里的大秀才，早晚要发达的，老叔早着点儿巴结你。”他提着水，歪着肩膀走了。

傍黑天时，下了两天的雪终于停了。由于雪的映衬，夜并不黑。爷爷嘱咐我把两个陈年的爆竹放了，那正是自然灾害时期，煤油要凭票供应，蜡烛有钱也难买到，通宵挂灯的事只好免了。

这晚，爷爷又去了饲养室，说等到半夜时分回来跟我们一起过年。自从父亲去世后，生产队看我家没壮劳力，我又在离家二十里的镇上念书，就把看牛的美差交给了我家。母亲白天喂牛，爷爷夜里去饲养室值班。我和母亲、奶奶摸黑坐着，盼着爷爷快回家过年。

好不容易盼到三星当头，爷爷回来了，母亲把家里的两盏油灯全点亮了，灯芯剔得很大，屋子里十分明亮。母亲在灶下烧火，干豆秸烧得噼噼啪啪响。火苗映着母亲清癯的脸，映着供桌上的祖先牌位，映着被炊烟熏得黝黑发亮的墙壁，一种酸楚的庄严神圣感攫住了我的心……

年啊年！是谁把这普普通通的日子赋予了这样神秘的色彩？为什么要把这个日子赋予一种神秘的色彩？面对着这样玄奥的问题，我一个小小的中学生只能感到迷惘。

奶奶把一个包袱郑重地递给爷爷，轻轻地说：“供出去吧。”爷爷把包袱接过来，双手捧着，像捧着圣物。包袱里放着五个饽饽，准备供过路的天地众神享用。这是村里的老习俗，五个饽饽从大年夜摆出去，要一直摆到初二晚上才能收回来。我跟着爷爷到了院子里，院子当中已放了一条方凳，爷爷蹲下去，用袖子拂拂凳上的雪。小心翼翼地先把三个饽饽呈三角形摆好，在三个饽饽中央，反着放上一个饽饽，又在这个反放的饽饽上，正着放上一个饽饽。五个饽饽垒成一个很漂亮的宝塔。“来吧，孩子，给天地磕头吧！”爷爷跪下去，朝着东南西北四个方向磕了头。我这个自称不信鬼神的中学生也跪下，将我的头颅低垂下去，一直触到冰凉的雪。天神地鬼，各路大仙，请你们来享用这五个饽饽吧！……这蒸饽饽的白面是从包饺子的白面里抠出来的，这一年，我们家的钱只够买八斤白面，它寄托着我们一家对来年的美好愿望。不知怎的，我的嗓子发哽、鼻子发酸，要不是过年图吉利，我真想放声大哭。就在这时候，柴门外边的胡同里，响起了响亮的歌声：

财神爷，站门前，
看着你家过新年；
大门口，好亮堂，
石头狮子蹲两旁；
大门上，镶金砖，
状元旗杆竖两边。
进了大门朝里望，
迎面是堵影壁墙；
斗大福字墙上挂，
你家子女有造化。
转过墙，是正房，
大红灯笼挂两旁；
照见你家人兴旺，
金银财宝放光芒。

我从地上爬起来，愣愣地站在院子里，听着“财神”的祝

福。他都快要把我家说成刘文彩家的大庄院了。“财神”的嗓门宽宽的，与其说是唱，还不如说他念。他就这样温柔而悒郁地半念半唱着，仿佛使天地万物都变了模样。

财神爷，年年来，
你家招宝又进财；
金满囤，银满缸，
十元大票麻袋装。
一袋一袋摞起来，
摞成岭，堆成山，
十元大票顶着天。

我笑了，但没出声。

有了钱，不发愁，
买白菜，打香油，
杀猪铺里提猪头。
还有鸡，还有蛋，
还有鲜鱼和白面。
香的香，甜的甜，
大人孩子肚儿圆。

多好的精神会餐！我被“财神爷”描绘的美景陶醉了。

大侄儿，别发愣，

快把饺子往外送，

快点送，快点送，

金子银子满了瓮。

我恍然大悟，“财神爷”要吃的了。急忙跑进屋里，端起了母亲早就准备好了的饭碗。我看碗里只有四个饺子，就祈求地看着母亲的脸，嗫嚅着：“娘，再给他加两个吧！……”母亲叹了一口气，又用笊篱捞了两个饺子放到碗里。我端着碗走到胡同里，“财神”急步迎上来，抓起饺子就往嘴里塞。

“‘财神’，你别嫌少……”我很惭愧地说。他为我们家进行了这样美好的祝福，只换来六个饺子，我感到很对不起他。

“不少，不少。大侄子，快快回家过年，明年考中状元。”

“财神”一路唱着向前走了，我端着空碗回家过年。“财神”没有往我家的饭碗里放元宝，大概连买纸做元宝的钱都没有了吧！

过年的真正意义是吃饺子。饺子是母亲和奶奶数着个儿包的，一个个小巧玲珑，像精致的艺术品。饺子里包着四个铜钱，奶奶说，谁吃着谁来年有钱花。我吃了两个，奶奶爷爷各吃了一个。

母亲笑着说：“看来我是个穷神。”

“你儿子有了钱，你也就有了。”奶奶说。

“娘，咱家要是真像‘财神爷’说的有一麻袋钱就好了。那样，你不用去喂牛，奶奶不用摸黑纺线，爷爷也不用去割草了。”

“哪里还用一麻袋。”母亲苦笑着说。

“会有的，会有的，今年的年过得好，天地里供了饽饽。”——

奶奶忽然想起来了，问："金斗他娘，饽饽收回来了吗？"

"没有，光听'财神'穷唱，忘了。"母亲对我说，"去把饽饽收回来吧。"

我来到院子里，伸手往凳子上一摸，心一下子紧缩起来。再一看，凳子上还是空空的。"饽饽没了！"我叫起来。爷爷和母亲跑出来，跟我一起满院里乱摸。

"找到了吗？"奶奶下不了炕，脸贴在窗户上焦急地问。

爷爷找出纸灯笼，把油灯放进去。我擎着灯笼满院里找，灯笼照着积雪，凌乱的脚印，沉默的老杏树，堡垒似的小草垛……

我们一家四口围着灯坐着。奶奶开始唠叨起来，一会儿嫌母亲办事不牢靠，一会儿骂自己老糊涂，她面色灰白，两行泪水流了下来。已是后半夜了，村里静极了。一阵凄凉的声音在村西头响起来，"财神"在进行着最后的工作，他在这一夜里，要把他的祝福送至全村。就在这祝福声中，我家丢失了五个饽饽。

"弄不好是被'财神'这个杂种偷去了。"爷爷把烟袋锅子在炕沿上磕了磕，沉着脸站起来。

"爹，您歇着吧，让我和斗子去……"母亲拉住了爷爷。

"这个杂种，也是可怜……你们去看看吧，有就有，没有就拉倒，到底是乡亲，抬头不见低头见。"爷爷说。

我和母亲踩着雪向村西头跑去。积雪在脚下吱吱地响。"财神"还在唱着，他的嗓子已经哑了，听来更加凄凉：

快点拿，快点拿，

金子银子往家爬；

快点抢，快点抢，

金子银子往家淌。

…………

我身体冷得发抖，心中却充满怒火。“财神”，你真毒辣，你真贪婪，你真可恶……我像只小狼一样扑到他身边，伸手夺过了他拎着的瓦罐。

“谁？谁？土匪！动了抢了，我咧着嗓子号了一夜，才要了这么几个饺子，手冻木了，脚冻烂了……”“财神”叫着来抢瓦罐。

“大田，你别吵吵，是我。”母亲平静地说。

“是大嫂子，你们这是干啥？给我几个饺子后悔了？大侄子，你从罐里拿吧，给了我几个拿回几个吧。”

瓦罐里只有几十个冻得邦邦硬的饺子，没有饽饽。饽饽上不了天，饽饽入不了地，村里人都在过年，就你“财神”到我家门口去过。我坚信爷爷的判断是准确的。我把瓦罐放在雪地上，又扑到“财神”身上，搜遍了他的全身。“财神”一动也不动，任我搜查。

“我没偷，我没偷……”“财神”喃喃地说着。

“大田，对不住你，俺孤儿寡妇的，弄点儿东西也不容易，才……金斗，跪下，给你大叔磕头。”

“不！”我说。

“跪下！”母亲严厉地说。

我跪在“财神”面前，热泪夺眶而出。

“起来，大侄子，快起来，你折死我了……”“财神”伸手拉起我。

屈辱之心使我扭头跑回家去，在老人们的叹息声中久久不能

入睡……

天亮的时候我做了一个梦，梦见那五个饽饽没有丢，三个在下，两个在上，呈宝塔状摆在方凳上。我起身跑到院里，惊得目瞪口呆，我使劲地揉着眼睛，又扯了一下耳朵，很痛，不是在做梦！五个饽饽两个在上三个在下，摆在方凳上呈宝塔状……

这件事一晃就过去了二十多年，我由一个小青年变成一个中年人了。去年，我被任命为市人民法院副院长后，曾回过一次老家，在村头上碰到“财神”，他还那个样，没显老。

嗅味族

爹眯着眼睛看了我一会儿，然后用嘲讽的腔调说："好汉，过来！"

我讨厌这种不尊重儿童的腔调，但还是用手指摸弄着圆滚滚的肚皮，一步挪半寸，两步挪一寸，三步一寸五，四步挪两寸，就这样一寸一寸地挪到了饭桌前，等待着爹的打击。爹暂时没有出手，也许是因为他处的位置打击我不太方便吧——他坐在饭桌的正中，两边雁翅般展开我的那些兄弟姐妹们——也许他还没有决定该不该给我一顿沉重打击，但对我来说，根据以往的经验和眼前的形势，知道一顿臭揍迟早难免，便硬起头皮，做好了准备。对我这样的坏孩子来说，挨打受骂是家常便饭，用我娘的话来说就是，我这样的人是属破车子的，就得经常敲打着，三天不打，上房揭瓦，两天不揍，闹起来没够。我爹呼噜了一口野菜汤，咕咚咽下去，问："说吧，好汉，到哪里去了？"

我本来可以撒一个谎，譬如说我钻到草垛里不小心睡着了，甚至可以说我让带着狗熊和三条腿公鸡的杂耍班子用蒙汗药拍了去，幸亏我机智勇敢才逃脱了他们的魔掌——那一段时间里社会上正悄悄地流传着一个杂耍班子用蒙汗药拐儿童的说法，就算是谣言吧，说杂耍班子的人只要用手把小孩子的后脑勺子拍一下，小孩子就会乖乖地跟着他们走。到了杂耍班子，他们就用锋利的小刀子在孩子身上划出无数的血口子，然后马上杀一条狗，把狗皮剥下来，趁热贴到孩子身上，从此那张狗皮就长到孩子的身上，一辈子也脱不下来了。为了防止小孩子泄密，在往他们身上植狗皮之前，先把舌头割掉，让你有口也难言。说有一个小孩子就是这样被杂耍班子拍了去，使了酷刑后变成了一个狗人，有一天杂耍班子到孩子舅舅所在的村子去演出，杂耍班子的班主一边敲着破锣一边指着小孩子说：各位乡亲们，看看这个可怜的孩子吧，这个孩子的爹跟一只母狗交配，生出了这个小狗人，乡亲们，可怜可怜这个狗孩子吧……人们一圈一圈地围上去，看那可怜的狗孩子。

那孩子从人群里一眼就看到了自己的舅舅，看到了舅舅从某种意义上说比看见了爹爹还要亲，于是那孩子的眼泪就哗哗地流出来了。小孩的舅舅心中好生纳闷，心里想这个披着狗皮的小孩子是怎么了？为什么这样不错眼珠地盯着我，又为什么哭得如此伤心？他马上就联想到几年前姐姐家丢了的男孩，仔细一看那双眼睛，知道就是自己的外甥。他是个胸有城府的人，当下也没声张，等到杂耍班子休息时，装作闲人凑上去，提着那孩子的乳名低声问：你是小×吗？那狗孩子点点头。舅舅马上就跑到县政府把杂耍班子给告了，破案之后，杂耍班子里那些坏人全部给枪毙了，那个小孩给送到县医院里做了剥皮手术，好不容易恢复了人的面貌，但话是不会说了。——这个故事传得有鼻子有眼，都说村子里的兽医王大爷亲眼看到过那个狗孩子表演节目。我们追着王大爷让他讲讲那个狗孩子的故事，但王大爷总是心烦意乱地轰我们：滚开，你们这些狗东西！

没有撒谎，更不敢造谣，我实事求是地说："我跟于进宝到井里去了。"

"什么？"父亲惊讶地睁大了眼睛。

我的围着饭桌喝菜汤的兄弟姐妹们也用嘲笑的眼光看着我，我知道这些家伙把我当成傻瓜，他们做梦也想不到我到井里去干什么，当然也不能怨他们，因为这件事情的确离奇，如果我不是亲身经历，打死我我也不会相信天底下竟然会存在着这样的事。

"我跟着于进宝到他家后园里那眼井里去了。"我对他们尽量详尽地说着，"昨天下午，我去找于进宝玩耍，玩了一会儿，口渴得很，于进宝家没有水，于进宝就带我到他家后园里去找水喝，他家后园里有一口很深的井……"

母亲打断我的话，问我，又像是自言自语："杂种，杂种，你一夜没回来？你在哪里睡的？"

"我们根本就没有睡，我们跟那些长鼻人一起玩，唱歌跳舞捉迷藏，我们根本不困……"他们没有对我发出质问，但我从他们闪烁的眼神里，从他们停止喝菜汤的动作上，知道他们被我的故事吸引住了，或者说他们对我的一夜经历产生了浓厚的兴趣，我知道他们等待着我往下讲述。我当然非常愿意把自己的经历讲给他们听，尽管于进宝和那些长鼻人曾经要求我严格保守秘密，但我是个肚子里藏不住话的快嘴孩子，满肚子的新鲜奇遇如果不说出来，非把我憋死不可。我说："那些长鼻人鼻子有点儿长，但也不是非常长，比我们的鼻子略微长点儿，与我们不同的是他们只有一个鼻孔眼儿，长在鼻子尖上。他们不吃饭，他们嗅味，他们嗅嗅味就饱了，但他们很会做饭，他们做的饭好吃极了，有鸡，有鸭，还有兔子，香极了……”

我正要把一夜奇遇讲给他们听，刚刚开了一个头，但是我爹把碗往桌子上一扔，将筷子往桌子上一拍，像一座山丘拔地而起。他越过障碍，顺手给了我一个耳光，把我打翻在地，然后他就气昂昂地走出了家门。他当然不会去找于进宝核实真伪，他也不会去于家的后园井里探勘，在他的心目中，我说的都是鬼话，连一星半点儿的真实也没有。

父亲走了，母亲把我从地上揪起来，当然是揪着我的耳朵揪起来，然后她就逼问我：

“小杂种，说实话，昨天夜里你到哪里去了？”

“我跟于进宝到长鼻人那里去了……”我歪着脑袋，咧着嘴，痛苦地说。

“还敢胡说，”母亲恼怒地说着，揪住我耳朵的手又加了一把劲儿，使我的耳朵变成了不知什么模样，“说实话，到底干什么去了？！”

我的眼泪夺眶而出，耳朵疼痛是热泪盈眶的原因之一，但不是主要的原因，主要的原因是我感到委屈，明明我说的是大实话，但他们却以为我在撒谎；明明我是冒着被长鼻人惩罚的危险把一个美好的秘密告诉他们，但他们却以为我在胡编乱造。我的那些可恶的兄弟姐妹们见我受到惩罚不但不表示同情，反而幸灾乐祸，他们得意地眯着眼睛，脸上都带着笑意，那四个年纪比我小的，可能怕我收拾他们，笑得还比较含蓄，那四个比我大的，丝毫不掩饰他们的得意之心。他们甚至添油加醋地说一些让母亲更加愤怒的话，譬如我那个生着两颗虎牙的大姐就很严肃地说：

“最近有人把生产队的小牛用铁丝捆住嘴巴给弄死了，咱家可是有这种细铁丝——”

“你就作死吧，”母亲忧心忡忡地说，“牛是生产队的宝贝！”

“咱们干脆对外宣布，”我的那个二哥说，“与他断绝关系，免得牵连到我们。”

到底还是母亲境界高些，她瞪了那位很可能是我的二哥的家伙一眼，说：“有你们这样的兄弟吗？你们都是我养的，能断绝得了吗？”

母亲松开了揪住我耳朵的手，我感到耳朵火辣辣的，知道它的体积大了不少。我的耳朵比常人的耳朵要大，原来也大不了多少，因为人们的揪和拧，它们变得越来越大。

“说吧，”母亲疲乏地说，“你这一夜到底到什么地方去了？你如果不说，就别想吃饭！”

我瞄了一眼锅里那些黑乎乎的野菜汤，看了一眼桌子上那碗用来下饭的发了霉的咸萝卜条子，心中暗暗得意，初进家门时说实话我心中还有些惭愧，因为我一个人吃了那么多美味食物而我的父母吃这些猪狗食。但现在我一点儿愧意也没有了。我打了一个饱嗝，让胃里的气味汹涌地蹿上来；我陶醉在美好的气味里，心中充满了幸福的感觉。我看到我的那些兄弟姐妹们都把鼻子翘起来，脑袋转动着，在搜寻美好气味的源头。在饥饿的年代里，人们的嗅觉特别的灵敏，十里外有人家煮肉我们也能嗅到，当然也说明了那个时候空气特别纯净，一星半点儿的污染都没受。我的兄弟姐妹根本想不到让他们馋涎欲滴的气味竟然是从我的胃里返上来的。说不是故意的其实也是故意的，我又打了一个响亮的饱嗝，然后大张开嘴巴，这时我看到，我的那些兄弟姐妹的目光全都集中到我的嘴巴上了，如果能够，我相信他们都会奋不顾身地钻到我的胃里去看个究竟。

母亲的嗅觉尽管不如我的兄弟姐妹们的灵敏，但她毫无疑问地也闻到了从我的嘴巴里散出来的美食气味，我看到她的眼睛里洋溢着讶异和惊喜，我知道她不敢相信自己的鼻子，她很可能以为自己在做梦，对她的心情我完全理解，换了我也会这样，因为在那个时代里，从我这样一个穷孩子嘴巴里发出这样的气味比狗头上长角还要稀奇。但铁一样的事实就摆在我的母亲和我的兄弟姐妹们面前，他们不愿意相信也得相信，美好的气味无可争辩地从我的嘴巴里往外扩散，逗引得他们百感交集眼泪汪汪。我知道我的那些兄弟姐妹们心中对我充满了嫉妒和仇恨，他们恨不得把我的肚皮豁开，看看我到底吃了些什么东西；我知道母亲不嫉妒我也不仇恨我，但她也很想知道我到底去什么地方吃了些什么样的好东西，然后就可以让我当向导，带领着全家去会一次大餐。我的那个生着虎牙的姐姐已经急不可耐地冲了上来，用她粗糙的手扒开我的嘴巴，凶巴巴地问：

“小坏蛋，你还真的吃到了好东西！快说，你到哪里去吃到了好东西？快说，你吃到了一些什么样的好东西？”

我的兄弟姐妹们跟随着虎牙姐姐围上来，七嘴八舌地问着我。这时我真是得意极了，想起方才父亲用他的铁巴掌扇我耳光时这些家伙幸灾乐祸的表情，想起这些家伙平日里对我的欺凌和压迫，我的心中无比快意。六月债，还得快，人不可貌相，海水不可用斗量，这些坏家伙大概从来没想到过我这个土豆堆里的最蹩脚的土豆，竟然会好运临头。他们根本想不到还会求到我的面前，刚才我还巴不得将我的奇遇告诉他们，但现在我已经不想把秘密告诉他们了。我为什么要告诉他们？我凭什么要告诉他们？我如果是个大傻瓜我才会告诉他们，我如果不是一个大傻瓜我就不会告诉他们。母亲也用恳求的目光望着我，显然也是想让我把秘密吐露出来，但是我耳朵上的疼痛提醒了我，让我想起了她几分钟前还揪着我的耳朵恨不得揪下来的悲惨往事，于是我的意志就变得像钢铁一样坚硬了。我决心把这个秘密保守到底，我必须遵守我与于进宝小哥哥的约定，我更必须履行我们与长鼻人之间的诺言，我为刚才差一点儿泄露了机密而后悔，幸亏他们没把我的话当真，但现在他们从我的嘴巴里嗅到了气味，他们很可能当真了。我惊愕地明白了：其实我已经泄露了秘密，我提到了于进宝家的水井，提到了长鼻人和他们的美味食品。我的这些饿疯了的兄弟姐妹们，很可能马上就会下到于进宝家的井里去看个究竟！这时，母亲把我的兄弟姐妹们分到两边，走到我的面前，我感到她的手正在温存地抚摩着我的脑袋，我不断地提醒着自己：不要上当受骗，刚才就是这只手差一点儿把你的耳朵揪下来！她现在抚摩你是为了让你吐露机密，而一旦你吐露了机密，她的手就会重新揪你的耳朵！

我听到她对我说："好孩子，告诉娘，你昨天夜里到底到哪里去了？你到什么地方去吃了些什么样的好东西？"

我灵机一动，想起了虎牙姐姐说过的话头，我宁愿搬起一个屎盆子扣到自己头上也不能泄露机密，于是我就伪装出犯了严重错误的模样，吞吞吐吐地说：

"娘，我错了……昨天夜里，我跟着一群野孩子，把生产队里一头小牛用细铁丝捆着嘴巴整死了……然后……他们点上火，

把小牛烧熟了……他们让我吃，我实在太馋了，就吃了……”

在我的脑袋上爱抚着的那只手，突然间变成了拳头，像擂鼓一样敲打着我的头，我听到母亲用恨极了也怕极了的压抑着的声音说：

“杂种，你就去作死吧，你就等着公安局来抓你吧！”

我的那些兄弟姐妹们有用脚踹我的，有用巴掌扇我的，有用指甲掐我的，有用唾沫啐我的……总而言之是转眼间我就成了他们的公敌。他们把我打得遍体鳞伤，然后就懒洋洋地散开了。

但昨天夜里的确发生了比做梦还美的好事，有我满口的余香为证，有我的愉快而辛苦地工作着的肠胃为证，有我嗅到了野菜汤的气味就恶心的生理反应为证，有那么多栩栩如生的记忆为证。母亲把一个筐子一把镰刀扔给我，让我跟着我的姐姐哥哥们去挖野菜。在通往田野的土路上，村子里的孩子们唱着流行的歌曲，尽管饥饿但孩子们依然欢天喜地，你追我赶，打打闹闹，孩子队里有于进宝小哥哥，走着走着我们俩就靠在了一起，他压低嗓门问我：

“你没泄密吧？”

“没有……”我心里虚虚地说。

“千万保密，否则咱们就吃不到好东西了。”

我大姐瞪了我一眼，说：“快走。”

我跟随着她们往田野里走，但我的心已经回到了昨天。

当时，我和于进宝在玩他家那副残缺不全的扑克牌，突然感到口很渴，我就问：“进宝哥哥你们家有水吗？”

于进宝说：“你想喝水啦？我们家没水，你如果想喝就跟我到我家后园里去喝吧。”

我就跟着于进宝到他家的后园里去了。他家的后园里有一眼水井，一眼非常普通的水井，水很深，浇园用的。井口上安着一架辘轳，支架上生出了蘑菇，绳子上发出了绿霉，看起来已经很久没有使用了。我们站在井台上，探头往井里望去，起初我们什么也看不见，渐渐地我们的眼睛适应了，看到了井里明亮的水和水面上我们的脸。一头乱毛，两只小眼睛，一个塌鼻子，两扇大耳朵——原来我是这样子的一副好模样，怪不得我的一个姐姐经常骂我“气死画匠”。于进宝哥哥也是一头乱毛，两只小眼睛，一个塌鼻子，两扇大耳朵。我们两个简直像用一个模子刻出来的。我的母亲经常无奈地对我的那些兄弟姐妹们说：“你们看看，他怎么越来越像东屋里小宝？”我的一个姐姐说：“太像了，一个娘养出来的也没有这样像的！”

然后她就用黑黑的眼睛仇恨地盯着母亲，好像母亲欠了她一笔陈年老账。小宝就是我最亲爱的于进宝哥哥，他在村子里名声很坏，至于他干过什么坏事，则没人能说出来。我们看着井里那两张一模一样的脸。看了一会儿，就开始往自己的脸上吐唾沫。我的唾沫吐到我的脸上就像吐到他的脸上一样。他的唾沫吐到他的脸上就像吐到我的脸上一样。我们的唾沫吐到我们的脸上把我们的脸破碎了，我们的鼻子眼睛混乱不清，于是我们就开心地笑起来。

突然，我们嗅到一股奇异的香味。我们抬起头来环顾四周，四周是断壁残垣，发了疯的野草，野草中仓皇奔走的蜥蜴，蜥蜴身上闪烁的鳞片……家家户户的烟囱里没有冒烟的，没有人家在炒肉，这香气……这香气……这香气是从井里冒出来的！我们紧张地抽动着鼻子，眼前似乎出现了许多在梦里都没见到过的精美食物，有像砖头那样厚的肉，一方一方的，颜色焦黄，冒着热气。有把脑袋扎进肚子里的烧鸡，颜色焦黄，冒着热气。有整头的小羊，颜色焦黄，冒着热气……

我们拽住辘轳绳子往井里滑去，他在下边，我在上边。井筒子深得似乎没有底，我的耳朵里嗡嗡地响着，好像在大风里行走。我的眼前起初是亮的，往下滑了一阵儿后就慢慢地黑起来。我感到有人拽了一下我的腿，我的身体往边上一偏，然后脚就着了地。于进宝小哥哥拉着我的手，沿着一条黑洞洞的地道，小心翼翼地摸索着前进。我们心中感到害怕，但越来越浓的香气吸引着我们，使我们的脚步不停。不知从何时起，眼前渐渐地明亮起来，地道也宽敞起来。我们看到一道道光线从一些圆圆的洞眼里射进来，洞眼多粗，光线就多粗。我心中紧张，歪头看了一眼他的脸，看到了他的脸就像看到了我的脸。我们紧紧地拉着手，就像一对孪生兄弟。浓厚的香气变成了热乎乎的风扑到我们的脸上，随着香风传来了一些哧呼哧呼的声音。我们屏住呼吸，贴着洞壁，高高地抬腿，轻轻地落脚，慢慢地向前靠拢。

终于，我们看到了，在前方的一个宽敞的大洞里，有一个平展展的土台子，台子上摆着三个巨大的黑陶盘子，一个盘子里放着一方方的肉，像砖头那样厚，颜色金黄，冒着热气，肉的上面撒着一层切碎的香菜末儿。一个盘子里放着十几只脑袋扎到肚子里的鸡，颜色金黄，冒着热气，鸡的上面撒了一层花椒叶子。一个盘子里放着一头小羊，颜色金黄，冒着热气，小羊身上插了几根翠绿的葱叶。大概有二十多个人，团团围着盘子，都跪着，屁股后边拄着一条粗粗的尾巴。他们穿着用树叶子缀成的衣裳，头上戴着瓜皮小帽。他们都生着两只小眼睛，两扇大耳朵，这些都跟我们像，与我们不像的是他们的鼻子。我们是塌鼻子，他们是长鼻子，而且还比我们少了一个鼻孔眼儿。他们跪在盘子周围，脖子探出来，鼻子离食物很近，鼻孔一开一合，那些哧呼哧呼的声音就是从他们的鼻子里发出来的。我们将身体紧紧地贴在洞壁上，好像两只壁虎。有好几次我觉得他们已经发现了我们，但是他们并没有对我们怎么样。一个看起来很小的长鼻人突然站起来，鼻子哧呼着，脑袋转动着，眼睛分明与我们的目光相接了，但他还是没有对我们怎么样。我感觉到他们是故意地不理睬我们。

他们吸了一阵儿后，一个个离开了盘子，站起来，脸上带着心满意足的神情，往地洞的深处走去。那个小小的长鼻人还扭回头对着我们扮鬼脸，一个露着奶头的大长鼻人——一定是他的妈妈——伸手把他拉走了。地洞里静悄悄的，只有那三只大盘子里的食物散发着香气。我们终于抵抗不住美味的吸引，蹑手蹑脚地靠到盘子前，顾不上危险，抓起那些好东西，狼吞虎咽起来。我们似乎刚开始吃，其实已经吃了许多。因为当那些长鼻人突然把我们包围起来时，我们本想逃跑，但是已经拖不动自己的肚子了。我们坐在地上，活像两只巨大的蜘蛛。长鼻人的语言很怪，呱呱唧唧的，我们一句也听不明白。但从他们脸上的表情判断，他们没有恶意。后来他们在土台子前跳起舞来，好像是用这种形式欢迎我们访问他们的地洞。他们跳的舞跟我们村子里正在流行的一种舞有点儿相似，也是那样简单那样机械，好像一群木偶。其中有两个母长鼻人，把我们拉起来，让我们跟他们一起跳舞。我们吃得太多，行动实在困难，但他们让我们跳我们不敢不跳。跳了一会，我们的肚子小了，感觉也舒服了。渐渐地我们忘了他们是跟我们不一样的人，而且也能听明白他们的语言了。跳完了舞，大家坐在一起说话，像开座谈会一样。于进宝小哥哥说，我们是两个饥饿的孩子，今天很幸运地来到了你们的地洞，受到了你们友好热情的招待，吃到了从来没有吃过的最香最美的食物，我们真是全世界最有福气的孩子，我们回到上边即使马上死掉也不冤枉了。一个下巴上生着十几根白胡子的老长鼻人代表长鼻人发言，他说，你们不要客气，其实，我们早就知道你们两个，你们原来就是我们这里的人，后来因为刮白毛大风把你们俩刮走了。我们几年前就知道你们俩在上边生活，而且我们还知道你们俩活得很苦。我们早就决定把你们俩请回来玩玩，但一直找不到机会，今天，这机会终于来了。所以你们来到了这里就应该像回到了自己家里一样，或者说就像走亲戚一样。他说他们是嗅味的民族，根本不用吃东西，每天嗅一次食物的气味就可以了。他说如果我们不嫌弃他们嗅过的食品，尽管来吃好了，即便我们不吃，他们也要倒进暗道，流到蓝河里去喂四眼鱼。后来他们把我们送到井口，欢迎我们经常来做客，他们恳求我们不要把这里的情况对外人说道，我们对他们发誓：如果我们说了，就让乌鸦啄我们的脑袋。

月光斩

在县文化局工作的表弟给我发来邮件说：表哥，最近县里发生了一件大事，请看附件——八月七日上午八点。县委办公大楼五层保密室。机要员小冯，是你的老同学冯国庆的二女儿。小冯刚上班，提着热水瓶想去打开水，听到窗户外乌鸦噪叫，探头外望，发现那棵最高的雪松顶梢悬挂着一个黑乎乎的东西，起初以为是乌鸦们在此筑了巢，心中有几分丧气，继而又见那些乌鸦竟像不畏生死的斗士轮番向那黑物攻击，心中诧异，定睛细看，是一颗人头，随即发出一声尖叫，热水瓶掉在地上，竟然没碎，也是奇迹，正在整理文件的小许——她是你老战友的三女儿——跑到窗前往外看，发出更为夸张的尖叫。几分钟后，县委大楼朝南的窗户全部打开，县委大院，乱成一个如被火燎的马蜂窝。

虽然人头已被乌鸦啄得千疮百孔，但人们还是辨认出那是刘县长的面孔。他面色惨白，愈显得精心染过的头发漆黑如墨。他的眼睛已被乌鸦啄瘪，看不到他的眼神了，因此也就无法想象他临终时刻是惊惧还是愤怒，是浑然无觉还是早有准备。有人道：不一定是乌鸦所毁，很可能是罪犯所为，因为据说西方已经可以用一种特殊技术，从死者的视网膜提取信息，然后输入电脑，显示出罪犯的形象。由此判断，罪犯是一个对犯罪学相当了解的高智商者，绝不是一般的坏人。又有人说，罪犯将人头悬挂在县委大院，显然有“杀鸡儆猴”之意，因此可以排除一般的情杀或图财害命。刘县长工作多年，少言寡语，为人谨慎，有良好的口碑。究竟是什么人，将这样一个好人残忍杀害？闻风而至的县公安局几乎所有的警车发出的刺耳尖啸把所有人的声音都淹没了。县消防中队的一辆救火车开进大院，竖起云梯，一个穿杏黄色防护服的消防员爬上去，展开一块红绸，将人头小心翼翼地包起来。乌鸦愤怒地对他发起攻击。他举起一只胳膊护住面颊，用另一只胳膊夹着人头，迅速地爬下来。

人头被一个着白大褂的法医接过去，小心翼翼地托着，钻进警车，鸣着笛，转着灯，开走。市里的警车与市委领导的车也赶到了，大院里无处停车，就停在了大楼前的永安大街上。县里的防暴警察和武警中队的官兵已经在大街上排开人墙，封锁了道路，成群结队的行人和自行车被封堵，形成了两个黑压压的人团。万头攒动，人声如潮。警察用电动喇叭喊话，命令人们绕道而行，人们才恋恋不舍地散去。警笛声停止，但车顶上的警灯还在把一束束令人心寒的光芒扫来扫去。县政府大楼上所有的窗户都遵命关闭，但许多人的目光还是不由自主地往外斜，即使他们目不斜视地盯着书本、文件或是压在玻璃板下的照片，但他们的脑海里……好了，表哥，我不想对你描绘刘县长遇难后发生在县政府大楼的事了。从表面上看，已经没有什么异常。当然，每个人心中的想法，就只可意会不可言传了。

很快就传来了消息，说在县城的饭店的一个套间里，发现了刘县长的尸体。尸体穿着深蓝色的西服，脖子上扎着紫红色的领带，端坐在沙发上。清扫房间的服务员进门后就感觉好像缺了点儿什么，怔了半天，才发现客人无头。奇怪的是，竟然没有一点儿血迹，米黄色的化纤地毯像是刚刚用强力吸尘器吸过一样，连一点儿灰尘都没有。断头处，仿佛用烙铁烙过一样平整——也有人说仿佛用速冻技术处理过一样平整。房间里没有任何的搏斗痕迹和罪犯留下的蛛丝马迹。这样的现场，令县里和市里那些刑警挠头不止。下午，省公安厅的破案专家飞车赶来。他们看了现场，研究了被分成两截的遗体，也感到大惑不解。问题的焦点集中在：刘县长的血流到哪里去了？罪犯使用什么样的凶器才能干出这样干净利索的活儿？

当省、市、县的破案专家绞尽脑汁思索的时候，一个传说，像风一样吹遍了县城的每一个角落，连永安大街上那两处爱民工程，外面用绿色马赛克里边用白色马赛克贴了墙面的公共厕所都没漏过。厕所尿池子上方白色的马赛克墙壁上，有人——也许是鬼——用彩笔写上了三个大字：月光斩。当然，这传说也从县城波及了乡村，甚至传到了外县、外省。那三个字，每个都有足球般大，字迹稚拙，乍一看颇似顽皮儿童的涂鸦，但仔细研究，又像一个很有书法根基的人在扮嫩。

何为月光斩？人们马上就想到了一部香港拍摄的电视连续剧的名字，剧中有个人物，手持一把寒光闪闪的宝刀，专拣明月皎皎之夜杀人。但传说中的月光斩与这部香港电视剧毫无关系。传说里说——

有一年，城关公社的一群机关干部，突发奇想，冲到新建的县火葬场，要用那台新安装的化尸炉炼钢。火葬场技术员向这些人解释，说化尸炉跟炼钢炉根本不是一种构造，但那批执拗的干部，任火葬场技术员磨得嘴唇起泡也不动摇。说他们去国营天河洼农场请来两位“右派”，帮助改造化尸炉。这两位“右派”，一位名叫任你行，另一位名叫令狐退。任你行原是钢铁厂的副总工程师，在苏联留过学，获得过副博士学位。令狐退原是省冶金学校副校长，留德归来的材料学专家。这是两个真正的专家，与当时那拨子建土炉子炼钢的人有天壤之别。如果不划成“右派”，我们这个小县城用八抬大轿也请不来他们，但成了“右派”后，一请就把他们请来了。这样两个人，别说是把化尸炉改成炼钢炉，给他们个尿罐，也能改造成可以熔化黄金的坩埚。

这个由化尸炉改造成的炼钢炉，炼出了一块纯蓝的钢，就像国王的妃子抱了钢柱而受孕产下来的那块铁一样玄妙。他们往炼钢炉里投进去一百多个破旧的日本钢盔、五十多口铁锅、一万多个从棺材上起出来的铁钉，还有一千多枚罗汉钱，但出钢时只流出不满的一勺钢水。这是真正的金属的精华，七道凌厉的蓝光直冲云霄，有七颗流星沿着蓝光落到钢水勺里，它们在降落时，金光与蓝光剧烈摩擦，放射出刺目的强光，并散发出浓烈得让人昏迷的烧冰的香气——把冰凌放在火上烧，这是我们那里的坏小孩常玩的游戏——我知道这样写有悖物理学原理，但这是传说，姑妄言之姑妄听之。七星落入钢水勺后，正好齐平勺沿。那两个“右派”中的一个，可能是令狐退，也可能是任你行，亲手端着钢水勺子，浇灌到早就准备好的长条形钢锭模子里。他们准备了一百多个模子，但只灌了半个模子。这块钢——姑称为钢吧——在模子里慢慢冷却了，炼钢炉里的火也熄灭了，只有邻近火葬场的人民医院里那个土高炉还冒着黄色的火苗子。不久，人民医院的土高炉也灭了。此时，天上一轮明月，放射着浅蓝的光辉，那块钢，在模子里放出幽蓝的光芒，令在场的人心中都滋生出了庄严、神圣的感情。至于这块奇异蓝钢的下落，有许多种说法，但每一种说法，都无从调查，因为那些参加过炼钢的人大半作古，活着的人，也只能提供一些含糊的证词。如果沿着这些证词调查，那各式各样的说法就如同太阳的光线一样，射向四面八方，有的变成植物，有的变成气体，有的变成人类无法认识的物质。但很快又有一个令人振奋的传说出现。县城东门外，原有个东关村，村里有户铁匠，姓李。李铁匠六十丧妻，三个儿子，陆续成人，都无妻室，跟着父亲以打铁为生。父子都是文盲，春节时，请村里一位曾经当过私塾先生的人写对联。那人好谑，提笔写道：

一门四光棍

父子八大锤

横批不合规矩，只有三个字：

硬碰硬

此联大为有名，县城的人都知道。新的传说与这户铁匠有关。

说有一个傍晚，铁匠炉封了火，苞米粥的香气弥漫全室。铁匠们的饭量极大，一个比笆斗还大的双耳锅吊在铁匠炉上方，锅里的金黄的粥倒出来足有一桶。兄弟三个围锅站立，每人捧着一个粗瓷大碗，喝得满室粥响。老铁匠病了，缩在墙角的地铺上，盖着一张烂羊皮，在那里哆嗦、哼哼。炉里飘游不定的蓝色火苗不时照亮老铁匠铜色的干巴脸，然后便敛了，房子又沉入黑暗。心比较细的老三嘴里有粥，含含糊糊地说：爹，你还是喝一碗吧，人是铁，饭是钢，一顿不吃饿得慌。老铁匠咳嗽一阵儿，喘息着问：粮食市上的苞米，涨到多少钱一斤啦？老大瓮声瓮气地说：管他多少钱一斤，水涨船高，粮食涨价，咱的工钱也跟着涨。老二道：这年头，还不知怎么闹腾呢，吃了今日就别去管明日啦。老铁匠喘息着说：今晚上加班，把"井冈山"那批扎枪头子打出来，收一笔钱准备着，世道乱了，好往关外逃。三儿子道：你以为关外就不乱了吗？没听到大喇叭里吆喝？五湖四海一片红啦。爷们儿正说着，喝着，听着县城里传出来的阵阵呐喊和火车的凄厉笛声，感受着火车进站时引起的地皮震颤，就有一个人影轻悄悄地，犹如一匹金钱豹子闪了进来。正好又有一个罂粟花般大小的蓝色火苗从封住的火炉上飘起来，悬浮着，久久不逝，照亮了来者。

那是一个十五六岁的姑娘，身穿一套草绿色的仿制军装，腰里扎着一条奇宽的牛皮腰带，使她的身材显得有几分英武。她头上扎着两根小辫，浓眉大眼，蒜头鼻子，长嘴厚唇，有点儿傻气。当然，她的胳膊上也套着一个红色的袖标。最重要的是，她怀里抱着一个黑色的包裹，看上去十分沉重，不知道里边是什么东西。

铁匠兄弟都是正当盛年的光棍，来者虽是一小丫头，但毕竟是女性，所以他们都用热情的眼光上下打量着她。姑娘把怀中的包裹扔在地上，发出沉闷的响声，使地皮都颤抖。你是"井冈山"的吗？老三说，你们那批扎枪明天才能打出来。老二道：回去告诉你们的头头儿，一手交钱，一手交货。老大道：苞米涨价了，煤也涨价了，我们的扎枪头也涨了，每个两块钱。姑娘直起腰，把双手的拇指与食指插进腰带，捋捋衣服，又往下抻抻衣角，挺起胸膛，冷冷地说：我既不是“井冈山”的，也不是“东方红”的，我是“独立大队”的。老三笑道：蒙谁呀？县城里根本就没有这么个组织。姑娘道：我不跟你们废话，我有块好钢，请你们帮我打一把刀。老三道：什么好钢，拿出来瞧瞧。于是，姑娘蹲在地上，解开地上的包裹。先是一层黑布，继是一层蓝布，然后是一层红布，最后是一层白布。当那层白布解开时，炉子上方那个飘游的火苗像胆怯的小鼠一般，倏地钻进了煤堆。被烟熏火燎得黝黑的铁匠铺子顿时被一种幽蓝的光芒照亮，四面的墙壁和房顶，仿佛都刷了一层明亮的釉彩，焕发出动人的光芒。铁匠兄弟们都忘记了喝粥，捧着碗，张大嘴，眼睛直愣愣地瞪着那块钢。那块钢安静地躺在白布上，仿佛一条远古时代的鱼。女孩伸出一根手指，轻轻地触摸了一下那块钢，然后疾速缩回，仿佛那块钢奇冷，又仿佛那块钢奇热。她用挑战的口吻说：看到了吧？就是这样一块钢。我想请你们打一把刀，样子我也带来了，但不知你们有没有这个本事。她说着，从衣兜里摸出一张折叠成儿童玩的纸炮形状的纸片，展开，举给就近的老三，道：就照着这样子打。老三接过纸片，借着那钢的光，看着纸上的图。那是一把古老样式的刀，刀把是个圆环，刀背弧线流畅，宛如妙龄女子的腰背。刀尖与刀背吻合部形成一个钝角，刀刃线条凸起，犹如鱼的肚腹。这样的刀，倒也不难锻打，老三说着，将纸片递给老二，老二看罢，又递给老大。老大道：不知这位姑娘能出多少加工费？姑娘冷笑一声，道：只要你们能将这块钢，锻打成这样一把刀，加工费嘛，要多少就是多少。老大说道：小姑娘，别说大话，你爹不是银行行长，即便你爹是银行行长那些钱也不是你们家的对不对？告诉你，我打铁三十年了，我爹打铁六十年了，什么样的钢没见过？什么样的铁没砸过？你想用这块抹了一层荧光粉的铁来糊弄我们吗？姑娘冷笑着，一探身夺回纸片，装进衣兜，然后便蹲下，包裹那块蓝钢。这时，一直缩在墙角的老铁匠气喘吁吁地说：姑娘，慢着点儿包裹。老三，扶我起来，让我见识见识。老三上前，扶起老铁匠，颤颤巍巍地过来，一低头，眼睛里立即生出光彩，脸上的肌肉也猛然紧张起来，仿佛片刻之间变成了另外一个人。他蹲下，抬头看看姑娘，低头看看蓝钢；抬头，低头；抬，低；然后伸手触了一下蓝钢。然后又触了一下。又触。每一下都像蜻蜓点水。然后，站起来，双手抱拳，作一个长揖，小心翼翼地说：姑娘，儿子们语出无状，多有得罪。我们是些土铁匠，锻打个锨、镢、镰、锄，混碗苞谷粥糊口罢了。这样的宝物，您还是另请高明吧。姑娘叹一口气，说：都说李铁匠家祖上是为康熙大帝打过屠龙宝刀的御用铁匠，原来不过尔尔。说罢，用无比失望的目光扫视了一遍铁匠父子，蹲下身，包裹起那钢，艰难地抱起，趔趔趄趄向外走去。房子顿时又沉入黑暗，那蓝色火苗浮起，照耀着铁匠父子的脸，犹如四尊尴尬的泥神。姑娘的身影，犹如金钱豹子，即将在门口消失那一刹那，老铁匠用悲凉的声音问：姑娘，你到哪里去？——我把这块钢，扔到南湾里去，让它沉没到淤泥中，永远不见天日。——回来，姑娘，老铁匠说，这是我的命，逃是逃不过的。——你决定要征服它了吗？姑娘的身影又如金钱豹子，一闪便回到了铁匠炉旁。她目光里闪烁着惊喜，道：我知道你不会放过它的，一个好铁匠，总是盼望着这样的钢出世，然后，用奇特的方式，使它服从自己的意志，变成一把宝刀。老铁匠脱下身上的破褂子，露出瘦骨嶙峋的胸膛，从水桶里舀起一瓢冷水，咕咕地灌下去，然后一抹嘴，腰板挺直，仿佛年轻了二十岁，或者三十岁，雄赳赳地说：儿子们，生起火来……生起火来啊生起火来……生起火来……

老铁匠的二儿子用铁钩子捅开煤壳，拉动风箱，呱嗒呱嗒，白烟上冲，直冲房顶，火星四窜，火苗紧接着出现。老铁匠从姑娘怀中接过那包裹，放在屋子正北方向的祖先牌位前，跪地，行三跪九叩之大礼。礼毕，将包裹解开，悲切切地说：列祖列宗，保佑吧！祝毕，将右手中指塞进嘴巴，咬破，在那蓝光的映照下他的血也成了蓝色，滴滴下落到那钢上，先发出叮叮咚咚的声响，仿佛珍珠落到冰上，然后又咬破左手中指，将血滴上去，又发出刺啦啦的声响，仿佛那钢是灼热的。铁匠的儿子们嗅到了古怪的香气，与那用荷叶包裹着的人血馒头放至灶火里烧烤时的香气颇为接近。血祭完毕，那钢的蓝色浅了，淡了，不似初时坚硬凌厉，增添了些许温柔，与深秋时节的满月光辉有几分相似。然后，也不包扎手指，搬起那钢，如抱着一个十世单传的婴孩，塞进了熊熊的炉火之中。用了烧透一般钢铁十倍的时间，才将那块蓝钢烧透。当爷儿们用头号大钳把那蓝钢抬到铁砧子上时，铁匠铺里变成了冰一样透明的世界。屋子里的人和物，都仿佛远古时的物体，被凝固在一块浅蓝的琥珀里。此时，只有凝神观察，才能看到那块像鱼一样形状的钢，活泼泼地躺在砧子上，浑身抖动不止，不知是痛苦还是兴奋。老铁匠操着小锤，与其说是打，毋宁说是抚摸了一下那蓝钢。三个如狼似虎的儿子，各操着十八磅的大锤，各打了一锤。接下来，老铁匠的小锤便如鸡啄米一样迅疾地敲打下去，三个儿子手中的大锤，挟带着狂热与激昂，如同奔驰中的烈马之蹄，迅速无比但又节点分明地砸下去。奇怪的是竟然没有声音。往常这父子四人打铁时发出的声响半条街上都能听到，连火车的汽笛声都被盖住，但现在，这锻打，这劳动，剧烈至极，但墙角上蟋蟀的鸣叫都声声入耳，让人感觉到深秋之悲凉，生命之短暂。那个小姑娘呢？那个姑娘缩在墙角里，双手捧着腮，眯缝着眼睛，犹如饱食后蹲在大树上休息的金钱豹子。奇怪的是如此猛烈的锻打，竟然没有半点儿的火星溅出，往常这父子四人打铁时，火星四溅，碰到墙壁反弹回来，发出扑簌簌的声响，远远看过来，宛如礼花绽放。

这样的锻打持续了足有半个时辰。三个儿子身上热气腾腾，犹如三根刚从油锅里夹出来的油条，但那老铁匠，却连一滴汗珠都没流。老铁匠手中的小锤慢了下来，儿子们手中的大锤跟着慢下来。小锤更慢了，东一下，西一下，宛如一只吃饱了的鸡，在米堆里拣虫吃。老铁匠歪着头，眯着眼，神情和姿态都与一只黑色的老公鸡相似。更慢了。当当，小锤声；哐哐，大锤声。当，哐，当，哐。小锤扔在地上，站立着，柄儿摇晃，终于静止。三个儿子如同三株朽木，瘫倒在地上，只有老铁匠还站着。炉子里的火半明半暗，蓝色的火苗柔软无力，犹如微风中的丝绸。老铁匠头顶光秃，嘴角下垂，脖子上老皮垂挂，仿佛老了二十岁，或者三十岁。他勉强站着，用目光招呼着那个小姑娘。小姑娘畏畏缩缩地走到铁砧子前，先看了一眼老铁匠，然后低头看砧子。她又抬起头看老铁匠，满脸疑惑。无怪她疑惑，因为那砧子上似乎什么都没有，好像那块奇异的蓝钢，被铁匠父子们打成了空气，或者打成了光，涂抹到这房间里的所有物体上，连人的皮肤上、头发上、眼睫毛上，都涂抹的有。老铁匠眼睛半睁着，可见疲劳已使他的眼皮没了力气，声音细弱，如同蚊虫哼哼，非侧耳屏气难以听到。但姑娘分明是听到了。她把右手中指塞进嘴巴，一口咬破，血珠滴落，举到砧子上。一股碧绿的烟雾腾起，房子里溢散开用灶火烧烤用荷叶包裹着的用人血蘸过的馒头的气味。与此同时，那把刀的形状便在砧子上渐渐地显现出来。大约有一米长，最宽处约有二十厘米，完全符合那张纸片上的形状。她又将左手的中指咬破，血珠滴落，举到刀上，叮叮咚咚，如同珍珠落在冰上。与此同时，那刀的形状又渐渐朦胧了，犹如雾里看花，水中望月，隔着玻璃看沐浴的美人。

你把它拿走吧。说完这句话，老铁匠往后便倒，随即停止了呼吸。

你把它拿走吧。说完这句话，老铁匠的大儿子随即停止了呼吸。

你把它拿走吧。说完这句话，老铁匠的二儿子随即停止了呼吸。

你把它拿走吧。老铁匠的小儿子说。

姑娘抓起那把刀，犹如捏着一段月光，对铁匠的小儿子说：你跟我一起走。

这两个年轻人，女的提着刀，男的空着手，走出铁匠铺子，走上街道，走出东关村，进入原野，消失在蓝色的月光中。

这把刀的名字叫“月光斩”。

只有用“月光斩”砍人首级，才能滴血不出，才能断口如熨过的“的确良”布料一样平滑。

但不久又有一个传说出来，传说说：身首分离的刘县长，其实是一个塑料模特，不知道是哪个恶作剧的家伙，或者是哪个坏

蛋，制造了这样一出闹剧。尽管是闹剧，但造成了极为恶劣的影响，对刘县长的名誉也有毁灭性的伤害，还造成了难以估量的损失，那么多人都投入破案中去，车辆磨损、汽油耗费、工资、差旅费……嗐！为了挽回影响，县委、县政府在人民广场举行篝火晚会，庆祝中秋佳节，电视台直播。人们从电视里看到，刘县长先讲话，后唱京戏，又与女青年跳舞。无论是讲话、唱戏还是跳舞，他的脸上都带着微笑，非常有亲和力，非常平静，仿佛什么事情都没有发生过。

看完了附件，我给表弟回复邮件：

表弟如晤，久未通信，十分想念。姑姑好吗？姑父好吗？建国表哥好吗？青青表妹好吗？你在县城工作，要经常回老家看看，姑姑姑父年纪大了，多多保重。你若回去，一定代我去眉间尺的坟前烧两箔纸钱。遇见韦小宝的后人，一定要礼貌周全——宁得罪君子，不得罪小人，这是古训，不可违背。一转眼间你也快三十岁了，婚姻问题要赶紧解决，天涯何处无芳草？不必死缠着小龙女不放，我看那个还珠格格就不错，野是野了点儿，但毕竟是金枝玉叶，跟她成了亲，对你的仕途大为有利，赶快定下来，万勿二心不定，是为至嘱。

代跋

从学习蒲松龄谈起

莫言

朋友们好!

首先自报家门：我是山东高密人，可以说跟大家是老乡。淄博是蒲松龄的故乡，几十年前我没开始写作的时候就知道蒲松龄，童年时期读得最早的也是蒲松龄的小说。

我大哥考上大学后，留给我很多书，其中一册中学语文课本里，有一篇蒲松龄的小说《席方平》。尽管我当时读这种文言小说很吃力，但反复地看，也大概明白其意思。这篇小说给我留下了难以磨灭的印象。2006年，我出版了长篇小说《生死疲劳》。这本书出来以后，有人说我是学习了拉丁美洲的魔幻现实主义，山东大学马瑞芳教授看完后对我说："莫言，你是借这本小说向蒲老致敬。"

《生死疲劳》一开始就写一个被冤杀的人，在地狱里遭受了各种酷刑后不屈服，在阎罗殿上，与阎王爷据理力争。此人生前修桥补路，乐善好施，但却得到了土炮轰顶的悲惨下场。阎王爷当然不理睬他的申辩，强行送他投胎转生。他先是被变成了一头驴，在人间生活了十几年后，又轮回成了一头牛，后来变成一头猪、一条狗、一只猴子，五十年后，重新转生为一个大脑袋的婴儿。这个故事的框架就是从蒲松龄的《席方平》中学来的，我用这种方式向文学前辈致敬。

我小学五年级辍学参加农业生产，读完了村子里能借到的所有小说。童年时期的阅读，对我后来的创作非常有用，但可惜那个时候能借到的书太少了。每个村庄里都有一些特别健谈的人，像我的爷爷奶奶，他们讲述的故事后来都成了我的写作素材。所以有人说，几乎每个作家，都有一个非常会讲故事的祖父或祖母。民间口头传说是文学的源头。我小时候听到的很多故事都是讲妖魔鬼怪的，当我后来阅读了《聊斋志异》后，我发现书中的很多故事，我少年时曾经听老人们讲述过。这些故事到底是在《聊斋志异》之前就有了，还是之后呢?

我想无非是两种可能，一种是乡村的知识分子阅读了《聊斋志异》，然后把文言转化为口头语将故事流传下来；另一种是蒲先生把很多民间传说加工后写进了《聊斋志异》。

要理解蒲松龄的创作，首先要了解蒲松龄的身世。他的作品，一方面是在写人生、写社会，一方面也是在写他自己。蒲松龄博闻强记，学问通达，说他上知天文下知地理绝不是夸张。他的科举之路刚开始非常顺畅，县、府、道考试，连夺三个第一，高中秀才，但接下来就很不顺利了。那么大的学问，那么好的文章，就是考不中个举人。原因有考官的昏庸，也有他自己的运气。他怀才不遇，科场失意，满腹牢骚无处发泄，正因为这样，所以他能看到别人看不到的，正因为这样，他才与底层百姓有了更多的联系。他的痛苦、他的梦想、他的牢骚、他的抱负，都从字里行间流露出来。

我们每个人都是不彻底的。我们在读前人的作品时，往往能看到历史的局限性，历史的局限性在某种意义上也就是人的局限性。对前人的局限性，我们大都持一种宽容的态度，但这种宽容里边似乎还包含着一种惋惜。我们潜意识里想，如果没有这种局限性，他们会写出更好的作品。但现在我想，我们这种对人的局限的否定态度，对于文学来说，也许并不一定正确。我的意思是说：一个没有局限的人，也许不该从事文学；作者的局限，也许是文学的幸事。

从蒲松龄的《聊斋志异》中，一方面可以看到他对科举制度的批判与嘲讽，另一方面也可以读出他对自己一生科场失意的感慨和惋惜，当然也可以读出他对金榜题名的向往。在蒲松龄笔下的很多故事里，主人公的结局都是科场得意。由此看来，他对科举制度还是有着很深的眷恋。

我曾经写过一首打油诗，其中有两句："一部聊斋传千古，十万进士化尘埃。"如果蒲松龄金榜题名，蟾宫折桂，肯定也就没有《聊斋志异》了。从历史角度看，蒲松龄一生科场不得意，其实是上天成就他。在淄博历史上，考中进士的人有数百个吧？但都没法儿跟蒲松龄相比。时至今日，蒲松龄不仅是淄博的骄傲、山东的骄傲，也是中国的骄傲、人类的骄傲。几百年前，有这么一个人写出了这样一部光辉的著作，他用他的想象力给我们在人世之外构造了一个精彩绝伦的世界，他用他的小说给人类和大自然建立了联系。

《聊斋志异》也是一部提倡环保的作品，蒲松龄先生提倡爱护生物。在几百年前，他用他的方式，让人认识到人类不要妄自尊大，在大自然中，人跟动物是平等的事实。小说里很多狐狸变的美女不但相貌超过人类，连智慧也超过人类。《聊斋志异》也是一部提倡妇女解放的作品，那时妇女地位很低，在家庭中，女人就是生孩子的机器和劳作的奴隶，但蒲松龄在小说中塑造了很多自由奔放的女性形象。我写的《红高粱》一书中，“我奶奶”这个形象的塑造其实就是因为看了《聊斋志异》才有了灵感。

同时，我们也不难看出，蒲先生对待妇女的态度也是一种不彻底的态度。一方面他写了很多自由解放的女性，对她们充满了欣赏和赞美，但同时也摆脱不了根深蒂固的封建礼教对他的限制。这种不彻底是时代的局限。作家的不彻底性为小说提供立体的层面，好的作品正是因为作家不彻底的状态，才具有了多义性和对人的深层次理解。

当今社会，没有理由苛求作家具有某种鲜明的道德价值观念，当然也没有理由要求作家成为白璧无瑕的完人。作家当然应该严格要求自己，但无论多么严格的自律，也不可能白璧无瑕。另一层意思是，每一个作家都有他的是非标准，但在写作的时候应该相对模糊一点，不要在作品里那么爱憎分明。我们在判断事物的时候，都是站在自己的立场来判断，很少有人站在多元角度上来判断。但随着时间和社会的变化，很多在当初黑白分明的事件，会有另外的解读。

我们知道，读书，看起来是读书，在某种意义上是在读自己。读者阅读时，可以从一本书里读出自己最喜欢的部分，因为他从这部分里读到了自己。作为读者的我们，跟作为社会中人的我们，有时候也不是一个人。我们读《红楼梦》，大多会同情林黛玉，鄙视薛宝钗，但如果是我们为儿子选媳妇的时候，我们大概都会选薛宝钗吧。再如，当我们在评判目前教育现状的时候，我们都会义愤填膺地批评应试教育，我们都知道这种教育方式对孩子不利，但一旦开始给自己的孩子报名参加各种特长班时，大多数家长都很积极。这也是人的不彻底性的表现。

我向蒲松龄先生学习的另一方面，就是他塑造人物的功力。在成功的作品中，都有让人难以忘却的典型形象。就像讲到鲁迅，我们就会想到阿Q一样，好的小说中肯定会有个性鲜明的人物。

我们写作时，往往会被故事吸引，忽略了写人。我们急于在小说里表达自己对政治的看法，忽略了人物自己的思想和声音。我最近的一部作品《蛙》，写之前，我就明确自己要写什么。计划生育影响了千家万户，影响了几代人。如果我用小说的形式来写计划生育这件事，那还不如写报告文学，用真实数字和真实人物，来呈现事件的来龙去脉。写《蛙》，目的是写一个人物。在我的生活当中，有一个本家姑姑，她是一个乡村妇科医生，她就是这部小说的人物原型。她从二十世纪五十年代开始接生直到退休后都没闲着。姑姑说，经她手来到这个世界上的孩子少说也有一万，经她手流产的孩子也得有几千。但现实中，姑姑对自己的工作并没有流露出更多的感受。就是这样的一个人，让我产生了巨大的创作冲动。

《蛙》出版后，有记者采访我，问：你为什么要写一个计划生育的敏感题材？我回答：我并不是写计划生育的小说，而是写一个妇科医生的一生。

小说的成功离不开细节描写。蒲松龄的小说里就有可圈可

点的范例。比如他写一条龙从天上掉落在打谷场上，没死，但动弹不了，这时有很多苍蝇飞过来，落在龙的身上。龙就把鳞片张开，很多苍蝇钻到鳞甲下边，龙突然合上鳞片，把苍蝇都夹死在里面。这个故事发生的可能性很小，蒲先生也肯定没见过有龙从天上掉下，但他在细节方面描写得准确、传神，让我们仿佛看到龙在打谷场上用鳞甲消灭苍蝇。这个细节很有力量，让一件子虚乌有的事具有了真实感。蒲先生对细节的想象力让人叹为观止。因为他写的细节符合常识，是根据每个人的生活经验可以想象到的。把现实生活中不可能发生的事件呈现在我们面前，让我们非常相信，让我们从中得到非常形象的阅读效果。

《阿纤》，是《聊斋志异》里唯一写高密的一篇。里面写一个老鼠精非常漂亮、善良，善于理财，只是终生有一癖好——囤积粮食。蒲先生这一笔写得非常风趣，也非常有意味。这个细节就让我们最终不能忘记阿纤跟现实中的女人虽然表面没有差别，但她是耗子变的事实。类似这种细节比比皆是，都是建立在大量的符合我们日常生活经验的基础之上。

什么是想象力？解释起来比较困难。有的人经常想入非非，但胡思乱想不算想象力。对小说家来讲，想象力必须建立在丰富的生活经验之上，并且要通过许多别开生面的描写体现出来。这就要求我们必须掌握观察生活的技巧，每一个人每天都看到许许多多的事物，走马观花式的观察没有太大的用处，应该观察别人没有观察到的东西。要特别重视小说不仅仅要讲故事，靠情节一步步推动，更重要的是要借助想象力和经验写出许许多多的会给人留下深刻印象的细节来，也正是这样的细节，让故事可信，让人物栩栩如生。

关于小说写作，其实并没有特别的奥秘。每一个作家构思小说的方式和习惯也都不一样。刚开始写小说，往往会犯一个毛病，我们的生活当中有很多让我们非常感动的事件，很多人有非常曲折的经历，当他讲的时候非常生动传神，一旦写下来，就会索然无味。为什么？因为没有形成自己特有的语言方面的风格，没有熔铸出自己的语言来。

怎么熔铸自己的语言？最好的方法是模仿。模仿就要阅读，阅读分好多种。从小说里读到好玩的事儿，是一种阅读；如果你是一个文学爱好者，读完还想尝试自己写点东西，那么这时的阅读就要特别留意别人的语言。

模仿别人的语言，不是像语文老师那样分析语句结构，重点是要抓住一种语感，读的多了自然就能掌握语感。然后就是临摹。模仿一个作家没有用，模仿多个作家，就像学习书法临碑帖，在这个过程中就有可能熔铸出自己的语言风格。学习语言，一开始就是模仿。只要形成了自己的语言风格，就有话可说。在这个基础上，还要掌握一点，也是要向蒲松龄学习，他的小说五光十色，百味杂陈，充分调动了视觉、嗅觉、触觉。写作时调动自己各种各样的感受，甚至是第六感，发动自己的联想，运用大量比喻，这是写作的基本功。然后就是事件、人物和作家的思想。需要注意的是，作家的思想不能直接在作品里暴露出来，在作品里越隐蔽越好。而且，真正的思想性强的作品，并不一定能被当代的人所理解。那些人云亦云的思想，其实不值得写到小说里去。

蒲松龄是值得我们重读的作家。为什么会有这样的效果？主要原因就是其语言好。很多人说在当今社会，小说要死掉了，但我觉得小说不会死。语言带给人的美感是其他艺术无法代替的。一段好的语言可以让我们反复朗读，能产生一种独特的言外之意，也就是意境。除了语言因素外，好的作品会有价值标准的多样性，丰满的人物形象和人物所附带的历史信息，这些会随着时代发展，让后来的读者产生新的理解。

（二〇一〇年四月）